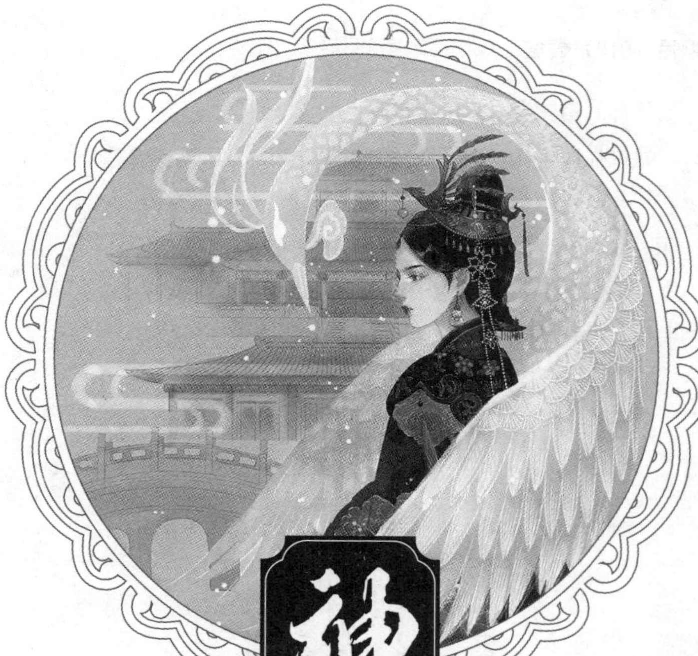

神医帝妃

蓝田日暖玉生烟

第1部【第三卷】

阿彩 著

图书在版编目（CIP）数据

神医帝妃. 第一部. 第三卷，蓝田日暖玉生烟 / 阿彩著. — 北京 : 新世界出版社，2019.4
ISBN 978-7-5104-6733-2

Ⅰ. ①神… Ⅱ. ①阿… Ⅲ. ①长篇小说－中国－当代 Ⅳ. ①I247.5

中国版本图书馆CIP数据核字(2019)第040058号

神医帝妃．第一部．第三卷，蓝田日暖玉生烟

作　　者：阿　彩
策划编辑：张铁成
责任编辑：张晓翠
责任印制：王宝根
出版发行：新世界出版社
社　　址：北京西城区百万庄大街24号（100037）
发 行 部：（010）6899 5968　（010）6899 8733（传真）
总 编 室：（010）6899 5424　（010）6832 6679（传真）
http：//www.nwp.cn
http：//www.nwp.com.cn
版 权 部：+8610 6899 6306
版权部电子信箱：nwpcd@sina.com
印　　刷：三河市金元印装有限公司
经　　销：新华书店
开　　本：710mm×980mm　1/16
字　　数：407千字　印张：18
版　　次：2019年4月第1版　2019年4月第1次印刷
书　　号：ISBN 978-7-5104-6733-2
定　　价：149.80元（全四卷）

目录

【第三卷 蓝田日暖玉生烟】

第一章　泣血慈恩堂

萧王府距离慈恩堂不远却也不近，就算暗卫的速度再快，一来一回也要一个时辰。

林初九抱着那个得了肺炎的孩子，心里急得不行，偏偏又不敢妄动，眼见那孩子饿得厉害，抓着脏兮兮的衣角往嘴里塞，一抽出来就哭，林初九无奈，只得将手指擦拭干净，让那个孩子吮着她的手指。

小男婴抓着林初九的手指，吮得分外用力，红通通的小脸很是满足，林初九看着，也不由得露出一抹温柔的笑容。

萧天耀刚进来就看到这么一幕……

半跪在地上的林初九，怀里抱着一个脏兮兮的婴儿，周身散发着温柔恬淡的气息，让人忍不住就想靠近。

“林初九。”萧天耀开口道，声音似轻唤又似呢喃。

“王爷，你怎么来了？”萧天耀一进来林初九就发现了，不是萧天耀的动作太大，而是光被他挡了大半。

这么点事也能惊动萧天耀？他什么时候这么闲了？

“嗯。”萧天耀没有回答林初九的话，而是大步往里走，望向蹲在地上照顾孩子的护卫，问道，“这里是什么情况？”

“王爷。”护卫忙将孩子放下，单膝跪在地上，然后将他们在慈恩堂发现的一切，一一禀报，“慈恩堂一个大人也没有，只有哭闹的孩子，王妃心生不忍，便把他们一一抱了出来。”

“去，为这些孩子找些吃食来。”萧天耀看着满地的孩子，不自觉地皱紧眉头。

这群只会哭闹的孩子真的很烦心，可又不得不说，这件事情来得很及时。

护卫走后，慈恩堂便只有林初九一个人在忙。林初九手里一直抱着那个得了肺炎的孩子，每每想要放下，可那孩子都哭得撕心裂肺，便心有不忍了。

林初九怕他哭得闭气，只能抱着他去哄其他的孩子，一时间忙得大汗淋漓，不可开交。

至于萧天耀?

林初九是不指望他能帮忙的，只求他别添乱就好了。

好在护卫很快就回来了，不仅买了孩子可以吃的米糊，还把卖米糊的妇人们也找了来。

“从小到大，逐个喂过去。”护卫看了一眼萧天耀，见他坐在角落里却不说话，只得将这些妇人一一安排下去。

妇人们得了铜钱后，便也不嫌地上的孩子脏，撸起袖子就一个个地喂了起来，动作熟练，一滴也不浪费，一看就知道平时没少做此类事情。

这一刻，地上的孩子不管是大的还是小的，有食物塞到他们嘴边后，他们都忙不迭地张开嘴，一口赶一口，根本不停，而还没有被喂到的孩子，则眼巴巴地看着，那眼神真是揪人心疼。

“造孽呀，孩子竟然饿成这样，那些大人都干什么去了？”妇人们原本碍于护卫的气场不敢吭声，可看到这些孩子着实可怜，一个个抹起眼泪来。

见到护卫没有凶她们，妇人们胆子也大了：“这孩子身上没有一块好肉，他爹娘还真是狠心。”

“亲生的孩子都丢，这父母得多狠的心。”一个身着灰布衣服的妇人抱着一个小女婴心疼得不行，还给她多喂了两口。

“这孩子嘴巴少了一块，可要好好养大也不会有事，我们村子里就有这样的孩子，长大了还不是一样娶妻生子。”

“这孩子可怜，少了一条腿还被父母给抛弃了，以后可要怎么活？”

……

被丢在慈恩堂无人看管的孩子，没有一个不可怜，任何人看了都会动容，只有萧天耀是异类。他没有任何的情绪波动，面无表情地坐在角落里，气息内敛，完全没有人会注意到他的存在。林初九时不时抬头，见到他坐在那里，这才知道他还没有走。

林初九不明白萧天耀怎么会来慈恩堂，是因为她吗?

如果是以前，她也许会这么认为，可现在……

自从上一次自作多情反被伤害后，林初九不介意以最大的恶意来揣度萧天耀的行为。见到萧天耀明明一脸厌恶，嫌弃得不行却不肯离开，林初九就猜着萧天耀肯定有正事要办。

不过，只要萧天耀不妨碍她的事，她才不管萧天耀想要做什么，又或者有什么算计。左右她脑子没有人家聪明，就是想要避开也避不掉。

妇人们很快便将带来的米糊喂完了，可孩子们还是没有吃饱，有个妇人主动说道：“我家离这里近，我回家再煮一锅来，家里还有一些干净的没用过的布，我也带一些来。这些孩子的衣服又脏又湿，再穿下去可是要得病的。”

“米糊多煮一些，布就不用了，一会儿有人会送过来的。”林初九没有拒绝这妇人的好意，可也知道在普通人家，布是很奢侈的东西。

听到林初九这么说，又有两个妇人出来说回家煮米糊，林初九看到这群孩子大多只吃了半饱，隔两个时辰还得再吃，也就没有拒绝，并让护卫给她们一点银钱，算是买米的钱。

妇人们见林初九出手大方，一个个更加卖力，剩下的两个妇人就说去后面找找灶台，看看能不能烧点热水给孩子们喝，有几个孩子都渴坏了。

护卫看了一眼萧天耀，又看了一眼林初九，知道这里不再需要他，也果断地溜到后面帮忙去了。

屋后没有灶台，倒是有一口井，妇人们让护卫用石头垒了个简易的灶台，再出去买了柴、锅和木桶，便就地忙活起来了。

慈恩堂这条胡同周围没什么住家，平时也极少有人来往，这一群人进进出出的，动静很大，很快就引起了路人的注意，有几个好奇心重的，甚至跑进来看了一眼，待看到里面的情况后，瞪大眼睛又跑了出去。

他一出去就被人围住了："狗二，怎么样？怎么样？里面怎么回事？"

叫狗二的男人摇了摇头，说道："有个傻子在慈恩堂照顾那些小孩子。"

"什么？有人去慈恩堂了？他们准备倒霉吧，官府肯定要来了，我们快走，别被一起抓走了。"知情的百姓听到这话一哄而散，而不知情者则一脸不解，想要拉个来问问，却没有一个人肯说，只被劝说着赶紧散去。

只是，看热闹的人从来不怕事大，这些人哪肯散开，直到街上出现一队官差，看热闹的百姓这才惊觉不对，纷纷散开，把路让了出来。

官差也不管围观的众百姓，瞪了他们两眼就朝胡同奔去，见到慈恩堂果然有人影出没，官差们脸一横，拔出刀，气势汹汹就冲了进去。

"什么人在慈恩堂闹事？"屋内只有照顾孩子的林初九和坐在角落里将气息完全收敛的萧天耀。

领头的官差没有注意到萧天耀的存在，举刀便指向林初九："就是你在慈恩堂闹事？来人，给我带走！"话落，身后两个官差上前就要捉拿林初九。

"慢着。"林初九着实吓了一跳，抱着孩子就往后退了一步，"你们是什么人？我没有在慈恩堂闹事，是这些孩子出了事，我是在照顾他们。"

"看不出来我们是什么人吗？我们是差老爷！"官差指了指身上的衣服，一脸蛮横地说道，"照顾？这里的孩子自有官府照顾，需要你多事吗？说吧，你来慈恩堂到底有什么目的？莫不是想要拐卖这些孩子？"

"你们这是倒打一耙。"林初九气得都笑了，"这些孩子个个都病重体弱，你们官府就是这么照顾孩子的？"

"哟，你还敢说官府的不是，小娘子不想活了是吧？还愣着干吗，把人给我带走。"领头的官差朝手下使了个眼色，大声道，"这女人就是虐杀慈恩堂弃婴的凶手，现在立刻缉拿她归案！"

一句话，官差就给林初九冠上了一个足以杀头的大罪！

官差听到领头人的话后，知道面前这个女人死定了，一点儿也不客气，提刀就朝林初九砍去："小娘子别乱动，大爷手中的刀可不长眼，要是一不小心划花你的脸，那可别怪大爷没有提醒你啊。"

一刀落下，萧天耀依旧没有动，可林初九却是动作灵活地避开了，并且在侧身的时候抬腿一踢，踹向了官差的小腿。

"哎哟。"被踹中的官差惨叫一声，左腿一软单膝跪下，半天爬不起来，冲着她怒骂道，"臭婊子，敢使黑手！"

"我使黑手又怎样？"作为大夫，又是一个游走在灰色地带的大夫，她怎么可能不会两手？

就算力气不够又如何？她清楚人体的每一个弱点，完全可以用最小的力气，给对方造成最大的伤害。

"看不出来你还会两下子。"另一个官差见状，没有急着上前，而是眼神戒备地看向林初九。

林初九满意地露出一抹浅笑，将手中的孩子放下，指着门口道："有什么事，我们出去说，别伤到了孩子。"

大厅里左右两侧都是孩子，只有中间的一条小道勉强可以走人，而孩子又不知道危险，万一乱爬被踩着就惨了。

"出去说？你当你是什么人？伤了孩子？我就伤了孩子又怎么样？"官差手中的刀一挥，指向地上的孩子，"乖乖束手就擒，不然我就把这些孩子全杀了，说是你拒捕杀了他们！"

官差说得理直气壮，完全没有一丝的愧疚之情，林初九不敢相信地摇头："你们真是官差？"这简直就是人渣。

"我们是不是官差还轮不到你说话，你现在是虐杀弃婴的逃犯，举起双手，背过去！"官差生怕林初九使诈，并不上前，只是用孩子威胁她。

"我是逃犯？"林初九指向自己，"谁给你们胆子敢说我是逃犯的？你们知道我是谁吗？"

林初九一直觉得"你们知道我是谁吗"这句话非常嚣张，可此刻她也实在找不到比这句更实用的话。

"我管你是谁，落到我们手上，你就是天皇老子也得给我乖乖低头。"官差并不惧怕林初九，如果林初九是个男人，他们还会担心这是哪家的公子少爷，可一个女人他们怕啥？

那些个大家闺秀、名门贵女可不会单独出门，更不会来慈恩堂照顾弃婴。就算真的会来，上面也会提前收到消息，由一群显贵陪着过来。

"好大的口气啊。"林初九怒极反笑，并不与他们纠缠，而是转身看向角落里的萧天耀，"王爷，有人要你的王妃乖乖低头，你不出来说句话吗？"

"王爷？"官差听到林初九的话后愣了一下，顺着林初九的目光看了过去，却只看到一个坐在阴暗处的影子，根本看不清长相。

这里还有人？

官差顿时吓了一跳，壮着胆子大吼道："什么人？出来！"

拿刀指着孩子的官差手一抖，刀尖险些从那孩子的脸上滑过，林初九不满地厉喝："刀拿稳点，伤了他们你们就死定了！"

"啊呸！你少吓唬人了，随便对个见不得光的男人叫一声王爷你就是王妃了吗？"官差见萧天耀不动，便认定林初九是唬人的，底气十足地吼了过去。

开什么玩笑，金尊玉贵的王爷和王妃怎么会来这种鬼地方？还亲自抱着脏兮兮的孩子？真当他们是傻子呢。

领头的官差拿刀指了指林初九，又指了指萧天耀："你……给我出来，别逼老子动手，要是不小心踩死个把人，老子可不管。"

为了证明自己所言非假，领头的官差随意拎起一个孩子："我数三声，你们要是还不配合的话，我就摔死这个孩子。"

"一！"

"哇呜，哇呜……"小孩顿时大哭，后领被拎起，脖子勒得紧紧的，很快脸色就不对了。

林初九忍不住皱眉道："王爷，你确定不出手吗？"

萧天耀依旧没有理会林初九。

林初九气急，想要上前，却被官差拿刀挡住："别过来。"

"王爷……"这个时候还不出手，萧天耀来这里干吗？只是看热闹吗？

"二！"官差又喊了一声。

"哇呜，哇呜……"小孩子哭声渐弱，林初九终于忍不住，大吼道："萧天耀，你到底要怎样才会出手？"

萧？

这可是国姓！

不会真遇到一个贵人吧？

官差们隐隐有些不安，你看看我，我看看你，领头的官差也不敢数了，悄悄放下手中的孩子，打算静观其变。

他们总不会那么倒霉，真遇上一个王爷吧！

官差们看着萧天耀，等他的动作……

"这就是你求人的态度？"萧天耀开口了，同时起身朝林初九走来。

步伐从容优雅，身后没有大批的侍卫，明明只是一个人，可站起来后，他周身的气势却逼迫得人不敢直视。

我的娘呀，真是一个大人物！

官差们不由自主地后退，脸上血色渐消，神色不安地看着越走越近的萧天耀。

这一身衣服好生眼熟，莫不是战神萧王？

一想到这个可能，领头的官差几乎要疯了，忙将手中的小婴儿放在地上，为了不露出声音，那动作和做贼似的。

将小孩放下后，领头的官差语气颤抖地问道：“不知大人如何称呼？”

可萧天耀却没有理他，甚至连个眼神也没有给，只是看着林初九，等林初九表态。

林初九无奈地叹气：“王爷，我们先把眼前的事解决掉行吗？”

“眼前的事？什么事？”那几个小官差算什么事？

“你能让这几个官差滚蛋吗？”林初九一开口，那几个官差立刻道：“滚，滚，我们这就滚。”

不管面前这个男人是不是什么王爷，就凭他这一身的气势就知道不是好惹的，他们还是先走为妙。

“站住！”萧天耀背对着官差，漫不经心地吐出这两个字，“滚”到一半的官差们，立刻停了下来：“大，大人……”

萧天耀的声音不大，可官差们就是不敢反抗，以一种极别扭的姿势站在门槛与台阶之间，也不敢抬头直视萧天耀，就这么站着，等着萧天耀发话。

萧天耀却没有理会他们，而是看了林初九一眼，一脸嫌弃地道：“堂堂王妃，连几个官差都摆不平，说出去真丢本王的脸。”

林初九也很委屈：“他们不相信我的身份，我有什么办法？”

“不信就打到他们信为止。”萧天耀一扬手，一道劲风甩了出去。

“啊啊啊……”只见门口处的众官差大叫一声，一个个狼狈不堪地飞了出去，摔成一团。

林初九看了一眼，摇了摇头：“我做不到。”她要有这么彪悍的战斗力早就跑了，还会留在萧王府被萧天耀欺负？

“做不到就别惹事，不是每一次都有那么好的运气的。”萧天耀一甩衣袖，走到正上方，随意拉过一把椅子坐下。

一瞬间，慈恩堂似乎有些不一样了。

摔成一团的官差艰难地爬了起来，跪在外面不断地磕头：“王爷饶命，小人有眼不识泰山，恳请王爷高抬贵手，饶小人一命。”

“砰砰砰……”磕头声响成一片，引得屋内的孩子们顿时不安地哭闹起来，林初九头大如牛，正想叫萧天耀开口让官差们闭嘴，倏地听到一阵脚步声响起。

脚步声沉稳有力，整齐划一，一听就知道是训练有素的军人，林初九一脸诧异地扬眉：又是谁来了？

很快林初九就知道了。

“参见王爷，参见王妃，属下救驾来迟，请王爷、王妃恕罪。”来人赫然是萧天耀的亲卫队。

“把人拖出去。”萧天耀冷冷地开口道，官差们连求饶都来不及喊，就被堵上嘴拖了出去。

林初九看着迅速出现的亲卫队，嘴巴大张：“要这么兴师动众吗？”

“难不成你要本王亲自动手？”萧天耀起身便往外走，路过林初九身边时停了下来，“每次你惹了麻烦，最后都要本王来收拾，你说说……本王救了你多少次？”

话落，萧天耀压根不给林初九回答的机会，大步往外走去。

“喂……”林初九想要叫住萧天耀，问他这话到底什么意思，就听萧天耀下令道：“把这里的孩子通通带走。”

“是。”亲卫们上前，丝毫不嫌地上的孩子脏，一手一个抱了起来。

孩子们也乖巧，有人抱就不哭，只有那个得了肺炎四肢健全的小男婴，被人抱起来却是哭个不停，小手不断地挥舞，像是在寻找什么。

抱着他的侍卫一脸尴尬，正不知怎么办才好时，林初九接了过来：“我来试试。”

说来也是怪事，那孩子一到林初九手上就不哭了，乖得不行。

侍卫又想接过来，可是那孩子一离开林初九就哭个不停，最后还是由林初九抱着。

“事多。”萧天耀回头看了一眼，眼神冷冰冰的。

林初九默默地将孩子抱紧，离萧天耀远远的……

一群训练有素的士兵，手上不拿刀不拿枪，却抱着两个孩子，这画面绝对吸引人的眼球，更不用说走在前方的那位气宇轩昂、气度不凡的萧王爷。

萧天耀和林初九一行人一出现便立刻引来路人的注意，联想到胡同里就是慈恩堂，大家都猜到了是怎么回事，三三两两聚在一起，小声嘀咕个不停。

“这是谁呀？好像来头很大，居然敢在慈恩堂闹事，他们的胆子可不小。”

有不少人都在猜测萧天耀和林初九的身份，可对于普通百姓来说，萧王和萧王妃离他们太远了，能看到战神萧王骑马进城的身影就已是难得，怎么可能直接见得到本人？

临街的茶楼上，坐在窗边的孟修远看到这一幕后，眉毛一挑：萧王怎么会在这里？

孟修远朝身侧的小书僮招了招手，示意他去查一查发生了什么事。

而这个时候，街道的另一头则突然出现三辆挂着萧王府标志的马车，有人认识，有人不认识，不过熟知的人一说旁人也就知道了。

“是萧王府，是萧王府的马车。”

“咦，萧王府的马车怎么会来这里？还来这么多辆，莫不是王爷来了？”

众百姓突然看到萧王府的马车，顿时眼睛全亮了。

不管朝廷局势如何变化，不管江湖多少纷争，对于东文的百姓来说，萧天耀就是他们的战神。哪怕他坑杀俘虏，哪怕他残忍无情，都无法减少东文百姓对他的崇拜。

在东文百姓眼里，萧王就是他们的守护神，正因为有萧王在，他们才有现在的安宁富足。

毫无意外，马车在萧天耀面前停下，曹管家亲自押着马车过来，远远地看到萧天耀便让车夫减速，隔着老远就停了下来。

“王爷。”曹管家下了马车，上前给萧天耀行礼。

曹管家的话和动作，让围观的百姓知道了萧天耀的身份，众人怎么都没有想到萧王会出现在街头，会距离他们这么近，惊讶过后，街上的众人纷纷跪下，高呼王爷千岁。

声音参差不齐，却不影响这些人见到萧天耀后的激动与紧张。

说实话，这是林初九第一次见到这么多人下跪的场面，看到这些人，林初九第一次深刻地明白什么叫身份的差别，什么叫皇亲国戚。

有一个这么高端大气上档次的丈夫，压力真的好大！

萧天耀无视跪下行礼的人，只交代曹管家一句："把人安排好。"就朝自己的坐骑走去，接过下人递上来的缰绳，一跃上马，扬长而去。

曹管家的办事效率十分高，林初九这边还没有收拾好，曹管家就把事情办得妥妥的，院子、下人一应俱全。

林初九抱着孩子，随曹管家来到一座别院，小院不大，不过容纳几十个孩子还是可以的。

萧王府的下人手脚麻利地将屋子收拾干净，侍卫抬着一张张的简易床进去，铺上软软的垫子，丫鬟和婆子则烧水给这些孩子洗澡，换衣服。

萧王府没有小孩，自然也就没有孩子的衣服，绣娘一时半刻也做不来这么多的衣服，只能用布包着，不着凉就成。

孩子们一个个洗好，然后被抱去给林初九检查。身上有红肿、疙瘩的放在一间，风寒、发热的放在一间，有传染性疾病的放在一间……

孩子们很快就被分好，林初九也开始忙了起来。

教会春喜和秋喜如何给孩子擦药后，林初九将身上起疹子的孩子交给她们照看，又给得了风寒、发热的孩子喂药。

间隙的时候，还要时不时去照看得了肺炎的孩子。对于有传染性疾病的孩子，只能放在最后诊治，不然跑进跑出很容易将病毒带给其他的孩子。

几十个孩子，只有林初九一个大夫，林初九会有多忙碌可想而知。曹管家几次上前想和林初九说话，都被林初九无视了，看着像陀螺一样忙碌的林初九，曹管家一脸忧伤。

王爷都催了好几次了，王妃再不回去他真要不高兴了。

"王妃……"在林初九给得了肺炎的孩子治疗时，曹管家见机上前，终于得到了林初九的回应："曹管家，有事吗？我现在很忙，有事回头再说。"

我知道你很忙，可是……

"王爷问，王妃您什么时候回去？"曹管家不敢说王爷让您现在、立刻、马上回去。

"什么时候？估计要一个时辰以后，我现在走不开。"林初九丢下这话，旋风一般地离开。

"王……"曹管家没来得及说出口的话，只能生生地咽了回去。

林初九不回去，曹管家也不想回去被萧天耀骂，当下也只好留在这里陪着林初九。

萧王府内，一直等不到林初九回来的萧天耀，心情越发不爽了。

那个笨女人，不知道现在外面很危险吗？居然还不回来，到底有没有一点已婚妇人的自觉？

苏茶见萧天耀的脸色越来越难看，幸灾乐祸地问了一句：“王爷，王妃这么晚还没有回来吗？”

萧天耀一个冷眼扫射过去：“有空管本王的事，不如去找新的药材。”

“呃……你不是说抢朝廷的药吗？”苏茶弱弱地开口问道，不着痕迹地后退一步。

现在离萧天耀远一点儿比较安全。

“抢了药就不需要再寻新的？”萧天耀丢给苏茶一个“你怎么这么笨”的眼神。

“好吧，我这就去找新药材。”识时务者为俊杰，苏茶转身就跑。

萧天耀没有动，独自坐在书房等林初九回来，可等了一个时辰也没有等到林初九。

萧天耀眉头一皱，猛地起身，身形一闪便从书房消失了，速度之快令暗卫叫苦不迭。

“主子，你走这么快，我们跟不上呀！”

林初九和曹管家说一个时辰，果然一个时辰后便忙完了，交代春喜和秋喜照顾好这些孩子后，林初九换了身衣服，在曹管家万般期待的眼神下，随他一同回府，只是……

在半路上，他们遇到了伏杀！

漆黑的夜里，一群黑衣杀手不知道从哪里突然冒了出来，这些人一确定马车里的人是林初九后，马上不客气地举刀冲了过来。

“杀了萧王妃！”无视萧王府亲卫的手中长剑，这些人以不要命的打法猛地冲向马车，生生撕开了亲卫的防护圈，冲到了马车旁。

“轰！”一刀砍了下去，马车从中间裂开，林初九在车内打了一个滚，刀刃堪堪从她的头皮上削过，留下一缕青丝轻舞飞扬。

杀手一击未中，再次举刀……

“保护王妃！”众亲卫杀了过来，一剑刺向杀手，想要将人逼开，却见对方不闪不避，任由亲卫的长剑穿过他的身体，而他手中的刀却是毫不犹豫地朝着林初九砍去。

“他们是死士！”亲卫脸色大变，想要挡开杀手的刀，可惜距离太远，根本来不及。

林初九眼睁睁地看着那把明晃晃的大刀朝着自己的脑袋砍来，要说不怕那是骗人的，可现在不是害怕的时候，她逃命要紧。

双手抱头，林初九借力一踩，飞速滚下马车……

“当！”死士一刀砍在木头上，林初九则落在拉车的马下面，而拉车的马此时由于受惊，四蹄不断地踏来踏去，林初九差点儿就被马蹄踩中了头。

“萧王妃在马下面，抽那匹马！”死士完全不给林初九活路，举刀砍向拉车的马，试图激怒它，让林初九死在它的马蹄之下……

“王妃，王妃……小心呀！”曹管家蜷缩在车板上，他很想冲上前去，可偏偏眼前刀光剑影，照明的油灯早就被打落，要不是几颗夜明珠在，曹管家甚至都看不清林初九在哪里。

这样的情况下，曹管家哪里还敢冲上前去给亲卫们添乱？

马的目标非常大，马又不会躲，死士要伤马只需要一落刀就可以。顷刻间，那匹马受伤吃痛，暴躁地往前冲去，想要甩开身上缰绳的束缚。

“啊啊啊……”曹管家抱着车板，被马甩得晕头转向，可他却不敢放手，只能紧紧地抱着车板，就怕自己被甩下去，活活摔死。

“萧王妃呢？”受伤的马四处乱窜，跑出很长一段距离，按说林初九就是再会躲也会被马踩到一两下，而她只要被马蹄踩伤，那杀起来就更容易了，可是……

马跑出去十余丈后，他们却没有看到林初九的身影。

“快，点起火把找一找萧王妃去哪了？”夜明珠的照明距离有限，远了就看不见了。

点燃背在身后的火把，火把一晃而过，却足够他们看个清楚。

“萧王妃抱住了马腹，藏在马腹下！”

没错，就在死士准备惊马踩死她时，林初九反应极快地拉住套在马身上的绳子，双腿钩住马腹，贴紧马肚子。

死士不再管亲卫，纷纷抽手追着马车而去。众亲卫哪里肯放过他们？现在轮到他们上前缠住死士了。

“王妃，爬上马背，割断绳子，快回府！”亲卫们生怕林初九不知道该怎么跑，忙出声建议，可他们也提醒了死士！

“把马杀了。”没有马，林初九一个弱女子又能跑到哪里去？

“简直是猪队友啊。”林初九抱着马肚，双手又酸又疼，正在吃力地往上爬，可不想还没有成功，就听到了亲卫与死士说的话。

一瞬间，林初九无比忧伤。

死士听到侍卫的话，没有再追着林初九不放，而是直接朝马飞刀子，见到林初九一只脚搭在马背上，身子挂在马侧，死士想也不想就将手中的刀掷了过去。

刀刃朝着林初九直袭而去……

“啊！”林初九忍不住骂了一声，好不容易就要爬上马背，现在却只能松手了。

是的，林初九不想被劈中的话，就必须得松开手，离这匹马远远的……

骑马逃离是好事，可前提是得有这个命！

没有任何的犹豫，林初九果断松手，闭上眼，任由自己摔落在地……

而那匹马一直在往前狂奔，虽然速度不算快，可这一摔也不会轻，林初九本以为这一摔，就是不死也会断胳膊断腿，可不想……

身后突然掠起一道劲风，等她反应过来时，就发现自己跌进一个结实的怀抱中。

得救了！

林初九猛地睁开眼来，然后便看到萧天耀放大的俊颜：“王爷？怎么是你？”

“除了本王，还能有谁？”萧天耀抱起林初九，抬脚一踢，地上的刀飞了起来，稳稳地落在他手里，反手一刀，就听到死士惨叫一声，不甘地倒地。

“王爷来了，王妃没事了！”曹管家没有看到萧天耀，只听到林初九的声音，当即放心地晕了过去。

年纪大了，受不了这么刺激的事！

“抱紧我。”萧天耀一手抱着林初九，一手拎刀朝着众死士走去，林初九看不清他的动作，只见眼前刀光剑影闪过，身侧的死士一个接一个地倒下。

众多亲卫们奈何不了的死士，到萧天耀手里却弱得像小鸡。林初九再一次明白了萧天耀的强大。

这个男人，很强，强到让人害怕，可也让人安心。

一路走来，遇神杀神，遇鬼弑鬼，所向披靡，无人敢挡，也无人挡得住！

与亲卫会合后，萧天耀丢掉手上沾血的刀，冷冷地道：“收拾干净，明天早晨将这些尸体送去监察院。”

这些人不是来刺杀萧天耀的，可那有什么关系？既然他出现了，这些人就是为了刺杀他而来的，朝廷必须得给他一个交代。

死士瞬间被解决掉，亲卫们在松口气的同时，又很是羞愧。

他们是萧王的亲卫，责任是保护王爷，可现实却是王爷不需要他们的保护，他们反倒需要王爷保护。

他们给亲卫们丢脸了。

“寻辆马车来！”萧天耀并没有训斥亲卫们失职，他很清楚自己的亲卫是什么水平。不是他的亲卫不行，而是对方派来的死士太强。

杀刺客不行，找马车要是再不行，那可就真丢脸了。

亲卫们很快便弄来一辆马车，虽然不怎么宽敞，但也足够坐两个人了。

萧天耀抱着林初九上了马车，事实上，萧天耀自从之前接住林初九后，就一直抱着她没有放下，而林初九似乎也没问这事。

亲卫们将曹管家背在身后，驾着马车朝萧王府驶去，至于第二天有人家发现自己的马车不见了，只有一锭金子在，那就与亲卫无关了……

马车里，萧天耀将林初九放下，听到林初九忍痛叫了一声，不由得放轻动作：“伤着哪了？”声音有点冷硬，像是在责怪林初九。

“背后有点擦伤，回去抹点药就好了，不严重。”从马车上滚下去时，正好背部着地。

“嗯。”萧天耀没有再管。

借来的马车可没有夜明珠照明，马车里漆黑一片，萧天耀能正常视物，林初九却不能。

小心地摸黑坐好后，林初九抬头看向萧天耀，有些低落地说道：“今天的事，谢谢你。”

“一句谢谢就能抵消本王的救命之恩？你说说本王救了你多少次？”黑暗中，萧天耀无所顾忌地打量林初九，见林初九一副委屈的样子，萧天耀唇角微微上扬，“说吧，你打算怎么报答本王的救命之恩？”

萧天耀特意咬住“救命之恩”四个字，林初九不知道萧天耀想要什么，也不知道自己能拿出什么，只能主动询问道：“你要我怎么报答？”以身相许吗？她人都嫁给他了。

“你人都是本王的，你还能拿什么报答本王？”萧天耀一脸嫌弃地开口，不等林初九开口，又道，“算了，看在你救过本王一次的份上，本王吃点亏不和你计较，从今天起，过往的事一笔勾销。”

过往一笔勾销？

萧天耀这是在求和吗？

林初九眨巴着眼睛，一脸不解地看向萧天耀，可惜马车内太黑了，林初九除了能看到一个模糊的影子外，什么也看不到。

还是主动开口问吧！

“王爷，你……”林初九刚开口，马车突然颠簸了一下，车厢剧烈摇晃，林初九一个不稳，朝前栽了过去，“啊……”

林初九吓得失声尖叫，身体不受控制地往前扑去，就在她以为自己会摔得很惨时，一只大手突然扣在她的腰间，用力一带，她生生地改了方向，她没有跌在地上，而是……

跌在萧天耀的怀里，或者说以狗吃屎的姿势，趴在萧天耀的大腿上。

“王爷、王妃，遇到了一个深坑，所以马车颠簸了一下。”亲卫兼车夫立刻请罪，听到萧天耀一声轻应，又继续驾马车前行。

“嘶……”虽然是摔在萧天耀身上，可这一跤也跌得不轻，林初九疼得直抽气，小脸皱成一团，正想爬起来，却发现腰间那只手似有千斤重，压得她动弹不得。

“王爷……”你让我起来呀！

“笨蛋，别乱动。”萧天耀没有听到自己想要的答案，心里有点小郁闷，可此时林初九乖巧地趴在他怀里，心里的那点小郁闷便也消失了。

“我……”想起来。

萧天耀不等她说完，又一次截断她的话：“背后有伤，别再乱动。要是伤上加伤，本王关你禁闭。”

“可……”我这样很难受。

“没有可是，是本王救了你，你只能听我的话。”萧天耀一手横在林初九的腰间不动，另一只手则像安抚小狗似的，轻轻拍了拍林初九的后脑勺，“坐个马车也能差点儿把自己摔死。你说说要是没有本王，你都死了多少次了？”

“这是意外，而且要不是你，我根本就不会被人伏杀。”林初九试了几次，确定自己无法起来后，只得老老实实地趴着。

萧天耀很满意林初九的乖顺，不由得多说了一句：“这次可是你自己闯的祸，那些人要的是你的命。”

“我？怎么可能？我哪有闯祸？”林初九不服气，想要站起来和萧天耀好好说道说道，可刚抬头又被萧天耀按了下去：“受伤的人，安分些。”

“我闯什么祸了？”马车一颠一颠的，趴着真的很难受，林初九觉得自己的五脏六腑都硌得慌。为了让自己舒服一些，林初九侧躺在萧天耀腿上，为了不让自己掉下去，林初九便很自然地环住萧天耀的腰。

不得不说，这个动作取悦了萧天耀，心情颇好的萧王爷大发慈悲地为林初九解惑道：“你去慈恩堂的事，触动了某些隐私。”

“啊？你说曝光他们虐待弃婴的事？”林初九说话时，热气正好喷洒在萧天耀的腰间，萧天耀身子一僵，有着片刻的闪神：“你刚刚说什么？”

林初九也没有多想，便又重复了一遍，萧天耀的注意力仍旧没有集中，可回答林初九的问题却是不成问题的。

“虐待弃婴并不算什么，顶多推几个小人物出来罢了。你难道没有发现慈恩堂的孩子全都是小婴儿？而且又以女婴和有残疾的婴儿居多吗？”女婴也是身体极弱或者明显长相极丑的。

“对，我也很奇怪这一点，大一点的婴儿呢？难不成慈恩堂从来没有长大的孩子？”林初九当时只忙着救人没有多想，现在听到萧天耀提起，这才发现这事处处透着不对。

就算是完全健全的孩子，也是身体极其虚弱，全都有病。

“当然有，慈恩堂每年收到的孩子不知道有多少，他们怎么可能全部长不大？你看到的那些孩子，是被慈恩堂再次遗弃的孩子。”萧天耀顺着林初九的长发轻轻地摩挲着，动作很轻很温柔，只可惜两个都沉浸在正事中的人，谁也没有察觉到这不经意的温存。

林初九终于听出问题了：“那些健康的孩子哪里去了？”

“他们有很多去处。慈恩堂的孩子也分三六九等的，最低等的就是你看到的那些；再好一些的则会被秘密养大，等到七八岁时转手卖了；长得稍好些的则会被调教成探子，以娈童或者歌妓的身份送人；最后留下最强的，基本上都会成为死士。你今晚遇到的这一批死士，十有八九便是从慈恩堂走出去的长大了的弃婴。”

慈恩堂存在了很久，里面的事情也很复杂，萧天耀能查到的只有这些，而他完全没有隐瞒林初九。

“那慈恩堂背后的人是谁？皇上吗？”林初九一脸凝重，这个时候她几乎忘了，自己还趴在萧天耀的怀里。

“不是，皇上不会把心思花在一群弃婴身上，他并不知道慈恩堂的真实情况。”一个待在宫里的人，就算探子遍布天下，也有他看不到的地方。

“也是，皇上怎么可能会关心一群被人遗弃的孩子？没有人关注的孩子，又能有什么好下场？”林初九很庆幸自己正趴在萧天耀的怀里，这样就没有人会看到她眼中的伤痛与庆幸。

她为那些被沦为工具的孩子悲痛，庆幸自己活在一个好时代。

“所以那些人要杀了你，因为只要你一直关注慈恩堂，就会有很多人紧盯慈恩堂。”如此一来，那些人做什么事都会不方便的。

“我……不是故意的。”但她庆幸自己去了。

“本王知道你不是故意的，你没那么聪明。你要是有那个脑子，本王就不用担心你了。”这话说得极其自然，直到说完后，萧天耀才意识到自己说了什么。

果然，在林初九面前，他渐渐地收起了防备。

林初九此时也知道自己给萧天耀惹了麻烦，低声道：“我以后会谨慎一些的，尽量不给你添乱。”

难怪萧天耀听到她在慈恩堂，会立刻赶过来；难怪明明很厌恶那个地方，他仍然坐在那里陪她，原来是为了给她镇场子，让暗处的人不敢打她的主意。

林初九想到这一点不禁眼眶微酸，她突然觉得萧天耀对她其实也很好，只是别扭了一点，只是利益心重了一些。

“王爷，谢谢你。”林初九不由得抱紧萧天耀，将脸埋在他的怀里。

“本王救你，并不是为了你一句谢谢。”要用一个“谢”字打发他，林初九做梦吧！

“我知道，王爷刚刚说了，之前的事一笔勾销，所以我这句‘谢谢’也不用说了。”

知道萧天耀还挺紧张自己的，林初九胆子也大了。

“小聪明。”萧天耀故作严肃地在林初九头上敲了一下。

“好疼……”林初九夸张地叫了一句，萧天耀忙伸手揉了揉：“真的很疼？”他明明没怎么用力啊。

“真的好疼，好疼！”林初九加重语气，萧天耀立刻就明白了，不由得用力揉了一下：“你居然耍弄本王！”

只是这话怎么听都令人觉得少了那么一点点的气势……

第二章　一个吻如何

一段路说长不长，可说短也不短。至少这期间，足够两个人好好地谈一场，将一些不必要的误会消融掉，让两个人更了解彼此。

林初九承认，在和萧天耀心平气和地谈了一次后，她对萧天耀的怨恨不像之前那么深了。这个男人利益至上，他对自己都狠，对她已经算是可以了。

当马车快要抵达萧王府时，林初九已经可以自然而然地抱着萧天耀，说话也没有那么地小心翼翼，而是敢大着胆子试探萧天耀的底线，看萧天耀对她能容忍到什么地步。

马车停下，亲卫兼车夫站在马车旁，说道："王爷、王妃，王府到了。"

林初九欲起身，却被萧天耀按住了："开车门。"

"王爷，松手。"她才不要被抱进王府，太丢人了。而且，她和萧天耀也没有亲密到这个地步吧?

"你受伤了。"萧天耀不顾林初九的挣扎，抱着她下了马车。

"我伤的是背不是脚，不用你抱，我自己可以走。"林初九羞愧欲死，不敢去看侍卫们的表情，将脸埋在萧天耀的怀里，假装什么都不曾发生。

萧天耀看看怀中蜷成一团的林初九，再次失笑。他不会告诉林初九，要不是她说出来，外面的人根本不知道她是被抱下马车的。

他的亲卫，还不敢直视他!

萧天耀一路将林初九抱回自己的房间，而正在学鸵鸟将头埋在萧天耀怀里的林初九，完全不知道自己在哪里，直到萧天耀放她下来，她才发现："这不是我的房间。"

"太远了，你身上的伤得立刻上药。"萧天耀给出一个极恰当的理由，"你先坐着，本王命人来服侍你。"

"我回房上药。"林初九完全没有心理准备，今天晚上发生的事情太多了，她需要一个人好好想一想。

萧天耀眉头一皱："你确定？"

"我很确定。"萧天耀太强势了，她还是不太习惯与萧天耀独处，马车上那是没得选择。

"好吧，那本王让人送你回去。"萧天耀没有勉强，转身便让人送林初九回去，淡漠的脸上看不出喜怒。

林初九有着片刻的忐忑，不知道自己是不是又惹恼了萧天耀。不过，她很快便想开了，要是萧天耀这么容易就生气，那她也没有办法，她总不能为了萧天耀，一辈子压抑自己的性子吧？

这段日子以来，她在萧王府已经过得够憋屈了，现在萧天耀退了一步，她不趁机进一步对得起谁？

林初九丢下萧天耀，没心没肺地回了自己的院子，而萧天耀也没有生气。

就算林初九留下来，他也没有时间陪她，今晚发生的事足够让他恼火，他已经摆出了姿态，可对方还敢对林初九下手，简直是不把他放在眼里。

萧天耀来到书房时，早就收到消息的流白与苏茶已在候着，见到萧天耀进来，苏茶关切地问了一句："王妃没事吧？"

"没事。"萧天耀没有多说，坐下后便道，"查得怎么样了？"

流白上前一步道："天藏阁没有慈恩堂幕后之人的消息，至于是真不知还是假不知，就不清楚了。"

苏茶生怕萧天耀生气，又补了一句："慈恩堂的事我们之前没有发现，这次顺着墨神医的事发现慈恩堂，实在是意外。"

不管是皇帝还是萧天耀，他们都没有把慈恩堂当回事，也不会把精力放在一群弃婴上。他们会知晓慈恩堂的内幕，纯粹是意外。

萧天耀让苏茶去查墨神医用来试药的那些人到底从何而来，结果这一查就查到了慈恩堂。

苏茶发现慈恩堂收留的孩子很多，可从来没有健康的孩子出现在人前。他顺着这根线继续往下查，结果发现慈恩堂在接收到弃婴后，会将健康的孩子提前送去秘密地方培养，然后按他们的资质分类。

苏茶能查到墨神医从慈恩堂买人试药；能查到这些孩子以各种方法被卖到达官贵人家；也能查到那批最强壮的孩子被人拿去训练成死士，可就是查不到幕后主使者，也查不到秘密训练孩子的地方。

不难看出，慈恩堂背后那人，很小心，很谨慎。

敌暗我明，这件事要查起来并不容易，萧天耀没有责怪苏茶和流白办事不力，只道："盯紧慈恩堂，拦截他们送走健康的弃婴。"

只要不让健康的弃婴落到幕后之人的手上，对方没有源源不绝的新人做补充，早晚会出现断层，到时候一定会着急，而对方急了，自然就会蹦跶出来。

"我知道怎么做了。"这种细致的事，只有苏茶能做到，苏茶不会推拒。

接下萧天耀交代的任务后，苏茶又向萧天耀汇报道：“王爷，王妃今天去慈恩堂之前，在路上救了一个生病的孩子，那个孩子来历不简单。”

“什么身份？”其实萧天耀很头疼林初九见人就救的行为。

明明他是杀人不眨眼的大魔头，居然娶了一个品德如此高尚的妻子，这般配吗？

“年纪稍大的少年自称周和安，据我们所查到的消息，他应该是南远前大将军周正的儿子。而他口中的弟弟，则是南远前皇帝之子。南远的公主此次来东文，真正目的便是寻找他们两个。”

南远现任皇帝原是驸马，三年前造反推翻了夏氏皇族的统治，自立为帝。他将夏氏皇族屠杀干净，只有前皇帝最小的儿子在忠臣的保护下，得以逃脱。

正当那孩子病得快要死了时，却机缘巧合被林初九救下。要不是林初九救下那个孩子，苏茶根本不会去查生活在社会最底层的两个少年，也不会发现他们的身份。

萧天耀此时已是哭笑不得：“她怎么随便救个人就来历不凡？”萧天耀可以肯定，林初九在救人之前，绝对不知晓他们的身份。

“王妃运气很好嘛。”苏茶也觉得好笑，南远皇室费尽心力也查不到的人，林初九一出门就撞上了，这运气简直逆天了。

萧天耀摇了摇头：“我们不知道便算了，既然知道了，就把人保护起来。”南远唯一的皇室血脉，即使年幼也是一个极大的筹码。

“我知道该怎么做的。”苏茶很清楚这两人的重要性，一得知他们的身份，就暗中将他们保护了起来。

“不过，王妃的好运远不止如此。”苏茶又道。

萧天耀挑眉，来了兴趣：“还有什么事？”

不仅仅是萧天耀，就是流白也很好奇林初九的运气究竟好到什么地步。

苏茶没有卖关子，说道：“在王妃救人时，孟家公子孟修远正好就在朱雀大街。”

“孟修远？”流白惊讶地开口，“怎么会这么巧？”这运气也太好了吧。

“所以我才说王妃运气好。”苏茶眼角微微上挑，看上去心情极好。

萧天耀轻轻点头：“这运气确实很好。”他还在想要怎么做才能让孟家注意到林初九呢，知道林初九会医术，而且医术高明，不想他还什么都没有做，林初九出门就遇上了孟修远。

不过，苏茶也有担心的事：“就怕孟家认为这是我们设计的。”

“无所谓，没有真本事就是再设计也无用。”孟家是聪明人，就算是刻意设计的又如何？他并没有勉强孟家，也没有用阴谋算计，他用的是阳谋，孟家就算知道这是陷阱，那也会跳。

诚如萧天耀所想的那样，孟先生确实认为今天发生的事情是萧天耀一手布局的，可孟家并不反感。萧天耀只是让孟家看到萧王妃的实力，孟家想怎么选择都与萧天耀无关。

“萧王爷好算计。”不管萧天耀有什么目的，知晓萧王妃懂医术，并且医好了萧王和安王的病，孟先生的心中便多了一份希望。

萧天耀摆出这个局，不外乎就是要告诉他们，他们孟家不止墨神医一个可以选择。

“修远，既然你不肯接受墨神医的医治，那么萧王妃如何？”孟先生将探子查到的情报，递到孟修远的面前，“这些事都做不了假，萧王妃的医术非常精湛，不亚于墨神医。”

孟修远并没有立刻回答，而是将纸上所写的东西，细细地看了两三遍，沉吟片刻，这才在纸上写了两个字：不急！

是的，不急。

孟修远确实渴望自己能开口说话，可他并不着急。哪怕不能开口说话，他也能生活得很好，他对于现在的生活还算满意，要不是父母执意要求，他根本不会来东文求医。

当然，要是能和正常人一样开口说话会更好，可这一切急不来，也没有急的必要。

“好吧，听你的，我们不急。”孟先生自知说服不了孟修远，只能后退一步。

因为有林初九和萧天耀的参与，慈恩堂的事情闹得很大，第二天早朝就有御史上折子，弹劾户部的官员尸位素餐，玩忽职守。

慈恩堂隶属户部管理，发生这么大的事情，户部有不可推卸的责任。

皇上还不清楚慈恩堂背后的隐私，虽然气户部管理不当，可更不满林初九与萧天耀将此事捅破。

在皇上看来，萧天耀将慈恩堂的事暴露出来，就是为了打他的脸。

皇上在朝上狠狠骂了户部尚书一顿，命他彻查此事，相关人员依法处理。同时限令户部整改此事，确保慈恩堂不再出现类似情况。

有了皇上这话后，御史们也没有再多说，慈恩堂的事闹得再大也不过是民生小事，会拿到朝廷上说，只是因为这件事有萧王爷的身影。

要不是萧天耀在慈恩堂出现过，这件事会被官员们悄无声息地抹掉，根本不会捅到皇上面前。和慈恩堂相比，送往前线的粮草被劫才是头等大事。

从最近的战报来看，前线的战事非常紧张，徐达用兵很稳，连赢数场。他也没有贸然进攻，一直都是稳扎稳打，皇上几乎以为胜利在望，可就在这个时候萧王的腿好了！

皇上在确定这个消息后，立刻密令徐达，责令其全力进攻，打北历一个措手不及，尽快结束掉与北历的战争，必要的时候可以牺牲原属萧王的三十万人马，可是……

北历也收到了萧王腿好的消息，北历知道东文皇帝素来忌惮萧天耀，一定会尽快结束战事，不让萧天耀有重掌兵权的机会。

正好，北历也是这个想法。于是北历将计就计，利用东文想要尽快结束战争的想法，诈败，将东文大军引入迷林。

然后东文的二十万大军在迷林失踪了，和二十万大军一起失踪的还有东文的粮草。

失踪的二十万大军，正好是萧天耀原来的那些兵。这些人被当成炮灰冲在最前线，听从徐达的命令对北历大军穷追不舍，一路追进在边境赫赫有名的大迷林。

迷林错综复杂，瘴气密布，根本无法生存，哪怕有足够的粮食也支撑不了多久，有点脑子的人都不会进去。所以，当徐达得知二十万人马和押运的粮草一起进入迷林后，心里就明白他中计了。

不是中了北历的计，而是他们和北历一起中了萧王的计。萧王用这种方法保住了他手上的王牌之师。

萧王亲手训练的三十万大军，可谓是东文最强军队，也是北历最为忌惮的一路兵马，现在这三十万人失踪的失踪，受伤的受伤，哪怕东文再迅速补充三十万大军过来，北历也不怕。

北历一改之前的颓败与退让，主动出战，皆以胜利告终。反观东文，因为一连几次的吃败仗，士气低落，再加上大批粮草被带走，以致军中的粮草都不够用。

徐达将前线的战况一一写明，同时将自己的猜测也写了出来，皇上看到后差点气疯。

他本想利用这次战争，消耗萧天耀的亲信部队，绝不是让他保存实力，可偏偏现在人马进了大迷林，他就是明知道这是萧天耀的阴谋也没有用。

萧天耀的责任自然要追究，可当务之急还是东文与北历的战事，这一战东文不能败，或者说皇帝不能败。

皇上立刻下旨，不仅给徐达送去足够的粮草，还给他多增了二十万兵马，现在有足足七十万人马在手，就是二对一也能打赢北历，皇上自信这一战必胜，可是送往前线的粮草被劫了。

七十万人马，每天的消耗非常惊人，没有足够的粮草徐达根本撑不下来。

抢粮草的山匪要剿，可现在最紧要的是给前线送粮。

东文富庶，粮草充足，给户部足够的时间就能够筹出粮草，可是粮草由谁送过去？会不会再一次出现粮草被劫的事？

东文就是再富庶也经不起粮草一再被劫，最重要的是，前线的战士等不到第三批粮草送过去。

押送粮草是大事，尤其是这一次的粮草押送，事关整个战局的成败，更是马虎不得。文武大臣在大殿上吵了半天也没有选出合适人选，皇上被他们吵得直头痛，气得当众甩袖而去，留下一干大臣站在大殿上面面相觑。

“林相，这事怎么办？”

“右相，这事怎么办？”

不管是文官还是武官，这个时候都围上了这两个帝王心腹，希望他们能拿出一个好法子。

林相和右相板着一张脸，两人皆默契得不说话。他们能有什么好办法？

这一战事关重大，萧王又在一旁虎视眈眈，谁知道再往前线送粮草，会不会又被萧王使计劫了？

到那时候，真要是因为粮草补给失力而败给北历，皇上绝对不会放过押送粮草的人，而提供人选者也会跟着倒霉。

这个时候，有点脑子的都不会多说，只能让皇上自己决定。

皇上心里很明白那些大臣的想法，可正是因为明白他才生气。

满朝大臣各个都有自己的小心思，哪怕遇到这等大事也不肯将私心放下，为君分忧。

“一群废物，朕养着那群废物有什么用？”遇事便躲起来，他留着那群人有什么用？可是，他又不能将满朝大臣全宰了。

“混账东西！”皇上气得狠拍龙案，在龙椅上坐了半天也没有缓过劲来。

这个时候根本没有人敢打扰皇上，太监和宫女尽皆离得远远的，生怕一不小心触了皇上的霉头。

“我要见父皇。”就在这个时候，七皇子在殿外求见皇上。

“殿下，皇上此时正在气头上呢，您看您是不是晚点再来？”太监知道七皇子此时正当宠，可这个时候他真的不敢进去为其通报。

七皇子小脸一凝，摇头道：“我知道父皇很生气，就是因为父皇生气我才要进去。快去通报，我要见父皇，如果父皇说不见我，我自会回去。”

“殿下……”太监一脸为难。

此时，怒火消了大半的皇上，听到外面的声音后，问了一句：“谁在外面？”

太监头皮发麻，这个时候也顾不得害怕，胆战心惊地走了进来，跪在地上道：“皇上，七殿下求见。”

“小七？让他进来。”皇上虽急前线的事，可现在他根本无心处置。

七皇子进来后，恭敬地给皇上行了礼，待到皇上叫起，这才说明自己的来意：“父皇，儿臣听闻父皇不高兴，儿臣年幼无法为父皇分忧，只希望在父皇生气时可以陪着父皇。儿臣不想父皇生气的时候只有自己一个人。”

七皇子看着皇上，眼中是毫不掩饰的担心。

皇上听到这话，心里别提多熨帖了：“朕的小七有心了，来，到朕身边来。”

七皇子太小，站在书桌前，皇上几乎看不到人。

七皇子来到皇上身边，抬着头，关心地问道：“父皇，你不生气了？”

“父皇不气，生气也解决不了问题。”皇上摸了摸七皇子的头，“小七别担心，父皇是皇帝，这天下没有父皇做不到的事情。”

“嗯，父皇是最厉害的，这世上再也没有比父皇更厉害的人。”七皇子重重点头，一脸崇拜地看着皇上。

皇上莫名的心情大好，见午膳的时间到了，便留七皇子一同用膳。饭桌上，七皇子没有秉承食不言寝不语的习惯，而是时不时说上两句话，或者给皇上夹个菜：“父皇，这个很好吃的。你尝尝……”

这顿饭皇上吃得分外高兴：“以后小七常来陪父皇用膳。”

“好，只要父皇不嫌小七吵，母后总说小七太吵了。”七皇子不好意思地挠了挠头，看上去又呆又可爱。

“父皇绝不嫌弃小七。”皇上对七皇子越发喜爱了。

“那我以后常来陪父皇用膳。”七皇子也很有眼力，知晓皇上还有公务，休息片刻后便提出要回去，离去前语气很关心地说道，“父皇，母后说你最近很忙，让小七不要来打扰父皇。父皇，你不要太累了，儿臣还小无法帮父皇分忧，可子安哥哥和太子哥哥都是大人了，辛苦的事你让他们去做呗。还有福寿姑姑、福安姑姑也是大人，她们都可以帮父皇分忧的。”

这话只有年纪尚小的七皇子能说，要换作太子和安王来说，定会惹得帝王猜忌。

皇上听到七皇子的童言童语，并没有放在心上，只是拍了拍他的脑袋，让他好好学习，早日长大，为他分忧。

七皇子高高兴兴地离去，太监给皇上换上新茶，适时赞了七皇子一句，见皇上心情尚好，又打趣了一句：“七殿下果然还是孩子，居然说让几位公主帮忙，这朝中大事哪是公主们能帮忙的。”

“公主？”皇上眼前一亮，他有合适的人选了。

“小七果然是朕的福星。”皇上心情大好，太监一脸不解，下一秒就见皇上高喊，“来人，拟旨。”

皇上拟定福安公主的驸马，崔家三爷押送粮草远赴边境，并在当天就颁发圣旨。

圣旨一下，崔三爷直接蒙了。东文的驸马，哪怕是公主下嫁，驸马都是没有实权的，而且因为南远发生驸马造反一事，各国对驸马的防备便更深了，崔三爷怎么也想不到皇上会把这个与前线大军接触的事交给他，这简直是……

“太不可思议了，皇上怎么会命我押送粮草？”崔三爷捧着圣旨，半天都回不过神来。

福安公主消息灵通，一脸高兴地道：“是小七，小七一句话让皇上想到了你。小七真是有心了，什么事都不忘记我这个当姑姑的。”

福安公主是真的很高兴，重要的不是这件事会有什么好处，而是她夫君入了皇上的眼，办好这件事后，她在皇上心目中的地位也会更高。

圣旨已下，不管崔三爷怎么想，这件差事都得接下来，并且还要办好。崔家虽然没有人入朝为官，但朝廷上的动向他们却一清二楚，知晓押送粮草不是一个好差事，兄弟几人都颇为担心，直到崔家主说了一句话，崔家几兄弟才安下心来：“上一批粮草被劫，是萧王对皇上的警告。萧王虽然有仇必报，可他却是心怀天下之人，他很清楚这批粮草的重要性，绝不会动这批粮草，哪怕是看在崔家的面子上。”

有了这句话，崔三爷也就无所顾忌了，而解决了心头大事的皇帝，亦是一身轻松。

可就在这个时候，被皇上和满朝大臣都忽视了的慈恩堂，又曝出一件丑事……

因为萧天耀和林初九在慈恩堂的出现，林初九又以王妃之尊亲自照顾慈恩堂生病的弃婴，这让不少人将目光放到慈恩堂上。觉得慈恩堂背后也许有不为人知的秘密，要不然萧王和萧王妃怎么会去关注一些无关紧要的弃婴？其中又以秦太医为最，秦太医可从未放弃对这件案子的关注，在知晓师父因墨神医的反击而陷入险地时，秦太医心急如焚。见到萧天耀与林初九前去慈恩堂，便立刻秘密去查慈恩堂的事，这一查还真让他找到了有用的消息。

秦太医发现，东文各地的慈恩堂，都只有身体残疾、瘦弱的小婴儿，年纪稍大、身体健康的几乎没有。嗅到不对劲的秦太医继续往下查，发现年龄稍大、身体健康的孩子都被卖了。而墨神医每隔几年，都要向慈恩堂买一批孩子。墨神医身边的弟子药僮就那么几个，他在慈恩堂买的人哪儿去了？

秦太医虽然没有足够的证据，可光凭这一点就能断定墨神医不干净。这天下没有谁是傻子，只要露出疑点墨神医就是再想装无辜，义正词严地说自己没有做过拿人试药的事，也就难了。

秦太医没有直接将墨神医提出来，而是借人牙子之手曝光慈恩堂买卖弃婴的事。事情并不是在京城暴露出来的，而是在距离京城不远的另一个城镇，消息暴露出来后，朝里朝外尽皆震惊，不少的清流名士对朝廷与官府提出质疑。收养弃婴本是一件好事，怎么就变成了朝廷敛财的手段？朝廷这般作为岂不是让天下百姓心寒？这么多年来，慈恩堂一直买卖弃婴，虐待弃婴，朝廷居然一点儿也不知道，要不是这次萧王妃去慈恩堂，这件事是不是永远都不会被暴露出来？官府这般不作为，真是让百姓对朝廷失望……

一时间，朝野上下都充斥着指责的声音，虽然没有人敢直接说皇上的不是，可话里话外也是在说皇上无能，使得吏治不清，官员吃百姓的肉、喝百姓的血。

皇上又气又恼，不承想小小一个慈恩堂居然连续打了他两次脸，当即下令严查此案，这一查问题就大了！

数十年间，被卖掉的弃婴不计其数。除了墨神医和一些妓馆会固定从慈恩堂收买一些孩子外，剩下的孩子会被秘密养大，然后卖入达官贵族人家为奴。

有些官员听到这个消息后，不由得阴谋论，担心有人将弃婴调教成探子，卖入各府探查消息。

想到前不久，萧王从天藏阁买来的关于他们犯罪的消息，一个个都觉得确有这么回事。

这些人也不敢明目张胆地查，只敢私下查一查，这一查还真发现几个不对劲的仆人，而这几个仆人极有可能便是慈恩堂的弃婴。

查的人多了，即使全是私下行动，也不可避免地就闹大了，心思缜密如林相，在自家查到两个不对劲的仆人后，立刻就往深处想了，连夜进宫给皇帝禀报此事。

皇上本就因为慈恩堂的丑闻曝光而愤怒，原本以为这只是萧天耀故意挑事，抹黑朝廷，听到林相的话后，瞬间就觉得这事不对劲。

“查，立刻给我查，这几年慈恩堂到底都做了些什么，他背后到底是何人指使？”皇上听到林相报来的消息后，有一种背脊发寒的感觉。

居然有人在他的眼皮底下，偷偷建立起这么恐怖的势力，而他却一点也不知道，这实在是太可怕了。

皇上在觉得可怕之余，又觉得愤怒，萧天耀都能查出来的事，他居然什么都不知道，他手底下的人简直就是废物。

密探头子被皇上狠削了一顿，随即亲自去办此事，第一步就是先将各大臣家，可能是探子的人员一一揪了出来。

一时间，皇城的气氛空前紧张，达官贵族人人自危，害怕自己身边就有隐藏的探子，不知何时就把自己这个东家给卖了。

而墨神医因为身陷大牢，虽然没有与外界失去联系，消息却不灵通，等到他收到消息时，慈恩堂背后的事情已经暴露出来，凭他的本事根本无力力挽狂澜。

很快，墨神医从慈恩堂大量买入弃婴的事也暴露出来，整个京城陷入一团乱麻。

外面的气氛越紧张，萧王府就越轻松，皇上将注意力全部放在慈恩堂的事上，根本没有精力去盯萧天耀。

“没想到秦太医竟会把此事暴露出来，倒是省了我们许多麻烦。”苏茶对此事乐见其成，慈恩堂的事情越来越大了，幕后主使者定会按捺不住地跳出来。

他们真的很想知道，在东文下这么大一盘棋的人，到底是谁？

“盯紧些，本王不想再出任何意外。”一个潜藏在幕后的黑手，即使不是敌人，萧天耀也要将他们揪出来。

“放心，一旦有异动，我必会发现。”苏茶笑闹归笑闹，可遇到正事还是很严肃的。

苏茶办事萧天耀很放心，不过还是提醒了一句：“那两个孩子尽快安排好，南远皇子已经潜入京城。”

“南远人潜进了京城？”苏茶一脸惊讶，随即羞愧地低头，“我失职了，不知道是哪位皇子？”人到了皇城，他居然不知！

“来者是南远皇帝与东文女子所生的第五子南诺离，他长得与东文人极像，你让人盯紧些。”对方隐藏得极好，萧天耀也是无意中发现的。

苏茶一脸凝重，神色严肃地应是：“我明天就以王妃的名义，将那两个孩子安排好。”

周和安对自己的身份非常敏感，对外人十分戒备，到目前为止，也只有林初九能得到他们的信任。

“嗯，切不可打草惊蛇。”听苏茶提起林初九，萧天耀微不可察地皱了皱眉头，看了一眼桌角的沙漏，眼见时辰不早，苏茶却还不打算滚蛋，冷声问了一句，“还有事吗？”

“有……孟家的事怎么处理？孟先生投拜帖求见。”苏茶也知道自己惹人嫌了，可最近事情多，流白又出城帮吴大夫去了，他真的很忙。

“不见，让他们有事找王妃谈。”萧天耀起身，拂袖离去。

“我还……”苏茶转身便欲追过去，却不见了萧天耀影，不由得叹气：王爷，你是不是太急了点？

急？当然急了！

萧天耀这个时候离开，自然是去找林初九，怎么能不急。

自从上次在马车上谈话后，林初九就一直早出晚归，而他亦是公务繁忙，两人自那以后竟是不曾在清醒的时候碰过面，这让萧天耀颇为不满。

对待救命恩人就是这个态度，林初九实在太敷衍了！

萧天耀今天来得极早，他过来时林初九刚刚沐浴完，春喜正在给她擦头发。

林初九背对着门而坐，根本没有注意到萧天耀的存在，见春喜擦了半天，也不见头发变干，不由得感慨了一句："要是王爷在就好了。"有内功什么的，瞬间头发就干了，她立马就可以睡了。

"本王在，有什么好事？"萧天耀脚步一顿，唇角微微上扬，显然是极为高兴。

"王爷？"身后突然传来萧天耀的声音，林初九吓了一跳，起身时，手一抖，"哐当"一声，将桌上的铜镜带倒了。

春喜也不曾发现萧天耀进来，听到声音忙转身行礼："参见王爷……"

"行了，出去。"萧天耀不等春喜说完便赶人。

"是。"春喜放下毛巾，赶忙退了出去。当然，作为贴心小丫鬟，春喜不会忘记将门带上。

于是屋内便只留下萧天耀和林初九两人，看着离自己只有三步远，气场强大的萧天耀，林初九深感压力巨大。

那天过后，她不是没有想过和萧天耀之间的关系。萧天耀是一个很有魅力的男人，有足够多的吸引女人的本钱，林初九承认自己被他吸引了，可受过一次伤，林初九真的怕了，她总觉得她和萧天耀现在这样挺好的，少了些许冷漠，多了些许信任，不需要刻意亲近，保持适当的距离就好。

这几天，林初九一直很忙，每天早出晚归的，一直也没有机会见到萧天耀，发现萧天耀也没有来找自己，以为萧天耀是默许了两人的相处方式，可不想萧天耀居然找上门来了。

两人相对，沉默无语。最后还是林初九受不了这个气氛，主动问道："王爷，你找我有事？"

"嗯。"萧天耀模棱两可地应了一下，上前，拂着林初九湿湿的长发，"怎么突然想到本王的好了？"

炙热的男性气息扑面而来，林初九耳根一红，便本能地往后退，却发现自己身后就是梳妆台，根本无路可退，只能微微往后倒，拉开两人的距离，语气很不自在地说道："王爷……"能别靠这么近吗？

"刚刚不是说本王在就好了吗？现在本王来了，怎么又怕了？"萧天耀没有逼近，默许了林初九拉开距离的行为。

"不是怕……"是觉得挺不好意思的。

此刻，林初九脸颊通红，看上去就像害羞了一样。萧天耀不由得笑了出来："不是怕，那是什么？想本王了？"

萧天耀手指轻动，顺着林初九的头发往上卷，很快手指就停在林初九的脸颊旁。轻轻一动，林初九感觉自己的心跳得飞快，暗自吸了好几口气，这才从萧天耀的美男计中脱身，僵笑一声道："是呀，想王爷……"的手艺了。

最后四个字，林初九默默地咽了回去。她敢肯定，她要是说出来，萧天耀一定会煮了她。

林初九不说，萧天耀也能猜到，当即没好气地道："言不由衷的女人，真不可爱。本王也懒得和你这个笨蛋计较，坐下。"

林初九被萧天耀强制按在椅子上，等林初九反应过来时，萧天耀已经拿起毛巾，包在她的头发上……

微微的热气，从发梢传到头发根处，林初九不由得笑了出来。

其实，萧王爷还是很可爱的，她不用那么紧张的。

萧王确实很好用，不多时林初九的头发就全干了。

“现在，怎么回报本王？”萧天耀身子微往前倾，压在林初九的背上。

想到自己刚刚被萧天耀逗得面红耳热，好胜心起的林初九恶从胆边生，笑着道：“一个吻如何？”

本以为会吓到萧天耀，可不想萧天耀一本正经地道：“那本王就勉为其难吃点亏，一个吻就一个吻。”

话落，萧天耀不给林初九说话的机会，将人抱了起来。

“啊……”林初九吓了一跳，本能地抱住萧天耀，只见一个旋身，萧天耀已坐在凳子上，而她则坐在他的腿上。

“王爷……”林初九刚开口就被萧天耀用唇堵住。怎么吻，由本王说了算。

“唔……”林初九挣扎了一下，然后发现自己的身子完全不受控制，直接瘫倒在萧天耀的怀里。

“乖……放松。”萧天耀吻住林初九的双唇，慢慢地撬开她的唇舌，与她唇齿交融。

“唔……”没有防备的林初九，很轻易便被萧天耀攻城略地，在萧天耀霸道的吻中，完全没有招架之力，只能任由萧天耀摆布。

不知吻了多久，林初九只觉得自己快要窒息了，双手不自觉地攀住萧天耀，甚至在她不曾察觉到的时候，已经主动回应萧天耀。

有了林初九的回应，萧天耀越发霸道地深入。终于，在林初九觉得自己快要窒息而死时，萧天耀松开了她。

一吻完毕，林初九已是全身无力，脸颊潮红，眼神带着动情后的媚意……

看着林初九红肿水润的双唇，萧天耀脸色不由得柔和了下来：“本王很喜欢这个谢礼，以后不许再用谢谢两个字打发本王。”

“才不要。”没了力气的林初九，娇弱地开口，伸手在萧天耀胸口捶了一下，就像是在撒娇。

萧天耀不痛不痒，任由林初九打着，伸手抹掉她嘴角的银丝，将人抱起来道：“时辰不早了，我们该就寝了。”

“就寝，你不走吗？”林初九听到这话，瞬间便清醒了。

她，她好像不小心把狼给招来了。

“走？本王为什么要走？”萧天耀脚步不停，直接将人放在床上，见到林初九一脸纠结，萧天耀戏谑意味十足地说道，“又不是第一次了，你害羞什么？”

“你在胡说什么，之前哪能一样？”之前都是她睡着了萧天耀再来，她根本什么都不知道，现在她好像，有点儿紧张了！

林初九的紧张是显而易见的，只是，萧天耀会因为林初九的紧张便放过她吗？

答案当然是不会的。

“早晚要习惯的，别忘了我们是夫妻。”萧天耀脱了鞋子便躺上床，以绝对强势的姿态，将林初九抱在怀里，“不许躲我。”

他就想不明白了，林初九好端端的相府嫡小姐，睡觉的姿势怎么跟刺猬似的，不仅把自己蜷成一团，还不喜欢与人靠近。

“被你这样抱着，我睡不着。”天气渐暖，她真的不需要一个大暖炉在身后，好热啊。

“困了怎么都能睡得着，本王在死人堆里照样能睡着。”

“呃……”最后一句话，好吓人。

林初九身子一僵，没有再动。

“安心睡吧。”萧天耀说完，就闭上眼，摆明不想再说无意义的话，当然也不会做其他的事，林初九大可放心。

安心？林初九倒是想要安心，可是她没法放松呀！

屋内漆黑一片，层层叠叠的床幔将屋外的月光也挡住了，林初九大睁着眼，看着墙壁半天也合不上眼。

不多时，就传来萧天耀平稳的呼吸声……

林初九的身体瞬间放松了，可依旧没有睡意，本以为自己今晚会失眠，可不想她居然在不知不觉中睡着了，完全没有一丝的防备。

待到林初九睡死后，本该是睡着的萧天耀却突然睁开了眼，看着怀中娇小的女子，萧天耀前所未有地满足。

就这个女人吧，虽然不够聪明，不够强势，可是他抱着很舒服。

再次合上眼，闻着林初九发丝间淡淡的香味，萧天耀卸下防备，安心入睡……

第三章　放在心尖上的你

第二天，半睡半醒的林初九还在想着要如何面对萧天耀，却发现萧天耀早已不在。

侧身，看着早已凉透的被子，林初九不由得有几分失落，抱着被子坐起身来，半天也没有动弹。

春喜和秋喜听到林初九起来的声音，唤了半天也没有等到林初九的回应，便擅自进来了。

一进来就看到林初九正坐在床上发呆，两人不由得愣了一下，秋喜怯怯地上前："王妃，你没事吧？"

林初九在春喜和秋喜进来时就发现了，只是不愿意动，听到秋喜问起，林初九摇了摇头，无事人一般地起身。

春喜和秋喜知晓林初九不喜欢丫鬟多嘴，并不敢询问，只是比平时更加细致地服侍林初九梳洗。

早膳和往常一样，一碗稀饭、一碟饺子、四个小菜，平时林初九都能吃完，今天却剩下了一半。

"王妃，再用一点儿吧，你今天还要外出呢。"春喜是知道林初九有多忙的，很怕林初九撑不住，不由得劝了一句。

"吃不下了，给我装一份点心，我饿时吃。"林初九承认，因为萧天耀招呼都不打一声就离开，她现在的心情很不好。

虽然以前也是这样，可明显昨晚和以前不一样呀！

林初九总觉得，在萧天耀眼中，自己就是小猫小狗，萧天耀高兴的时候逗一下，不高兴了又把她丢一边。想想都好郁闷。

带着满满的负面情绪，林初九带着春喜往外走，准备出府。

这段时间，林初九每天都要去照看那些生病的孩子，虽然曹管家请了几个大夫来照料，可有些事情只有林初九才能做。比如，给兔唇的孩子做治疗。

兔唇的孩子并不多，林初九一天只给一个孩子医治，到今天就可以全部结束了，剩下的只要妥善照顾就好了。

从林初九的住处走到萧王府的大门是一段很长的距离，天天进进出出林初九也觉得很不方便。曹管家跟她提过换院子，只是她不想搬。

在林初九看来，换院子就是对萧天耀的一种暗示，她现在一点儿也不想自作多情，免得萧天耀日后笑话她急不可耐。

快步走了两炷香的时间，终于走到大门口，林初九有些气喘，正准备出门就听到有人在叫她："王妃，等等……"

原来是苏茶正大步跑来："总算来得及，我还以为我来晚了。"苏茶抹了一把汗，看样子累得不轻。

"找我有事？"林初九对苏茶还算客气，苏茶比那个叫流白的聪明多了。

苏茶缓了口气，说道："王爷上早朝前交代我，让我今天陪着王妃。"

"王爷上早朝去了？"不知为何，听到苏茶这话后，林初九的心情莫名其妙地好了许多。

"是的，好像是之前伏杀的事有了消息，皇上就让王爷去听朝会。"苏茶说得含糊不清，林初九也没有追问，知道萧天耀是因为有正事离开，林初九就满意了。

"去别院前，我们先去一趟朱雀大街。"林初九没有多说。

苏茶本就是冲着那两个少年去的，自然没有异议："我只是跟着王妃，王妃去哪都行。"

林初九笑了一声，虽不知苏茶为什么要跟着她，可也明白苏茶必然有重要的事要办，不过苏茶不说，她也不会过问。

马车以最快的速度朝朱雀大街驶去，路上林初九和苏茶没有交谈，虽然有些无聊可却避免了尴尬，苏茶真的很怕林初九问他有什么目的。

明眼人都看得出来，他跟林初九出来绝不是为了保护她，更不是为了监视她，要说没有事情办，他自己都不相信。

好在，萧天耀也没有打算瞒着林初九，不然这事还真不好办。

马车停在客栈门口，林初九下了马车，见苏茶亦步亦趋地跟着并没有说什么，只是脸色有了几分严肃。

周和安与生病的孩子一直在客栈没有出去，听到有人敲门后问了一声，知道是林初九来了，这才将门打开。只是在看到苏茶时，周和安愣了一下，站在门口没有让开："夫人，他是……"

"我府上的幕僚，跟我出来办事。"林初九为苏茶寻了一个合适的理由，周和安不着痕迹地打量了苏茶一眼，见他文质彬彬，下盘不稳，气息粗重，知晓这人没有武功，这才侧身让开，让林初九和苏茶进去。

周和安的戒备让林初九瞬间明白，周和安绝对不简单，而苏茶应该是冲着周和安来的，只是不知周和安是什么身份，居然劳动苏茶公子亲自来办！

苏茶是一个很聪明也很有分寸的人，他并没有与周和安套近乎，除了最开始打量了周和安一眼后，苏茶就不再看他，只尽一个幕僚的职责，桩子似的站在屋内等林初九。

周和安心中忐忑，他知道林初九的身份，也明白面前的这个男人不简单，只是不知道他是不是冲着自己来的。

周和安怕打草惊蛇，也不敢套苏茶的话，同样默默地站在一旁不说话。

林初九给小孩子换了药，取出自己提前拿好的药："白色药丸一天三次，每次三丸；黄色药丸也是三次，一次一丸；蓝色小瓶一次两瓶，一天两次。"

这些药和之前的不一样，林初九因此才会多交代一句，周和安牢牢记下，举止慎重地将药丸贴身收好："谢谢夫人。"林初九没有表明自己的身份，周和安也就没有贸然地去叫王妃。

"不必客气，救你们也是意外。"林初九朝周和安点了点头，又拍了拍小孩子的头，"好好养病，我两天后再来看你。"

"我养病，姐姐要来……"小孩子怯怯地开口，说话还不太清晰，不过脸上的红肿消了后，看上去又软又萌。

"好，姐姐一定来。"林初九对小孩说不上喜欢，可也说不上讨厌。

周和安见小孩对林初九这般依赖，便说了一句："小睿很喜欢夫人。"很少看到小睿这么喜欢一个人。

"小睿很乖。"光听名字也知道不是普通人，普通人家可不会给孩子取这样的名字。

这两个孩子的隐藏功夫太差了，难怪苏茶连人都没有见到就怀疑他们的来历问题。

"确实是个乖巧的孩子，"一直默不开口的苏茶，突然开口道，"夫人，客栈龙蛇混杂，你看要不要把小睿接到别院去，和慈恩堂的孩子放在一起，也好一起照顾。"

苏茶说完后，落落大方地站在那里，任由周和安打量。

林初九知道苏茶的目标是周和安，可她并不打算帮忙，当然也不会拖后腿，她把难题丢给了周和安："你怎么看？"

"别院？是收留慈恩堂弃婴的别院吗？"周和安试探性地问了一句，如果是的话，肯定会比在客栈安全，只是不知道萧王知不知晓他们的身份。

要是知道，他们无疑是羊入虎口。

"是的，那里有不少的孩子，还有专门的大夫在。你弟弟要是在那里，夫人也不用来回跑了。"苏茶笑得温良，可也掩饰不了他那狐狸的本性，林初九不说话也不看他，默默地收拾东西。

周和安没有立刻回答，而是低着头，不知在想什么……

苏茶也不逼他，说完这话后就站在林初九身后，低调不出头，就好像刚刚诱拐少年儿童者不是他一般。

林初九摇了摇头，将药箱递给一旁的春喜："我们该走了。"

"是，夫人。"苏茶忙摆出请的姿态，待到林初九走出门槛，这才扭头对着周和安道，"你们要不要一起过去？有马车在也方便的。"

“我们……”周和安还在挣扎。

他最近已经发现有人在找他们了，没有父亲在，凭他们两个半大的孩子，根本逃不掉对方的追捕，可是……

周和安看了一眼苏茶，又看了一眼林初九，仍旧犹豫不决。

他不知道，这两个人可不可信。

他不知道，东文的萧王会不会比南远的皇帝更可怕。

他不知道，他会不会后悔自己的选择……

他不知道该怎么办。

周和安紧握拳头，脸庞低垂，不想让人看到他的懦弱与不安。

林初九人都走出去了，看苏茶与周和安僵持不下，心里隐约猜到周和安怕是遇到了麻烦，想要跟他们走，可又担心他们别有居心。

林初九叹了口气，回头道：“你知道慈恩堂的事，就应该知道我的身份，别院有重兵把守，确实比客栈安全，你和小睿随时都可以走，我保证没有人会拦着你们。”

“夫人……不，王妃娘娘，你说的是真的？”周和安眼前一亮，死死地盯着林初九，似乎在判断她话中的真假。

“我没有必要骗你，我知道你和小睿不是普通人，其实我并不在意你们是谁，也和我救你们无关。屋里那个人确实是萧王府的幕僚，至于要不要相信他，取决于你。”林初九说完这话，头也不回地便往外走，门外的护卫却没有跟过去，而是依旧站在门口，防止有人偷听。

“王妃的话你可听到了？王妃并不知道你是谁，救你纯属意外。我会发现你和小公子，也是因为王妃救了你们，我出于好奇顺手查了一下。”真面目被林初九拆穿，苏茶一点儿也不尴尬，优雅地落座，慢条斯理地说道。

“你们想要做什么？”周和安一脸防备地挡在床前，生怕苏茶伤害床上的孩子。

“我真要做什么的话，你以为凭你一个小孩能挡得住？你应该庆幸你们遇到了王妃，不然你们现在就会落在南诺离的手上。”南远派出一个皇子来找人，周和安能逃得掉才有鬼。

“南诺离，他居然到东文了？”周和安脸色大变，转身将床上的小睿抱在怀里。

“哥哥，疼……”年纪尚小的小睿什么都不懂，只知道自己很不舒服。

“小睿乖，哥哥轻点就不疼了。小睿，我们要离开这里了。”周和安心脏怦怦直跳，虽然松开了力道，可抱着小睿的手依旧绷得紧紧的。

“你跑不掉的，南诺离就在东文皇城，要不是我在暗中帮着你，他早就找上你了。”苏茶站了起来，却没有挡住周和安的去路。

他知道，这个少年一定会跟他走，因为他没有选择。

“你想怎么样？”周和安知道凭自己的本事，确实无法带着小睿逃走，可哪怕只有一丝希望他也不会放过。

小睿是夏氏皇族最后的血脉，他说什么也要保住。

“我真要怎么样的话，你们两个小家伙还有活路？王妃悲天悯人，她救的孩子我们定然不会为难，要不要跟我走随你。”苏茶说完这话，转身就往外走，根本不给周和安多考虑的时间。

周和安这两年也经历了一些事，平日里行事小心谨慎，要比同龄人稳重许多，可到底还是年少，在苏茶这只老狐狸面前，他一点儿胜算也没有。

毫无意外，周和安选择跟苏茶离开，而且不是去别院，而是去一个更安全、更隐秘的地方。

对此，林初九一句话也没有说，只叮嘱周和安好好照顾小睿，她会去看望小睿的。

“多谢夫人。”周和安抱着小睿，有些局促地坐在马车一角。

他确实是应该谢谢林初九，要不是因为有林初九在，苏茶不会用这么温和的手法，萧天耀也不一定会保他们，毕竟把他们交出去的话，能换来更多的好处。

“我并没有做什么。”林初九摇了摇头，看了一眼周和安怀中什么也不懂的小睿，不由得叹了口气。

她真不知道自己的运气怎么就这么好，随便救个人都是来历不凡，上次是北域莫家，这次倒好，直接来个夏氏皇族，简直是遭难体质。也不知是她倒霉，还是遇到她的病人倒霉。

周和安也不知该说什么，他虽然选择和苏茶走，可他仍旧很是不安，抱着小睿一言不发，只是看着林初九哄小睿说话。

马车很快就到了别院，林初九再次和小睿告别，提着药箱下车，苏茶也跟了下来。

“你还跟着我干吗？”事情不是已经办妥了吗？

“我要半途走了会让人起疑的。”苏茶觉得自己被人嫌弃了，可他今天这事办得很厚道呀，王妃应该不会生气吧！

“哦……”林初九应了一声，往里走。

为防万一，苏茶还是问了一句：“王妃，你生气了？”要是因为他惹得王妃生气，萧天耀肯定会抽他。

“不生气。”林初九真的不生气，这事萧天耀肯当着她的面处理，已经是给足了她面子。

凭萧天耀的本事，想瞒着她悄悄带走小睿与周和安并不是什么难事，既然萧天耀肯让她知晓，已经算是有进步。

晚上，可以给他奖励了！

说到奖励，不免又想到昨晚的那个吻。

想到昨晚的那个吻，林初九的脸上浮出一抹笑意，如果他们两个，可以一直这样下去其实也挺好的。

不需要轰轰烈烈，就这么细水长流……

苏茶在身后看到林初九时而冷脸，时而傻笑，不由得暗暗摇头：女人果然善变。

林初九一到别院，就有下人跑过来道：“王妃，17号床的小孩子嘴唇出血，大夫们也不敢动，你快去看看。”

17号床的小孩，是昨天做了兔唇缝合的那个，这些孩子都还没有名字，林初九只能用编号来称呼他们。

“好，我这就去。”提到工作，林初九立刻收起傻笑，苏茶看到林初九一瞬间变得高端大气上档次，不由得傻了一下：王妃是他认识的女人当中最善变也是变得最快的那个。

“咚咚咚……”就在苏茶傻愣的时候，林初九已经跑进更衣间，换衣服洗手，然后带着药箱去了17号病房。

苏茶反应过来后，忙跟了上去，却被照顾孩子的下人拦住：“王妃说，进这间房一定要换上干净的衣服，还请公子先换一件衣服再进去。”

苏茶虽然一路坐马车，身上和鞋子却不可避免地沾了一层灰尘，虽不脏但绝不干净。

“有我能穿的新衣服、新鞋吗？”他苏大公子，从不穿别人穿过的衣服。

“有外套，鞋子的话，公子在外面套一层布就行了。”下人带苏茶去换衣服，等到苏茶回来时，林初九已经将伤口处理好了，苏茶想要看林初九处理伤口的心愿再次落空。

有点儿小心塞。苏茶觉得自己流年不利，这都第几次了？他每次都错过……

“你们晚上注意一点儿，别再让他抓到伤口，晚上要是照顾不过来，就把他的手绑了。”林初九一边收拾东西，一边交代。

“是。”下人连连应是，知晓伤口是孩子自己抓的后，照顾孩子的几个下人都吓慌了，本以为会被罚，没想到王妃只是训斥了一顿，真的算是很温和了。

“平时多注意一些，我去给其他人换药。”林初九知道小孩子比成人难照顾多了，别院的下人并不多，偶有疏忽也在所难免。

换药，检查有没有发烧的，检查伤势恢复情况，林初九一上午就做这些事情，苏茶一路跟着，刚开始还觉得很好玩，可看着看着就觉得无聊了。

来来回回就那么几个动作，那么几句话，一点儿新意也没有，这对习惯应对各种突发状况的苏茶来说，这种一成不变的生活简直没趣得很，也不知道王妃怎么会有那个耐心。

不过，王妃写的那个病历还挺有意思的，每个人的情况都写在纸上，昨天和今天的情况想要对比的话一目了然，这么一来就不用担心会搞混了。

也许，他回头也可以将底下的人整理成册，写明每个人的特长与实力，还有他们平时执行任务的表现。这样他就不用担心会搞错人，调派人的时候也就更方便。

晚上就去和萧天耀商量！

有了一个不算小的收获后，苏茶心情颇好，一扫之前的郁闷，吃完饭后甚至主动问起还有什么事是他能帮上忙的。

“你？不用了，我下午有一个缝合治疗，你帮不上忙。”林初九知道苏茶今天会一直跟进跟出，她也不防着苏茶，左右她除了治疗包，给孩子们用的药全是中药。

当然，这不是她开的药，而是出自萧天耀所请大夫的手笔。

“治疗？那是什么？”苏茶双眼一亮，直觉告诉他，下午会比上午有趣，也许他终于可以一偿夙愿，看看林初九给人处理伤口时到底有多么惊艳。

“就是把破裂的嘴唇缝起来，你上午不是看到了吗？”林初九没有详细解说的打算。

苏茶不懂，纯粹就是凑热闹，很是兴奋地问道：“我能跟着吗？”

“不能！”林初九坚定地摇头，扯出一抹不是笑的笑意，不等苏茶开口，转身就走。

同一时刻，结束早朝的皇上留下萧天耀单独议事，皇上说完后，萧天耀就只回了他两个字：“不管！”

说完，转身就走，动作和林初九如出一辙！

萧天耀今天之所以会去上早朝，是因为今天早朝谈论的事与伏杀林初九的死士有关。

监察院确实查到了一点儿消息，只是这消息对萧天耀来说真的太敷衍了。

监察院给萧天耀的答案是，伏杀林初九的人与慈恩堂的幕后主使者有关。刺杀目的是不想萧王妃盯上慈恩堂，同时也借萧王妃之死转移世人对慈恩堂的关注。只可惜，对方的目的没有达到，萧王妃没有死，盯上慈恩堂的人更多了，慈恩堂背后的事便也暴露了出来。

监察院的官员，说完一大堆后，最后说道：“只要能查到慈恩堂的幕后黑手，就能找到伏杀萧王妃的人。”

听到监察院官员的说辞后，萧天耀只是回以一个冷笑，从头到尾都没有说一句话，皇上问起萧天耀时，他也只说了一句：“臣相信皇上。”

听着像是在表忠心，可谁都知道萧王爷是不满了。

想来也是，监察院的这个推断虽然合情合理，可他们却拿不出一点儿切实的证据和线索，甚至还想让萧天耀去查慈恩堂的幕后黑手，萧天耀要是会高兴才有鬼。

当然，在朝堂上那些人并没有明着说出来，只是表达了这个意思，见萧天耀没有接话的打算，很快就将此事揭过，说起别的事来了。

下了早朝后，皇上单独留萧天耀议事，说的还是林初九被伏杀一事：“天耀，监察院虽然没有实质的证据，可他们的推断不无道理，刺杀初九的人与慈恩堂有关。现在慈恩堂的事暴露了出来，幕后之人一定不会放过初九，为了她的安全，须尽快查到慈恩堂的背后之人。”

私底下，皇上把话说得非常直接。

慈恩堂的幕后黑手不好查，想要查清此事必定要耗时耗力，皇上不想把人力、物力浪费在这件事上，同时亦想要让萧天耀忙起来，免得他太闲盯着前线的事，便想将这件事推给萧天耀去做。

可是，萧天耀要那么好说话，他就不是萧天耀了。

“皇上，臣弟相信皇上一定会尽快查出来的。”萧天耀只当听不懂皇上话中的暗示，将此事推得干干净净。

这件事，他可以私下查，但接手那是不可能的事。谁不明白慈恩堂现在就是烫手山芋，谁接谁倒霉。

皇上皱眉，脸色阴沉地道：“天耀，朝廷现在的重点是前线战事，慈恩堂的事，朕希望你能为朕分忧。”

“皇上，臣弟身体不适，担不起这个重任。”萧天耀适时地拿自己的身体当借口，“臣的双腿虽然可以行走，但却无法久站，随时都有病倒的可能，还请皇上体谅。”

萧天耀毫无压力地装病。

“此事，事关你的王妃，你也不管？”皇上真没有想到萧天耀居然会装病！

难道，慈恩堂的事萧天耀也没有头绪？

“不管。”萧天耀说完后，直接朝着皇上作揖告辞，“皇上，时辰不早了，臣弟就不耽误皇上处理公务了，先行退下。”

说完，也不管皇上高不高兴，转身就走……

皇上没想到萧天耀这么嚣张，回过神时殿内已没有了萧天耀的身影，皇上气得一捶桌子：“越来越不把朕放在眼里了！真以为没有你，朕就赢不了北历吗？这一战朕一定会赢，朕要让你明白，没有你萧天耀，东文的武将们一样可以守住国土！”

皇后在鸾凤殿，得知萧天耀与皇上又一次闹僵后，淡然一笑：“萧王不插手的话，事情就好办多了。”

身旁贴身侍候的老嬷嬷，听到这话亦是一笑：“娘娘放心，我们已经处理干净了，密探绝对查不到什么。”

“本宫相信你们，只是可惜了。”皇后幽幽地叹了口气，“本想给小七多准备一些资本，现在怕是不能了。”

既然被人盯上，同样的事就不能再做了！

萧天耀从宫里出来后，并没有直接回萧王府，而是让人送他去别院。

别院里，被拒的苏茶正一脸怨念地蹲在角落里画圈圈，听下人来报萧天耀到了，立刻打起精神，快步迎了出去：“王爷，你怎么来了？”

“事情办得怎么样？”萧天耀大步走了进来，自然而然地在主位上坐下，完全是主人的姿态。

“已经办妥了。”苏茶看似随性，实则恭敬地立在下首。在人前，苏茶永远都记得自己的身份。

萧天耀挥手道：“很好，你可以走了。”

“现在？”这是用过就丢吗？

“不然呢？”萧天耀冷眼一挑，苏茶只觉得周身一寒，想也不想便往外跑：“我走，我走，我现在就走。”没人性的家伙！

苏茶一走，萧天耀就招来别院的管事，问道：“王妃在哪里？”

“回王爷的话，王妃正在西厢房。王妃有吩咐，任何人不能打扰她。”管事说完最后一句话，立刻低头，不敢去看萧天耀。

萧天耀挑了挑眉，没有说话，让管事下去……

西厢房里，只有林初九一个人。为了不让医圣之心暴露，林初九在别院里会尽量减少使用，治疗时也从来不让外人在场。

已经不是第一次独自完成治疗了，林初九做得很熟练，在天黑之前就做完了，而且很成功。

这是最后一个兔唇孩子的治疗，之后，林初九也可以轻松一些了。

“好好照顾这个孩子，别让他再抓到伤口。”林初九将小孩推出来时，再三叮嘱下人。

“奴婢遵命。”下人连连保证，她们可是很清楚的，王妃虽然好说话，可要是一再犯同样的错，王妃照样不会心软。

林初九安顿好小孩后，便准备去看望得了肺炎的那个孩子，可不想刚踏出门，就被管事堵住了去路。

“有事？”林初九问道。

管事连连点头，语气急切地道：“王妃，王爷来了，等了你两个多时辰呢。”

“王爷来了？”林初九眼睛倏地一亮，“有说什么事吗？”

她承认，听到萧天耀来找她，她很高兴，心里有点小甜蜜。

病人很重要，自家的男人更重要，林初九毫不犹豫地选择先去见萧天耀。

得肺炎的小孩已得到妥善的治疗，她只是例行检查，早一点和晚一点并没有关系，她完全可以先见萧天耀一面，和他说两句话再去查看那个孩子的恢复情况。

林初九不等管事多说，转身就朝花厅跑去。

“王妃，王妃……”管事一见林初九跑了，连忙追了上去，可跟在后面连叫了几句，也没有得到林初九的回应。

“唉……”管事一拍大腿，“王妃怎么也不换件衣服，身上全是血呢。”

林初九一时高兴就忘了自己身上又是血又是汗，就这么跑到萧天耀面前，把萧天耀吓得脸色大变，猛地起身，抓起林初九的胳膊：“怎么回事？”

“疼……放手。”林初九忙挣开萧天耀的钳制，顺着他的视线看到胸前的血迹，林初九一拍脑门，懊恼地道：“不小心沾上的，忘了换衣服。”

“不是你的血！”慌乱也就是一刹那，看到林初九活蹦乱跳的样子，萧天耀立刻明白自己犯傻了，脸唰的一下就黑了，转身就坐了回去。

笨女人，害他白担心了。

林初九忙跟了上去：“你生气了？”

“没有！”

才怪呢，脸这么黑，明显就是生气了。

不过，林初九不敢说，直觉告诉她，她要是敢这么说，萧天耀会更生气。

林初九只当刚刚这事没有发生，自然而然地转换话题道：“王爷，你怎么来别院了？是找我有事吗？”

“没事，本王路过。”林初九没有说破，萧天耀的脸也黑了。

“路过？”林初九眨巴着眼睛，问道：“王爷，你今天不是去宫里了吗？”从宫里到别院，这得多强大的路过？

能不能别这么傲娇，承认是来找我的不行吗？

“本王找苏茶。”萧天耀一脸淡定，完全没有撒谎被人看出来的不自在，上下扫了林初九一眼，不无嫌弃地道，“一身味道，快去换衣服。”换好衣服，赶紧走人。

“要等一下，还有一个病人。”林初九闻了闻，觉得还好呀，只是血和消毒水的味道。

“是吗？”萧天耀唇角微微上扬，起身道，“走，本王陪你一起去。”居然放下病人来找他，林初九还算有点儿良心，不枉费他等了这么久。

“不用了，你等我一下，我很快就好了。”林初九摇头拒绝，可萧天耀是你拒绝，他就会听话的人吗？

明显不是。

“走。”萧天耀催了一句，摆明要和林初九一起去，林初九想到那个孩子的情况，没有什么传染症状，萧天耀过去也没问题。

“是一个得了肺炎的男婴，大概一岁左右，长得挺好的，不知怎么被遗弃了。”路上，林初九给萧天耀介绍了一下情况，萧天耀面无表情地应了一声。

他对什么男婴不感兴趣，他不过是陪林初九走一趟。

别院很小，两人很快来到小男婴所住的房间，和小男婴住同一间的，还有几个咳嗽发热的孩子，其他的孩子对林初九的到来没有任何特别的表现，只有那个得了肺炎的小孩，一见到林初九出现，马上伸出小手要抱。

“咿……咿……呀……”小孩得到及时的医治，现在的症状已经减轻许多，手脚也比之前要有力，一双黑溜溜的大眼透着机灵。

“小机灵鬼，今天没法抱你了。”林初九捏了捏小孩的手，并没有去抱，她身上还有血呢。

“咿……咿……呀……”小孩子依旧没心没肺地笑，以为林初九在和他玩。

林初九解开他的衣服，检查他的心跳和肺腑……

拉开衣服，小孩胸前指甲大小的花形胎记露了出来，林初九每天都要给这个小孩子检查一次，见怪不怪，可是……

萧天耀是第一次见！

“等一下。”萧天耀脸色微变，拨开林初九的手，力道很大，林初九一个踉跄，险些跌倒：“怎么了？”

察觉到自己用力过大，萧天耀眉头一皱：“伤着你了？”

“没有，只是吓了一跳。”幸亏屋内没有什么摆设，不然还真要摔一跤，萧天耀的力道太大了。

萧天耀说不出道歉的话，只是解释了一句：“没习惯。”没习惯，身边有一个要他照顾的女人。

“下次我自己会注意的。”离你远一点儿。

“不必，本王会记得。”萧天耀神色凝重，像是在许诺。林初九只笑了一声，并没有当真，指着小孩胸前的花点问道："这个胎记有问题吗？"

"这不是胎记，这是家族徽标。"这个图案萧天耀很眼熟，半年前有人疯狂地寻找带有这个图案的婴儿，"他是中央帝国花家的人。"

半年前，花家出生不到三个月的小少爷被人偷走了，遍寻不到。花家为了找这个孩子，一路从中央帝国找到四国，可依旧无果。

"什么？"林初九的声音猛地提高，察觉到屋里还有几个孩子，又立刻降低声音："这个孩子不是弃婴？"

"不是，他是被人偷出来的。"萧天耀当初知道这件事时，并没有放在心上。但现在既然意外遇到，那就不能当作没有看到。

他和花家有点交情，花家人还不错。

"真是好巧呀！"林初九哭笑不得。

"确实好巧。"苏茶说得很对，林初九的运气真不是一般的好。

面对萧天耀不无打趣的眼神，林初九无奈地道："我们是不是要通知他的家人来接他？"

"当然，不过我们得先把人带回去，把他留在这里不安全。"要让别人发现，说不定又是一桩麻烦。

"这个孩子的病还没有好，还需要后续的医治。"林初九语气担忧地说道。

"在花家人来之前，将他安顿在王府。"在京城，没有哪里比他的王府更安全。

"好。"林初九没有意见，她只要负责医治就行，其他的事全部交给萧天耀就行了。

萧天耀并没有直接带花家小少爷走，而是安排人秘密送他回萧王府，倒不是他们带回去不安全，而是他不想这小屁孩破坏他和林初九的独处时间……

萧王府的马车，可不是暗卫临时"借"来的小马车。萧王府的马车不但舒适还很宽敞，萧天耀与林初九完全可以各占一边，哪怕躺着都行。

林初九先上车，按照以往的习惯，挑了左侧坐下，把右侧留给萧天耀，可萧天耀并不领情，上了马车后就在林初九的身侧坐下。

身边突然坐了一个人，马车的空间似乎都变小了，一吸气鼻间就充斥着萧天耀独有的冷香，林初九不自在地往里挪了挪，发现两人还是靠得很近，又挪了挪……

萧天耀也不吱声，他倒要看看林初九能挪到哪里去。

马车就这么大，林初九挪到底也只是和萧天耀隔了一个座位的距离，林初九倒是想再挪，可没有位置给她移了。

那就这样吧！

坐好后，偷偷地看了萧天耀一眼，见萧天耀并没有生气，林初九暗松了口气，可林初九高兴得太早了！

"本王累了！"萧天耀突然躺下，脑袋枕在林初九的大腿上。

"王爷……"林初九全身一僵，差点跳了起来。

"嗯？"萧天耀应了一声，鼻音很重。

“你……这样睡会不会不舒服？”明明心里不是这样想的，偏偏说出来却是这个意思。

“嗯。”萧天耀依旧只是轻应一声，至于舒不舒服，一个字也没有说。

不过，只要看到萧天耀伸到对面的长腿，就知道这样睡必然是极不舒服的。毕竟，马车就是再宽敞，也无法让萧王完全伸直双腿，可是……

萧王爷就高兴这么睡！

萧天耀一脸放松地枕在林初九的腿上，双眼微闭，脸色柔和，看上去真的是困了。

看着这样的萧天耀，林初九无法推开他，渐渐地放松身体，好让两人都舒服一些。

萧天耀从来就是一个得寸进尺的主，发现林初九没有抗拒，萧天耀说道：“本王头疼。”

“我给你按按。”林初九条件反射性地答道，等到她反应过来时，双手已经按在萧天耀的太阳穴上，想要收回似乎也不太现实。

林初九满脸无奈，她这觉悟还真不是一般的高！

萧天耀并不是真的累了，不过是想让林初九习惯他的亲近罢了。不过林初九按着按着，他还真的放松下来，在马车上睡了一觉，直到马车停下才醒来。

发现林初九一路都在给自己按揉，并没有停下来，萧天耀起身，握住林初九的手，皱眉问道：“酸不酸？”

“很酸。”林初九有点儿小郁闷地道。

这才多长时间，你就问我酸不酸，当初给你按腿上的穴位，按得满头大汗时，怎么也不见你问一句？

“下次不要这样了。”萧天耀握住林初九的手，在指关节处捏了捏，力道不大，但却有一股暖流顺着萧天耀的按揉流入手指，瞬间便缓解了手指的酸痛。

“这是内力？”林初九一脸惊讶，像是发现什么令人惊奇的事。

“是呀，有没有发现本王很好用？”萧天耀见到林初九欢心，心情也莫名地好了起来。

“是很好用。”这一点林初九从不否认，可前提是萧王愿意给她用，不然就是再好用也没有用呀！

马车外，听了半天壁角的亲卫一脸忧伤，不知道该不该提醒王爷，他们已经在马车外等很久了。

卿卿我我能换个地方吗？

“咳咳……”等了许久，依旧不见马车内的人有下车的迹象，亲卫硬着头皮道：“王爷、王妃，到了！”

“啊……”林初九的脸唰的一下就红了，忙抽出手。

她居然没有察觉到马车停了下来，也不知她和萧天耀在马车上待了多久，好丢人。

林初九脸色通红，想要下马车，却发现萧天耀在前面，她根本没法前行。

“快下车啦。”林初九推了萧天耀一下，萧天耀无奈地摇了摇头，可到底还是先下去了。扭头，狠狠瞪了亲卫一眼：“滚！”

“属下该死，属下这就滚。”亲卫吓得飞快地散开，一眨眼就全走光了。

“下车吧，人走了。”萧天耀伸手，扶着林初九下车。

“下次能不能提醒我一下啊，这很丢人的好不好？”外面没有人，林初九脸上的红晕渐渐消散，可到底还是有几分不自在。

马车停了，却半天不下来，真的很容易让人想歪。

“丢什么人？我们又没有做什么。”萧天耀回答得理直气壮，林初九哑口无言。

是呀，他们明明就没有做什么，为什么她要觉得不好意思呢？

萧天耀下朝后，亲自去接林初九的事并没有瞒着旁人，皇上很快就知晓了。

“真要不管，又怎么会亲自去接人？”皇上语气轻蔑地笑了一声。

既然萧天耀在乎林初九，那事情就好办了，萧天耀没有弱点，可林初九却满身都是弱点。

他就不信林初九一再出事，萧天耀还能放过慈恩堂的幕后主使者。

慈恩堂的事必须尽快查清，不仅仅是要给天下百姓一个交代，也是为了让他安心，他绝不允许东文出现一股他完全不知情的势力。

林初九的住处离前院很远，萧天耀本想随林初九一起过去，却被林初九拒绝了：“耽误了你一下午，你去忙正事，不用管我。”

“嗯。”萧天耀点了点头，朝书房走去。

他确实有很多事要办。

书房里，流白和苏茶都在候着，两人正聊着前线的事，见到萧天耀进来，两人忙起身：“王爷。”

“坐。”萧天耀示意两人坐下，问向流白，“事情办得怎么样？”

“很顺利，吴大夫亲自查验过，那批药质量很好。”事情办得很顺利，流白也很高兴。

前线短缺的药材，总算补上了。

“给道上的人打声招呼，崔家这件差事本王保了。”崔家帮他找来一批药材，他自然要还崔家一个人情。

“我知道了。”有萧天耀这句话，崔三爷这趟差事会办得很轻松。

流白又说了几件事，都没什么问题，他最近的差事都办得很轻松。

倒不是流白实力见长，而是皇上被前线与慈恩堂的事烦得一个脑袋两个大，根本没空盯萧天耀，而没有人暗中使绊子，自然万事顺利。

流白说完后，苏茶也简单地说了一下周和安和小睿的事：“姓周的小子很相信王妃，今天这事幸亏有王妃在，不然还真不好办。”当然，苏茶这是在拍林初九的马屁，没有林初九在，他一样能办成。

“很好！”萧天耀满意地点头，然后，以极轻松自然的语气，丢下一个重磅炸弹！

“本王找到了花家小少爷。”萧天耀轻飘飘地丢下这句话，却把苏茶和流白震得直接从椅子上跳了起来。

“天耀，你说什么？我们听错了吗？是那个花家的小少爷？”不会真的就是他们想的那个花家吧？

萧天耀轻轻点头："你们没有听错，就是花家一直在寻找的小少爷。"

"你在哪里找到的？"苏茶瞪大眼睛，不可思议地问道。

花家小少爷失踪的事，四国皇室皆知，当初花家还拜托四国皇帝寻找，说是只要找到人，定会重谢。

四国皇帝曾花了大量的人力、物力在四国各处寻找，找了半天，却连一片衣角也没有找到，毫无线索。

"慈恩堂。"萧天耀轻描淡写地说道。苏茶直接傻了，好半晌才弱弱地道："又是王妃找到的？"他们的王妃简直是神人。

"嗯。"萧天耀神色淡漠，听不出喜怒。

苏茶不可思议地摇头："王妃这运气，简直逆天了。"

"确实不错……"萧天耀轻叹一声，带着一丝不易察觉的轻讽。

苏茶知道他在想什么，刚涌上的喜悦又淡了下去："天耀，王妃人很好，你以后对王妃好点。"别再用过就丢了。

"本王现在对她就很好。"所有人都能看出来，他对他的王妃很满意，就差没有宠上天了。

"我说的好不是流于表面的好，而是真的待她好。"作为萧天耀的得力手下兼好友，苏茶知道萧天耀是把林初九放在心上，可是太轻了！

"本王现在待她好也是真的。"至少现在，他没有一丝勉强，甚至很欢喜。

"我知道你是真心的，可是你现在对她越好，她就越危险。你明知道皇上无法从你身上下手，就一定会从你在乎的人和事上下手的。"萧天耀是一个没有弱点的男人，皇上每每对他出手都有种无从着手的感觉，可现在……

萧天耀将林初九推到人前，这无疑是告诉皇上，这个女人是他的弱点。

"她要做本王的女人，就必须得承担与之相伴的风险。"萧天耀一脸冷酷，丝毫不觉得自己这么做有什么不对，"从她嫁给本王的那一天开始，她就注定了得与本王荣辱与共，她逃不掉的。"

"王妃年纪尚小，她能担得起吗？"苏茶总觉得萧天耀这么做不应该，这和推林初九出去送死有什么两样？

当然，还是有区别的，萧天耀没有坐视林初九出事而不管。

"担不起也要担，你们只要保护好她就可以。"没有足够的能力，如何站在他身侧？

他能保林初九一时，却护不了她一辈子，她只有自己拥有真正的实力，才能一世平安。

萧天耀眼神微冷，摆明不愿意多提此事，苏茶和流白就是有再多的想法此时也要忍下来。

林初九和萧天耀分开后，拒绝下人护送，一个人慢悠悠地朝住处走去。此时，脸上的红晕早已消退，带着些许疲累后的惨白，她眼神清明，没有一丝对萧天耀的迷恋。

她承认自己对萧天耀动了心，萧天耀这般霸道冷酷的男人，偶尔的温柔与体贴便能让女人瞬间怦然心动，为他不顾一切。

霸道、强势、温柔……对于女人来说，这样的男人是致命的毒药，更别说这个男人是她的夫君，她喜欢他是再正常不过的事，只是再喜欢，也无法不去怀疑。

萧天耀对她太好了，或者说这段时间的萧天耀对她太好了，好到让她觉得不安，总觉得有什么不好的事要发生。

也许是她想太多了，也许是她太多疑，可突如其来的幸福除了带给她甜蜜与欢喜外，更多的却是忐忑和不安。

之前，萧天耀去慈恩堂为她坐镇，她还能理解，今天萧天耀在别院苦等她两个时辰，完全不是萧天耀的作风。林初九有一种这是萧天耀特意做给人看的感觉。

当时被萧天耀突然而至的宠溺冲昏了头，只觉得甜蜜幸福，可事后想起只觉得背脊一寒。

“果然，女人一旦动情，就会变得愚不可及。”林初九觉得自己有些可悲，拢了拢自己的衣服，轻叹了口气，“不想了，就凭我的智商，想破脑子也玩不过他，一切顺其自然吧！”

林初九继续当鸵鸟，反正兵来将挡，水来土掩……

第四章　特别的病人

孟家先前找上了萧天耀，想请林初九为孟修远治病，得了萧天耀的准话，知晓他不插手萧王妃的事后，只得递上拜帖，亲自来萧王府找林初九。

能送到林初九手上的拜帖，都是经过萧天耀同意的，林初九根本没有拒绝的权利，问了对方什么时候到，林初九提前做好准备，便去前院亲迎贵客。

孟家家主亲临，不是贵客是什么?

“见过萧王妃，王妃娘娘万福。”孟先生是个很讲究礼数的人，他并不会因为林初九年纪小就轻视她。

只是，林初九也不是真的什么都不懂，知晓自己根本受不起对方这一礼，不等对方行礼，便上前扶了起来：“先生多礼了，该是我向先生行礼才是。”

说完，便朝孟先生道了个万福：“初九见过先生，先生请坐。”

孟先生来之前便打听了林初九的性格，此时见到林初九并不如外界所说的那般刁蛮无礼，也不像宫里那些人所说的高傲冷清，心里不免有几分困惑，可到底没有多说什么，毕竟他现在有求于人。

孟先生虽然不擅长与女子打交道，可谈吐却是不俗，再加上林初九并非一般的女子，孟先生说的话她不一定能接上，但至少能听懂，而能听懂也会给人足够的被尊敬的感觉。

一番交流过后，孟先生便将来意说明：“听闻萧王妃医术高明，犬子身患恶疾，想请萧王妃出手医治，不知可否？”

林初九听了半天，终于知道了对方的来意，不由得暗暗松了口气，问道：“不知令公子有何不适？”

孟先生听到林初九这么问，有那么一瞬间傻眼了，萧王爷居然真的什么都没有跟萧王妃说?

萧王的心态果真好。

孟先生暗自腹诽，面上却是不显，语气淡定地说道："哑疾。"

"哑疾？是天生的吗？"林初九有点犯愁，哑疾有很多是天生的，根本没有办法医治。只是这萧天耀准许上门的病人，她又不能直接拒绝，不然又会是一桩麻烦事。

林初九问病情一向直接，虽然没有坏心思，可对眼前的这个人来说，确实显得有些突兀，孟先生就被林初九的直白吓着了。

看了林初九一眼，确定她并没有恶意后，孟先生这才回道："不是天生的，他出生时能哭出声音来，后来生了一场大病，这才无法发出声音。"而这也是孟先生的遗憾。

孟先生的表情转换得很自然，林初九并没有发现异常，点了点头，继续问道："除了不说话，可还有其他不适？"

"没有，除了不会说话，没有任何异样。"孟先生说得坚定，可林初九仍不敢轻易许诺，细细问过这些年大夫给孟大公子的诊断后，林初九这才道："我需要看过病人，才能确定能不能治，不知可否？"

愿意去看，至少觉得这个病人能治，孟先生毫不迟疑地应下："这个可以，不知王妃什么时候方便？我带犬子上门。"

孟先生说得极客气，也极尊重林初九。要不是尊重林初九，孟先生大可直接带人上门，而不是先问一问。

"我现在就有空，如果孟先生不嫌麻烦的话，我现在就可以跟你去。"今天难得休息在家，明天又要去别院照看孩子们，她还真抽不出一整天的时间在家里等病人上门。

孟先生求之不得，听到林初九这么说，恨不得现在就拉着林初九过去，只是……

不行!

林初九为了接见贵客，特意换了一身正装，身上、头上满是首饰，这副模样可不适合出门上诊，而且她药箱还没有拿呢。

林初九让孟先生稍等，自己回去换衣服，为了不让孟先生久等，林初九一路加快脚步，可就是这样，等到林初九过来时，也是半个时辰以后。

孟先生本以为林初九是故意给他下马威，可见到林初九气喘吁吁地走进来，就明白情况不是这么回事。

"王妃，要不要先休息一下？"孟先生虽不知林初九为何会累成这样，可仍旧很体贴地开口问道。

林初九不仅换掉了身上繁复的正装，就连首饰也卸得干干净净，看上去比之前娇小了许多，眉眼间还透着青涩，怎么看都是一个刚长大的女孩子。

要不是事先打听过，又有萧天耀在身后作保，孟先生还真无法相信林初九这么个小女孩，能医好他儿子的病。

"不必了，我们走吧。"林初九只是走得太快了，有些气喘，略做休息就好。

林初九与孟先生一前一后往外走，曹管家早已将马车安排好。孟家的马车与萧王府的马车，在萧王亲卫的保护下，一前一后离开，特别引人注目。

流白站在书房屋顶上，见马车离去，后面还跟了几个尾巴，不由得冷笑。

轻轻一跃，无声落下，流白转身进了书房："王爷，王妃跟着孟先生走了。"

"咳咳……"苏茶被呛了一下，"流白，你胡说什么。"王妃跟人走了，这种话是随便能说的吗？

"我说错什么了？"流白一脸不解，"王妃的确是跟孟先生走了，还有几个探子跟着，应该是宫里的人。等宫里那位知道后，估计又要生气了。"

苏茶狠狠地瞪了流白一眼，流白就没有看到王爷的脸色正因为他那句话而不高兴吗？

这么迟钝，简直是无药可救。

苏茶出于好兄弟的立场，为了不让萧天耀迁怒流白，忙转移话题道："王爷，你说王妃能医好孟修远的病吗？"

"这个很重要吗？"萧天耀挑眉反问。

"难道不重要吗？你总不会希望墨神医翻身吧？"苏茶觉得，他有点跟不上萧天耀的思路了。

萧天耀用看白痴似的眼神看了苏茶一眼，淡淡地道："南远的消息，这两天该传过来了。"

"啊……"苏茶一拍脑门，不无懊恼地道："我怎么把这出给忘了。算算时间，皇上和孟家这两天就要收到消息了，到时候不管如何，皇上都会尽快处理掉墨神医的，至于孟家……哪怕王妃医不好孟修远的哑疾，他们也不会再找墨神医了。"

"南远的事传来后，闹大一些，本王要在上战场前，彻底解决掉墨神医的事。"去了战场，京城的事只能靠林初九一个人，他要尽可能地把危险拔除。

"墨神医的事好办，他现在已是困兽，根本逃不出我们的手心。头痛的是慈恩堂的事，我们顺着各地的慈恩堂往下查，发现涉及此事的人全部死了，完全找不到线索。"相比墨神医，慈恩堂才是林初九最大的威胁。

有萧天耀在京城镇着，那些人不敢动林初九。可等到萧天耀不在京城，那就不好说了。

"看样子，对方很警觉。"萧天耀的手指敲打着桌面，越来越急促的声音，表明他的心情很不好。

萧天耀不怕他们跳出来，就怕他们藏起来。敌暗我明，现在又隐忍不发，真是棘手。

"非常地小心谨慎，有些我们没有发现的人，他们也都处理了。对方藏得这样深，他们不跳出来我们根本无从下手。"唯一的线索都让对方给斩断了，他们根本没有办法。

"当断则断，倒是一个有魄力的人。"虽是对手，可萧天耀仍旧佩服对方的果断，能毫不犹豫地放弃慈恩堂，可见不是一个简单的角色。

可对方越是不简单，林初九就越危险。

也不知道让林初九挑破慈恩堂的事，是好还是坏？萧天耀叹了口气……

孟先生上门求见林初九，请她为孟修远医治的事并没有刻意隐瞒，皇上很快就知晓了。

对于萧天耀这种什么事都插一脚，把京城搅得翻天覆地的做法，皇上无比愤怒，可偏偏他还真想不好该拿萧天耀怎么样。

萧天耀所做的一切，都是正大光明地放在台面上，他就连指责萧天耀都没有足够的说辞。

皇上揉了揉酸痛的眉心："去，将此事告诉墨神医。"

现在，最在乎孟修远这个病人的无非墨神医。墨神医已经注定无法翻身，皇上不介意让他在死前发挥一下余热。

孟修远知道他的父亲去了萧王府，却没有想到林初九会在今天过来，听到下人来报后着实愣了一下。

孟修远给下人做了手势，便返回室内换衣见客。

孟先生暂住在东文皇室别院，此次没有带女眷出门，只能自己留下来待客，好在孟修远的速度很快，不多时人便过来了。

林初九是第一次见到孟修远，看着那个踩着阳光翩翩而来的男子，林初九的眼中闪过一抹惊艳。

她今天总算是明白了，什么叫公子无双，君子端方了。

孟修远逆光而行，金色的阳光洒在他的身上，浮起的光晕萦绕在他四周，如误落凡尘的天宫谪仙，迷得人舍不得移开眼睛，而伴随着他的走近，小小的花厅顿时光芒万丈。

不需要刻意，就这么随意一站，便显示出良好的教养。唇角淡淡的浅笑，给人如沐春风之温暖感。

第一眼，林初九就对孟修远有了好感，干净、温润、体贴……

孟修远这样的男人，是她欣赏且喜欢的类型。

孟修远不是第一次见到林初九，但上次也只是远远地看了一眼，并不真切，今天一见同样觉得惊艳。

不是说林初九的长相有多好，而是林初九给人的感觉。从容大气，眼神清正，笑容明媚……

这样的女子，说实话，嫁给萧王可惜了。

只一眼，孟修远便收回了眼神，从容地见礼，只可惜，没有一丝声音。

真是可惜了，这么一个俊秀卓绝的男子，居然无法说话。

林初九也只是看了一眼，便飞快地移开眼神，并不上前搀扶，点头道："孟公子客气。"

世风容不得她放肆，多看旁的男人一眼，多碰旁的男人一下，不仅会让对方轻视她，也会让她有冠上荡妇之名的可能。

虽然萧天耀有种种不好，可有一点却是别的男子都做不到的，就是萧天耀肯让她出来，而不是把她关在萧王府。

孟修远点头轻笑，笑容温润如春风，让人随之忘却烦恼。

孟先生知晓自己儿子的情况，待两人见礼后立刻上前请林初九入座，简单地给两人介绍后，孟先生便道："修远，萧王妃听到你的病症，亲自登门，让萧王妃看看你的病情可好？"

这个时候，林初九才去看孟修远。

她进来这么久，医圣之心也没有提醒她有病人，可见孟修远并没有求救。

这个男人，是不在乎自己无法说话，还是不相信她？

林初九眼中的怀疑意味非常明显，明显到孟修远想要假装看不到都不行。

萧王的妻子居然这么直白，她就不怕被萧王啃得连骨头都不剩吗？

孟修远摇了摇头，可到底没有拒绝父亲的好意，还有林初九亲自跑一趟的辛苦，于是点了点头，将手伸了出来，好方便林初九把脉。

“你的病，不用切脉。”本身就因为年龄问题而无法让人信服，要是说出自己不会把脉，估计孟家人就不会让她医了。

林初九示意孟修远收回手，便将药箱提起来放在桌上。打开药箱，将检查工具一一摆出来，然后戴上手套。

动作熟练，一气呵成如行云流水，一看就知道平时没有少做。

“张口。”林初九站到孟修远面前，借着光，拿着小竹板检查孟修远的喉咙。

作为一个常年接受各式名医医治的病人，孟修远很清楚林初九要做什么，乖乖配合。

不得不说，贵公子就是贵公子，哪怕是嘴巴大张，依旧好看得惊人，只可惜林初九现在没空欣赏。

检查完后，林初九又摸了摸孟修远的喉咙，手指在脖子处按来按去，时不时就会按到孟修远的喉结。

对于男人来说，喉结是一个比较敏感的位置，女人伸手去摸一个男人的喉结，总给人轻佻的感觉，要不是林初九一脸严肃，没有一丝亵渎之意，孟先生肯定早就将林初九推开了。

林初九认真诊疗时，就会全身心地投入，虽不至于到忘我的地步，但真的不会去关心外界的事，更何况她不认为自己做得有错。

既然孟修远不是天生哑巴，那不能说话肯定是喉咙处出了问题，她检查喉咙哪里有错了？

为了方便自己检查，林初九又走近一步，与孟修远之间几乎没有距离。

娇美的女子站在自己腿间，专注地看着自己，清亮的眸子里也只有自己；纤细的手覆在自己的脖子上；略显冰凉的手指，隔着一层薄薄的膜，在自己的喉结处来回摩挲；吸气便能闻到她身上的淡淡芬芳，伸手便能将人拥入怀中……

孟修远一向清心寡欲，但这样的情况下就是圣人也会动摇，更不用提他这个凡夫俗子。

从来没有与女子这般靠近过的孟修远，心里颇有几分尴尬，耳根悄悄染上了红晕，而在他自己尚未察觉到时，他的气息渐渐加重了。

好在，屋内的两人一个忙着检查，一个关心检查结果，并没有发现他的异常。

孟修远暗自吸了口气，暗暗念起《清心咒》好让自己冷静下来。

一盏茶后，林初九检查完毕，后退一步。

孟修远长长地松了口气，这是他第一次发现，原来只是一个检查，也能让人这般难熬。

“王妃，修远他怎么样？”孟先生一脸希冀地看着林初九，等着她的答案。虽然萧王妃年轻稚嫩，可孟先生心里到底还是抱了一分希望。

“哐当……”王妃二字就像一盆冰水，瞬间让孟修远冷静下来，甚至脸色都有几分惨白。

他居然忘了面前的女子已经成婚，他刚刚肯定是昏了头，居然心猿意马。

“有点糟糕。”有医圣之心的辅助，林初九已经可以肯定孟修远的病情，“不过，我可以医，就怕你们不敢让我医。”

听到林初九前面的那句话，孟先生已经绝望，孟修远还好，他原本就不抱希望。可林初九的后面那句话一出，饶是冷静沉稳如孟修远也不由得眼前一亮：他还是希望能说话的！

只要能医好，孟修远不认为自己有什么不敢的。

“萧王妃，请说……”

孟修远第一次，在人前比了一个手势，这个手势林初九懂。

“你的喉咙里长了一块肉瘤，需要在你的喉咙处，开一个小口子，把里面那块肉瘤切除。”林初九平静地说出医治方案，等待孟家父子决定。

孟先生听到这个法子后，并没有多少惊讶，只是皱眉问道：“萧王妃，你有多大的把握？说实话，曾有大夫给我提过这个医治方法，可他不能保证医好，也不能确定修远能否活下来。”如果是以生命作为开口说话的代价，孟先生是不愿意的。

“孟先生，你要是不介意的话，叫我初九就行了。”说实话，萧王妃什么的林初九听着真不习惯，每次听到萧王妃这个称呼，林初九就会想到萧天耀，而她只是萧天耀的附属品。

即使世风如此，可林初九听着依旧觉得不舒服。

“那老夫便托大叫你一声初九了。”孟先生的年纪足以当林初九的父亲，而且身份也很超然，直呼林初九的名字并没有什么不妥。

林初九笑着点头，为孟家父子解答道：“贵公子的喉咙里面长出来的肉瘤，与喉咙相连，要切除的话必然会有风险，我有八成的把握可以保证贵公子在这个过程中不会丧命。至于切除后能不能说话，这个基本上没有问题，如果还有其他的病症，后续可以继续治疗。”

林初九说到这里，略一停顿，见孟家父子一脸凝重，林初九想了想还是补了一句：“孟公子喉咙里的那块肉正越长越大，孟公子应该会时常感觉到呼吸不顺，喉咙疼痛。”

孟修远眼睑轻动，点了点头……

确实如此，而且最近尤其明显。

有了孟修远的肯定，林初九越发确定自己的推断：“哪怕不为医治哑疾，孟公子喉咙里的那块肉瘤也要切除，不然等它越长越大，孟公子会因为呼吸困难而死。”

听到会危及生命，孟先生脸色微变：“只有这个医治法子吗？有没有相对安全的办法？”

“我只会这个法子。”她一向是哪里有问题医哪里，哪里坏了切哪里，要是让她用药慢慢清掉肉瘤，那几乎是不可能。

“这……”孟先生一脸为难，不知要不要应下来。

切开喉咙，人还能活吗？

哪怕林初九说有八成把握，他也不敢冒险。

修远不仅仅是他的长子，还是他唯一的儿子，孟家这一支唯一的继承人。要是修远有一个三长两短，他们孟家这一支就彻底完了。

林初九也明白孟先生的心情，体贴地说道："孟先生和孟公子还是好好想想吧，短时间内孟公子的病不急，你们什么时候想好了再去找我。"

医圣之心没要求她医治孟修远，而且孟修远的病现在还不会致命，她不担心。

"麻烦你了。"孟先生一脸歉意，林初九毫不在意地挥挥手："一点小事罢了。"

林初九从药箱里取出两盒药，递到孟修远面前："如果我没有猜错的话，孟公子你的嗓子最近应该会很疼，这个药对你有帮助。瓶里的药，你每天早起时喝五分之一杯；药丸则在每次饭后一炷香后再吃，一次吃两丸，可以暂时缓解你的疼痛。"

孟修远点头致谢，接过林初九手上的药。孟先生则是颇为担心地看着他："修远，我怎么没有听你说起喉咙不舒服？"

孟修远轻轻摇头，表示自己无事。

炎症那么严重，连吞咽恐怕都是折磨，真的无事？

林初九看了孟修远一眼，那一眼似明了一切，可孟修远却没有被拆穿的尴尬，脸上的笑容不减分毫。

林初九无意插手别人的家务事，说完病情便提出告辞。

家里没个女眷，孟先生也不方便留林初九，本想亲自相送，却不想孟修远快他一步起身，摆出请的姿势，同时非常有风度地将林初九的药箱提在手上。

"孟公子客气了。"林初九没有拒绝，跟在孟修远的身后往外走去。

孟修远是个非常体贴的人，许是考虑到林初九的步子小，他走得比平时要慢，只是一个小小的细节，却无端端令人心生好感。

一路将林初九送上马车，并目送着她离去，直到马车看不见踪影，孟修远这才往回走，依旧是不疾不徐的步伐，从容不迫，带着说不出来的优雅。

"修远，你怎么看？"林初九走后，孟先生便直接询问。

孟修远莞尔一笑，在桌上写了一个"墨"字。

"你是说，墨神医会有所行动？"毕竟是父子，多年相处，只要孟修远表现出来，孟先生还是能会意到他想表达什么。

孟修远点了点头，又在桌上写了一个"等"字。

等，等墨神医上门。

不需要等，墨神医比他们想象中的更着急，当天晚上便在官差的陪同下，敲响了别院的门。

有了孟修远的提醒，孟先生对墨神医的到来并不意外，可面上却没有表露出来，很惊讶地问道："墨神医深夜造访，不知有何贵干？"对于墨神医身后的侍卫，孟先生只当没有看到。

"这些天，我一直在想孟公子的病情，以至于寝食难安。今天突然有些想法，一时心急便请官差陪我前来一趟，不知可否让我看看孟公子的病症？"墨神医虽然着急，可面上却不显丝毫，仍旧是神情淡漠的高人风范，哪怕是主动上门求治，也不会让人觉得他放低了身段。

不得不说，墨神医的气度还有他的年龄与名声，都比林初九更靠谱，可是……

孟先生想到自家儿子的话，不由得叹了口气："墨神医，你来得实在太不巧了，犬子傍晚时突然收到友人的来信，临时外出了，到现在还没有回来。"

"孟公子不在？"墨神医脸色微变，带着一丝说不出来的扭曲。

墨神医可以肯定孟家父子是故意的，可那又如何？

孟家父子要是在意墨神医高不高兴，就不会做得这么直接。要不露痕迹地婉拒一个人，方法多得是，可孟家父子明显不愿意为墨神医费那个神。

面对孟家父子近乎直白的拒绝，墨神医脸上的笑容有着片刻的僵硬，知道再说下去只会让自己难堪，墨神医很识趣地离开，只是心有不甘。

如果是别人抢走孟修远这个病人，墨神医还不会这么生气，毕竟他也没少从别人的手中抢病人，可偏偏是林初九。

这已经不是第一次了！

萧王、安王，现在又是孟修远，他今年最重要的三个病人，全被林初九抢走了，而且每次被林初九抢走一个病人，他的境遇就要惨上三分。

孟修远这个病人对他来说，真的是太重要了，墨神医已经不敢去想，要是林初九医好了孟修远的病，那自己会有什么下场？

应该不会太好。慈恩堂的事墨神医知道了，而他也确实无法解释他这些年买那么多的孤儿后做了什么。

难道真要栽在一群跳梁小丑的手上？墨神医真的很不甘心，可身陷囚牢的他还能做什么？

重重地叹了口气，墨神医转身离去……

林初九从孟家回来后并没有见萧天耀，也没有和萧天耀说起孟家的事，一个人生活惯了，哪怕萧天耀强势介入她的生活，她仍旧不习惯什么事都告诉别人。

萧天耀之前也从没过问林初九的事，他要知道林初九的事，只需要把暗卫叫来问一句就好，只是……

今天，萧天耀很不高兴！

林初九那个女人，完全没有身为人妻的自觉性。

和昨晚一样，萧天耀提前回房，不过比昨晚稍晚，他过来时，林初九的头发已经干了。

萧天耀回来时，林初九正坐在床头看书，见萧天耀进来只抬头打了声招呼："回来了。"

说完，又继续看手上的医书。

她是喜欢萧天耀，可还没有喜欢到失去自我的地步。那天在马车里发生的一切，只能说气氛太美好，如果萧天耀不再继续逗她，她还是能保持理智的。

萧天耀并不在意林初九的冷淡，步态优雅地走到林初九面前，语气轻柔而缓慢地说道："初九，你出去一趟，没有什么要跟本王说的吗？"

萧天耀高大的身影，瞬间将光线遮住，林初九便没法再看书，只得将书放下，语气不解地问道："要说什么？"

声音很温和，气息很平稳，可她怎么觉得萧天耀在生气？她有做什么惹人生气的事吗？

"孟家的事，你不需要跟本王说说吗？"一看林初九无辜懵懂的样子，萧天耀就知道，林初九完全没有意识到自己犯了什么错。

果然很笨。

"孟家的事，你不是都知道吗？"林初九可不认为萧天耀会放任她一个人出门，要是她身边没有监视者，那她就跟萧天耀姓了。

萧天耀挨着林初九坐下："本王想听你亲口说。"

"和你知道的差不多，孟公子的病我能医，不过孟家还在考虑，他们认为切开喉咙很冒险。"林初九往里挪了挪，给萧天耀腾出更大的空间。

"嗯。"萧天耀点了点头，看不出喜怒。林初九一脸疑惑，不明白萧天耀到底是什么意思。

萧天耀并没有为她解惑的打算，伸出手来，在她头顶揉了揉："初九，记住，你是本王认可的妻子。"

声音一如既往地缓慢而有磁性，可这话却透着一股危险的味道，林初九不自觉地后退一点："我一直都记得。"

她怎么能忘，要不是有萧王妃这个身份，她和萧天耀一辈子都不会有交集。

萧天耀这种男人太危险，她遇到这样的男人只会做一件事，那就是远远地躲开他。可偏偏她是萧天耀的妻子，她躲不开，甚至还会因为萧天耀偶尔的温柔而沉沦。

"记得就好。"萧天耀伸手覆在林初九的脸颊上，顺着她的脸颊，落在她的脖子上："以后，别再做让本王不高兴的事。"

垂眸，看了一眼卡在她脖子上的手，林初九终于明白萧天耀为什么不正常了。

这是吃醋吗？

林初九低头，不让萧天耀看到自己眼中的笑意，也没有回答萧天耀的话。

如果她要继续从医，就免不了与病人打交道，她无法给萧天耀肯定的答复，可是林初九的沉默，在萧天耀眼中就是同意，作为奖励，萧天耀许诺道："乖乖听话，本王会给你想要的一切。"

只可惜，林初九依旧没有回答，因为她相信，她想要的和萧天耀给她的，绝对不会是同一样东西。

孟家拒绝墨神医的消息，第一时间便呈到皇上的龙案前，皇上看着手中薄薄的纸，很是不满："一点儿小事也办不好，朕留他何用？"

密探头子跪在殿前，一句话也不敢说，可就是如此皇上也没有放过他，厉声问道："林初九师从何人，可查出来了？"林初九会医术是个极大的变数，而就因为这个变数，他所有的优势都化为了劣势。

“没有。”密探头子连呼吸都加重了，他最近真的是流年不利，已经有好几件事没有办好。

“废物。”皇上果然不满，可仍旧压着怒气，又问道，“那慈恩堂的事呢？别告诉朕一点儿头绪也没有。”

密探头子哆嗦了一下，匍匐在地：“慈恩堂的相关人员全部横死，参与的官员也一一自杀，所有的线索都断了。”他们也想查，可根本查不下去。

“线索断了？朕能用这句话去平息天下百姓的不满吗？”前线战事不利，国内动荡不安，最近就没有一件顺心事，皇上越想越烦躁。

“属下该死，求皇上恕罪。”密探头子全身汗湿，却一动也不敢动。

“你确实该死。”要不是这人一向忠心，又确实有能力，皇上真的会杀了他。

“看在你忠心耿耿的份上，朕便再给你一次将功赎罪的机会，你去试一试萧王有多在意他的王妃，这次的事情要是还办不好，你就不用再来见朕。”

他倒要看看为了林初九，萧天耀能做到哪一步？而没有林初九，孟家还能坚定地拒绝墨神医吗？

“谢皇上不杀之恩，属下一定会办妥此事。”密探头子死里逃生，暗自松了口气，至于萧王妃？

只能对不起了！

第五章　绝望中的希望

花家小少爷与南远前皇子夏睿的病都还没有好，为了方便林初九医治，萧天耀便让苏茶把人都安置在萧王府，如此一来林初九就省事多了。

今天有两个孩子要拆线，林初九特意提早一点儿动身，看过花家小少爷与小睿后，林初九便去了别院。

经过这几天的调养后，之前病恹恹的孩子精神多了，院子也热闹得很。可孩子病好了，问题也来了。

这些孩子都是慈恩堂收留的弃婴，萧王府不可能一直养着他们，倒不是养不起，而是怕皇上拿这件事找萧王麻烦。

狗拿耗子是好意，猫却不会喜欢这种多管闲事的人，而且萧天耀能管这几个孩子，其他的弃婴呢？

整个东文上百家慈恩堂，不知道有多少个弃婴，萧王能管得过来吗？

只管这几个，旁的却不管，那些清流名士调过头来就会骂萧王假仁假义，虚伪做作，可要全部都管，萧王府又怎么负担得起？

萧王府确实有钱，可慈恩堂是个只出不进的地方，没有国库拨银钱支持，萧王府就是有金山银山也负担不起。

见到大部分弃婴渐渐恢复健康，管事也拿这事询问林初九："王妃，这些孩子病好后要如何安置？"

"王爷有说什么吗？"安置弃婴的事林初九也想过，只是林初九完全想不出个头绪来。

有些事，必须要由国家去做，个人的力量有限。

"王爷说，这是王妃的事，由王妃全权负责。"管事苦哈哈地说道。

他当然是先请示过曹管家，问了王爷的意见，这才敢来问林初九。

“让我负责？”这件事明显不是她一个人能够解决的，萧天耀让她怎么负责？

林初九真不明白萧天耀到底是什么意思，为什么总在她觉得萧天耀是喜欢她的时候，又把她推得更远呢？

昨天才让她记得她是他的妻子，今天又说她的事她自己负责。

心里有点儿堵，可这些林初九自然不会在管事面前表露出来，只点头表示自己知道这件事了。

一个人坐在花厅里想了半天也不能理解萧天耀的做法，林初九觉得有必要和萧天耀好好谈一谈。

别院里有大夫在，基本上不用林初九再做什么，她决定提前回去找萧天耀谈清楚。就算不能说清此事，也要弄明白萧天耀对她的态度，她不希望像上次那般，最后弄得狼狈不堪，身心皆伤。

林初九叫来管事，套好马车，可就在她准备上马车时，一个有些狼狈的仆人突然朝她跑来，远远地就喊道：“表小姐，表小姐……我是蒙府的下人，表小姐！”

远远地就被萧王府的人拦住，不过听到这话后，萧王府的人没有下死手，只是将人挡在外面，等着林初九的命令。

林初九脚步一顿，转身道：“你是蒙府的下人？什么事？”

那人扑通一声跪在地上，语气急切地答道：“表小姐，老夫人病倒了，说要见见你，奴才去了萧王府，听说表小姐在这里，这才找了过来。”

“外祖母病了？”林初九神色一变，紧张地问道，“怎么回事？”

“奴才也不清楚，只知道老夫人突然晕倒，然后半个身子都没法动弹了。”仆人一路跑来，气喘吁吁。

林初九转身对着车夫道：“去蒙府。”

因为心急蒙老夫人的病情，林初九一路催车夫快一点，再快一点，车夫被林初九催得急得不行，鞭子不断地甩出去，硬是比正常速度早了一炷香的时间赶到蒙府。

马车刚停下，林初九就跳了下去，给她拿踏脚凳的侍卫愣了一下，默默地后退。

王妃，你这么粗鲁，就不怕王爷嫌弃你吗？

“砰砰砰……”萧王府的侍卫早就很机灵地前去敲门，蒙家的下人一直在等林初九过来，听到对方自报家门后，立刻将门打开。

林初九刚走上台阶，门就开了，林初九边走边道：“带我去见老夫人。”

林初九脚步不停，一路往里走，很快就来到老夫人的院子。蒙家三位老爷和三位夫人，此时全在外厅候着，见到林初九进来，蒙二夫人与蒙三夫人眼前一亮，如同看到救星一般，可不等她们上前和林初九说话，蒙国公蒙时就拄着拐杖上前道：“初九，快进去，你外祖母一直在等着你。”

“是，舅舅。”林初九当下也顾不得礼数，草草点个头就跑了进去。

屋内一股药味，除了蒙老夫人外，还有一个老嬷嬷在。见到林初九进来，老嬷嬷立刻迎了上来：“小小姐你总算来了，老夫人等你很久了。”

“外祖母，你怎么了？”林初九上前，半跪在蒙老夫人的床前，紧紧握住她的手，很快，脑子里就传来医圣之心的诊断：重度中风。

中风，瘫痪，暂时死不了，可也没救了。

“外祖母……”林初九的眼泪唰地就流了出来。

怎么会这样，这才一眨眼的工夫，蒙老夫人怎么就中风了，明明上次见面时人还很硬朗的……

“小九……”蒙老夫人全身无法动弹，只有嘴唇能动，可却无法吐出完整的字眼，每动一下，嘴角就有口水流出来。

“外祖母，我在这里，我在这里，你放心，我一定会医好你的，一定会医好你！”林初九第一次感到的温暖，就是来自这个老人。

这个老人给了她最无私、不求回报的关爱，让她连算计都舍不得，而现在看到这个老人一动不动地躺在床上，林初九真的很难过。

“药箱，我去拿药箱，外祖母你等等我。”林初九松开蒙老夫人的手就要往外走，却被蒙老夫人拽住衣角，不肯让她离开。

“啊……啊……”蒙老夫人开口，却无法吐出完整的字眼，只能用眼神看向屋内的老嬷嬷。

那老嬷嬷是蒙老夫人的心腹，只一个眼神就能明白老夫人的意思，点了点头，转身朝着梳妆台走去，从里面取出一个锦盒。

蒙老夫人又眨了眨眼，老嬷嬷将盒子递给林初九，说道：“小小姐，这是小姐留给你的，说是很重要的东西。当初小姐交代过，待老夫人百年之后再给你，如今老夫人突然发病，怕自己撑不过去，便急着把你叫来了。”

“我娘留给我的东西？”林初九一脸诧异地接过，心里隐隐有种不安的感觉。

什么东西，非得要到蒙老夫人百年后才能给她？

蒙老夫人将箱子给了林初九后，整个人就好像松了口气，紧拽着林初九衣摆的手也松开了，不过仍旧眨了眨眼。

老嬷嬷弄明白蒙老夫人的意思后，便对林初九解释道：“小小姐，老夫人让你把里面的东西拿出来。”

蒙家有老夫人镇着，那些人才没有乱，现在蒙老夫人倒下了，林初九要是大大咧咧地带个盒子出去，外面的人指不定以为林初九拿走了蒙家的什么好东西。

蒙老夫人到这一刻，仍旧在为林初九着想。

“好。”林初九本想先给蒙老夫人医治，可老人家的好意她也不能拂了。

盒子上有一把小锁，老嬷嬷从蒙老夫人脖子上取下钥匙递给林初九。

“咔……”盒子打开，里面有一块墨色的令牌，还有一封信，信封泛黄，一看就知道有很多年了。

令牌质地不明，巴掌大小的一块却非常有分量，拿在手上沉甸甸的。令牌的正面是一个“林”字，反面则是一团花纹，具体是什么林初九也不认识。

信的封口被火漆封死，一看就知道没有被动过，信封正面写着“吾儿初九亲启”，没有落款，可从娟秀的字迹能看出乃女子手笔。

林初九没有急着拆开信，而是将令牌与信揣入口袋后，便出去拿药箱。

一出门就被蒙家三位老爷和夫人拦住了。

“初九，母亲怎么样了？”这是蒙家三位老爷关心的事。

“初九，你来了就好，家里出了大事，你一定要救救……”这是二夫人与三夫人，只是她们的话没有说完，就被蒙国公打断了：“好了，先问清母亲的情况再说。”

“外祖母的情况很糟糕，我去拿药箱。”林初九不愿意多说。

蒙国公本想说让下人去取，林初九却直接走了过去，一路跑到屋外，无视上前询问的下人，独自一个人钻到马车里。

将车门车窗全部关上后，林初九从医圣之心里拿出医治中风的药，提起药箱便往府里走。

林初九冷着一张脸，周身散发着生人勿近的气息，以至于她回来时，沿途无人敢上前询问。

中风瘫痪无法医治，林初九医不好蒙老夫人的病，可却能让她舒服一些。

给老夫人布完针，林初九能明显感觉出老夫人精神了不少，情绪也稳定下来。

待到老夫人喝了些参汤后，林初九又给老夫人用了有安眠成分的药，等到老夫人睡着，交代老嬷嬷照顾好老夫人，这才出去。

“初九，母亲还好吗？”屋外，蒙家三兄弟与三个媳妇一直都在。

林初九神色疲累地道：“外祖母的情况已经稳定下来，只是这辈子怕是只能瘫痪在床了。”说到最后，林初九鼻子一酸，眼泪便掉了出来。

蒙家三兄弟双眼也是红通通的，不过他们之前就知道了，此时再听一遍也没有那么难过，只道：“母亲没事就好了。”

没事？怎么可能没事？全身除了脑袋外，哪儿都不能动，这能叫没事吗？

不过，现在不是说这些的时候。林初九抹掉脸上的泪，问道：“外祖母好好的怎么会中风？发生了什么事？”上次相见时，蒙老夫人的身体还健康得很，完全没有中风的征兆。

林初九一说，蒙二夫人的眼泪就掉了出来：“初九，母亲她是……”蒙二夫人泣不成声，根本说不出来。

林初九立刻明白了，一定是发生了大事：“到底出了什么事？”

“你表哥……”二夫人语气哽咽地开口，三夫人早已哭倒在蒙三爷怀里，根本说不清话，大夫人也是一脸麻木，就像是木偶人，蒙家的三位老爷则是一副欲言又止的模样。

“到底是怎么了？”林初九又追问了一句，大夫人紧咬着唇，不让自己哭出来，坚定地摇头：“什么事都没有，时辰不早了，你该回去了。”

“我不是笨蛋，你们这个样子，要我怎么相信没事？”全家都一副愁云惨淡的样子，真的是没事吗？

“初九……”大夫人刚要开口，就被二夫人急切地打断道：“初九，有事，出大事了。你二表哥、三表哥还有四表哥都出事了，还有志儿，他也不见了。”

二夫人口中的志儿，是蒙国公的亲孙子。除了大夫人外，其他人见二夫人说了出来，都是一副松了口气的样子。

“不见了是什么意思？”林初九脑子里瞬间闪过无数个可怕的猜想。

蒙国公点点头，证实了她的猜测：“就是你想的那样，他们被人绑走了。对方送来了三条胳膊，那三条胳膊和你三位表哥的手一模一样，还有志儿的玉佩也在。”

“他们要干什么？”林初九对三个表哥没什么印象，虽然听着也担心，可到底比不上蒙家人，所以她现在还能冷静地询问。

“要你，要你三天后去城外的望风崖，只有你一个人能去。”孙儿、重孙与外孙女，这是一个很艰难的选择，蒙老夫人根本就没有和林初九提起，而她在昏迷前，也曾警告过三个儿子，不许和林初九提起。

“初九，救救你表哥，救救你表哥好不好。”二夫人和三夫人倏地跪在林初九面前，她们知道这么做是不对的，可那是她们的亲儿子呀。

大夫人也很想开口，可想到老夫人对她说的话，她又忍了下来。

老夫人说她现在是蒙家的当家主母，她必须端出世家大妇的气度，她不能那么自私。

“初九，这件事是我们蒙家的事，我们蒙家自己会解决的。”大夫人压下心中的刺痛，语气麻木地开口道。

被绑的四个人中，有一个是她的亲孙子呀。

“大嫂……”二夫人和三夫人原本就不抱希望，听到这话后更是绝望了。

大嫂怎么可以这样？

“你们莫不是忘了母亲的话？”大夫人双眼滴泪，却不肯哭出声来。

她记得老夫人的教导，她是蒙家的主母，蒙家的男儿已经养废了，蒙家的女人一定要站起来。

蒙二夫人被大夫人训得不敢开口，但三夫人不肯放弃：“初九，我们也不想这样，可是……要是你不去，我真怕他们连命都保不住。”

“初九，娘说过这件事与你无关，对方是冲着我们蒙家来的，点明要你去望风崖，不过是想多一个筹码罢了。你就是去了，他们也不会放人的。”大夫人也担心自己的长孙，可她更不敢忘记蒙老夫人的话。

自从上次领兵一事后，蒙家上下都把老夫人奉为神明，其中又以被蒙老夫人亲自调教过的大夫人为首。

“舅母，这话说出来你都不信，何必哄我？”听到对方点明要自己前去才肯放人，林初九便明白对方是冲着她来的，蒙家不过是受她牵连。

“我没有哄你，对方能从蒙家把人掳走，可见我们蒙家无能。”大夫人双眼通红，单薄的身子微微颤抖。

她的儿子、儿媳因为这个消息而齐齐病倒，家里的男人又有伤在身，整个蒙家的未来都压在她身上，她又不像老夫人那般坚毅，要不是凭着一股气在，她早就撑不下去了。

蒙家三位老爷听到这话，一个个低头不语，暗自叹息。

柿子专挑软的捏，要不是他们无能，对方又怎么会不挑林家，偏偏挑上他们蒙家？论关系亲近，林家才是林初九的娘家。

“初九，时辰不早了，你该回去了。”大夫人眼角滑出泪来，声音却比之前更清冷，二夫人与三夫人低声抽泣，到底不敢再说什么，只是死死地咬着嘴唇，忍着伤悲。

蒙家上下皆是笼罩在这悲伤中，不仅仅是因为老夫人倒下了，更多的是为家中的孩子担心，这样的情况下林初九可以走，可她惹出来的事，她必须承担。

“舅舅、舅母，你们放心，三日后我会去望风崖解决此事的。”林初九朝着众人深深地鞠了个躬，以表示自己的歉意。

蒙家的三位老爷没有吭声，二夫人与三夫人则是眼前一亮，唯有大夫人出声制止：“初九，不可……你是萧王妃，萧王不会同意的。”

“萧王说，我的事我自己负责，这是我的事，我不需要他插手。”林初九突然觉得，萧天耀的冷酷其实也是有好处的。

“萧王气头上的话你也相信？你不能为了蒙家的事而与萧王闹别扭，可别让萧王不高兴。”林初九已经和林家闹翻了，现在蒙家又是这个样子，要是再没了萧王的支持，那林初九便什么也不是，以后在京城什么人都能欺负她。

“大舅母你别担心，我知道该怎么做的，三位舅舅也不要担心，表哥们会平安无事地回来。”只是断了的胳膊，她却是无能无力了。

后面那话林初九没有说，她留下这话便走了。

回到萧王府，一进门曹管家就迎了上来：“王妃，王爷要见你，让你一回来就去见他。”

“好，我洗把脸就去。”刚刚哭过，林初九的脸上犹有泪痕，双眼红通通的，看上去很狼狈。

曹管家一动不动地挡住了她的去路，重复道：“王爷说，让你一回来立刻去见他，不得耽搁。”

如果是平时，林初九肯定会顺从，左右萧天耀早就见识过她的狼狈，再狼狈一些又何妨，可今天……

她一身怒气无处发泄，不管是萧天耀还是曹管家，这话都踩到了她的雷区。

林初九缓缓抬头，目光冷冰冰地看向曹管家，一字一字地逼问道：“如果，我非要先去洗脸不可呢？”

每一个字都咬得异常重，平时温和宁静的眸子，此时布满怒火，像是要将人撕碎。

这样的眼神，无疑是可怕的……

曹管家顿时吓得双腿哆嗦，后退一步，低头道：“请王妃不要为难小人。”王妃很可怕，可王爷更可怕。

“为难吗？”林初九唇角轻扬，扯出一抹嘲讽的笑意，“这就叫为难，那么你们对我的为难算什么？”

林初九不管不顾，一把推开曹管家：“别挡我的路，我要做什么还轮不到你来指手画脚。”

曹管家没有防备，直接被林初九推得跌倒在地，好在林初九即使在盛怒中，依旧有分寸，曹管家只是摔了一跤，并没有伤着。

“王妃，王妃……”曹管家忙爬起来，正想去追林初九，就见府上的侍卫已经挡住了林初九的去路：“王妃，王爷要见你！”在萧王府，萧王的话就是圣旨，任何人不得违背。

府上的侍卫可不像曹管家那般好说话，一个个态度强硬，挡在林初九面前，根本不让她走。

“让开！”林初九怒火中烧，杏眼圆瞪，眼中似有火苗在蹿动。

侍卫们见到林初九在王府内这般强硬，一时间也有些怔住，不知如何是好，领头之人不由得放缓口气，不无恳求道：“王妃，王爷只是要见见你，不如王妃先去见王爷如何？”

林初九软硬不吃：“我说——让——开！你们听到没有？”

“王妃，请别逼我们动手。”侍卫们一个个不知所措，他们平时都跟着王爷与王妃，自然知道王爷最近待王妃有所不同，可是……

这份不同，也不能让王妃不听王爷的命令啊。

“动手是吗？好呀，有本事你们就杀了我。”林初九上前一步，走到侍卫的长枪前，侍卫顿时吓了一跳，忙后退一步：“王妃，属下也是为你好，你还是先去见王爷吧。”王爷的脾气可不好，王妃这般恃宠而骄，只会惹王爷不高兴。

“为我好？你们有什么资格说为我好？又有什么资格对我指手画脚？你们是不是忘了我的身份？”她是太好说话了吗？以至于萧王府的侍卫连表面的尊敬也不给她吗？

为她好？

放眼京城，有哪个侍卫敢对主子说，我是为你好，你最好还是听我们的话。

这些人，到底知不知道谁才是主子？

林初九突然的强势，让萧王府的侍卫心下骇然，他们知道王妃有强势的一面，他们见过林初九强势地处理闹事的学子，狂妄地打压林相的气焰。可所有人都认为，林初九之所以能强势起来，是因为她背后有萧王府的支持，要是没有萧王府的支持，林初九拿什么本钱狂妄？

不仅仅是萧王府的侍卫，就连苏茶、流白也是这么认为的。如果没有萧王府在背后支持，林初九根本就嚣张不起来。

萧王府上下都认为，林初九在王府内好说话是应该的，因为她不敢反抗萧王，离不开萧王府的支持，她只有讨得王爷的欢心，才能在外面张狂起来，可直到这一刻侍卫们才明白，他们似乎错了。

王妃在府中好说话，似乎并不是因为她需要萧王府的支持，也不是因为她离不开萧王府。

想到王爷越发重视王妃，侍卫们一个个心惊肉跳，只觉得自己似乎做错了什么，一个个低头道："王妃，属下无意冒犯王妃，恳请王妃赎罪。"

"滚开。"林初九的声音带着哭泣后的嘶哑，似有些无力，众侍卫却不敢再拦，默默地将路让了出来。

林初九也没有摆出胜利者的姿态，她只是默默地往前走，周身似有一股无名的悲伤笼罩着，每一步都迈得异常沉重，可又异常坚定，有种悲壮的感觉。

站在林初九身后的曹管家，几次想要上前，又不敢上前，他总觉得王妃好像变了，只是不知这种改变是好是坏?

曹管家不敢多想，忙整理好衣服去见萧天耀。曹管家将刚刚发生的事原原本本地告诉萧天耀，见萧天耀听完后并不说话，曹管家又补了一句："王爷，王妃似乎很不高兴。"你是不是要去哄哄王妃?

"知道了，退下。"萧天耀却是头也不抬，直到将书中的宗卷看完，这才漫不经心地敲了敲桌面，"小老虎是要露出虎牙吗？这样也好，懦弱的萧王妃可撑不起萧王府。"

没有他的保护，依林初九那么好说话的作风，凡事愿意退让一步的性子，早就被人逼到墙角了。

林初九原本只想让曹管家给她打盆水，可一再被阻拦，林初九心中的那团火便燃烧起来。她直接回了自己的院子，不仅洗了脸还换了一身衣服，足足折腾了半个时辰，再加上路上来回的时间，林初九见到萧天耀已是一个时辰以后。

"王爷找我有事？"林初九进来，直接开口，不同于以往的温和，带着一丝丝冷漠。

"怎么？生气了？"萧天耀抬头看了她一眼，只见她眼眶仍旧泛红，便知道蒙老夫人的事带给她的打击不小，一向不怎么会安慰人的他，语气生硬地说道，"别难过，老夫人会没事的。"

"王爷别说笑了，我外祖母瘫痪在床，除非遇到神仙，不然这辈子最好也就是这样了。"说到最后，林初九还是忍不住红了眼眶。

为了不让眼泪流出来，林初九抬头看向屋顶，生生将泪水眨了回去。

第一次安慰人，却是被这般生硬地顶了回来，萧天耀有那么一瞬不知该如何接话，轻咳一声才道："今天冒犯你的人，本王交由你处置。"为了此事，他等了林初九一个时辰也不曾有半点恼怒，林初九该满意了吧?

"不必了，他们并没有冒犯我，他们不过是执行你的命令。"林初九将眸中的眼泪收回，看着萧天耀，再次问道，"王爷，你找我有什么事？"

萧天耀皱了皱眉，见林初九一副不想多说的样子，只得提起正事："蒙家的事……"

"不劳王爷费心，蒙家的事是我自己的事，我自己会负责。"萧天耀刚开口就被林初九打断。

声音中明显带着怒气，本就脾气不好的萧天耀，见到林初九阴阳怪气的，也不由得怒了："林初九，你这是在怨本王？谁给的你胆子敢对本王不驯？你莫不是以为本王对你好几分，你便可以无所顾忌，肆意而为？”

林初九很好，他确实对林初九有几分好感，也是真心把林初九当成妻子看待的，但这不表示他会纵容林初九，他的女人绝不可骄纵无知。

“我没有怨你，至于你说的待我好，你最近确实待我很好。”这一点林初九不否认，可她不知道萧天耀待她好是因为什么，而她也不想再胡乱猜想下去，“王爷，你待我好，可是因为心里有我？”林初九看着萧天耀，直接问了出来。

“咳咳……”萧天耀不曾想林初九会问得这么直接，差点就被呛道了，咳了两下才道，“你是本王的王妃。”他承认的王妃，心里必然是有她的。

“那你可有一点儿喜欢我？”林初九再问。萧天耀的耳朵动了一下，却没有正面回答，而是语气冷硬地道：“林初九，本王要与你说蒙家的事，你问这些做什么？”他做得还不够明显吗？笨女人。

“先问清这件事才好说蒙家的事，王爷，你可喜欢我？那天在马车里吻我，是因为喜欢我吗？”有些事总要说清楚的，这样她才能有所期待，才知道自己的付出值不值得。

“这些重要吗？你是本王的妻子，本王吻你有什么好奇怪的？”萧天耀有些恼怒，对于男人来说，有些事可以做但却无法说出口。

“只是因为我们是夫妻吗？你可有把我当妻子看吗？”她和萧天耀的关系，更多的像是上下级。

“本王什么时候没有把你当妻子看？”见到林初九一脸懵懂的样子，萧天耀的气就不打一处来，“本王没有杀你，承认你是萧王妃，便是把你当妻子看待。林初九，本王要是不想要你这个妻子，你以为你求一声，本王就会放过你？”

他想要林初九的命，不过是抬手间的事。哪里需要为了救她，在伤势未好时便跑出城；哪里需要为了哄她回来，便不顾面子地追出城；哪里需要为了她，便放下与皇上的恩怨追进宫……

他对林初九难道还不够好吗？这个女人居然到这个时候还问这些愚蠢的问题，简直是笨得无药可救！

萧天耀面上没有表情，但周身散发的那种强烈的寒气，可见他此时有多不满，或者说他对这个话题很不满！

林初九却没有将萧天耀的怒火放在眼里，她轻轻地说道：“所以，王爷，你是在乎我的，对吗？”只可惜，这份在乎太轻了，轻到让她没有安全感。

“嗯。”萧天耀耳根微红，冷冷地应了一声，似乎怕林初九因此而骄傲，又补了一句，“本王虽然认可了你，但你不能因此恃宠而骄，你须有配得上本王的能力。本王的女人绝不能是只会躲在男人身后等待男人保护，本王虽有能力护你，可这天下多得是爱用阴谋诡计之辈，本王的仇人更不是善茬，总有本王护不到的时候。只有自己有能耐，才能真正地活得恣意，有些事你必须自己学着解决。本王可以帮你但不会什么事都替你做了，无能的人，不管男女都没有资格站在本王身侧。”

萧天耀难得一口气说这么多话，只是每一句话都冰冷无情，完全不像是夫妻间该有的对话，可话中又透着淡淡的关心。

林初九不知道自己心里是个什么滋味，她得到了她想要的答案，可以确信萧天耀心里是有一点点在乎她、喜欢她的，可是萧天耀的喜欢，又夹杂着太多太多她不想背负的东西。

萧天耀凭什么认为，她会为了他，而努力去做一个配得上他的女人？

她对萧天耀的喜欢，远远没有达到可以为他而付出一切的地步。

轻轻地叹了口气，林初九点头道："王爷，我明白了。"

"天耀，本王的名字，以后不必再叫王爷。"萧天耀很早就不满林初九的称呼，只是一直没有机会说。

"好，我记得了。"不过是一个称呼罢了，林初九并不在意。

私事说完，萧天耀再次提起正事："蒙家的事，本王查到了一些，你看看。"

萧天耀拿起桌上的卷宗，林初九正准备去接，萧天耀却起身，绕过书桌走到她身边："林初九，本王虽然对你严厉，可还不至于让你去做超出你的能力范围内的事。"他要的是林初九成长，而不是要林初九的命。

"我要谢谢你吗？天耀。"最后两个字，叫出来，带着一丝说不出来的味道。

萧天耀的眼中闪过一抹笑意："日后，你会谢谢本王的。"

"谢谢。"看到萧天耀收集来的情报，林初九心里是感激的，蒙家的事是今天发生的，蒙家自己都没有查到有用的消息，萧天耀却查到了，可见蒙家一出事他就忙了起来。

"本王说过很多次，不接受口头上的道谢。"萧天耀见林初九的脸上有了笑容，便打趣了一句。

他知道林初九为什么而高兴。

"那就不谢好了。"林初九抬头，发现自己处在萧天耀和书桌之间，立刻察觉到危险，趁萧天耀不备，林初九身子一矮，从萧天耀身侧溜了出来，扬了扬手上的纸道："我要先把这个好消息给蒙家送去，好让外祖母高兴。"

说完，一溜烟地往外跑去……

萧天耀转身，靠在桌子上，笑着摇头。他知道林初九因为蒙老夫人的病而难过，他不会在这个时候做什么的，林初九真的想多了。

林初九所说的好消息，是萧天耀查出蒙家三位少爷的手没事，被送来的三条胳膊并不是蒙家三位少爷的。

这个消息对于蒙家来说，绝对称得上是好消息，毕竟蒙老夫人就是因为看到三条血淋淋的胳膊，又听到对方要林初九去换人，这才一时情急而中风晕倒的。

林初九出了书房后才发现她好像找不到人传递消息，哪怕萧天耀说心里有她，萧王府的人也不是她能随意调用的。

怎么办？要回去找萧天耀吗？

林初九一脸犹豫，正考虑要不要转身时，被萧天耀丢出来的暗卫，默默地从暗处走了出来，单膝跪在林初九面前："王妃，属下暗谱见过王妃。"

突然蹦出来一个人，林初九吓了一跳，直到对方跪在自己面前介绍身份时，她才反应过来："你是暗中保护我的人？"其实，林初九更想说监视。

"属下奉命保护王妃，任由王妃差遣。"暗谱再次表明自己的身份。

林初九了然点头："哦……那这么说，我可以让你去办事？"

"是的。"暗谱答道。

林初九又问："那你的主人是我，还是王爷？"

"在今天之前，属下的主人是王爷。今天之后，属下只有王妃一个主人。"就在刚刚，他被王爷送给了王妃，然后在一干好兄弟同情的眼神下，默默地前来认主。

"这么说，你以后只会听我一个人命令，哪怕我叫你刺杀王爷，你也会下手？"林初九大约猜到萧天耀为何会给他这么一个人了，如果真能为她所用，确实会方便许多。

"是。"暗谱没有丝毫的犹豫，暗卫对主人的忠心无庸置疑。

"很好……"林初九很喜欢萧天耀的这个安排，"我身边只有你一个暗卫？如果我让你去办事，我的安全由谁负责？"

"王妃身边有四个暗卫轮流值守，他们会负责保护王妃的安全。"他虽然依旧是暗卫，可却算是半明半暗。

果然，还是有监视的人。林初九也不奢望萧天耀一天之间就把她当宝贝宠，现在这样已经算好了。

"既然如此，那你帮我将这几张纸送给蒙国公。"林初九终于找到送信的人了。

"是。"暗谱收好，立刻离去。

林初九目送着他的身影，回头朝着书房的方向望了一眼，快步离去。

她要趁萧天耀回房前，把她娘留下的信看一遍……

林初九回房后并没有急着梳洗，而是把秋喜与春喜打发出去，说她想一个人静一静。

春喜和秋喜半声也不敢吭，态度比之前任何时候都要恭敬，语气也比之前任何时候都要谦卑，对此林初九一点儿也不意外。

下人之间互有消息往来，林初九在外院朝侍卫发飙的事，春喜和秋喜虽然不知事情的详细经过，可重点却明白，这两人只要聪明一点，就知道现在的林初九不好惹。

屋内空无一人，林初九仍旧不放心，她知道在不知名的角落里，肯定还有"保护"她的暗卫，为了杜绝所有的意外，林初九脱了外衣直接躺上床。

暗卫会全程"保护"她，可在她睡觉沐浴时，暗卫却不敢窥探。

盘腿坐在床上，拿出贴身收藏的信件与令牌，林初九将令牌随手放在身侧，撕开信……

信纸泛着古黄，许是放得太久了，信纸有些脆弱，轻轻一碰就碎了一角，里面的字迹也有一些模糊，可并不影响阅读。

内容不长，只有寥寥几百字，说的事情也不多，只说如果蒙老夫人去世，她在东文待不下去，或者遇到危险，就去找皇后娘娘，让皇后娘娘安排人送她去中央帝国。

凭她手中的那块牌子，她可以顺利地进入中央帝国，中央帝国林家的人也会照看她。如果一切顺利的话，那就别去中央帝国，好好地在东文生活下去。

信末尾处，隐晦地指出让林初九不要太相信林相，有些事情要有自己的判断，除了蒙老夫人的话，其他人的话都不要相信。

看完信后，林初九发现自己越发迷糊了，因为她母亲似乎并没有留下什么特别的消息，而就凭纸上的那几句话，于她一点儿用处也没有。

“不要太相信林相的话？”林初九仔细琢磨这句话，再联想到林相对她的态度，林初九很扯地想出一个可能性，那就是……

她有没有可能，不是林相的亲女儿？

“不会这么狗血吧？”林初九手指一紧，手上的信就被她捏成碎片，林初九慌忙松手，手上的碎纸散乱在床上，已经不成样子，拼也拼不起来了。

“这下好了，想要看仔细也不行了。”林初九对着一堆废纸屑，一脸无奈，只能默默地回想自己所看到的内容，想一想自己有没有遗漏什么，可是……

她粗粗扫略一遍信件，当下也只能勉强理解意思，想要记下几乎不可能。

“算了，以后要是有机会可以去中央帝国看看，能弄清楚最好，要是弄不清楚也无所谓，左右我习惯一个人。”林初九一扫刚刚的低落情绪，将散落的碎纸收起来丢进一旁的铜盆里，又往里面添了些热水，就看到盆里的碎纸瞬间变成一团糊糊，再厉害的人也无法将之还原。

收拾好房里的一切后，林初九又检查了一遍，确定没有遗漏这才叫春喜与秋喜进来，服侍她沐浴更衣。

萧天耀今天回来的时辰刚刚好，林初九顶着一头湿漉漉的长发出来时，他便回来了。抬了抬手，春喜与秋喜便乖觉地退下，萧天耀接手她们未完的工作，替林初九将头发擦干。

林初九也没有受宠若惊，心安理得地受之，待到头发干了，这才道：“珍珠和翡翠她们几个的伤似乎好了。”

“嗯。”萧天耀含糊地应了一下，对这种事他一向不关心。

林初九拿不准萧天耀的意思，可想到萧天耀送来的暗谱，便道：“把她们四个送给我行吗？”

“这两个你不满意？”萧天耀靠在床头，随意地问道。

林初九明白萧天耀没有理解她的意思，只好直接说道：“我说的送给我，是和你今天给我的那个人一样。”

“本王送的人，你现在敢放心用？”林初九不是一直防备他安排在她身旁的人吗？

“我相信你。”当然不放心了，可她除了萧天耀给的人，还有别人可用吗？

“好，那明天让她们过来。”不过是四个下人，萧天耀很大方地允诺，同时不会忘记给自己索取好处，“本王还未沐浴，服侍本王沐浴？”

林初九只当听不懂，语气淡定地道：“我叫春喜和秋喜进来。”服侍沐浴什么的，很暧昧的好不好？

“不必。”萧天耀冷声拒绝，起身朝浴间走去，路过林初九身边时，狠瞪她一眼，“笨女人。”

“呵呵……”林初九傻笑一声，侧身让路，低头不语……

萧天耀回来时，林初九已经上床睡觉了，最该死的是，她已经睡着了。

可见，今天的一番折腾后，不管是身体还是精神，林初九都累极了。

屋内的灯还亮着，萧天耀站在床前盯着林初九的身影看了许久，直到眼睛微微泛酸这才收回目光，转身欲将灯吹灭，却发现床角处有一块小纸片，在火光的照耀下忽闪忽闪。

萧天耀将纸片拾起，看到上面的字迹，不由得皱眉：“……央帝国？”真巧，萧天耀手上的纸片，正好有这三个字，而这三个字足以让看到它的人，猜出是什么意思。

萧天耀仔仔细细看着手上的碎纸片，字迹娟秀，一瞧就知道乃女子所写；纸张干燥发黄，明显是很多年前的东西，这绝不是这间房子，或者林初九原本会有的东西。

若是没有意外，这应该是林初九从蒙家得到的东西，蒙家急急忙忙把林初九叫过去，也许并不是为了要林初九帮他们救人。

莫非，林初九与中央帝国有关?

萧天耀的眼中闪过一抹怀疑，看着林初九蜷缩成团的身影，眼睑轻动，不知在想什么……

很快地，萧天耀就恢复正常，轻轻一弹，手中的纸片朝着桌上的烛台飞去，啪的一下就变成了灰烬，而烛火也因此而熄灭。

萧天耀上床，从背后搂住林初九，似叹息又似惆怅地道：“林初九，别给本王丢下你的理由。”

床上的人一动不动，根本没有听到他的话。

次日，一切如常，林初九起来时依旧没有见到萧天耀，两人似乎就只是单纯的同榻而眠，而林初九也不觉得有什么不对。

萧天耀那人，哪怕再喜欢，哪怕再在乎，也别奢望他能和正常男人一样，会把她捧在手心……

第六章　死在最恰当的时候

林初九和萧天耀很有默契，除了当天将查到的消息给林初九，萧天耀就不再过问蒙家的事，同样林初九也不问。

林初九虽然还没有完全了解萧天耀的为人，可都知道萧天耀这人骄傲到骨子里，也自大到骨子里。他愿意给你的，你可以收；他要是不愿意，你就是再求他也没用，他不会为任何人动容。

林初九起来后，先去了一趟别院，例行为几个小孩换药，确定孩子们都没事后，便马不停蹄地去蒙家。

因为林初九昨天送来的消息，蒙家的气氛好了许多，蒙老夫人的气色也比昨天好了些。大夫人得知林初九要来后，亲自到门口迎接她。

“初九，昨天的事谢谢你。”他们蒙家上下都慌了，根本没有人想过去查消息，要不是林初九送来的消息，他们一家人昨天都没法过了。

“我也没有做什么，大舅母不必放在心上。”说实话，现在的大夫人瞧着比之前顺眼多了，林初九待她也和气，“大舅母，外祖母怎么样了？”

“母亲听闻他们没事，瞧着气色好了不少，也能说几个字了，只是还是不能动。”昨天，全家都因为失踪的四个孩子而担心，得知他们没事，全家又开始发愁蒙老夫人的病。

“我去看看外祖母。”林初九今天来，主要是为了看蒙老夫人。

大夫人亲自带林初九进去，想了想还是说了一句：“早上，你……林夫人来了一趟，被母亲赶了出去，最后把婉婷留了下来。”

林初九脚步一顿，只是点了点头表示自己知道了。她知道，蒙老夫人是因为她才会把林夫人赶出去的，至于留下婉婷……

同是外孙女，蒙老夫人也不希望林婉婷名声败坏，有个孝顺的名头在，婉婷在京城会好过一些。

此时二夫人与三夫人都在蒙老夫人的院子，见到林初九进来，两人纷纷上前道谢。不过，两位夫人道谢是真，暗示林初九不要将昨天的事说给蒙老夫人听才是重点。

蒙老夫人今天能说几个字后，又下了一个死命令，不许蒙家人将四个孩子被绑要林初九去换的事说给初九听，不然就逐出家门。

除了蒙老夫人，林初九对蒙家其他人都不亲近，此时听到二夫人与三夫人的话，林初九并不觉得意外："两位舅母放心，我知道该怎么做的。"

林初九提着药箱走了进去，刚踏入外间就听到林婉婷诵读佛经的声音。

林初九知道这个时候不宜打扰，便停下脚步在外间等候。

林初九对佛经不熟，也不知道林婉婷念的是什么，蒙家三位夫人却很清楚，林婉婷这才刚刚开始读，而且读的还是一部极长的佛经。

不用想也知道，这必是林婉婷给初九的下马威，要是以往大夫人必不会管，左右欺负林初九的人不是她，可现在她还指望萧王能出手救她的孙子呢，哪能让林初九在这里空等？

大夫人拉了拉林初九的衣摆，示意她先出来，待到两人走远，大夫人这才小声道："没有一个时辰，婉婷读不完。"

虽没有直说，话中的意思林初九懂了。林初九笑了一声，语气淡然地说道："正好我找舅舅有事，不知舅舅们可有空？"

"当然有，我这就带你去见他们。"大夫人不是聪明人，也能猜到林初九的用意。

不管对方是冲着谁来的，这毕竟是他们蒙家的事，如果他们蒙家自己能解决，也能叫萧王不小看他们。他们蒙家虽然败落了，却不是只想依靠别人的软骨头。

此时蒙家三位老爷凑在一起，正想着从哪里下手，在三天内把人救出来，这样也就不用林初九冒险去望风崖了，可是想法很美好，实行起来却很有难度。萧天耀都查不出来是谁做的，他们怎么查？

三位老爷越想越是愁眉不展，突然见到大夫人带着林初九进来，三人都有些诧异，直到林初九给他们行礼这才反应过来，忙让林初九不要客气。

"初九，你怎么过来了？找舅舅有事？"镇国公蒙时首先开口，言词中透着几分关切。

蒙家三位老爷对以前的林初九并不熟悉，谈不上喜欢与讨厌。不过，昨天的事情让蒙家三位老爷看到林初九有担当的一面，也觉得他们曾经亏欠了林初九，对林初九不由得高看了一眼。

林初九曾听萧天耀提起过这三位，知道他们虽然不是手腕高强、能力非凡之辈，但为人周正，值得信任。

林初九也不拐弯抹角，直言道："舅舅，我今天来找你，是有事相求。"

"什么事，你说……"镇国公蒙时虽没有满口应下，可也没有拒绝。

林初九从怀中取出自己在马车上画的东西，双手捧到蒙国公面前："舅舅，我想请你私下帮我打造一批东西，就按图纸上面的样子打，明天我就要用。"

“这些是……”镇国公接过图纸，一一翻阅，发现有些他看不懂，有些却明显能看出来是什么，“这些都是武器？”

镇国公的眼睛亮得吓人，出身武将家族，虽然他打小就没有接触过这些，可耳濡目染之下，知道的也比旁人多，他很清楚林初九的这几张图纸代表着什么。

“是的，舅舅，这些东西不能外传，是我要带在身上自保用的。”林初九冷冷的一句话，便将镇国公心中的热血浇灭。

镇国公干巴巴地应了一句：“初九，你放心，舅舅明白怎么做的。”他刚刚确实是动了将这些献给皇上，好换取皇上重视的念头，可林初九的一句话却让他明白，这些东西不是他的，是林初九的，就算是要献给皇上也轮不到他请功。

“我相信舅舅。”林初九轻轻一笑，示意镇国公把图纸收起来：“舅舅，除了这批武器外，我还希望舅舅能提前派人在望风崖做些布置。”

“初九，你想怎么做？”镇国公知道林初九肯定已经有了想法，他只要照办就好了。

林初九也不客气，当即把需要的东西，一一说给镇国公听。

林初九和镇国公蒙时谈完后，并没有急着离去，而是陪蒙家三位大老爷喝了半个时辰的茶，直到下人来请，说林婉婷已经念完佛经，林初九这才起身，与蒙家三位老爷一同去见蒙老夫人。

蒙老夫人身边的老嬷嬷见四人过来，一脸歉意地道：“老爷，小小姐，老夫人已经睡着了。”听了一个时辰的佛经，精神再好的老人也要休息一二，更别说蒙老夫人此时的状况。

林婉婷听到这话，不无挑衅地看了林初九一眼：她就是要让林初九白跑一趟，又怎样？

林初九并不将她看在眼里，对着老嬷嬷说道：“我进去看看外祖母的身体如何，把个脉就离开。”真要孝顺不在这一时，以后的日子还长着呢。

“小小姐，请……”老嬷嬷侧身请林初九进去，转身时目光隐晦地看了林婉婷一眼。

老嬷嬷知道林婉婷是故意的，可主仆的身份摆在那里，她也不好说什么。

蒙家三位老爷倒是没有多想，知道蒙老夫人睡着便一一在外面等着。

林初九也不是真的要给老夫人把脉，只是用医圣之心为老夫人检查了一下身体，蒙家上下都说老夫人精神了不少，不过老夫人的身体状况还是很糟糕，医圣之心的诊断和昨天一模一样，根本没有好转。

这种病只能依靠调理，在这方面，林初九并无专长，便没有给老夫人留药，得知老夫人昨晚睡得很好，便退了出来。

“初九，母亲还好吗？”依旧是镇国公开口，不等林初九回答，林婉婷就柔弱而忧伤地开口道：“姐姐，外祖母是不是没事了？你的医术那么好，你一定可以医好外祖母的对不对？姐姐，外祖母那么疼你，你怎么忍心让她以后只能瘫在床上？”

扑通一声，林婉婷突然跪在林初九面前：“姐姐，求求你救救外祖母。姐姐，婉婷给你磕头了，你救救外祖母好不好？”

林婉婷说着就伸手去扯林初九的裙子，却不想林初九反应灵敏，身子一侧就避开了，林婉婷一时不察，狠狠地摔倒在地。

“姐姐……”林婉婷可怜巴巴地望向林初九。

林初九居高临下地扫了她一眼，极尽嘲讽道：“幸亏这是在舅舅家，不然林家的脸都要给你丢尽了。”

“是呀，婉婷你这是在做什么呢，快起来。”偏厅除了林初九外，就只有蒙家三位老爷，见到林婉婷突然跪下，镇国公傻眼了，忙朝弟弟使眼神，让他把人扶起来。

“婉婷，快起来。”三老爷上前想要扶林婉婷起来，却被她拒绝了：“小舅舅，我要求姐姐救救外祖母呀。”

“胡闹，你姐姐要是能救母亲，哪里需要你求？”三老爷在这些事情上比镇国公灵透多了。如果说他之前还没有弄明白状况，现在绝对明白林婉婷的用意了。

林婉婷是故意的，她这么一求，林初九要是医不好蒙老夫人的病，不知情者还以为林初九不尽心呢。相反，要是她医好了，那就全是林婉婷的功劳。

小小年纪就这般算计，还真是和二妹妹一个德行，三老爷眼中闪过一抹厌恶，不管不顾地把林婉婷拉了起来：“女孩子娇贵着呢，别随便给人下跪，不知情的人还以为我们蒙家欺负了你。”就差说林婉婷软骨头。

“小舅舅，我是为了外祖母……”林婉婷一脸伤心，似乎没有想到一向对她和颜悦色的小舅舅会说出这样的话来责备她。

三老爷嘴角一抽，想到林相对林婉婷的宠爱，生生地忍住冷嘲，好脾气地说道：“小舅舅知道你一片孝心，只是有些事不是跪着求就有用的。”他们都清楚母亲的病，只能静养不可能医好的。

“我知道了，小舅舅。”林婉婷也不敢倔，低头认错。起身后，又朝林初九福了福身，“姐姐，对不起，我刚刚只是太担心外祖母了，没有别的意思，还请姐姐不要放在心上。”

林初九毫不掩饰自己的不满，一脸厌恶地道：“林婉婷，我记得我曾和你说过，别叫我姐姐，我听着恶心，你还是叫我王妃的好。”

林初九不给林婉婷说话的机会，又道：“我知道你孝顺外祖母，可你求错人了，我医术粗浅没有能耐医好外祖母的病。不过，墨神医肯定有办法，婉婷你这么孝顺，为了外祖母的病，你可愿意去求墨神医吗？”

林初九原本就打算去找墨神医的，只是她还找不到说服墨神医的条件，现在既然林婉婷撞上来，那就别怪她不客气了。

道德绑架，她也会。

“墨，墨神医？”林婉婷傻眼了，有一种自己挖坑埋自己的感觉。

林初九含笑点头：“没错，墨神医医术精湛，四国皆知。我刚刚还担心王爷得罪了墨神医，我要去求墨神医他未必会答应呢。现在有你出面，那我就放心了，你的善良和孝顺一定能感动墨神医，让他医好外祖母的。”

镇国公蒙时隐隐觉得，林初九和林婉婷之间有一股火药味，听到林初九说墨神医能医好蒙老夫人的病，当即语气激动地说道：“我怎么忘了墨神医也在东文啊，婉婷肯去求墨神医真是太好了，有墨神医出手医治，母亲的病就有希望了。”

三老爷目光隐晦地看了林初九一眼，忙跟着附和道：“婉婷有心了，小舅舅先在这里谢谢你，如果母亲的病好了，你就是我们蒙家的大功臣。”

“舅舅……”林婉婷一脸无措，可她知道她现在根本无法拒绝，只能语气僵硬道，“我，我一定会去求墨神医的。”

“择日不如撞日，不如现在就去如何？旁人进不去大理寺的牢房，可林相的掌上明珠一定能进去的，来人……”林初九果断地喧宾夺主，直接命令蒙家的下人为林婉婷准备马车。

“我……”林婉婷刚想拒绝，就被林初九打断道：“你不必担心，哪怕看在太子的面子上，墨神医也不敢拒绝你的请求。”

“啪啪……”林初九对着空气拍了一个巴掌：“暗谱。”

一黑衣护卫，悄无声息地出现在林初九面前，蒙家三位老爷还没有弄明白这个人是什么时候进来的，就听林初九用不容拒绝的口气道：“护送二小姐去大理寺。切记，一定要将二小姐安全送达，等她办完事，你再把二小姐完好无损地带回来。”

换句话说，林初九是要人全程盯着林婉婷，不仅不给她拒绝的机会，还不让她有机会搬救兵。

林初九虽然不知道暗谱的具体实力如何，可她相信凭他是萧天耀的人，要看住一个娇滴滴的大小姐还是没有任何问题的。

把人丢给暗卫后，林初九便万事不管，坐在偏厅陪着蒙家三位老爷聊天，除了拉近舅甥之间的感情外，林初九也想探一探蒙家三位老爷的虚实，同时了解一下这三位对她的态度如何。

好在，一番交谈下来，蒙家三位老爷虽然没有说什么，也算是表达了善意，这对于林初九来说足够了。合作是相互的，蒙家若是看不到好处又怎么会帮她？

这世上，也只有蒙老夫人会无条件地帮助她了，除了那个慈爱的老人，再也没有谁会毫无条件地站在她身后。

微微叹了口气，林初九顺手端起桌上的茶杯，却发现里面的茶早就冷了，没有一丝温度。

一个半时辰后，蒙家的下人来报，林二小姐回来了。

林初九起身，一脸欢喜地道：“婉婷把墨神医请来了？这真是太好了。三位舅舅，我们出去接婉婷和墨神医可好？”

蒙家大老爷与二老爷没有多想，立刻就同意了，三老爷倒是猜到了原由，可想到林初九刚刚软硬兼施的话，又果断地闭嘴不语。

和初九相比，婉婷无论是风度还是心机都差太多了，即使身后有一个左相父亲和太子做靠山，恐怕也不是初九的对手。

蒙家三位老爷同时出门，三位夫人自然也要跟着。她们出来时就已知道林婉婷没把墨神医请来的消息，可看到镇国公蒙时一脸期待的样子，谁也不敢上前说破，免得触了霉头。

林初九一行人出来时，林婉婷已经进门。看到一身脏污、头发凌乱的林婉婷，蒙家几位都傻眼了：不是去求墨神医吗？怎么这副模样？

“婉婷，你这是怎么了？”蒙家大夫人心道不好，忙上前询问。

“舅母……”林婉婷看到蒙家上下都来接她，心里的委屈再也藏不住，当即柔弱兮兮地靠在大夫人身上。

大夫人强忍着推开林婉婷的冲动，柔声问道：“婉婷你这是怎么了？不是去求墨神医为你外祖母治病的吗？怎么把自己弄成这副模样？”

林婉婷身上也不知道沾了些什么，反正黄黄的，瞧着特恶心，还带着一股浓烈的恶臭味，头上和脸上都粘着枯草，那枯草也是糊糊的，怎么看都令人想吐。

“舅母……”一听到大夫人提起墨神医，林婉婷就更加委屈了，低着头不敢说话。

林初九没有上前，只远远地看了暗谱一眼，暗谱似明白林初九的意思，朝她轻轻摇了摇头，表示林婉婷失败了。

林初九轻轻点头，没有多说，只是眸中的笑意深了三分。

林婉婷要是能成功，她才奇怪。

大夫人见到林婉婷这副模样，虽有不喜可也不好说什么，拍了拍她的背，安慰道：“婉婷没有请来墨神医也没关系，这本就是我们蒙家的事，我们之后亲自去请就是了。”信誓旦旦地说要孝顺老夫人，结果受了一点委屈就好像他们蒙家对不起她一样，简直是不知所谓。

林婉婷也知道自己事情没有办好，肯定会让蒙家人不高兴，可她也不想呀。

林婉婷抽抽噎噎地道歉道：“舅母，都是我不好，请不到墨神医，你们责怪我吧。”

“与你有什么关系？是墨神医他性子古怪，此事我们得从长计议。”蒙大爷与二爷虽然失望，到底没有责备林婉婷，只是在心里将林婉婷归为眼高手低那类人。

“走，婉婷，舅母扶你下去换衣服。”大夫人实在受不了林婉婷那一身的脏污和臭味，欲把林婉婷拉走，林婉婷却不肯走：“舅母，我还有话要和初九姐姐说。”

“有话……”回头再说几个字都还没有说出来，就被林初九打断：“婉婷要说什么？”

不等林婉婷回答，林初九又接着道：“莫不是说你被墨神医为难与我有关？墨神医会为难你，不肯来给外祖母看病也是因为我？如果是要说这些，你还是别说了，你去之前我就告诉你了，萧王府与墨神医之间有间隙，若非如此，我自己早就去求墨神医了，哪里会劳烦婉婷你。”

林婉婷瞪大眼睛看着林初九，不敢相信她居然这么无耻，居然先一步把责任推到她头上，让她连告状也没机会。

林初九摇了摇头，一脸嫌弃地说道：“婉婷，我之前就说过，要你别丢林家的脸，你看看你，哪里还有半点大家闺秀的样子？要让墨神医上门为外祖母医治有很多办法，根本不需要你又哭又求，也不一定非要亲自去不可，白白辱没了自己的身份。”

“你之前并不是这么说的。”林婉婷气得全身直发抖，既然不用亲自去，那林初九刚刚为什么让人盯着她，非把她送去大牢不可？

“精诚所至，金石为开。想让墨神医尽心为外祖母医治的话，亲自去求显得我们有诚意，可要是墨神医不领情，那也就只好用别的办法了。”林初九承认，她就是在耍着林婉婷玩那又怎样？

“什么办法？”林婉婷眼神微闪，将算计流露于外。

林初九只当没有看到，轻描淡写道：“既然恳求无用，那就只好下令了。旁人的命令墨神医敢不听，皇上与太子的命令他也敢不听吗？婉婷你与太子素来交好，要让太子帮这个忙有什么困难的？”

原本失望的蒙家三兄弟，听到林初九这话后，顿时一个个睁大眼睛，一脸希冀地看着林婉婷，等待她的肯定回答。

若是以前，林婉婷肯定满口应下，可刚刚才在林初九手上吃了一个大亏，林婉婷不由得有了几分犹豫，可就是这么一瞬间的犹豫，让蒙家三位老爷的心凉了半截。

等到林婉婷反应过来，想要应下时，却再一次被林初九捷足先登：“如果婉婷不方便就算了，这件事我会去和墨神医谈谈的。总之，不管墨神医能不能医好外祖母的病，我们都要试一试。”

“初九，你有心了。”蒙家三位老爷听到后，感动得一塌糊涂，“这件事就拜托你了。”

蒙家三人倒是想自己去求，可他们很清楚，墨神医根本不会给他们面子的……

林初九说要去见墨神医，并不是说说而已，她是认真地想要请墨神医为老夫人医治，只是林初九没准备用求这种方式！

要想墨神医出手医治蒙老夫人，威胁肯定比请求更有效果。可不想，林初九还没有上门，就传来墨神医在牢中自杀身亡的消息。

“他怎么会突然自杀？”消息传来，林初九着实是蒙了。

只过了一个晚上，墨神医怎么好好的就自杀了？

最主要的是，他早不自杀，晚不自杀，怎么就在她准备求医的时候自杀？

墨神医和她简直是有大仇！

林初九气极，立刻招来萧天耀安排给他的暗卫：“暗谱，墨神医为什么会自杀？”

“回主子的话，昨天晚上宫里有人秘密见了墨神医，说了什么无人知晓。然后墨神医就自杀了。”暗谱得到的消息也是从萧天耀那里来的，只是不够完整，林初九想要完整消息的话，就必须得去找萧天耀。

“你确定死的人真是墨神医而不是金蝉脱壳？他是自杀而不是他杀？”林初九和墨神医打过交道，她怎么也看不出墨神医会是软弱到自杀的人。

但凡有一线生机，那人也不会放弃自己生命的！

“仵作已经验过尸，墨神医的确是自杀而死。据悉，他死前曾留下血书悔过，血书上的内容暂且不知，属下大胆猜测，墨神医之所以会自杀，恐怕与他的徒弟状告他有关。”这些真的是暗谱的猜测，原本他也是不想说的，可看见新任主子不高兴，他为了表忠心，只能尽量多说。

“血书悔过？真是巧了，看样子定是发生了什么对墨神医不利的事情。”林初九猛地从椅子上站起身来，却没有急着往外走，而是低头思索道：“绝对是比从慈恩堂购买弃婴还要恶劣的事，莫不是……墨神医拿人试药的事，有了铁证？”

林初九眼前一亮，快步往外走去，刚出门就遇到伤愈后来向她报道的翡翠四人，不等四人开口，林初九就先一步道：“自己找事做，我现在很忙。”

翡翠四人对于能重新回到林初九身边很高兴，可此刻见到林初九根本不理会她们，一时间又有些忐忑不安。

“莫不是王妃不信任我们？”翡翠四人面面相觑，却不敢妄动。

林初九火急火燎地往外跑去，暗谱还以为她是要去找萧天耀，结果林初九却是让人安排马车出门了。

“王妃出门了。”苏茶幸灾乐祸地看着萧天耀，心里那叫一个舒坦。

旁人看不出来，他却是知道萧天耀一直在等林初九主动找过来，不想等了一个早上也没有等到人。

苏茶觉得，如萧天耀这般骄傲的男人，遇到聪明谨慎的林初九，早晚有一天会把自己给闷死。

萧天耀冷冷地剜了苏茶一眼，转而对流白道：“派人跟着她，免得某些人狗急跳墙。”

“多派了一倍的暗卫，你放心，王妃一定不会出事的，只不过明天望风崖的事，我没有把握。”流白不无担忧道。

任谁都知道，林初九明天去望风崖，一定会很危险。

“明天的事，不需要你管。”萧天耀的手指，在桌面上敲了一下，一副胜券在握的样子。

流白见状也不再多问，转而将前线的事情一一禀明。

他们的那批人马，现在正躲在密林深处，因为有充足的粮草，二十万人没有任何损失，原来伤兵营的人，在吴大夫那帮徒弟的医治下，死亡的人数也越来越少。

“王妃教给吴大夫的外伤处理方法极好，比正常愈合速度快了一倍，等到你去前线时，伤兵营的人也能重上战场了。”饶是流白也忍不住要称赞林初九，林初九此举帮了他们极大的忙。

萧天耀点了点头，表示知道，又问道：“徐达还能撑多久？”如果徐达撑不住，皇上有两种选择，一是再派其他的武将，另一则是起用他远赴前线。

依目前战事紧张的局势看，萧天耀认为皇上派他去的可能性比较高，因为南远的公主与西武的皇子眼看就要到了，东文输不起。

“粮草兵马尽皆充足，撑上一两个月不成问题的。”到时候秋收的时间也到了，北历大军必然会发起猛烈的进攻，抢一批粮食走人。

如果皇上不想让北历有充足的粮草，进而越来越强大，那就必须在秋收前把北历大军打出国境，或者压下北历人的气焰，让他们不敢打秋收粮食的主意。

“京城的事，最好在一个月办完。”萧天耀知道，两个月内他必然会上战场的，到时候京城便只有林初九一个人，要是她撑不住，他们就没有以后了。

“慈恩堂的事恐怕不行，其他的倒可以清理一番。”苏茶皱眉说道。

萧天耀的敌人不少，可除了皇上外，其他人都被收拾了一顿，除非萧天耀战死沙场，不然那些人也不敢贸然动手。

“慈恩堂的事暂且放一放，既然对方不动，就表示他不会对林初九出手。”萧天耀差不多已经放弃查慈恩堂了，他现在关心的是另一件事，“南远与西武呢？”

算算时间，南远的公主与西武的小皇子这几天也该到京城了，只是不知道他们打的是什么主意。

“南远的公主还有十天才能到，南远的皇子已经查到王妃头上，毕竟王妃那天救人的时候，有不少人都看到了。”苏茶已经尽量将痕迹抹掉，只是有些事做过就必定会留下线索，苏茶也不可能封掉所有人的口。

“南远还有不少旧派潜藏了起来，回头把消息传给他们。”萧天耀可没有打算帮南远那群旧臣保护他们的小皇子一辈子。

南远，还是内乱的好。

“好，我会尽快通知南远那边来接人的。”解决掉一件大事，苏茶也松了口气。

南远的前皇子是颗好棋子，可也是一个大麻烦，要是因他们保护不利而死，南远那群旧派势力，一定会把所有的怒火都宣泄到他们的头上。

虽然他们不怕，但被一群苍蝇盯上也是很麻烦的事……

林初九匆匆出门，不是去找别人，而是去找林相。

今天并不是休沐日，林相正在衙门办公，林相对于林初九的出现虽然很诧异，可在外人面前仍给足了林初九面子。

“臣参见萧王妃。”君臣之礼在父女之礼前面，饶是林相再怎么不乐意，这礼在人前也得行。

“父亲不必多礼。”同样，不管林初九对林相有什么想法此时都要收起来，在人前装足父慈女孝。

父女二人在外面寒暄片刻后，林相便把林初九带到他的私人休息室。一进去，林相就道：“说吧，你找我有什么事？”因学子闹事一事，他们父女俩已经撕破了脸。

“父亲可知墨神医自杀的事吗？”林初九脸上的笑容也淡了几分，不过对林相仍旧是一脸尊重。

“自杀而死，怎么了？”林相知道林初九这个人不会无缘无故地提起墨神医，神色不由得一凝。

“那父亲你可知道，在墨神医死之前，婉婷去见过他，如果我没有猜错的话，她应该是明面上最后一个见到墨神医的人。”林初九一直看着林相，见到林相脸色大变，林初九就猜到林相什么都不知道，不由地叹气道，“父亲，这件事你必须得尽快处理干净，不然婉婷就惨了。”

“你为什么告诉我？”林相看着林初九的眼神充满审视，摆明是不相信林初九。

当然是想卖你一个好，好让你帮我一个忙，可是这话林初九是不会对林相说的。

林初九一脸苦笑道：“父亲，不管怎么说，婉婷都是我的妹妹，我和她之间怎么斗都不要紧，可外人插手却不行。”

“你还把婉婷当妹妹看吗？”林相一脸嘲讽，一想到林初九派人将林婉婷赶出萧王府的事，就恨不得甩林初九两个耳光。

也因为这件事，太子与皇后到现在仍对婉婷不满，太子已经不主动来见婉婷了，两人直接陷入冷战。

林初九一脸诚恳地道：“如果她不再觊觎我的丈夫，我会在她被外人欺负时拉她一把。”

“你……”林相老脸一红，饶是他脸皮再厚，听到这话也不免尴尬，婉婷那件事确实做得不厚道。

“父亲你是知道的，我这个人一向如此，骄纵惯了，你千万别往心里去。”林初九双手一摊，一副我很无辜的样子。

骄纵林初九的人就只有林相和林夫人，所以林相这算是自食恶果。

林相深深地吸了两口气，这才将心头的怒火压下：“你真的是为了婉婷的事来找我的？”

“不然还会有什么？墨神医的死可与我扯不上关系，父亲许是不知，昨天半夜宫里有人秘密见了墨神医，之后墨神医就在狱中自杀，你说这是不是太过巧合？”这件事萧天耀的人能查出来，林相要去查的话也一定能查到。

“你为什么要告诉我这些？”林相仍旧不相信林初九没有其他的心思。就凭林初九这句话，就有离间他与皇上关系的嫌疑。

“父亲，你最好还是快些出手，要是让人认为墨神医的死与婉婷有关，那林家就麻烦了。”烂船还有三斤钉，墨神医的徒子徒孙不知道有多少，既然有上大理寺状告他的，便也不能排除没有为他报仇的，而且……

墨神医也在江湖上结了一些善缘，江湖人最重义气，现在墨神医死了，那些人不敢动萧天耀，还不敢动林相一个文臣吗？

丞相权力虽大，可对江湖上的人来说不算什么，至少没有一个手握兵权的将军让他们害怕。

林初九能想到的，林相自然能想到，甚至想的比她还要多。墨神医的女儿墨玉儿就在宫里，听说还深得圣宠，要是墨玉儿也认为害死墨神医的是婉婷，那事情就会很麻烦。

不管林初九有什么想法，都不能否认这个提醒很及时：“此事我记下了，这段时间你自己也小心一些，慈恩堂的事朝廷会处理，你不必操心。”

林相承了林初九的情，可也不想与林初九走得太近，便还了林初九一个情。

慈恩堂的事朝廷早晚都会接手，之前一直拖着也是想要萧天耀难堪，既然现在林初九和萧天耀卖了他一个好，他也会催促底下的人尽快办理此事。

“多谢父亲。”林初九大大方方地受了，对于林相这种有恩当即报的性格，林初九非常欣赏，虽然看上去薄情了一点儿，可他们父女之间，能这般已经很好了。

成功解决掉慈恩堂的事使得林初九心情颇好，不过想到因为墨神医的死蒙老夫人的病就无人能医，又有几分低落。

这种情绪一直带到蒙家，看到林婉婷那张脸，林初九微不可查地皱了皱眉：“你有事？”挡在路中央，林婉婷当她几岁了，还学会玩堵人了。

“你也不看看你是个什么东西，没事我会在这里等着你？”林婉婷一脸阴郁地看着林初九，冷冷地道，“林初九，我告诉你，你别做梦了，太子不会帮你的，你想请墨神医只能是奢望。”

“确实是奢望。”林初九点头，见林婉婷一脸错愕，林初九好心好意地解释道，“你不知道吗？墨神医他自杀了。”

“自杀？你在胡说什么？墨神医好好的怎么会自杀？”林婉婷想也不想就摇头，她昨天下午才刚见过墨神医，人好好的怎么会自寻短见？林初九一定是在胡说八道。

“这种事我需要胡说吗？你昨天见过他后，他没过多久就自杀了，这件事官府暂时还没有对外公布，不过该知道的人都知道了。”刚刚利用了人家爹，林初九难得地对林婉婷多了两分耐心，也没有挖坑给她跳。

“你，你说什么？墨神医在见过我之后自杀？这不可能，我什么也没有说啊。”不得不说，林初九这句话有强烈的暗示色彩，林婉婷自动入套了。

“你自己说话当心一些。”林初九摇头叹息，连林婉婷自己都这么认为，旁人会浮想联翩就更正常了。

“我，我说错什么了？”林婉婷脸色发白，却不肯承认自己的错。

林初九无意与她多谈：“让道，别挡着我的路。”

她今天还要去找大舅舅拿定制的武器呢，明日去望风崖可是凶多吉少，半点儿也不能马虎……

第七章　别哭泣敌人会笑

明日便是对方与蒙家约定要求林初九独自去望风崖的日子，萧天耀本以为今晚林初九会过来找他，就算不需要他帮忙，也应该和他说一句不是吗?

可是，在书房等了半个时辰，依旧没有等到人来。

“王妃呢？”萧天耀敲了敲桌面，眼中闪过一丝不满。

暗卫悄无声息地出现，单膝跪下：“回王爷的话，王妃现在在自己的院子里。”至于做了什么他们也不知道，他们不是女子，有些地方不方便进去。

“嗯。”萧天耀起身，从暗卫身边经过，直接往外走去。

翡翠和珍珠四人正围着林初九说话，因为林初九早上态度冷漠，四个丫鬟不免心有不安，一个个都带着几分小心，生怕林初九不满。

林初九若是希望这四人能为她办事，一味好说话必然不行，恩威并施才可行。因此林初九并没有解释早上的事，与四人说了片刻的话，便把她们打发下去了。

摸了摸半干的头发，林初九很满意，和春喜、秋喜相比，翡翠四人明显更懂她的喜好。

即使和萧天耀同睡一屋，林初九也从来没有想过为了他而改变自己的习惯，拿了本医书坐在床上看了片刻，待到睡意渐起，长发干透，林初九打了个哈欠，灭灯便睡了，完全没有等萧天耀的意思。

萧天耀只比平时晚半个时辰过来，结果留给他的就是一室冷清与黑暗。

恐怕没有哪个大家子弟像他这般惨淡的，回到房内妻子连个笑脸也没有。

他的小妻子，还真不是一般的骄傲。

黑暗中，萧天耀摇了摇头，脱下外衣，在林初九身侧躺下，如同之前每一次一样，从背后搂住林初九，发现林初九的身子僵了一下，便知道这姑娘在装睡，不由得说了一句：“明天望风崖……”

话未说完就被林初九打断：“我自己可以的。”她也是有骄傲的，既然萧天耀要她对自己的事负责，那她就不会对萧天耀低头。

她接受萧天耀的帮助，但不会去求萧天耀。一个人独自走来，林初九比任何人都明白，低下去的头想要再抬起来，很难！

别低头，皇冠会掉；别哭泣，敌人会笑。她林初九就是爬，也会一个人从望风崖爬下来。

“嗯……”轻轻地应了一声，听不出是什么意思。林初九也没有细究，她嘴上说得轻松，可心里还是很紧张的。

明天，对她来说绝对是危险的一天，而她一点儿也不想死。

天微微亮萧天耀便离开了，和以往没什么不同，林初九起床时没有看到他，也不觉得意外。对她来说，今天很不寻常，对萧天耀来说，这只是最普通不过的一天，没什么不同。

林初九刚用完早膳，曹管家就拿了一张拜帖过来：“王妃，孟家的拜帖，孟先生问王妃何时有空，他想要亲自上门拜见。”

林初九没有看，只道：“等我回来再说。”林初九知道孟家的意思，只是她若回不来的话，说再多也没有用。

曹管家的心“咯噔”一停，却没敢说什么，默默地垂头，心里则是轻叹了口气：王爷和王妃到底是怎么了？明明两人很亲近了，可在一些事情上怎么还是这么生分？

林初九今天孤身去望风崖的事并不是秘密，听到林初九这话后，翡翠四人心中有种不好的预感，大着胆子道：“王妃，奴婢与你一道去可以吗？”

“可以呀！”这四人有心她自然成全，即使明知道把她们带去也帮不上忙。

“奴婢这就去准备。”翡翠四人眼前一亮，忙去换衣服。

很快地，四人就换了一身劲装，简单利落，英姿飒爽，站在林初九身后就像是女兵。

林初九满意地点头，带着四人出门，却没有直接去城门，而是去了蒙家。

她准备的东西还在蒙家。

蒙家三位老爷昨晚一宿未睡，今天一大早就在等林初九的到来，听到下人通报林初九来了，三位大老爷忙起身，只是不等他们外出迎接，林初九就走了进来。

“大舅舅，东西准备好了吗？”林初九一身裙装，虽称不上繁复可也绝对没有身后的翡翠四人干练利落，镇国公蒙时看到她的装扮，点了点头便道：“初九，你穿成这样上山不方便。”

望风崖可不是那么好爬的，林初九这一身装扮，说不定还未爬到山上就先刮破了。

“舅舅放心，这一身衣服不会影响我的行动，带我去看东西。”林初九上前一步，翡翠四人自觉地站在外厅，并不敢跟进去。

二老爷与三老爷也没有上前，两人打量了翡翠四人一眼，没有多说什么，神色也称不上和善。

他们感激萧王查到的消息，可对萧天耀的漠然，放任林初九一个人冒险的行为又有几分不满，只是他们不满又能如何？他们也不比萧王好多少。

林初九找蒙时打造的武器，都是一些小巧的可以随时携带的暗器一类，是经过改良后，最适合女子使用的暗器。

桌上的小暗器，很多都只是一个部件，需要重新组装，林初九委婉地劝蒙时出去后，便动手组装起来。

“咔咔……”声响起，一个类似火柴盒的东西装好，林初九从医圣之心里拿出事先调好的有毒药剂，倒在小盒子里，随后又戴上防护手套，将桌上的细针放进去。

药剂正好将针浸透，一滴都不多，一看就知道林初九曾做过很多次。

林初九出门时，特意梳了一个发髻，小小的盒子藏在头发里，一点儿也不显眼。

除去浸了毒的细针外，还有袖箭、细刀一类的暗器。绑在手腕下、大腿内侧，用一层透明的薄膜覆盖，表面看什么也没有……

林初九将一桌子暗器一一藏在身上，可当她走出去时，蒙家大老爷却什么也看不出来。要不是桌上那一堆东西不见了，蒙家大老爷都要怀疑，林初九真的什么也没有拿。

蒙二爷与蒙三爷很清楚，林初九要他们打了什么东西，见林初九两手空空的出来，颇感意外，只是有外人在他们也不好过问。

翡翠四人什么也不知，见林初九空手出来也不觉得有什么，只在一旁静静地等林初九与蒙家三位老爷说话。

“人都安排好了就成，到时候找到三位表哥与小志，立刻让人把他们带回来，不要管我。”林初九又一次交代道。蒙家三位老爷点了点头，却仍有不安，张嘴想要说什么，可还没有开口，就听林初九道，“这件事千万不要告诉外祖母，等我回来再说。”

“好。”有林初九这句话，蒙家三位老爷也就安心了。

林初九说她能回来，就肯定能活着回来。

“三位舅舅，我走了。”林初九福身一拜，神色淡然，丝毫没有孤身上望风崖的恐慌与不安。

“就这份气度，也配得上萧王。”蒙时看着林初九的背影，叹了口气。

马车一路疾行，在午时之前将林初九送到望风崖下面，林初九下了马车，看了看不算太高的望风崖，心下稍安。

这个高度，她爬上去还是没有难度的，不过上去之前，她得吃饱。

从萧王府带来的粥还是温热的，林初九就着糕点吃完后，又灌了两口水，将一个水瓢背在身上，拍拍手便准备上望风崖。

“王妃，奴婢陪你上去。”翡翠四人上前说道。

林初九摆了摆手：“不必，对方要我孤身上崖顶，你们在这里等着。”

“可是……”太危险了。

“没有可是，等着吧。”林初九大步往前走，脚步从容没有一丝急切，看上去一点儿也不担心接下来的事。

倒不是说林初九这般自信，而是她很清楚，这件事的主控权一直都在别人身上，她这个时候紧张又有什么用？

山路难行，望风崖看着不高，真正要爬上去却也不是容易的事，林初九足足走了一个时辰，才走到崖顶。

望风崖崖顶空空荡荡的，除了林初九上来的这条路，其他三面都是悬崖，光看就觉得可怕。

崖顶上的风很大，林初九刚上去，就感觉巨大的狂风似要将自己吹下去。

左右看了一眼，没有一个人影，林初九也不着急，拿着水喝了两口，便坐在原地休息，顺便等对方出现。

林初九很有耐心，也很沉得住气，对方迟迟不来她也不曾焦虑，就这么静静地坐着，直到夜幕降临，林初九依旧没有动，就坐在那里等着。

她之前就想过，对方可能是在耍她，可蒙家三位少爷、一位孙少爷在对方手上，就是明知对方是耍她的，她也必须来。

天渐黑，风似乎越来越大，呼呼的风声从耳边刮过，鬼哭狼嚎一般，再加上太阳已下山，山上的温度顿减，林初九觉得有些冷了，不得不起身在原地走来走去。

稍微活动了一下后，身上便暖和了，就在林初九考虑要不要找点干柴点个火堆时，崖底传来一道声音："萧王妃，久等了！"

声音从正前方的崖底传来，随着声音响起，一道黑影从崖底跃了出来，落在崖顶上，直勾勾地打量林初九。

林初九不知对方能不能看清她的长相，此时虽不至于双手不见五指，可天色已黑，再加上距离稍远，她根本看不清对方的长相，只隐约能看到一个轮廓。

林初九看了一眼，便淡然地收回视线，说道："我如约出现，你们是不是该把人放了。"

"放心，我们一向守信。"来人的声音有点怪，一听就是特意装出来的假声，"你身后的尾巴虽然不多，可却挺好用的，你说他们把人带下去了，谁来保护你？"

一语道破了蒙家的布置，可见对方对这里的一切也是了如指掌。

"你们要的是我，谁保护我这很重要吗？"林初九大方地承认，往前走了两步，"我知道你们无意伤我三位表哥，现在把人放了，我随你们走。"

"萧王妃果真爽快。"来人轻拍一巴掌，不多时就见四个黑夜人，背着四个人从崖底爬了上来。

"萧王妃，你看……人带来了，我的诚意够吗？"

"还不够，把人放了才是真正的诚意。"林初九为了让对方放人，又往前走了两步，"我一个弱女子都敢孤身赴约，阁下难道还不敢放人吗？"

"萧王妃说得是，你都敢来，我有什么不敢放人的。"来人爽快地道，"放人。"

四个黑衣人立刻背着人上前，将蒙家四人放到林初九面前。

没有意外，他们的四肢健全，并没有受到什么迫害，只是被喂了迷药，一直处在昏迷中。

"萧王妃，人我已经如约放了，你是不是该过来了？"来人将手背在身后，一副等林初九自投罗网的架势。

林初九确实只能自投罗网，她若不上前，蒙家这四个人就别想活着离开。

暗自吐了口气，林初九脸上的笑容不变，脚步从容，一直走到离对方只有一步的距离才停下：“阁下满意了吗？”

“萧王妃果然讲信用。”来人比林初九高一个头，低头看着林初九，冰冷的气息从林初九头顶扫过，让人毛骨悚然。

“也希望你们也能讲信用。”林初九神情自若地站在原地，就像是感觉不到对方的威胁。

“放心，我对那几个人没有一丝兴趣。”来人伸手搂住林初九的腰，“萧王妃，陪我一起跳下去如何？”

“好呀。”林初九本能地排斥对方靠近，身体有些僵硬，却没有推开对方。

“萧王妃好胆量。蒙家的人你们可以带走了。”来人并不是说说而已，话刚说完，就抱着林初九跳下山崖……

纵身跃下，身体骤然失去控制，笔直地往下坠落，哪怕林初九早有准备，此时也吓了一跳，林初九条件反射性地尖叫，可只喊了一半就生生咽了下去！

她不会满足别人的恶趣味！

“萧王妃的胆子很大嘛。”来人附在林初九的耳边，声音不小，可被风一吹声音就散了，林初九听得不太真切。

当然，就算听清楚了，林初九也没想过回他。

闭上眼眸，手握成拳，林初九告诉自己不要害怕，对方既然敢这么跳下来，必定是死不了人的。

这么一想，林初九就冷静了许多。

而事实也是如此，他们稳稳地落在一张大网上，坠下去的瞬间，甚至还反弹了一下，所幸那黑衣人抱着林初九，不然林初九一定会被弹飞出去。

在弹起来的瞬间，林初九无比庆幸，她为了保证暗器不掉，将它们全部都紧紧地黏在身上，不然那些暗器恐怕会和她头上的发钗一样，全被甩飞出去。

“没想到萧王妃真的是空手前来，我该说你胆大还是说你够蠢？”那人将林初九夹在怀里，大步朝着巨网的另一端走去。

天色太黑，打散的长发挡在眼前，林初九什么也不看清，但根据风声可以判断，巨网的另一头必然是个山洞。

林初九没有挣扎也没有反抗，乖顺的样子让黑衣人都诧异：萧王到底是怎么调教人的？短短几个月就把刁蛮任性的林大小姐调教得这般识趣？

诚如林初九所猜测的那般，网的另一头果然是个山洞，一个天然形成、后期又经人打磨的山洞。

走了百米左右，石门打开，刺眼的火光射了出来，林初九本能地伸手挡在眼前，片刻后才适应洞内的光线。

山洞不算大，但很深，林初九一眼望去也没有看到底。洞里每隔数十米远就有一个巨大的火盆，将洞内映照得亮如白昼，同时驱走了洞内的寒冷。

洞内的空气很好，火把燃得很旺，通风效果极佳。

林初九和那黑衣人刚进来，迎面便走来三个同样身着黑衣的男人。这三人没有遮掩自己的相貌，露在外面的脸苍白得吓人，是那种常年不见光的白，被火光一照显得阴森森的。

“这就是萧王妃？老大出马，果然是手到擒来。”三人像是看货物一样上下打量着林初九，随即又露出一副嫌恶的表情，“就这么一个小姑娘，竟能令萧王为她失控？”

“呵……”林初九突然笑了出来，那三人脸色一横，厉喝道：“你笑什么？”

“我笑你们天真，拿我引诱萧王是一步臭得不能再臭的棋。你们信不信，你们就是把我的人头送给萧王，萧王也不会动容。”人都死了，依萧天耀那冷酷的性子，还要动容什么？顶多就是替她报个仇。

“老大，她说的是真的吗？”三个黑衣人一慌，看向带林初九进来的男人。

“萧王来不来，并不是她说了算的。”那位被称为老大的男子，将林初九随手一丢。

摔得不重，林初九在地上滚了几圈便停下，从地上爬起来，正好对上黑衣老大那双冷冰冰的眼睛，至于脸……

对方整个头都被黑布包了起来，只有一双眼露了出来。

“带她下去洗一洗，我不希望她身上有什么不干净的东西。”黑衣老大交代完，便朝左前方走去，在石壁上推了一下，一道暗门出现，待他走进去后，暗门又恢复成石壁的样子，看不出与旁边的石壁有什么不同。

这地方，还真是可怕。

林初九飞快地扫了一眼，虽然因为隔得远，看不出什么，可林初九敢肯定，这四周类似的暗门绝对不少。

“别看了，你就算看到了也打不开，萧王妃，乖乖跟我们走，兴许还能少吃一些苦头。”三个黑衣人一脸轻蔑地望向林初九。

林初九收回视线，很配合地点头：“好。”

“哼……这萧王妃看上去挺傻的。”三个黑衣人嘲讽一声，便推搡着林初九往山洞里走。

山洞后面是狭长的窄道，往里走了百米左右便没有了火盆的照明，越往里面越暗，足足走了一炷香的时间，这才见到一点光。三人推着林初九进去，指着中间冒着白烟的水池道：“自己跳还是我们丢你下去？”

“我自己跳。”这个时候，还需要选择吗?

扑通一声，林初九很干脆地跳了下去。

“好冷！”

刺骨的寒水像是冰刃，钻入每一寸的肌肤里，林初九顿时打了个寒战，紧紧地抱着自己，僵在水池里一动不动。

她一进来就发现这个山洞的温度很低，便猜到这个冒着白烟的水池绝不是温水，可却没有想到会这么冷，简直是冰冷刺骨!

"啊哈哈哈，这池寒水还不错吧？萧王妃要是喜欢的话可以多泡一会儿。"三个黑衣人看到林初九狼狈的样子，当即大笑出声。

"我，可以出去了吗？"林初九瑟瑟发抖，脸色煞白，嘴唇冻得直哆嗦。

"把头发也泡湿了再出来。"三人倒是没有为难林初九的意思，毕竟林初九要是冷死了，那他们还拿什么引萧王上钩?

"好。"水寒彻入骨，林初九仍旧没有迟疑，往下一蹲，将头没入水中，然后又猛地起来，朝池边走去。

三个黑衣人见到林初九上来，丢了一套粗布麻衣还有一床被子给她："好好待着，别逼我们再把你丢进水池里。"

三人交代一句，完全不担心林初九跑掉，头也不回地走了，只把林初九一个人丢在这里。

蒙家四人平安回家，林初九却久久不曾出现，不用想也知道她必是落到了对方手中，脱不了身。

蒙家上下在庆幸自家孩子回来的同时，又担心起林初九的状况，一家人忐忑不安，派了大批的人马去望风崖探查，甚至让人顺着崖壁往下爬，可惜天太黑，他们根本寻不到人。

"希望初九福大命大，能撑到我们明天去救她。"这是蒙家所有人的想法。

萧王府内，收到暗卫传回来的消息，知道林初九跳下望风崖后，苏茶就一直很担心，不止一次地问道："你真的不管王妃的死活吗？"

"本王相信她。"萧天耀有一下没一下地敲打着桌面，完全看不出一丝的心急与不安。

确定蒙家四人完好无损后，萧天耀便明白对方是冲着他来的。在他还没有上钩前，林初九是不会有事的……

林初九从来不是坐以待毙之人，也没有想过等萧天耀来救她，哪怕她清楚地明白这些人引她上钩，就是因为萧天耀!

脱掉厚湿的外衣，林初九用被子擦干身子，便将对方准备的粗布麻衣套上。衣服是新的并没有穿过，可却是男子的款式，非常大，林初九不得不从湿透的衣服上，抽一根绳子绑住衣摆和裤脚，免得衣服掉下去。

换好衣服后，林初九又擦了擦头发，被子里的棉絮也不知道用了多久，已干硬结块，根本擦不干头发，林初九随意擦了两下后，便将被子裹在身上，隔开湿淋淋的长发。

这个洞里虽然有光，却冷得很，林初九根本坐不住，抱着被子去了狭长幽暗的通道，靠着墙壁坐下。

折腾了一天，林初九确实是累了，整个人都隐在黑暗里，哪怕有人过来也看不到她在哪里，至于她窝在那里做什么，那就更没有人知道了。

"萧王妃怎么样？"黑衣人老大见手下回来了，问了一句。

"很配合，很识趣。"三人想都不想，就把评价丢了出来。

他们曾经查过林初九，林初九过往的性格虽不说是不堪，但绝对没有现在这么聪明，懂进退。

“听话就好，好好看着她，萧王没有来之前她不能有事。”黑衣老大坐在虎皮大椅上，双腿则架在石桌上，姿态随性又狂妄。

“老大放心，萧王妃区区一个女人，谅她也不敢跑出去的，也没那个能耐。”他们比任何人都清楚望风崖有多危险，他们也是牺牲了无数人才在这里占了这么一小块的地方。

“嗯。”黑衣老大也不相信林初九能逃脱出去。

三个黑衣人见老大心情还算不错，大着胆子问了一句：“老大，就一个女人，你说萧王会来吗？要是萧王不来，那我们岂不是白忙一场？”而此前从蒙家劫人也不是那么容易的事。

黑衣老大一个冷眼丢了过去，警告道：“这不是你所要担心的事。”

“是，是是是。”三人唯唯称是，再不敢多言。

时间悄然流逝，很快就到了深夜，林初九蜷缩地暗道里又冷又暗，可那些人像是忘了她一样，根本没有人给她送吃食。

林初九也知道一两顿不吃饿不死人，可她会饿得没有力气，没有逃跑的力气。

林初九打起精神注意四周，确定没有人管她后，便从医圣之心中取出药丸补给能量。

饥饿可以忍，但是体力不能弱，按她昨晚掉下来的时间算，这里离崖顶至少有上千米，若是没有足够的体力，她根本爬不上去。

这条道又黑又长，此时又只有她一个人，静得吓人，哪怕是轻轻地叹口气，也会有回音缭绕，要不是林初九胆子大，恐怕会自己吓死自己。

闭上眼，靠着墙，林初九紧握着拳，全身绷得紧紧的……

她一定会活着走出去的，因为她还要告诉萧天耀：没有萧天耀她林初九一个人也能活得很好，想做她的男人，就证明给她看，她有这个资格！

而此时，萧王府内。

萧天耀打发了忧心忡忡的流白以及一脸不赞同的苏茶后，和往常一样去了林初九的院子。

院子静悄悄的，和往常差不多，可又感觉像是少了什么。

推开房门，迎接他的依旧是一室冷清……

林初九从来不会为他等门，他要是回来晚了，同样是冷冷清清，可林初九在屋内，他至少知道那个女人躺在那里，他只要上前就能拥住她。

然而，今天……

萧天耀微不可闻地叹了口气，无视心中的那一点落寞，和往常一样上床睡觉。枕头和被子上还残留着一丝属于林初九的气息，只是那个人却不在。

熟悉的床，熟悉的被子，熟悉的气息，萧天耀很快就摒除杂念入睡，只是他睡得并不安稳……

他想知道，林初九此时在做什么？

林初九时此正在想怎么逃出去……

晚上爬崖壁是非常危险的事，一个不好就会踩空，林初九很清楚自己不是神仙，哪怕晚上的机会再好，她也没有想过要在晚上行动。

窝在不见天日的山洞里，要不是有医圣之心在，林初九连时辰都不知晓，为了保证自己能在最合适的时间行动，林初九一直不敢睡，后半夜也只是迷糊了一下，很快便醒了。

醒来后，推测着怎么也到凌晨了，林初九就更不敢睡了，起身在山洞里走了两圈，除了醒醒瞌睡外，也准备活动活动四肢。

一个时辰后，林初九估算着她这个时候行动，等她走出去天应该亮了。

随手将被子丢在地上，林初九取下粘在头发里面的暗器，撕掉手臂、大腿处的掩饰，把准备的武器也全部露了出来，这才往外走。

林初九猜测，对方应该是认定她不敢乱跑，所以外面应该没有人守着她，而她只要快速地离开这里就成了。

窄道虽然又暗又长，可却有一个好处，那就是只有一条道，林初九不用担心会在里面迷路，一路往前跑，林初九很快就来到刚进来时的大山洞。

大山洞里的火盆一直在燃烧着，一走进来就感觉暖和多了，只是林初九并没有贪恋这份温暖，脚步一顿就朝入口处走去。

入口处的石门关得严实，林初九在墙上找了半天也没有找到类似开关的地方，只能用力去推门，可就她这个力气，怎么可能把石门推开?

“明明看他也没有花什么力气就把门推开了，应该不是用蛮力，而是哪个地方可以用巧劲。”林初九试了几次也没有把门推开，只是她并不气馁，而是顺着石门一寸寸地往下用力，寻找可以借力的地方。

苍天不负有心人，林初九也不知道自己碰到了哪里，反正只听到轰的一声，石门打开了，露了一条仅容一人通过的小口子。

林初九一脸惊喜，想也不想便往外跑。

而同一时刻，山洞里的黑衣人也因为石门打开的声音而惊醒……

被关在悬崖中间的山洞里，光凭一个女人是怎么也逃不出去的，黑衣人根本没有想过林初九会在明知自己处境的情况下，还傻得跑出去寻死，他们听到声音的第一反应是：萧王找来了!

“这么快就找上来了，难怪皇上那么忌惮你。”黑衣人老大哪怕是睡觉，一身装扮也没有脱下，抓起一旁的佩剑，翻身下床，在墙壁上敲了一下后，立刻朝石洞的另一头走去，在墙面上轻轻一推，便来到入口处的大洞。

他刚到不久，其他黑衣人也走了出来，一共二十八人，齐聚在大洞里，看了一眼那紧闭的石门，又看向他们老大：这是怎么回事?

不是萧王的人来了?

黑衣人老大在山洞里看了一遍，没有看到明显的痕迹，沉声命令道：“你们去里面看看，你们几个把门打开。”

往里走的人没有这么快回来，但打开石门的人，看到外面的情景则是瞬间惊呆了：“老大，萧王妃跑了。”一个女人，居然在他们的眼皮子底下跑了。

虽然这和他们没有尽心盯着有关，可萧王妃一个女人，她怎么敢跑出去，她就不怕摔死吗?

“追！”有黑布遮挡，看不到黑衣人老大的脸，但从他的声音就可以听出，他很不高兴!

黑衣人老大一马当先地冲了出去，其他人紧随其后。

这群黑衣人的反应可谓是极快，当他们追出来时，林初九才走到巨网的中间地带，离望风崖的另一面还有一段很长的距离。

这张巨网是黑衣人特别安置的，长达千米，连接着两座高山，却不想现在成了林初九逃跑的路线。

“萧王妃，你果然够胆量。”看到林初九居然一点儿也不害怕，仍是稳稳地往前走，黑衣人老大心里不由得更气了。

他费了这么大的功夫才把人弄到手，现在萧王还没有上钩，林初九怎么可以跑?

林初九听到声音回头看了一眼，虽看不太真切，但也知道有人追了上来。

男女天生就有体力上的差距，更不用提对方个个是高手，林初九可以肯定，不等她跑到对面，这些人肯定会追上她。

不，哪怕她跑到对面，这些人也能追过来。

黑衣人老大没有任何迟疑，带着人便冲上巨网，林初九感觉巨网一沉，而在对方的刻意用力下，巨网还颠簸了一下，林初九摔了一跤，虽然很快就爬了起来，可仍旧浪费了不少的时间，双方的距离瞬间就拉到仅两百米。

两百米，正好是暗器毒针的射程范围，林初九想也不想就按下手中的小盒：“嗖嗖……”一排泛着黑光的细针朝着黑衣人飞射而去。

“小心。”黑衣人老大反应最快，侧身避开，可是那细针密密麻麻如同天网，除非完全跳出射程范围，不然根本躲不掉。

黑衣人老大没有任何犹豫，随手拉了身后一人挡在自己面前。

“扑哧……”细针一一射入对方的身体里，有几支落空则射向身后的黑衣人。

“啊……”一声惨叫，瞬间就有三个人因为重心不稳而落下悬崖。

“萧王妃，我还是小看了你。”黑衣人老大随手将面前的人丢下悬崖，大步朝着林初九追去。

林初九将暗器射出去后，并没有急着往前走，而是从医圣之心里取出一把异能刀!

黑衣人老大没有看到林初九是从哪里拿出来的，只见到林初九的手上突然出现这些东西，不由得震惊道：“你身上居然带了这么多的东西?”

“是挺多的，试试我的袖箭如何?”林初九说话时，左手一扬，只见三枚银色的小箭从衣袖里迸射而出，朝着黑衣人老大的面门直袭而去。

小暗器很好用，可也有弊端，那就是数量太少，粘在手腕上的袖箭只能装三支!

三支箭虽少，可来势凶猛，就是黑衣人老大也不敢直面其锋，不得不趴下来躲闪!

就是这个时机了！

林初九见对方一倒下，立刻将手上的刀握紧。

虽然这么用很浪费，用一次可就完全报废了，但为了她的小命，她只能奢侈一把了！

“哗啦……”林初九蹲下，异能刀在巨网上划了一道，黑衣人老大刚想嘲讽林初九天真，这网由精铁制成，林初九只凭一把破刀也想捅破，简直是可笑，可话还没有说出口，他就看到工部那群混蛋口中最好的精铁制成的网，瞬间被划断了。

“这不可能！”黑衣人老大不忿地大喊，只是他的声音很快就被风吹散了。

巨网从中齐断，不管是林初九还是黑衣人老大，都只能抱着自己仅剩的那一半，随着巨网下坠的方向，朝着悬崖边飞去。

黑衣人老大之前就趴在网上，巨网一断，他便死死地扣住网口，巨网下落时，他并没有生命危险，只是苦了他身后没有防备的人，除了反应极快的几个抓住了网孔，其他人直接被甩飞了出去。

没有办法，林初九的动作太快了，而且谁也没有想到，精铁制成的网，居然说断就断！

林初九早有准备，将巨网划断后，直接将手中的刀丢了，单手抓住巨网的一端，等着它朝悬崖的另一头摔去。

巨网断了后，几乎是以一种笔直的轨迹朝着崖壁撞去，要是没有防备直直地撞上去，就是不死也要残。

林初九在此之前便做好了准备，绑在大腿内侧的一个小飞虎爪被她抽了出来，在巨网撞到崖壁的瞬间，林初九将飞虎爪卡在网口处，抓住飞虎爪的另一头，松开铁网……

“啪……”巨网砸在崖壁上，发出一声巨响，有不少泥土都被撞落下来，林初九吊在下面，随着震动而晃动，中途也撞了两次崖壁，不过林初九早有准备，借着旋转稍稍缓解了撞势，虽然依旧疼得不行，可却没有伤到骨头。

巨网在撞向崖壁后，又被巨大的力量反弹回来，一连数十下才停下来，林初九吊在巨网的最底端，被晃得晕头转向，直到巨网不再晃动，身体这才平稳下来。

抬手，抹掉挡在额前的长发，回头看了一眼……

身后什么也没有！

看不到那处山洞，也看不到追她的人，只有一片迷雾茫茫！

终于逃出来了。

抬头看向上面，崖顶似乎高不可攀，可林初九一点儿也不惧。

徒手爬上山峰，对她来说并不是什么难事。

从来没有想过要等别人来救的林初九，先是爬到巨网上，将飞虎爪取下来，然后将绳子的一端绑在腰上，借此充当安全绳用。

确定自己就是一不小心失手，也不会立刻死掉后，林初九放下心来，借着巨网一步一步地往上爬，爬到巨网顶端时，拿出小刀，一点一点地卡在壁缝里，举步维艰地往上挪。

没过多久，林初九的双手就被磨出了血，她却连眉头也不皱一下，继续往上爬。

别说她只是磨破皮流血，就是滴血她也不能停下来，除非她想死。

蜗牛再慢，也有爬到目的地的那一天，她相信自己一定可以爬上去——在她累断气之前！

林初九与黑衣人之间的较量，崖顶上的人是不会知道的，蒙家三位老爷一整晚都坐立不安，早上城门一开就亲自带人前去望风崖。

“当时，表小姐就站在这个位置，被那黑衣人带着跳了下去。”昨天提前隐藏在望风崖上救人的护卫，将当时的情况说了一遍。

在蒙家，除了蒙老夫人身边的人，其他人称呼林初九都是表小姐，和林婉婷一个待遇。

“放软梯，爬下去寻找表小姐的下落。”镇国公蒙时，立刻下令。

护卫上前，将登城用的软梯与长绳一一摆出来，身手较好的人站了出来，当软梯放下去时，便一步一步地往下爬。蒙家三位老爷则一脸焦急地在崖顶上等着，时不时就伸个脑袋往前探，只是……

悬崖太深，他们什么也看不到。看不到崖底的情况，也看不到吊在对面的崖壁上，正努力往上爬的林初九。

时间一分一秒地过去，临近午时，爬下去查看情况的人又爬了上来：“软梯太短了。什么也看不到。”如果之前那张巨网还在，也许还能看到，可现在……

巨网被林初九割断了，他们能看到才有鬼。

“加长！”蒙时想也不想就道，只是手下的人却不敢妄动：“老爷，软梯的长度已经到了极限，再加长的话可能会断。”

“那就……爬下去后，再设一架软梯。”总之，不管付出什么代价，他们也要把林初九救上来。

蒙家的护卫没有办法，只得执行蒙时的命令。

蒙家上下忙着在望风崖下找人之际，萧天耀也没有闲下来，他已经做好了安排，只等对方约他见面，他就能将林初九平安地带出来。除此之外，他还让流白去了一趟天藏阁，让天藏阁的人去查动手的人是谁。

擒贼先擒王，要是查到幕后主使者，他不需要亲自出面便能把人带回来。

一切准备就绪，就等对方上门，可是都一个上午过去了，萧天耀也没有收到消息，林初九就好像凭空消失了一样。

这不合常理！

“咚咚咚……”萧天耀一下接一下地敲打着桌面，从刚开始缓慢而富有韵律，到后面的越来越快、越来越急，那声音就是听的人也跟着心烦意乱。

“王爷，流白大人求见。”侍卫前来通报。

“让他进来。”萧天耀急切地开口，说完才反应过来，便端正地坐好，等着流白进来报告。

“王爷，天藏阁的人说不知道。”流白一句废话也没有，说完后，就低头不再吭声。

“不知道？行了。本王知道了。”萧天耀并没有生气，淡淡地应了一声，便不再说话。

天藏阁是真不知，还是假不知，只有天藏阁自己知道，但从“天藏阁不知”这个消息，就可以肯定动手的人不简单……

流白抬头看了一眼，本想问萧天耀对方有没有传消息来，张了张嘴最终还是没有问。

他虽然没有苏茶那么机灵，却也明显能感觉得到王爷不高兴，哪怕他脸上的表情没有一丝异样，语气没有一丝起伏，可流白也可以肯定王爷的心情很不好，他还是别在老虎头上拔毛的好。

悄无声息地后退两步，流白挑了个最角落的位置坐下，将呼吸放慢，以减弱自己的存在感。

好在，没有让流白等多久，苏茶就回来了。

苏茶倒是一点儿也不客气，直接推门而入，道："王爷，城里城外都查了，没有王妃的消息，也没有可疑人物出现。府上的车夫与丫头一直在望风崖下面候着，除了蒙家人外没有其他人从望风崖下来。"

"蒙家的人呢？"萧天耀眼皮轻抬，神情淡漠，要不是苏茶和他太熟了，真的会被他骗了。

苏茶一板一眼地道："蒙家派人下了望风崖，结果什么也没有找到。"

"嗯，下去吧。"萧天耀依旧是淡淡的，好像不将任何事、任何人放在眼里，记在心上。

苏茶与流白对视一眼，两人同时摇了摇头，一前一后地离去。

他们知道劝说与安慰都没用，萧天耀是一个不懂后悔的男人，他从来不会认为自己做错了！

苏茶与流白出去后，并没有急着离开萧王府，两人找了一个凉亭坐下，让下人送些吃食过来。

在外面跑了一整天，他们连一口饭食都没有吃，真的很饿！

"你说，王爷接下来会怎么做？"等饭菜的时间是无聊的，流白与苏茶难得轻闲，便猜起萧天耀的动向。

苏茶抿唇笑道："王爷那人一向自负，他从不为过去的事后悔，既然对方不出现，王爷肯定会主动找过去。望风崖虽深，可王爷要下去也不是难事。"

"也是，只是……王爷明明昨晚就可以下去，为何要等到今天？"虽说晚上危险，可也能杀对方一个措手不及。

"王爷为的是查出背后主使者，光灭了对方一个窝点没用。当然也不否认王爷是故意的……"苏茶的手指无意识地敲打桌面，这个小动作还是跟萧天耀学的，不过苏茶不像萧天耀那样一下一下、速度与力度保持一致地敲打，而是凌乱无章，轻重不一，随意敲着玩儿的。

"故意什么？"流白眼睛微张，看向苏茶。

不会是他想的那样吧？那王爷也太无聊了。

苏茶点头，无声地告诉流白，就是他想的那样……

他们王爷此举，很有可能就是故意的，故意给林初九一个教训，故意让她吃点苦头，让她看明白这世上之事，不是凭着一腔硬气就能扛下来的。

“王妃知道后，一定会很生气。但我是不会同情王爷的。”苏茶觉得萧天耀这是活该，一点也不值得同情。

流白点头附议：“王爷这件事确实做得过火，其实我挺同情王妃的，这件事我们都明白，不管是王妃还是蒙家都是受了王爷的牵连。王爷不管不问任王妃独自冒险，这太不男人了。”

苏茶笑而不语，静待下人将饭菜端上来。

不多时，香气十足的饭菜便端了上来，不过苏茶没有急着吃，而是对流白道：“问问你的人，王爷走了没？”

“不用问，肯定走了，你我都查不到消息，王爷要不担心才奇怪。”流白没有问，埋头吃了起来。

苏茶轻轻叹了口气：“是呀，一天一夜都没有消息，怎么可能不担心？”他也是担心的，只是有些事轮不到他做主，也轮不到他动手。

萧天耀确实很担心林初九的安危，苏茶与流白出去后，他也立刻出去了，至于去哪里……

萧天耀没有说……

第八章　她的美惊心动魄

望风崖顶上，蒙家的护卫折腾了一整天，带来的软梯始终不够长，至少没有长到让他们发现崖壁的异常。

几番下崖寻找无果，蒙家三位大老爷越来越不安，蒙三爷小声劝说了一句："大哥，对方会不会是用了障眼法，或许初九根本不在崖底，而是被带到了别的地方？"

"不无这个可能，只是……"蒙家大老爷叹气道，"除了望风崖外，我们还有别的线索吗？"

"大哥，要不我们去找找妹夫，毕竟初九是妹夫的女儿，妹夫就是再不管，面上也要过得去啊。"蒙三爷觉得他们这样毫无目的地搜寻纯粹是在浪费时间。

二老爷听罢，连连附和道："大哥，三弟说得没错，与其在这里做无用功，不如去寻人帮忙，我们已经错过了最佳的救人时间，不能再浪费时间了。"

蒙家大老爷并不是意志坚定之辈，此时听到两个弟弟的话，很快就动摇了，留下二老爷与大部分护卫在崖顶上守着，他则与三老爷回城找林相帮忙。

崖顶下，翡翠四人和车夫一直在等着，远远便看到有人下山，立刻迎了上去："国公爷，有我家王妃的消息吗？"

蒙家大老爷心里对萧王很不满，对萧王府的人自然也是有意见的，不过看在这四个丫头忠心耿耿的份上，蒙家大老爷很难得地回了一句："没有。"

"怎么会没有消息呢？"翡翠眼眶一红眼泪就落了下来，"这都一天一夜了，王妃到底在哪里？"王爷怎么还不来？

最后那一句话，翡翠自然没敢说出来，只能在心里说说。

"王妃一定不会有事的。"玛瑙、珍珠和珊瑚也是各个红着一双眼，一脸担心。

"翡翠，我们也上去找一找吧，一直在这里等着也不是个事。"珍珠将想了一天一夜的念头说了出来，可是她一出口就被其他三人否定了："王妃让我们在这里等她，我们不能……"不能违背王妃的命令，不能擅自做主，哪怕是为了王妃好也不行。

"好吧，那我们就在这里继续等。"珍珠神色黯然地退下。

蒙家两位老爷听到她们的话，只是看了一眼便离开了，多余的话一句也没说。

真当他们看不出这几个小丫头的心思吗？故意在他们面前说这些，不就是想要表明自己的忠心，好多打听一些事嘛！忠心又如何？只要对方是萧王府的人，他们就无法全心信任。

翡翠四人看着蒙家二位老爷离去的身影，不由得叹气道："哎，看样子，还是不行。"

"蒙家对王爷很不满，我们肯定也要受牵连。"

"唉……王妃要是有个三长两短，真不知道该怎么办才好。"

"王爷，你到底什么时候才来救王妃？"

四个丫头你一言我一语，越说越低落……

就在此时，一道血红色的身影突然出现在视线中，四个丫头不由得大喊："什么人！"

那人没有回答，如同旋风一般的从四人身边经过，几个起落人就消失不见，只留下一道残影。

"有人，有人上山了。"翡翠四人飞快地往山上冲去，可她们跑得再快也看不到那一道红影了。

"快，上去看看。"她们此时也顾不得林初九的命令，这人出现得突然，说不定就是抓走王妃的人。

这么一想，四人顿时斗志高昂，以比平时快出数倍的速度，往山上跑去。

山崖上。

蒙家的护卫虽然没有再下崖去找人，却一直在严阵以待，当那道血红色的身影出现时，蒙家护卫反应极快地上前："有人，快，拿下他。"

想法是美好的，现实却很残酷，他们连红影的脸都没有看到，就被对方打得飞了出去。

红色身影武功高强，身法卓绝，被蒙家护卫团团围住，连停顿都没有，出手便将人打飞，然后顺着蒙家人架软梯的地方下了悬崖。

待到蒙家的护卫反应过来时，就只看到一道残影，再多就没有了。

"难道对方就是抓走初九的人？"二老爷跌坐在地，嘴唇直哆嗦。

刚刚那一瞬间，虽然对方没有对他出手，他却感觉到了杀气。

对方的武功，远不是他们能比的，如果抓走初九的人是这等高手，他们这点人别说救人了，不把自己搭进去就算好了。

"不，不知道。昨天出现的是几个黑衣人，那些黑衣人的武功也很高。"但绝没有今天的这个高，今天这个太可怕了。

"武神，他一定是武神。对方有武神这样的高手，我们根本不是对手。"蒙家的护卫心生怯意，不是他们胆小怕死，而是他们这群人在武神面前，就像蝼蚁一般，除非千军万马，不然只有被杀的份。

“这可如何是好？”二老爷一听，脸色更加难堪，“对方手上要是有武神的话，恐怕只有萧王才是对手，可是……”

萧王明显不管初九的死活，他们要怎么办？

二老爷如丧考妣，整个人都蔫巴了……

蒙家的护卫实力一般般，眼神却是极好的，那一抹血红色的残影，确实是有着武神的实力，因为他是魔君重楼！

江湖上早就有人传言，魔君重楼是武神级别的高手，只是他一直没有去武神山证明自己的实力，一直凭着彪悍的武力值纵横江湖，让魔宫成了江湖上无人敢惹的大门派之一。

凭重楼的身手，要下望风崖并不是多难的事，只是望风崖太大，如果只是去崖底还好，要在崖壁上寻找什么对方的踪迹，那就不是一般的难了。

好在，现在有蒙家护卫圈出范围，重楼只要顺着这个方向寻找就可以。

重楼跃下望风崖，脚尖点在崖壁上，远远看去就像是在平地上行走，姿态潇洒，步履从容，而他很快就走过了软梯的范围。

蒙家护卫一共架了三架软梯，约莫有五百米的样子，而五百米左右的地方根本没有任何异常。

重楼没有停留，继续往下走……

而此时，崖壁的另一面，林初九依旧在艰难地往上爬，随着时间的推移，每往上一步都异常缓慢，看得人心惊胆战，总觉得她会摔下来，可是她没有。

爬了整整三个时辰，林初九距离崖顶越来越近，如果没有意外的话，她明天应该可以爬上去。

手上的飞虎爪往上抛掷，卡在崖壁的缝里，用力拉了拉，确定卡紧后，林初九徒手攀住崖壁上凸起的位置，借力往上爬。

她并不敢借助飞虎爪的力道往上爬，她做的这个飞虎爪是缩小版，效果并没有标准版的好，不一定能承受得住她的力道。

就算飞虎爪能承受住她的重量，她也不敢一直用，这个飞虎爪只是用精铁制成，她若多用几次飞虎爪肯定会报废。

这个小号的飞虎爪是她吊在悬崖上最后的安全保障，在没有攀上崖顶前，她可舍不得用坏它。

只是，徒手往上爬着实辛苦，林初九的双手早已被磨得血淋淋的，缠在手心的绷带被鲜血染透，每一次的碰触都是钻心般的痛，而她现在似乎已经痛得麻木了。

崖壁上要是没有凸起物，她便抽出小刀，一点点地砸个口子出来，或者将小刀卡在石缝里，不仅可以借力往上爬，还能作为踩踏物。

林初九无比庆幸，她拥有一个在关键时刻能救命的医圣之心。要不是有医圣之心在，她从哪里拿这么多把小刀出来？

凭借身上的这些装备，林初九虽然爬得艰辛，却也有惊无险。

有了明确的方位，重楼很快就寻到了山洞的入口，没有一丝迟疑，重楼踏入山洞，看到底端做掩饰用的石门，重楼冷笑一声，伸手一拍，只听“轰”的一声巨响，厚重的石门直接碎成石块，尘土沙屑四处飞扬。

十米一火盆的山洞出现在重楼的面前，火光映照在重楼的鬼面上，那张本就血淋淋凄厉的鬼面显得更加地恐怖。

“果然是这里。”重楼四处看了一眼后，便朝幽深狭长的暗道走去。

重楼步子飞快，每一步都像是带了风，血红色的长袍在身后飞扬，滚边来回旋转，又快又急……

很快，重楼来到了寒气十足的寒洞，先入重楼眼的不是那潭冒着白烟的寒潭水，而是落在地上的衣服，那衣服重楼认识。

“人呢？”重楼拾起地上的衣服，紧紧地拽在手心。

里衣、中衣和外衣全部在这里，哪怕过了一天一夜，衣服依旧是湿淋淋的，寒气极重。

隔着鬼面，没有人能看到他脸上的表情，可手中瞬间碎成无数片的衣服，足以表明他此时的心情！

“啪……”碎布一样的衣服，被重楼狠狠地丢在地上，重楼拔剑朝着寒洞深处走去，可是里面没有人！

没有林初九，也没有其他的人！

“该死！”重楼不由得心慌，这种心慌甚至比上一次看到周肆的箭射中林初九还要严重。

林初九，你千万不要有事！不管发生什么事，你一定要活下来！

从寒洞折回，重楼再次回到点满火盆的大洞，剑柄在墙上一阵敲击，很快就找到暗门所在。

一共十二间暗室，重楼一一摧毁，可却没有找到林初九，也没有找到其他人。

这个鬼地方，连一个活口也没有，连一点儿痕迹也没有。

“人都死哪去了？”重楼又一次地咒骂道，心中涌出想要将一切毁灭的暴虐。

好在，他理智尚存，将山洞毁得七七八八，把怒火宣泄一通后，便离开了山洞，准备去崖底寻找。

林初九在这里待过，望风崖上一直有人盯着，既然没有从崖顶离去，人必然是去了崖底。

重楼纵身跃下，立刻就看到了挂在崖壁上的巨网，不过巨网上并没有人，孤零零地挂在崖壁上，显得异常落寞。

重楼眉头一皱，心中有种不好的预感……

巨网被人从中间割断，不知用的是什么工具，切口非常平整，可见下手的人当时有多决绝。

发现这个异样后，重楼再次加快速度，很快他就来到了望风崖崖底。

崖底不是什么鸟语花香的世外桃源，也不是什么树木成林的森林，崖底下只是一片黄土地，光秃秃的，寸草不生，有几具摔成烂泥的尸体。

从对方的衣服和地上的鲜血来看，这些人死了没有多久，最多不会超过四个时辰。

除了这几具尸体外，还有几块碎铁，应该是从高空坠落时摔碎的。

看到这一幕，重楼有了一个大胆的想法，那就是……

林初九凭借自己的本事，逃了！

“果然，只有把你逼狠了，你才会露出爪子。”重楼轻轻地摇头，声音中透着轻快。

巨网从中间被割断，如果他没有猜错的话，林初九应该吊在另一半巨网上，也就是他对面的崖壁上。

“你的胆子还真不是一般的大，就不怕没人来救你，你只能挂在那里等死吗？”重楼无奈又宠溺地摇了摇头，转身，快步朝望风崖对面的山走去……

林初九，还在那里等人去救！

很少有人知道望风崖对面那座山叫什么名字，毕竟两座山相隔千余米，平时根本没有人会把两座山联系在一起，可旁人不知，重楼却很清楚。

望风崖对面那座山叫狼山，因山上成群结队的狼群而闻名。

狼山上狼群占山为王，以至于普通人根本不敢上狼山。当然，重楼从来不在普通人范围内，对重楼来说这世间没有他不敢去的地方。

知道林初九在等着自己去救，重楼便没有耽误时间，徒手借力，快步往上爬去，那速度绝对能让林初九嫉妒，只是一个眨眼的工夫，重楼已爬上数十米高，而且这个速度有增无减。

爬崖壁对于重楼来说，也就是只比他走平地难上那么一点点，在爬崖壁的过程中，他的衣角甚至都没有被凸起的石头划破。

半个时辰后，重楼看到另一块断网，还有网口处的划痕。重楼再一次肯定，林初九必然在这里，只是……

人呢？

抬头看上去，居然看不到林初九的身影，真是奇怪了。

“她不会是自己爬上去了吧？”如果真是这样，重楼只想说林初九比他想象中的厉害多了。爬上狼山，林初九只会死得更快。他现在只希望林初九的速度不要太快，能等到他出现。

“笨女人，就不会等人来救吗？”重楼忍不住骂了一句，再一次加快速度，往上爬。

重楼的眼神很好，哪怕他的速度再快，也能看到崖壁上的划痕，还有鲜血！

崖壁是灰黑色，按说就算有血迹也不会那么明显，可偏偏重楼就能看得清清楚楚。

重楼的脸色越发地难堪，尤其是当他看到林初九贴在崖壁上的身影时。

小小的一团，笨拙地贴在崖壁上，在没有任何保护的情况下，一点一点地往上挪，那速度只比蜗牛快上那么一点点，偏偏那个女人却不懂得放弃……

“怎么会有这么蠢的女人？”那一瞬间，重楼感觉自己的心酸涩得很，他想他对林初九真的太严格了。

“哗啦……”林初九不知道抓到了什么，右手突然松了，半个身子吊在悬崖边，一副随时都会掉下去的样子。

看到这一幕，重楼的心都停止跳动了，手脚比脑子反应得更快，等到重楼反应过来时，他已飞速上前，将林初九抱在怀里。

果然，只有把她抱在怀里，才能安心。

“啊……”凌空一个旋转，脚下失去踩踏物，林初九吓得脸色发白，本能地抱紧重楼，“什么人？”

她根本没有发现下面有人。

“笨蛋，你以为你是武神吗？居然做这么危险的事，你知不知道掉下去会怎样？”训斥的话，劈头盖脸地骂了下来。

只是这声音，似乎很陌生，可又好像在哪里听过。

平定下心神后，林初九抬头看去，只见一张狰狞的鬼面露在眼前……

“我的天……”林初九吓了一跳，同时庆幸自己胆子大，居然没有被吓死。

林初九拍了拍心口，皱眉道：“怎么是你？”她和这个男人可没有什么交集。

“怎么？看到本尊很失望？”他来救她，她还不高兴？

“当然不是。”林初九想也不想就摇头：“我只是很意外。”她就没有想过有人会来救她。

好吧，她承认她曾奢望过萧天耀来救她，可是没有。那个男人，还真不是一般的冷情。林初九不禁怀疑，萧天耀是真的喜欢她吗？如果真的喜欢她，怎么能看着她冒险而不管呢？

“意外本尊来救你？哼……要是没有本尊，你死定了。”重楼抱着林初九，并没有耽搁时间，借着崖壁上的凸起物，很轻松地往上爬。

眼看着自己要爬一个时辰的距离，对方只要轻轻一点就能上去，林初九瞬间觉得好悲伤。

武功高手什么的，真的好讨厌，这简直就是打击普通人的自信，不过重楼的话，林初九却不赞同。

“没有你，我一样可以爬上去。”这一点，她从不怀疑。

“爬上去之后呢？喂狼吗？”哪怕不愿意承认，重楼也相信林初九这句话。

没有他，林初九一样可以爬上去。

“喂狼？山顶上有狼？”如果真有狼群的话，那确实挺危险的。

“这座山叫狼山，平日里从来没有人敢独身上来，你说你一个女子在狼山，能活着下去吗？”重楼说话间，已将林初九带到山顶，松开人后，这才看到林初九身上的衣服，不由得皱眉道，“你穿的这是什么衣服，真难看！”

林初九眉心未散，显然仍然是处子，被污辱的可能性为零。这个认知，让重楼心情大好。

“之前的衣服湿了，只有这样的可以换。虽然粗糙了一点儿，但比裙装方便。”刚刚被对方救了，林初九也不好对人冷着一张脸。而且面对这位魔君大人，她也不敢摆脸色给人家看。

“破衣烂衫也就你会当成宝。”重楼说话间，解下自己的外衣披在林初九的身上，“山上风大，披上。”

“谢谢。”林初九没有拒绝，她之前爬崖累狠了，身上全是汗，现在在山顶上，被风一吹，还真是有点冷。

“坐着，本座去给你找些吃食。”没来由地，重楼并不打算现在下山，虽然他完全可以在天黑前把林初九带下山。

“谢谢。”林初九确实是又饿又累，而她也没有打算这个时候下山，她现在这个状况根本不适合下山，她也没有自信自己可以在天黑前下山。

这座山叫狼山，在山上，夜晚会比白天更可怕。

重楼身形一闪，便消失在林初九的视野中。

林初九左右看了一眼，确定重楼不会出现后，便寻了一块平地，面朝悬崖，背对着狼山而坐。

确定从身后看不出什么，林初九这才从医圣之心里取出一个小小的药包，在重楼回来之前，将自己身上的伤简单地处理了一下。

她腿上和胸前都有几处严重的外伤，里面还有碎石子，要不及时处理等到明天会更严重。她的背后也有伤，只是她现在处理不到，只能暂时不管。

林初九自认动作很快，而且也做得很隐秘，却不知重楼根本没有走！

他隐在暗处，原是想要看看附近安不安全，却不曾想，他看到林初九凭空拿出一个小包，接着便宽衣解带的画面。

林初九身上的秘密还真多！

至于非礼勿视，非礼勿听。这些话对重楼一点用处也没有，重楼看得坦坦荡荡，大大方方，而又因他的视力好，哪怕隔得再远，他也能清楚地看到林初九身上的伤。

雪白的肌肤上布满青紫红肿的撞伤，还有几处鲜血直流，之前隔着衣服看不清楚，现在却完完全全地展视在他的眼前。

看到这一幕，重楼的第一反应不是心疼，而是觉得很美。伤痕累累却倔强的林初九，站在崖顶上，有一种凌虐的美。他一定是疯魔了。

重楼摇了摇头，他无意打探林初九的秘密，得知她安全无事，能照顾好自己后，便放心地离去了。

林初九不是易碎的瓷器，不需要被他时刻捧在手心。

为了让林初九有足够的时间包扎伤口，重楼特意在外面转了许久，直到半个时辰后才带来两只兔子和一些野果。

在狼山猎兔子是极难的事，相反猎狼要方便些，可狼肉难吃，一头狼他们二人吃不完不说，还会因此而引来狼群的攻击，着实是得不偿失。

重楼回来时，林初九早已收拾好了，为了不让人看出什么异常来，林初九露在外面的肌肤并没有擦拭干净，手脚和脸依旧是脏兮兮的。

“走，带你去洗脸。”重楼拉住林初九的手，林初九的手上缠着绷带，不过那绷带早就被血、泥土和汗水浸透，黏稠得很，握在上面一点儿也不舒服，可一向有洁癖的重楼却不觉得无法忍受，反倒是握着她的手紧紧不放开。

林初九倒是想要把手抽出来，可她远不是重楼的对手，只能任他拉着走。

狼山除了狼外还有许多其他的野兽，自然不会缺少水源，重楼很快就把林初九带到一处小山泉处，极有风度地背过身子："洗干净点儿，脏兮兮的真恶心。"

"谢谢。"林初九诚心感谢，她觉得这个杀人不眨眼的魔君，似乎也没有那么讨厌。

山泉水甘甜清澈，完全可以喝，林初九将手擦了擦，便捧起水喝了起来。

她其实已经渴得不行了，只是没有说罢了。

喝足后，林初九这才觉得舒服了一些，便将绷带洗干净当毛巾用，避开伤口将身上擦了一遍。

身上瞬间清爽多了，要是有一套干净的衣服可以换那就更美好了。

林初九也就是这么一想，很快就把这个念头给拍了回去。她这是得寸进尺了，能平安抵达山顶，她就该谢天谢地了，居然还想东想西，真是的……

林初九转身，对着重楼道："我洗好了，你要不要也洗一洗？"她记得，刚刚重楼好像拉了她的手，想必沾上了不少血。

"嗯。"重楼走过来，蹲在泉山旁，一下一下地洗着自己的手，同一个动作不厌其烦地重复数遍，洗得非常认真。

重楼洗完手后，自然而然地伸到林初九面前："擦干净！"

林初九认命地拿出刚洗干净的绷带给重楼擦手。

重楼的手很大，虎口、手心与指腹处都有薄茧，手指修长，却不显得白皙柔弱而是充满力道，林初九毫不怀疑，重楼用一根手指就能按死她。

重楼的左手大拇指上，戴着一个血红色的玉扳指，那颜色真的和血一样，红艳得可怕，林初九甚至能看到里面有一条血丝在游走。

林初九并不敢随意打量重楼的双手，不过是借着给他擦手的机会看了一眼，一擦完就立刻收回了眼神。

她其实有点怕重楼。

两人原路返回，却发现山顶上的位置已经被一群狼给占了。

林初九粗粗看了一眼，发现至少有二十几头狼聚在那里，重楼打来的野兔早就不见踪影。

绿幽幽的眼睛警戒地看向四方，远远望去显得特别邪恶。

"小心。"重楼第一时间发现，将林初九拉了回来，"别再往前，惊动了狼群就麻烦了。"跟林初九在一起，他果然也跟着变笨了，居然忘了血腥味最容易引来猛兽。

林初九是知道狼群有多可怕的，当即就对重楼说道："我们另寻一个地方休息。"这座山也不知道有多少狼群，明智之举还是避开的好。

"嗯。"重楼没有异议，虽然二十几头狼他抬手间就能灭了，可灭了这个狼群只会引来更多的狼群。

山路难行，林初九跟在重楼身后，深一脚浅一脚，哪怕拼尽全力也跟不上他的步子，重楼停下来等了她几次后，终于将耐心耗尽："本座就没有见过，比你还笨的女人。"走不动就不会说一句话吗？求他会死吗？

林初九无法解释，只能默默地低头：“我会跟上的。”

“你跟得上才有鬼。”蠢女人，服软会死吗？

重楼瞪了林初九一眼，那双血红色的眸子杀气腾腾，奇怪的是林初九居然一点也不怕，只是笑了笑……

这个蠢女人，笑起来还是挺好看的。

“本座不介意再帮你一次。”重楼搂住林初九的腰，在她反应过来之前已抱着她往前大步行走。

双腿突然离地，林初九吓了一跳，却没有尖叫出来，而是悄悄地拉着重楼的衣服，以保持平衡。

作为拖累，她没有说不的权利，哪怕这位魔君大人的力道太大，勒得她腰疼，她也不能吭声。

抱着林初九，重楼也就不用担心她的安危，更不用每隔一段时间便停下来等她，重楼步子飞快，眨眼间就带着林初九来到狼山的另一头。

重楼似乎对狼山的地形非常熟悉，一样茂盛的树林，几乎长得一模一样的地方，对他造成不了一丝影响，重楼很快就将林初九带到一处山洞前。

“今晚在这里休息，你燃一个火堆，本座去找猎物。”将林初九丢下后，重楼转身就走……

山洞不大，两个人同时待在里面就会觉得逼仄狭窄；而且也很矮，凭林初九的身高也就刚好能站起来，重楼则只能弯着腰。

不过，山洞里面很干净，周围还种了一些驱蚊和驱蛇的草，林初九猜测应该是有人刻意栽种的。

重楼走后，林初九摸黑寻了一些枯叶和枯树枝，在山洞外堆成一小团，可是问题来了，她没有火种！

重楼回来时，就看到林初九傻傻地坐在山洞口，不由得皱眉问道：“怎么了？”

“我，我没有火种。”林初九有些不好意思地起身，她好像什么忙也没有帮上，还给重楼添了麻烦。

“拿着。”重楼丢了一个火折子到林初九面前，自己则去削了一截树枝，将手上的野鸡与兔子穿好。

这附近没有水源，重楼特意将肉清洗了才拿过来，血腥味也淡了不少。

林初九对火折子还不熟悉，待到重楼将兔肉穿好后，林初九的火还是没有生起来。

“你怎么这么笨？”重楼骂了一句，从林初九的手上接过火折子，轻轻一吹，明火就出现了，用树枝捅开林初九堆的枯叶，重楼熟练地生好火，随意乱拨两下，火苗就蹿起来了。

“火燃好了，烤肉会吗？”重楼拍了拍手，明显没有亲自动手的打算。

“会。”不需要重楼多说，林初九便将手上的肉架到火堆上去烤。

没有烤肉架，一直都要用手拿着，这是一个极辛苦的活，而且离火很近，时间久了人熏得也受不了。

林初九的双手本就因为爬崖壁酸痛得不行，现在一直举着烤肉，可谓是伤上加伤，再加上她离火太近，身上的伤被热气一烤，似乎更痛了。

很快地，林初九就全身是汗，脸上更是红通通的，哪怕极力忍耐也不免露出痛苦的神色。

很难受，但还能忍受。

重楼回头就看到这一幕，面具下的俊颜露出一抹烦躁，上前抢过林初九手上的东西，将她挤开："让开。"

语气恶劣，动作粗暴。可此时对林初九来说却是福音："谢谢你。"

"你的谢谢真廉价。"这个女人除了会说谢谢，还会做什么?

"我……欠你一条命。"林初九郑重地许诺，"他日只要你开口，我又能做到的话，我一定会报恩的。"

"很好，记住你的话。"重楼满口应下，没有虚伪地说不。

林初九松了口气，她和重楼并不熟悉，对方真要单纯地不求回报，那她才会奇怪。

有重楼接手剩下的活，林初九也不再逞强，靠在洞里休息，将重楼的外套盖在身上。

许是真的累狠了，林初九没多久就睡着了，重楼回头看去时，就看到林初九哪怕是睡着了，依旧紧皱着眉头。

眼眸微动，重楼微不可闻地叹了一声，继续盯着自己手中的烤肉。

半个时辰后，野鸡烤熟，重楼犹豫了一下，还是决定把林初九叫醒了。

重楼为人也许恶劣，可他烤肉的手法真的很不错，没有盐和任何调味，林初九依旧觉得很香。

一整只鸡，少说也有三四斤，林初九一个人全部吃完了，可见她是真的饿了。

重楼手中的兔肉也熟了，问林初九要不要时，林初九摇了摇头："我吃饱了。"就是想喝水，可是这个话林初九不敢说。

林初九不说，并不代表重楼不知道。重楼看似不体贴，可他的种种举动足以表明他很细心。

"拿着。"将刚好的兔肉塞到林初九手上，重楼走到山洞后方，片刻后带来一把像是芦苇一样的东西。

"从中折断，中间有水可以喝。"重楼粗鲁地将东西塞到林初九怀里，同时拿过自己的烤兔肉。

林初九没有说谢，只是脸上的笑容多了几分，看着重楼那张鬼脸，也觉得没有那么可怕了。

重楼没来由地感觉心情大好，看林初九也顺眼许多，只是隔着鬼面，没人能看到他的表情……

皇宫里，听到密探头子的汇报后，皇上气得直接将桌上的砚台砸向他："连一个女人也看不住，朕养你们还有什么用？”

“啪……”砚台碎了一地，密探头子一动不动，只有微微瑟缩的身体泄露了他此时的惊恐。

“属下罪该万死，请皇上责罚。”密探头子也自知自己逃不掉处罚，要是败在萧王手里还好，谁让那人是萧王，可是……栽在一个女人、一个没有半点儿武功的女人手里，别说皇上不满，就是密探头子自己都不甘心。他承认这里面有他大意的成分在，可这也改变不了萧王妃从他手上逃走的事实。

“朕当然要罚，不罚你如何服众？”皇上气恼得不行。计划得好好的，居然到最后一刻失败了。

最近真的是诸事不顺，墨神医自杀死了，南远的消息他也压了下来，慈恩堂的事本可以结束，可这两天也不知道怎么回事，居然又闹起流言，有不少人都说墨神医恶行累累，畏罪自杀。前线战事也各种不顺，北历那群疯子为了新粮，一个个打仗不要命似的，徐达也只能勉强苦撑。在战事吃紧时，南远的公主与西武的皇子又要到了。一件件一桩桩的事压在一起，皇上的头都是大的。

皇上一想到这些糟心的事就头痛，按了按太阳穴，看到仍旧匍匐在地的密探头子，皇上无比厌恶地吼道：“滚，自己去领罚！”

密探头子听到这话，立刻松了口气：“谢皇上不杀之恩。”自己领罚，必然不能太轻，可也不会致命。

皇上没有说话，独自坐在大殿里，许久后有太监进来通报：“皇上，秦太医在外面，说是来给皇上请平安脉。”

“宣。”因最近身体不适，秦太医早晚都会来给皇上请一次平安脉。

秦太医行完礼后，半跪在皇上面前，片刻后忧心忡忡地道：“皇上，您最近心火过旺，思虑过重。”

“朕……”皇上刚开口，殿外便传来一阵喧闹声……

在殿外喧哗的人，是得知自己父亲死讯的墨玉儿。

墨玉儿自然不会和后宫的女人一样哭闹，她只是站在殿门口，冷若冰霜地看着守门的小太监：“我要见皇上。”

“这里是议政殿，后宫妃子不得踏入，还请美人速回。”宫里的人一向踩低捧高，墨玉儿虽得了几天皇宠，可没了父亲做倚仗，她在后宫也就是一个空有美貌的女子罢了。

“我要见皇上。”墨玉儿不是一个好说话的人，太监的拒绝她根本不当回事。

墨玉儿虽然没有什么背景，可毕竟是主子，小太监也不敢给脸色，只得好声劝说道：“美人还是先回宫的好，皇上自会去看望美人的。”

“我说，我要见皇上，听到没有！”墨玉儿再次重复，声音比之前任何一次都要大，周身的气势也非常骇人，小太监吓得一个哆嗦，扑通一声跪在地上：“美人饶命，这是议政殿，奴才实在不敢让美人进去。”

“那就进去通报，皇上要不要见我不是由你说了算的。”墨玉儿神色冷静，目下无尘，后宫喜欢她的宫人没几个，可敢得罪她的宫人也没有。她是墨神医的女儿，谁知道她会不会医术，会不会对他们下黑手。

殿下的争吵声很大，皇上就是想要当作不知道也不行，头痛地挥了挥手，示意秦太医下去。待到太监进来通报时，皇上不耐烦地说道：“告诉玉美人，朕在办公，不得打扰，稍后朕会去看她。”

太监将皇上的话，一字不改地转给墨玉儿，委婉地请墨玉儿离开。

墨玉儿一张俏脸惨白如纸，牙咬着唇，眼中蓄满泪花，死死地盯着议政殿，可终是没有进去。

皇后说得是，她现在没有了一个名满四国的父亲，她只有一个名声扫地的父亲，皇上不会再顾忌她的身份，她必须得忍。

转身离去，墨玉儿在宫里等了一个晚上也没有等到皇上来，第二日一早打听方知，昨天皇上半路上遇到周贵妃，被周贵妃截走了，墨玉儿的期盼再次落空……

第九章　出身决定地位

第一缕阳光洒进山林，穿过层层叠叠的树枝，折射进山洞，洒在林初九的脸上，将她脸上的绒毛映照得清清楚楚……

白白的、软软的，让人忍不住想要碰触。

眼睑微动，重楼知道林初九要醒了，淡然地别过脸去，没有再看她。

林初九醒来时，就看到坐在她对面的重楼，那张鬼脸林初九已经看习惯了，也就没有什么好害怕的。

“早。”声音带着刚睡醒的软糯与慵懒，低低哑哑的，就好像羽毛拂过心尖，让人不由得战栗。

“嗯。”重楼粗声应了一句，起身朝洞外走去。

清早刚醒来的男人，总是没有自制力！

早晨的树林处处透着生机，清新的空气令人忍不住想沉醉其中。

林初九走出山洞，伸了一个懒腰，一不小心拉扯到身上的伤口，很疼，肌肉更是酸痛得厉害，感觉似乎比昨晚还要糟糕。

不过，这点疼痛还在林初九的忍受范围之内，至少林初九可以肯定，她能走下狼山。

约莫一盏茶的工夫后，重楼回来了，给她带来了水和野果。水是用竹管装的，分量不少，她喝完后还能简单地梳洗一下。

林初九接过水，知道这个男人和萧天耀一样，不接受口头上的答谢，便没有浪费口水去说谢谢。

很快，林初九收拾干净，也将野果吃完，两人便准备下山。

为了节省时间，也为了避开狼山的狼群，重楼没有带着林初九慢慢走，而是抱着她，一路踩着树梢，以卓绝的轻功将人带下狼山。

看到重楼连大气都不喘，就把她抱下了山，林初九很想问：魔君大人，你既然有这样的本事，为什么昨晚不把我送下来，非让我在山上待一夜干吗？

“这一次幸亏遇到了你，要不是有你出现，我都不知道要怎么离开狼山。”重楼不喜欢听谢谢，林初九就不说谢谢，反正意思表达到位就好了。

重楼却不领情，不无讥讽道：“本座还以为，你会说假如没有本座，你也能活着下狼山。”

“那怎么可能呢……”林初九淡淡一笑，却没有多言。

她原本就没指望有人来救她，重楼的出现纯属意外，她虽然高兴可也不至于像见到救命浮木一般激动。

遇到重楼她固然高兴，如果没有重楼的出现，她也会想尽办法活着下山的。她从来没有把活下来的希望寄托在别人身上的习惯。

“你要去哪里？本座就好人做到底，送你一程。”这里距离望风崖有千余米，离城门就更远了，林初九一个人至少要走到天黑，才可能遇到寻她的人。

“去哪里都行吗？”林初九眼眸一亮，呼吸不由得加快。

重楼一看就知道林初九在想什么，不由得冷笑道：“除了京城，你还想去哪里？”居然想离开京城，这个女人果然有胆。

“没有，我回京城。”林初九刚燃起的希望，立刻熄灭。

魔君大人说得没有错，除了京城她还能去哪里？

“哼……”重楼重重地哼了一声，吹了一声口哨，只见一匹枣红色的骏马，从狼山的另一侧跑了出来，“嗒嗒嗒”地跑到重楼身旁，亲昵地蹭了蹭他，却被重楼很不客气地拍开。

不管是人还是马，他都不喜欢与之太过亲近。

骏马缩了缩马头，林初九似乎能看到它眼中的委屈。

重楼见到林初九一直盯着他的马看，问道：“你喜欢？”

“它很有灵性。”林初九一开口，那匹马就看着她，眼中似有迷惑。

“它是狼山的野马群里唯一活下来的野马，我从它刚出生养到现在。”这匹马从某方面来说，是他童年唯一的玩伴。

“难怪……”难怪与你那么亲近，她心想。

“走吧，我送你回京。”重楼不愿意多谈，翻身上马后，朝林初九伸手……

他当然可以直接抱着林初九上马，可他喜欢林初九将手伸给他，把一切交给他。

大手握小手，手指相触的瞬间，重楼加重了力道，在马儿往前走的瞬间，将林初九拉上马背。

一人一马配合默契，林初九刚刚坐稳，枣红色的骏马就撒腿跑了起来，完全不需要人管……

重楼的装扮非常引人注目，不过他胯下的那匹骏马速度飞快，一路上并没有人看清他的长相。

当然，就算看到了重楼也不会在意。

距离城门百余米时，重楼示意骏马减速，反手将林初九甩下马，不等她站稳身形就掉转马头离开了，连一句话也没有留下。

林初九知道，这是重楼另类的细心。毕竟，要让人看到萧王妃与江湖上赫赫有名的魔君重楼共乘一骑，那对她来说绝对不是好事。

此时，城门口已有不少人在排队进城。大家手持路引、牒牌依次进城，守城的小兵检查得很仔细，遇到可疑的人还会再三盘问。

东文的百姓每个人都有属于自己的牒牌，要离开自己所在的城镇，去别的城镇还需要官府开的路引，进出城都需要检查，以免有他国奸细混入。

普通百姓是牒牌，官府中人则是鱼符，而林初九属于皇家人，她有属于自己的玉牌，王妃金册。可是，这些代表身份的东西并不会随时带在身上，林初九现在什么都没有，她根本没有办法证明自己的身份。

“要怎么进城呢？要不还是不进城吧。”林初九远远看了一眼排队进城的队伍，双手托腮，蹲在路边。

她承认她一点也不想回京。她不像以前那样厌恶萧王府，厌恶萧天耀，但京城完全没有值得她留恋的东西，唯一放不下的就只有蒙老夫人了，可是……

错过这次机会，她还能完美地死遁吗？

“要不，我还是走吧。虽说一个女子，又没有身份证明在外面会很危险，可我去寻个小山村生活，应该也不难吧？”林初九对底层百姓生活的现状知道得太少，所以她才会犹豫不决。

“不管了，我去试一试，要是进不了城，那就不怪我了。”林初九将重楼那件华丽的血红大衣丢在一边，穿着身上破烂的粗布麻衣跟在排队进城的队伍后面。

人群缓缓往前移动，林初九排在最后面，也不着急，饶有兴致地打量起四周的人。

排队进城的大多是男子，有不少人都挑着菜、水果之类的东西，也有几个挎着篮子的妇人，篮子里有放针线的，也有放鸡蛋的，许是要送进城去卖些银钱。

旁边还有一支队伍，那一队全是马车，各式各样的马车都有，偶尔还能听到有人在讨论那是谁家的马车，多么气派云云。不过，大多数都是商家的马车，官家的似乎不在这里排队。

林初九认真地听着旁人交谈，仔细筛选有用的信息，她觉得自己应该用得上，毕竟无法证明身份的她，是绝对不可能进城的。

就在林初九听得津津有味时，医圣之心突然给她发出提醒：有病患，请立刻救治！

身体不好的人，还会来排队进出城，作死吗？

听到医圣之心的提醒后，林初九烦躁得不行，医圣之心这坑人货就是经不起夸，昨天才夸它一句，今天就傲娇了！

“有病患，请立刻救治！”医圣之心又一次无情地提醒林初九，可这里人山人海的，每一个人都依次排队，她身后也有不少人在排队，她怎么找呀？

不满归不满，抱怨归抱怨，林初九还是认命地从队伍中走了出来，去寻找所谓的病人。

“姑娘，你不进城了吗？”排在她身后的是一位大娘，看她离开便好心地问了一句。

“我……”林初九低头、闭气，把脸憋得通红，这才怯怯地道，“大娘，我内急。”

那大娘看林初九一副不好意思的样子，笑得和气：“姑娘你快去寻个隐秘的地方，这个位置大娘我给你占着。”

“谢谢大娘。”林初九小声道谢，完全就是一副小媳妇的样子。

从队伍出来后，林初九并没有往前走，她刚排队时医圣之心没有提醒她有病人，那就表示病人是后来的，至少比她晚到。

林初九一路往后走，步子迈得很慢，一路暗中打量排队的人，试图寻找出医圣之心所辨别出的病人，可一路走来也没有见到明显有病容的人，而她又不可能上前询问人家有没有病。

“有病患，请立刻救治！”

医圣之心依旧无情又无耻地不断提醒她，林初九简直是要疯了，她已经走到队伍的最后面了，依旧没有找到病人。

林初九无奈，只得厚着脸皮往前走。可就在此时，排在马车那一队的人中，有一个妇人突然大喊道：“宗儿，宗儿，你别吓娘，你别吓娘呀！来人呀，来人呀，救命，救救我儿子！”

“夫人，小少爷怎么了？发病了？”

“救命呀，宗儿，宗儿，你别吓娘……”

“马车里？”林初九循声望去，第一反应便是医圣之心是不是坏了，明明隔着马车她收不到求救信号的啊。

不过，不管是不是坏了，现在既然发现了病人，她就必须得立刻去医治。

林初九飞快地跑了过去，却被人拦住了：“你什么人？这里不是你该来的地方。”此时的林初九一身粗布麻衣，还极不合身，一看就知道是贫苦人家，而坐得起马车的就算不是达官贵人，也必是富贵之家，自然瞧不上林初九。

“让开，我是大夫。”林初九拨开对方的手，眼神凌厉地扫向挡住他的人。

那人不过是一个普通下人，见到林初九一副村姑的装扮，以为她就是一个没见过世面的妇人，哪曾想到林初九有这般犀利的眼神，一时间吓得呆住了，林初九便趁机将人推开，走到马车旁：“夫人，我是大夫。”

“快，大夫，快看看我的宗儿。”马车里的妇人也是病急乱投医，听到有人自称是大夫便没有多想，忙打开马车门，只是一看到林初九的样子，对方就愣住了，“你，你真是大夫？”

林初九没有回答她的话，而是看着她怀中脸色青紫，几乎喘不过气的孩子：“你的孩子气喘发作，呼吸不畅，必须立刻进行急救，不然会活活憋死。”

林初九说得又快又急，那妇人一听则连连点头：“是，是的，大夫，你能救我儿子吗？”原本质问的话，因为林初九的准确判断而改成请求。

“可以，让我上马车。”气喘急救的方法有点血腥，还是别让太多的人看到为好。

“快，快……”妇人忙给林初九让位，下人想要提醒都来不及。

林初九一上马车，就将妇人手中的孩子接了过来，扫了一眼马车内的装饰，看到摆在角落里的笔筒时，林初九瞬间松了口气。

“夫人，等会儿看到什么都不要惊慌，我一定会救令公子的。”林初九冷着一张脸，看上去特别严肃，那妇人本能地点头。

林初九从小腿处，取出一把小号刀具，没有任何犹豫，刺向发病孩子的喉咙……

“噗”的一声，血飙了出来。

“啊……”妇人大叫，朝着林初九扑去，“你，你杀了我的宗儿，你……”

“夫人，别叫，你儿子没有死。”林初九抬脚挡住那妇人，伸手将角落里的笔拿了出来，将两端削掉，插在孩子的喉咙处。

“夫人，夫人，发生什么事了？”马车里的声音，立刻引来下人和旁人的关注，那妇人正准备喊人进来，就听到林初九道：“夫人，你看看，你的孩子已经缓过气来了，而且他有气。”之前被憋得一脸青紫的脸色，此时正以肉眼所见的速度好转。

妇人上前查看，发现果然如此，不由得惊呆了，喃喃道：“这，这怎么可能……”明明喉咙被割断了，怎么会没事?

“我只是切开一个口子方便他呼吸而已，并没有割断他的喉咙，只要他能缓过这口气，我就立刻给他缝合，不会有生命危险的。”林初九怕惹出麻烦，不得不出声解释。

“真的是这样吗？”妇人只是普通商妇，见识少，听到林初九这么一说，一时间也不知真假。

“给我一盏茶的时间，我保证小少爷安然无事，要是出了事我拿命相抵。”林初九见这位妇人动容，又补了一句，“我与夫人素不相识，要不是看到小少爷有生命危险，我根本不会冒险，不是吗？”

“你说得也是。”妇人转念一想也明白了，她不过是普通商家，也不曾得罪什么人，怎么也不至于让一个小姑娘不要命地谋害她的儿子。而且，她儿子确实还有气。

马车外的人只听妇人叫了一句便没有了动静，一个个急得不行，上前就要把车门拉开，却被林初九挡住了：“夫人，我不想让人知道我是怎么救人的。”

“快，快开车门，杀人犯，官老爷，快来呀，这里有杀人犯。”下人疯狂地大喊，这一喊便引来无数人的注意。

“出什么事了？杀人了？”

“刚刚不是说大夫吗？骗人的吗？”

“一个穷姑娘，怎么可能是大夫？肯定是骗人的。”

……

马车外的人你一言我一语，林初九听得直头痛，对听不懂她暗示的妇人说道：“夫人，劳烦你出去解释一句，我再帮令公子清理一下。外面全是人，令公子真要是有个什么三长两短，我一个弱女子也跑不掉的。”

救个人还这么多事，真是麻烦！

"好……"妇人看了一眼呼吸平稳、脸色好转的孩子，终于下定决心。

她愿意冒险一试。

"没事，桃伯，少爷没事了。"妇人打开车门，出来解释。

"夫人，小少爷真的没事？"下人急切地往里面伸脑袋，可因为马车里面的空间极小，他根本看不到什么。

"没事，那位姑娘真是大夫。"虽然一刀往喉咙上戳很吓人，可她儿子确实比之前喘不过气的样子要好。

林初九趁妇人出去时，换了一个位置，背对着对方，从医圣之心里拿出工具包，不过她并没有急着缝合，而是在等病人的情况稳定下来。

有妇人出去解释，马车外的骚乱暂时平息下来，大家都忙着进城，见无事也不会再多管，纷纷离去，只留下妇人家的下人，个个在外面焦急不已，可惜林初九没有工夫管他们。

见病人情况好转，林初九准备将自己弄出来的伤口缝合好，可是马车里的光线非常暗，林初九不得不对妇人道："夫人，能把灯点亮吗？"

"好。"妇人把一切希望都寄托在林初九的身上，自然是林初九说什么那就是什么。

灯点亮后，光线好了许多，可不等林初九动手，马车就往前走了，林初九脸色大变："夫人，让车夫停下来，马车现在不能动。"

"可……"可他们正在排队进城，哪能不动？

"没有可是，你不想要你儿子的命了吗？"林初九板着脸的样子非常可怕，妇人唯唯称是，忙走下马车去和车夫、下人沟通，同时向身后的人道歉。

后面的人虽然着急，可听到妇人的解释也能理解，一个个纷纷同意，让他们横在那里不动。

此时的马车里没有别人，林初九也就不再顾忌，将伤口缝合好后，又给病人用了平喘药丸，见病人情况好转这才松了口气。

妇人在外面，一路给后面的马车道歉，等到她再次回到马车上时，林初九已经将伤口全部处理好了，马车上除了那支染血的笔筒外，什么可疑物都没有。

"夫人，令公子已经没事了。"林初九见妇人上了马车，先一步说道。

"宗儿他真的没事了？"女人眼前一亮，似乎不敢相信自己所听到的。

"你检查一下你儿子是不是呼吸平稳？"林初九可以肯定，她绝对是大夫当中最悲惨的那个。从来都是病人求大夫，可到她这里完全相反。

"真的，真的没事了。"妇人检查完后，将孩子紧紧地抱在怀里，哭得稀里哗啦。

她虽然选择相信林初九，可心里却是害怕的，生怕林初九害了她的儿子。

"夫人，令公子现在虽然没事，但还是要尽快送医，你最好快点进城，把他送到医馆。"林初九好心叮嘱道。

"多谢姑娘，多谢姑娘，我们这就进城。"妇人抱着孩子连连道谢，"姑娘也是要进城的吧，不如与我们一道，如何？"

妇人也是个有心机的人，并不敢就这样放林初九走，怕后面还有事。

“恐怕不行。”林初九断然拒绝，那妇人脸色一变，正欲说什么就听到外面一阵喧闹，马车好像被人包围了，紧接着又听到有人在外面喊道：“王妃娘娘，属下来迟，请王妃娘娘恕罪。”

什么？王妃娘娘？

妇人吓了一跳，呆呆地看着林初九，完全不敢相信自己听到的，而林初九比她更震惊：什么？居然有人来接她了，这下她还有理由不进城吗？

听到外面的声音后，林初九无比庆幸自己没有跑掉，不然就凭她这两条腿，能跑过萧王府的侍卫吗？

没有一丝犹豫，林初九拉开车门就跳了下去，看着跪了一地的侍卫，林初九神色淡然，没有一丝不适：“起来吧。”

萧王府的侍卫训练有素，唰的一下就站了起来，对于林初九身上那件极不合身的粗衣，侍卫也只当没有看到，半弯着腰请林初九上马车。

城门口本就是人来人往的地方，萧王府的侍卫这么一闹，自然引来不少人的关注。只不过普通百姓根本不敢当街议论皇室之事，听到侍卫的话，知晓有王妃在这里，一个个慌忙跪下，就连刚刚抱着孩子求救的妇人，这个时候也下了马车，跪在一旁，不敢吭声。

她是做梦也没有想到，救她儿子的女人居然是一位王妃，真的和做梦一样。

围观的人中除了百姓，自然还有守城的官差。守城的小兵在普通百姓眼中那是衙门中人，是他们得罪不起的，可在王府侍卫面前，他们还真不算什么，听到这边有王府的人办差，忙上前询问有没有需要帮助的地方。

“不必了。”萧王府的侍卫冷漠地拒绝，转头又恭敬地请林初九上车。

这个时候，林初九除了上马车回去，根本没有别的选择，她也不想闹腾，可就在她准备踏上马车的瞬间，医圣之心却突然给了她惩罚，理由是她没有去救治正在求救的病人。

“啊……”剧烈的疼痛猛地袭来，林初九脸色一白，死死地咬住嘴唇，这才没有叫出声来，可是她那陡然扶头，弯下腰去的举动，还是引起了旁人的注意。

“王妃，你怎么了？”侍卫见林初九一脸痛苦，脸色大变，忙上前询问。

“没，没事……”剧痛已开始减缓，林初九虽然疼得满头大汗，可说话还是可以的。

“可是……”你这个样子，真的没事吗？

侍卫很担心，可他们又不敢随意上前搀扶林初九。毕竟男女有别，主仆有别。

“我没事，休息一下就好了。”她只是倒霉，寻错了病人。

就算知道她寻错了病人，看到那个孩子的情况她也会去救的，毕竟那个孩子根本等不到进城去找大夫。

林初九扶着马车门，借此等待惩罚结束。

林初九此时虽是人群关注的焦点，不过普通百姓与小兵碍于她的身份，根本不敢抬头看她，除了王府的侍卫外，没有人发现她的异常。可偏偏刚踏上城墙，正巡视城门防御的太子殿下，眼神极好地看到了这一幕："怎么回事？城门下也有人敢闹事？"

林初九一身粗布麻衣，站在马车下半天不上去，又被一群侍卫团团围住，旁边还跪了一堆人，虽说不像闹事，可绝对是发生了什么事。

守城的将军见状，并不敢妄自评论，忙让手底下的人去查一查怎么回事。

萧王府的人没有隐藏身份，小兵问清事情经过后，立刻上前汇报："回太子殿下和将军的话，是萧王府的侍卫来接萧王妃进城，萧王妃似乎遇到了麻烦。"

"萧王妃？"太子的第一反应就是有猫腻，"下去看看。"

"这……"守城的将军一脸为难，奈何太子根本不理会他，带着自己的亲兵就下去了。

有亲兵开道，太子很快就策马来到林初九面前。普通百姓不认识太子，只是见到这排场就知道不是普通人，一个个慌忙低头，不敢多看。

萧王府的侍卫自然是认识太子的，见太子打马而来，便知来者不善，一个个绷着脸，假装没有看到，就是不肯带头行礼。

守城的小兵知晓今天太子要来巡视城门防御，见这阵势哪怕没有见过太子，也知晓是太子来了，一个个忙跪下来，高呼太子千岁。

声音很大，萧王府的侍卫就是想装作不认识也不行，只得单膝跪下，给太子见礼。

好不容易才等到该死的惩罚结束，就听到一群人高呼"太子千岁"林初九当即脸就黑了。

她这是有多倒霉？

"免礼。"太子在人前绝对是温和好亲近，言行举止透着皇家的尊贵与大气。

太子高坐于马上，完全没有下马的意思，打马上前两步，挥退萧王府的侍卫，太子试探性地开口道："皇婶？"虽说着装奇怪了一点，可从背影来看，是林初九不错。

这个时候出现，还穿成这副模样，必然是有问题。

林初九知道来者不善，抬手擦掉脸上的汗和嘴角的血，转身看向坐在马背上的太子，似笑非笑地道："原来是太子。"

"真是皇婶？"太子一脸欢喜，又往前一步，马头距离林初九越来越近，摆明了想欺负人。

林初九脸上的笑容不变，半步不退，不无嘲讽地道："怎么，太子见到长辈就是这个礼数？连马也不下吗？"

太子的眼中闪过一抹戾气，可嘴上却道："皇婶恕罪，本宫没有想到会在这里见到皇婶这般模样，一时失礼，还请皇婶恕罪。"

林初九皮笑肉不笑道："说什么恕不恕罪的，太子殿下乃一国储君，未来的帝王，哪能容得我一个妇人说你有罪没罪。"

"皇婶言重了。"太子很熟练地翻身下马，指着林初九的一身衣裳，故作吃惊道，"皇婶怎么这副模样出现在城门口？莫不是在城外遇到匪徒了？皇婶可是遭罪了？"

"太子你想太多了，东文国泰民安，百姓安居乐业，我在天子脚下又能遇到什么事？我不过和你皇叔闹着玩罢了。"林初九轻描淡写地解释自己出现在这里的原因，"时辰不早了，我也该回去了，太子可别耽误了正事。”

太子愿意在这种地方和她斗嘴她还不乐意配合呢。

“皇婶……”太子上前欲拉住林初九，却被萧王府的护卫拦住了：“殿下，我家王妃累了，要回去休息，还请殿下让个道。”

“滚开……”太子挥手，将侍卫推开。

萧王府的侍卫，当然不是太子想推就能推动的，只是太子的身份摆在那里，他们不好与太子来硬的，太子若要硬闯上马车的话，侍卫根本拦不住。

林初九衣衫不整，穿着一身男人的衣服出现在城门口，要说林初九没有遇到什么，太子都不相信。

太子最近被林相调教了一段时间，虽然在说话方面有所进步，做起事来仍旧少点聪明劲。他现在只想着揪出林初九的错，好让萧王府与林初九难堪，却没有想过在大庭广众之下吵闹，简直丢尽了皇室的脸面。

太子执意要上马车，侍卫拦不住，并不表示林初九也拦不住！

在太子冲上来之前，林初九一直站在车门旁，没有下马车。在马车上居高临下地看着太子：“太子这是怎么了？我的马车里是有朝廷要缉拿的命犯，还是有杀人不眨眼的大魔头，要劳太子殿下亲自上车查看？”

“皇婶，本宫只是担心你有事，这才上前询问。”太子这才发现自己此举不合宜，眼眸一转，指着几个护卫道：“皇婶别生气，这几个侍卫不懂事，以下犯上，本宫这就处罚他们，来……”

“太子殿下！”林初九出言打断，虽然一身破衣烂衫，周身的气势却是强硬霸道，丝毫不弱于一身华服的太子，“虽说你是东文的储君，但我也是你的长辈，随意教训长辈的护卫，这就是你太傅教你的？”

太子脸色微变，却没有发怒，而是整了整衣袍道：“这几个侍卫以下犯上，本宫不过是代皇婶处置罢了，想必皇婶不会在意的。”

“我在意。”林初九半点儿面子也不给太子，不等太子开口，又道，“太子，这件事我会进宫和皇后娘娘说的，我想皇后娘娘定会还我一个公道。”

说完，林初九头也不回地钻进马车：“启程，谁敢阻挡本王妃进城，通通碾过去，死了我负责！”

林初九这话声音不小，至少周围的官差和太子亲兵都听到了，本想帮自家主子上前挡住马车的亲兵们，犹豫一下后还是纷纷让路。

真要被碾死了，太子还能为了他们去找萧王妃拼命吗？

做梦吧！

排队进城的一辆马车上，一紫衣男子看到这幕，不由得瞪大眼睛：“东文的太子怎么这么窝囊？”在他们南远，太子的权力可是极大的，一个皇婶算得了什么？

“皇上不喜欢，皇后也不管，他还能有什么本事？”和他同车的男子，一脸嘲讽道。

连萧王妃前晚被人掳走了都不知道，太子简直可以找块豆腐撞死算了。

紫衣男子摇了摇头：“原本还想着，东文有一个平庸的太子必然会败，现在看来，这个太子不过是个靶子，一点儿意思也没有。不过，那萧王妃倒是挺有意思，之前传闻她会医术，能医好孟修远的哑疾，现在看来似乎传言是真的。”

“萧王娶了一个极好的贤内助啊，也难怪太子会急着毁掉她。”同车的男子看着一脸愤怒却不得不忍下的太子，不由得笑了。

太子的想法是对的，只是做法错了。太子出来见林初九没有错，可说了那几句话就足够了，剩下的……

只要让手底下的文官，在早朝时上几封折子，斥责萧王妃妇德败坏、贞洁不在，不配为萧王妃就成了，哪里还需要当街让人难堪?

让萧王妃当街难堪有什么用？那些个普通百姓谁敢传播萧王妃的流言？而且，就算普通百姓敢传那又如何？只要文武百官不提，普通百姓间传得再不堪，也动摇不了萧王妃的地位。

永远看不清问题的关键所在，太子真是令人同情。

因为太子在城门口闹了这么一出，许多人都知晓林初九在城门的事，有好事者一打听便知道了原委，当即就回家写折子去了。

太子想不到的事，不代表别人想不到。他们这群御史不仅可以参萧王妃一本，还能参太子一本。

林相最近与太子关系亲近，不是很嚣张吗？他们现在就把太子的气焰踩下去，看你林相还怎么嚣张。右相一派的官员，摩拳擦掌，准备明天早朝一战……

林初九上了马车后，医圣之心就果断闭嘴了，林初九猜测对方的病可能不严重，或许进城找到了大夫。

马车安安稳稳地回到萧王府，下了马车后，林初九要先去沐浴梳妆，这一次萧王府上下没有一个人敢多说半个字，早早便安排好软轿将林初九抬回院子。

翡翠四人这个时候刚收到消息，正从望风崖下往回赶，院子里只有春喜和秋喜在，两人见到林初九的模样，皆是红着眼，一脸关切，却被林初九打发了出去。

不过是几个月的相处，而且她们两个一心把萧天耀当成主子，怎么可能真的关心她身上的伤，那表情简直假到不能再假了。

身上的擦伤和撞伤非常多，根本没有办法泡浴，林初九洗了头发后，高高地扎起来，拿着毛巾将身上擦了三遍这才满意。

收拾干净后，这才记得给自己上药，将瘀伤揉开，只是背后的伤她看不到，只能稍后等翡翠她们回来了再说。

要揉开瘀伤需要下重力，这个过程非常痛苦，不亚于医圣之心给她的惩罚。而多次被惩罚后，林初九发现自己忍痛的能力又提高了，即使被人往死里下狠手，也不会疼得大叫了。

一番折腾后，林初九已经累得不行，招来春喜和秋喜，让她们准备吃食，又问了一句：“王爷那里有没有传话来？”

“王爷说，让王妃您好好休息。”秋喜如实答道，态度比之前更恭敬。

府上，最尊贵的主子就是王爷和王妃，她们是照顾过王妃的人，现在王妃不用她们，她们根本就没有更好的去路。

“知道了，告诉王爷，我用完膳就去见他。”萧天耀说得好听，林初九却不敢拿大，她相信她要真敢在屋内休息，不去见他一面，那个男人肯定会气死。

林初九猜得没有错，萧天耀这个时候确实很生气，不过他并不是在生林初九的气，而是生太子的气！

一个没有实权的太子，居然敢动他的王妃，简直是活得不耐烦了！

萧王不高兴，太子很倒霉。

“皇后不是很喜欢林婉婷吗？西武的小皇子不是要求娶东文的公主吗？让人给皇上进言，让皇后认林婉婷为义女。”萧天耀倒是想看看，面对心上人嫁给他国皇子，太子是选择江山还是美人。

苏茶听到这话直接喷茶：“天耀，这样真的很好吗？”有必要这么狠吗？太子也就是小闹一通，而且明天还会被御史骂呢。

“确实不太好，西武的小皇子抢了太子的心上人，本王赔他一个好了。南远一心想与东文联姻，让南远公主成为太子妃，南远皇室一定会很高兴。左右一个不是真太子，一个不是真公主，两人也挺般配的。”

萧天耀轻描淡写地又丢出一句，苏茶已经不想劝了：“南远皇帝虽然不是正统，可他现在的皇位已经坐稳了，南远的公主血统上差了一些，可也算得上一国公主。”

不过，和太子也挺配的。太子的血统也不高，可好歹也是皇子，配南远公主还真的挺合适的。

“嗯。”萧天耀难得地没有反驳，可不反驳不表示他赞同苏茶的话，他只是不屑于浪费口水罢了，“既然你闲得很，这两件事就交给你去办。对了，回头让流白给几位御史大人送几封信，本王不希望明天早朝上有什么不好的言论传出来。”

萧天耀丢下这话后，大步往外走，完全不管被他丢下来的苏茶有多可怜。

“王爷，这事不好办呀……”苏茶欲哭无泪，他一点儿都不闲好不好。他不就是和流白一起，趁吃饭的空当谈了几句心吗？至于这么不待见他嘛！

萧天耀刚出门，就听到前来汇报的下人道：“王爷，王妃说她稍后就会过来见您。”

“嗯。”听到这话，萧天耀的心情总算稍好几分。那个女人还算识相，知道乖乖进城，也知道主动来见他。

萧天耀脚步不停，继续往后院走去，方向正好是林初九的院子。

萧天耀的脚步极快，他过去时林初九刚刚用好饭，正在漱口，见到萧天耀过来，林初九一脸诧异，眼睛瞪得大大的，漱口水含在嘴里吐也不是，不吐也不是……

“王妃……”秋喜小声地提醒了一句，林初九这才反应过来，忙将漱口水吐了，拿起一旁的帕子擦了擦嘴角：“王爷，你怎么来了？”不是说了她会过去的吗？

“本王的王妃两天两夜未归，本王不该来吗？”一开口，就暴露了他生气的事实，春喜和秋喜不敢久待，忙不迭跑了出去。

林初九却不害怕，笑着说：“我还以为王爷会很高兴我回来呢，原来王爷一点儿也不欢迎我回来，早知道……我就不那么辛苦回来了。”真当她愿意回来啊，巴巴地派人出城接她，也不知道萧天耀从哪里收到的消息，怎么就那么准呢?

“怎么，你还不想回来了？”萧天耀上前，搂住林初九的腰，将人带到自己怀里，动作粗暴而又野蛮，没有意外地碰到了林初九的伤口。

“唔……”林初九没有痛叫出来，脸上痛苦的神色足以说明一切，萧天耀看到了却没有松手。

林初九实在受不住，开口道：“王爷，你不松手吗？”

“本王还以为你不知道痛呢。”像是惩罚一般，萧天耀的手往上，正好按在林初九左腰的伤口处，猛地用力……

“啊！”林初九痛得大叫，泪水在眼中打转，可她的第一反应不是求饶，而是一把推开萧天耀，“放手！”

萧天耀没有防备，倒真是被林初九推得后退一步：“你竟敢推本王？”

“为什么不敢？”林初九也好不到哪里去，腰疼得直不起来，后退数步，直到扶住床柱这才稳住。

抬头，看到萧天耀正一脸怒容地瞪向她，林初九没有小心翼翼与惶恐不安，眼中只有泪花与讥讽。

她有一肚子的话想和萧天耀说，可一直没有机会，今天她什么都不管了，她要自己高兴。

林初九冷哼一声，高傲地看着萧天耀：“萧王爷，你还当我是那个只能匍匐在地祈求你放过的林初九吗？萧王爷，你没有看到吗？没有你，我一样可以解决掉慈恩堂的事；没有你，我一样可以把我表哥和侄子救出来；没有你，我林初九一样可以活着从对方的手中逃出来；没有你，我林初九一样可以活在这个世界上，并且活得好好的。你说……我要你做什么？我要求你做什么？而我又有什么不敢的？”

林初九才不管萧天耀的脸有多黑，直接将一直想说而不敢说的话全部倒了出来：“你一进门就怪我，一动手就往我伤口上按，你当我不是人呀！武功高了不起吗？身份高又了不起吗？开口闭口就是要我配得上你，那你扪心自问，你配得上我吗？你说你承认我是你的妻子，我就是萧王妃了，以后和你荣辱与共。你有没有问过我，我承认你是我丈夫了吗？我愿意要你这个丈夫了吗？娶我，你觉得自己是屈就，受了天大的委屈，你当我愿意嫁给你吗？你也不想想你娶我时，你自己是什么处境！兵权被夺，双腿又瘸，满京城有几个姑娘愿意嫁给你？还有，你也不看看你比我大多少？我嫁你，我才委屈呢！”

林初九说着说着眼泪就落了下来，到最后直接蹲在地上，抱头闷哭，但还不忘继续说道：“没嫁你之前，我想干吗就干吗，我活得潇洒恣意，谁也不敢惹我，名声差点儿怎么了？可是我高兴。嫁给你后，我除了身份好听一点儿，我有得到什么好处吗？成亲第一天就遇到刺客，讽刺的是，没死在刺客手里，却差点儿死在你手里。为了你，我连娘家都得罪了，可最后你是怎么回报我的？进宫给皇上谢恩，就只有我一个人；一到宫里，皇后就给我上了一杯加了绝子药的茶；萧王府被学子围攻，也是我出面解决；为了医好你的双腿，我受了多少委屈！萧天耀，你扪心自问，成亲至今，我有哪点对不起你？你凭什么认为我配不上你，我都没说你配不上我呢！”林初九一边流泪一边说，每一个字都咬得极重极重，萧天耀原本想要上前，可听到林初九的这一番指责，却是裹足不前……

他对林初九，似乎一直都很苛刻，他知道这对林初九不公，可从林初九嫁给他的那刻起，林初九就没有要求公平的权利。

林初九有一句说得很对，身份高就是了不起！林初九根本就没有资格说他配不上她，只要他的身份摆在那里，林初九就是再委屈再不满，也得给他忍着，因为他是萧王！他是东文一人之下，万万人之上的萧王。这天下没有他配不上的女人，林初九嫁给他，就必须得承受这些，做一个配得上他的女人，而不是奢望他去迁就她、配合她。

再说了，嫁入天家的女人，有哪个不委屈的？皇后不委屈？周贵妃不委屈？可再委屈，这一切也都是她们必须承担的，无论愿意与否。

萧天耀没有上前安慰林初九，他等林初九哭够后，拧了一个干净的帕子，递到林初九面前：“擦擦。”

林初九想不明白没有关系，她很快就会明白的，在这个世界上，只有强者才有资格要求旁人配得上他，林初九现在还没有这个资格说他配不上她。

不过，这一次看在林初九受伤的份上，他不跟她计较。

一通发泄过后，林初九心里的那口恶气发泄了不少，虽然心里依旧不舒坦，却也不至于像刚刚那般疯狂地大喊大叫，至少她可以冷静地和萧天耀沟通，可前提是萧天耀愿意跟她沟通。

林初九看着在她面前弯下腰来的萧天耀，一直在等，可等到的却是“没有”，没有解释，没有说明，甚至连斥责与冷讽也没有。什么都没有！

萧天耀一脸平静，就好像刚刚什么也没发生一样，没有看到她哭泣，没有听到她的话。她就像小丑一样在台上做着滑稽的表演，唯一的观众别说笑脸，就连唏嘘声都没有给她。

真的很挫败！林初九此时就像泄了气的气球，气消了，带来的伤痛却没有消。

接过帕子，看着萧天耀那张没有丝毫表情的脸，林初九从来没有一刻，如现在这般讨厌萧天耀的那张平静脸，还有那双波澜不惊的眸子。

她真是蠢死了，居然妄想萧天耀会解释。闭上眼眸，长长地吐了口气，林初九擦干眼泪，起身为自己倒了杯水，缓解了嗓子的干疼后，这才顶着一双红通通的眼睛看向萧天耀，没什么表情地福了福身道：“王爷，我很抱歉，刚刚失控了。”

“嗯。”萧天耀的脸上仍旧看不出喜怒。

林初九已经没有力气计较什么了，指着门口道：“王爷，你能出去吗？我想一个人静一静。”既然不想和她说话，那就滚蛋。她现在看到萧天耀的这张脸就烦，偏偏他们两个是皇帝赐婚的，就是想要和离也不行。

“不能。”萧天耀拒绝得很干脆，指着屋内的大床，说道，“把衣服脱了，躺上去。”

林初九愣了一下，抬头看一眼，知晓不是自己想的那个意思后，林初九笑了：“我为什么要配合你？”

萧天耀又不是禽兽，他们在一起睡了那么多个晚上，也没见他做什么，又怎么会在这个时候对她下手？

“你的伤需要处理。”在萧天耀看来，这才是最重要的事，可林初九这个笨女人，总是能忽视重点。

“我自己可以处理的，就不劳烦王爷了。”哭得太狠，林初九的声音哑得厉害，说这话时不由得带出一丝可怜的味道。

“背后的伤，你要如何处理？”萧天耀冷声反问，见到林初九一脸倔强，萧天耀难得好脾气地后退一步，“躺下，本王揉开后就出去。”他今晚也很忙。

“你确定？”如果这是萧天耀滚出去的条件，她可以答应，左右她也要找医女，萧王要亲自动手，她没有理由拒绝，不是吗？

“本王一言九鼎。”他还不至于要骗一个女人。

“好。”林初九没有一丝扭捏，背对着萧天耀，大大方方地脱了衣服，露出青紫红肿的背部，坦然地趴在床上，“可以了。”

萧天耀早就知道林初九背上伤得不轻，可近距离看到后还是忍不住倒吸了口气。

许是因为没有及时处理又沾了水，伤得严重的几处似已化了脓，他刚刚按住的地方则是青紫发黑，他的手印还留在上面。

他能理解林初九为何会发那么大脾气了，这样的伤，换作是他也会疼。

微不可闻地叹了口气，萧天耀熟门熟路地找出林初九存放的药，将东西一股脑儿地拿了出来，放在床头的茶几上。

没有说一句温情关心的话，也没有指责林初九刚刚的抱怨多么失礼，萧天耀就像是什么也没有听到一样，倒出药酒给林初九揉伤。

“唔……”炽热的掌心贴在伤口处，林初九却无法产生一丝的旖旎念头，只是咬唇忍着疼痛，实在痛极才轻哼一声，可萧天耀并不会因为她呼痛而减轻力道。

很快地，伤处渐渐发热，也没有之前那么痛了，林初九终于长长地吁了口气，可就在她准备放松一二时，萧天耀突然开口道：“林初九，你在怨本王。”

不是反问，而是肯定，林初九的怨气都能冲天了，萧天耀又不是傻子，怎么可能会不知道？

“我不该怨你吗？”林初九淡淡地回了一句。

她觉得，和萧天耀这种人过日子真的很辛苦，连架也吵不起，有意思吗？

“可以，可你觉得有意思吗？怨是这个世间最廉价的东西，只要本王不在乎，你的怨恨能改变什么？”萧天耀的声音清冷，没有一丝感情，手上的动作却没有停。

“所以，你是不在乎？”林初九一脸自嘲。

“不，本王在乎。本王要是不在乎就不会留下来。”明明是温情的话，萧天耀愣是有本事说得一板一眼，林初九刚升起的那一点激动，也因为萧天耀平静的语气而消退了下去。

林初九一脸嘲讽地道 “王爷，你这是在跟我解释吗？”她以为骄傲如萧天耀，明知错了也不会低头。

不对，萧天耀怎么会错，错的人永远是她。

“解释？那是什么东西？本王长这么大，还没有跟别人解释过什么。”萧天耀理所当然地说道。

林初九苦笑一声……

一人之下，万万人之上的萧王爷，哪里需要跟她一个女人解释什么？她真的天真得可以。

林初九强压下心中的酸涩，一脸不在乎地道：“王爷，你要告知我什么？”

萧天耀不满地皱了皱眉，眼角的余光扫到林初九青紫的背部，心中的那点不满又消散了。

萧天耀低声说道：“林初九，这世间从来没有公平可言，你与本王讲不了公平。本王的身份摆在这里，本王有要求你的资格；你嫁给本王，对得起本王是你的本分，对不起本王才是不应该。”

正因为林初九一心为他，她才能在萧王府立足。不然，萧王府随时都能死掉一个无用的女主人。

“所以，这一切都是我的错。”林初九明白了，萧天耀不仅不认为自己有错，反倒是认为她要求得太多了。

真的是她要求太多了吗？！

“无关对错。”萧天耀又倒了一些药酒在手上，继续给林初九揉另一处伤，林初九又一次疼得闷叫，好半天才缓过来。

萧天耀等她不那么痛后，这才继续说道：“有一句你说得很对，本王的身份高就是了不起，本王的身份高便可以要求你做这做那。反之，你没有这个权利。”不仅仅是林初九没有，这个世间的大部分女人都没有这个权利。

“所以，我为你做任何事都是应该的，你帮我就是没有必要？”归根结底，林初九还是在气萧天耀真的丢下她不管。

挂在崖壁上的那一刻，她多么希望来救她的人是萧天耀。

这个男人可以放下戒备地枕在她的腿上，可以在马车里吻她，为什么就不能来救她呢？

哪怕不曾出现，让她知道他来救她也好呀！

“你明明知道那些人是冲你来的，我是因为你才遇险的，你为什么还能对我不管不顾？你是对我太自信，还是根本不在乎我的生死？”林初九实在忍不住，最终还是把心里的话都说了出来。

女人都是感性的动物，只要萧天耀肯说一句“你放心往前走，我在身后”她就能满足，她林初九从来都不是贪心的人。

“本王说过很多次了，想要做本王的王妃，就不能一味依赖本王，本王能救你一次，不能救你一辈子。”在他身边本身就代表了危险，而且以后的危险会越来越多。

他要是不在乎林初九，就不会给她成长的机会：“林初九，本王说过，本王要的是能与本王携手并进的妻子，而不是躲在本王身后，永远只会指望本王保护的妻子。”

“你是要告诉我，以后每次遇到危险，我只能靠我自己，不能奢望你来救我，对吗？”林初九的心越发地凉了，“我成为你的妻子，我要承受因为你而带来的危险，却不能得到应有的庇护，你不觉得这样对我太残忍了吗？”

“现在对你残忍，总比日后你丢命要强。”萧天耀说得理所当然，林初九却觉得自己很想笑：“你就不怕我现在会丢命吗？”

“不会，有本王保护你。”萧天耀说得斩钉截铁，让林初九想不信都不行，可是……

“你怎么保护我了？”她就不知道萧天耀做了些什么！

难道她不逃出来，萧天耀真的会去救她？

“你在望风崖下所经历的一切，本王都知晓。本王是放你去冒险，去成长，并不是让你去送死。”萧天耀抚着林初九的长发，一下一下，动作轻柔，“初九，有些事不是你看到的那么简单。”

“难怪你那么及时地派人出来接我，原来我的一举一动都在你的监控之下。”林初九发现她果然是太贪心了，前一秒只希望萧天耀说一句在乎她，现在知道萧天耀没有让她去送死后，又想要更多。

“并不是监视，是保护。”最初确实是为了监视，因为他不相信林相的女儿，不相信太子的准未婚妻，不相信皇上赐给他的女人。

林初九眨了眨酸胀的眼睛，将眼泪眨了回去后，挡住萧天耀的手，抱着衣服坐了起来，扭起小脸看着萧天耀，骄傲地说道：“王爷，既然我的一举一动你都知道，想必你也知道是谁救了我。我昨晚一整晚与一个陌生男子在一起，一路搂搂抱抱的，还共乘一骑，想必王爷也是知道的？”

林初九承认自己很坏，可凭什么只有她一个人难受？

就因为她嫁给了萧天耀，就因为他们是夫妻分离不开，就因为她不小心喜欢上他，所以她就要步步退，一直忍？

“嗯，知道。”萧天耀垂眸，沉吟片刻后，说道，“魔君重楼的事，以后有机会说给你听。”这个身份现在还不能拆穿，知道的人越少越好。

“你和他认识？”如果是这样的话，林初九就能理解为何每一次，魔君重楼都能在她遇到危险的时候，恰到好处地出现。

第一次在城外可能是巧合，但这一次绝不是。

“嗯。”这也不算撒谎，他当然认识他自己。

林初九愣在当场，好半天后才道：“你是想说……魔君重楼是你找来保护我的人？”如果是这样的话，她似乎没有怨的理由了。

可为什么心里还是不舒服，真的是她想要的太多了吗？

"嗯，本王不方便出城。"不是他找来的，可也是为了保护林初九。

"那你为什么不告诉我？"林初九的眼中泪光闪耀，百般滋味袭上心头，又酸又涩。

"有必要吗？"萧天耀眉头轻皱，总觉得有什么不对。

"当然有必要了，至少你要让我知道，你在乎我的生死。"林初九真想给萧天耀一刀，把他的脑袋剖开，看看他到底在想什么。

"本王说过，在乎。"这还不够吗？

"是我傻了。"吵到这里，林初九突然发现她吵不下去了，或者说她已经没有办法和萧天耀沟通了……

第十章　夜探天藏阁

萧天耀言出必行，帮林初九将背后的瘀伤一一揉散后，便起身离去。

离去前，在林初九背上烙上一个吻，拉过被子给林初九盖好："别再多想，好好休息。"

音调很低，语速很慢，没有任何的情绪起伏，和平时没有什么两样，就好像一切不曾发生过，他们之间依旧和之前一样。

事情的掌控权，永远都在萧天耀的手里，他想要两人和好，便能瞬间和好，林初九的意愿从来都不重要。

林初九趴在床上，眼泪止不住地往下流。

她想怨，可她却发现，她连怨恨的理由都没有。活到她这个份上，真是没有意思……

林初九趴在床上一动不动，萧天耀走之前是怎么样，现在还是怎么样。

萧天耀从林初九的房间出来后，便回到书房，让下人招来流白："天藏阁说了没有？"

"没有。"流白承认，想要撬开天藏阁的嘴，真的很难。

"你查出来没有？"萧天耀又问，流白再次低头："没有。"

萧天耀抬头看了流白一眼，那一眼是深深的失望，流白不安地低下头，心里隐隐有种不好的预感。莫不是天耀知道了，墨姑娘约他的事情了吧？他只是去见了一面，真的什么也没有做，更没有答应墨姑娘什么。

流白的心底忐忑不安，面上却努力保持平静，他自以为自己做得很好，却不知他的眼神早已出卖了他，只是萧天耀不屑和他计较罢了："出去。"

是夜，一袭黑衣的萧天耀出现在天藏阁刚建好的分阁，没有惊动任何人，萧天耀直接来到胖特使的房间。

悄无声息地走近，森冷泛着寒光的长剑，架在胖特使的脖子上，在对方还没反应过来之前，拖了一把椅子过来，在床边坐下。

“英雄……”胖特使不是被剑的杀气惊醒，而是被椅子拖动的声音惊醒，一睁眼就发现自己脖子上架了一把刀，借着屋内的月光，隐隐能看出来者不善。

“不过数日未见，特使就忘了本王？”萧天耀开口，声音听不出喜怒，语速一如既往地缓慢，可胖特使却在心里直打鼓：“萧，萧王，您，您怎么来了？”他招谁惹谁了，不过是卖点儿消息罢了，至于隔三岔五就被人用剑威胁吗？

“本王的人买不到消息，本王只好亲自跑一趟。”说话间，萧天耀手中的剑往前送了两寸，“特使，需要本王再重复一遍吗？”

“不，不，不用……”胖特使快要吓尿了，小心翼翼地推开离脖子越来越近的剑，“萧王，有话好好说，你要的那个消息不是我不卖，实在是我也不知道。”

“本王相信天藏阁的信誉，那个消息就算了，本王现在也不想知道了。”萧天耀收回宝剑，却没有放回剑鞘，而是将剑放在桌上，“说说，望风崖下是谁的据点？”

“王爷……”胖特使快给萧天耀跪了，萧天耀的这两个问题有区别吗？

“在望风崖占据多时，天藏阁要是还不知道的话，本王可不信。”萧天耀轻弹剑尖，只听剑身发出“嗡嗡嗡”的一阵轻颤。

胖特使吓得直接从床上滚了下来，正好滚在萧天耀的脚边，胖特使也不起来，就这么趴在萧天耀的脚下道：“王爷，我真的不知道，那地方平时少有人去，我们也不会特意去查呀。”

“月影出，天无藏。没有天藏阁不知道的消息，特使这是要自砸招牌？如果真是如此，本王不介意再拆一次。”

这绝对是赤裸裸的威胁，胖特使真的要哭了：“萧王，我们就是江湖人，混口饭吃，求求您高抬贵手，放过我们吧！”再这么下去，他这个特使真是不用混了。

卖情报虽然赚钱，可也经不起萧王隔三岔五拆他们的楼呀。

“怎么，天藏阁不卖情报了？”萧天耀故意误解胖特使的话，胖特使这会儿已经哭不出来只能干号了。

可是，萧天耀可没有心情听他干号，再次握起宝剑，剑尖指向胖特使：“本王耐心有限，本王数三声，没有结果本王不介意结果了你。”

“三……”萧天耀完全不给胖特使思考的时间，立刻就数了起来。

“二……”中间没有刹那停顿，一个接一个，“一。”

“我说，我说，我说……”胖特使已经感觉剑尖刺进他的肉里了，他要真不说，萧王真会杀了他，而且……就这么杀了他，还没有人知道是谁下的手，他死了也是白死。

胖特使想也不想，直接就把人卖了：“是皇上，是皇上的人。皇上的密探在那里有一个据点，具体在哪个位置我也不知道，我们的人只是偶尔看到过一次。”

“很好。”萧天耀满意地收回宝剑，随手拍了一张银票在桌上：“本王很欣赏天藏阁银货两讫的办事原则。”

胖特使一脸苦笑，甚至笑不出来：他不欣赏萧王霸道强势的作风行不行？

得到消息后，萧天耀便没有再为难胖特使，而是正大光明地打开门，门外是听到动静而赶来的护卫，只是他们还没有动就被胖特使喝退了："睁大你们的狗眼看清楚，萧王你们也敢拦？"死在萧王手下，可没有人为你们报仇。

护卫们一听，一个个后退半步，将路让了出来。

萧天耀就像是没有看到一般，脚步不停，如同暗夜的帝王，优雅离去，那背影能把胖特使气死……

过分吗？

知道动手的人是谁后，萧天耀也就没有必要客气了，皇上手底下有一支暗探，这事萧天耀一直都知道，也知道这支暗探的首领是谁，只是他以前一直觉得，有些事，不能赶尽杀绝，不然狗急了也会跳墙。

但这一次皇上和他的密探着实是惹恼了他，既然敢找他的麻烦，那就要有付出代价的觉悟。

萧天耀连衣服也没有换，顶着自己辨识度极高的脸，出现在一条暗巷里，轻轻一跃便来到一间普通得不能再普通的民房，可是一进去就发现，这间房子一点儿也不普通！

萧天耀这样的高手一进去，立刻就被人发现了，甚至第一时间便被数十人团团围住！

"什么人？胆敢私闯民宅。"萧天耀背光而站，黑衣人看不到他的脸。

"民宅？本王怎么不知道这宅子什么时候变成了民宅？"萧天耀并不避讳自己的身份，一张口便点明了自己的身份。

"你，你是……萧王？"黑衣人上下打量萧天耀一眼，大胆猜测道。

"是本王又如何？"萧天耀转过身来，手中的宝剑始终没有拿出来，可就是这样，黑衣人握刀的手也忍不住颤抖："不，不知王，王爷大驾光临，有何贵干？"

"这般不禁吓，也敢动本王的人。"萧天耀声音一冷，似有无数的寒气从他身边冒出，整个院子的气氛顿时森冷下来。

"发生了什么事？"刚受过罚的密探头子，早就听到外面的动静，本以为很快就能解决，不想半天过去也没有听到动静，不由得问了一句。

"老大，萧，萧王来了。"黑衣人连滚打爬地跑了进去，不多时就听到屋内传来什么摔碎的声音。

"萧王？他……来干什么？"莫不是发现了什么？

黑衣人还来不及回答，就听到萧天耀道："想要知道本王的来意，何不出来问问本王？"

话说到这个份上，密探头子确实不好再躲，只得在手下的搀扶下走了出来，给萧天耀行礼："小人给王爷请安，王爷千岁千岁千千岁。"

"本王当不起你的礼。"萧天耀的话虽如此说，可也没有叫人起来的意思，只是居高临下地俯瞰着密探头子，直把对方看得忐忑不安，双腿哆嗦，这才开口道："连本王的王妃也敢动，你们的胆子可真是越来越大了。"

"王爷，你在说什么了？小人不懂。"密探头子低头，不敢让萧天耀看到他此时的表情。

“不愧为皇上身边的得力干将，很会装傻。”萧天耀以赞赏的语气，说着羞辱人的话，密探头子脸色大变，双手不由自主地握紧，身子也绷成进攻状态，随时都能跃起，朝萧天耀发起进攻。

“怎么，难道还想对本王动手？”萧天耀将手中的剑抽了出来，指着密探头子道，“正好，本王今晚就是来取你性命的。”

“小人不敢。”密探头子在心里倒是想要奋起反击，可他和萧王的差距摆在那里，别说是他，就是全院的人加起来，也不是萧王的对手。

密探头子强压下胸口的怒火，赔着小心道：“不知小人哪里得罪了王爷，还请王爷恕罪。”

“哼……”面对装傻充愣的密探头子，萧天耀一点儿耐心也没有，直接举剑刺了过去，密探头子脸色大变，猛地往后退去，看他的动作就知道他早有准备。

“王爷，有话好说。”密探头子闪躲间，不忘给手下的人使眼色。

单打独斗和群攻，他们都不是萧王的对手，可这里是他们的地盘，这里虽不至于机关重重，可要人命的东西却不少，只要萧王踩进陷阱，那就必死无疑，可是……

“本王玩这套时，你还不知道在哪里混。”萧天耀冷讽了一声，反手一剑，剑气一扫，朝屋内跑的四人应声倒下。

“快，拦下萧王。”密探头子知道萧天耀不上当后，立刻命令手下缠住萧天耀，好让他有逃跑的机会。

“不自量力。”萧天耀语气不屑地冷哼一声，纵身一跃便拦住了密探头子的去路，一个剑花扫来，待到萧天耀收剑时，密探头子已经一脸是血，左手腕更是被齐齐斩断，血流不止。

“萧王，你欺人太甚！”密探头子狂怒，这个时候也顾不得逃跑，右手抢过手下的刀就和萧王拼了起来。

可他哪里是萧王的对手，不过十余招，就连连败退，手上的刀被萧天耀打飞了出去。

“本王给你一个痛快。”话落，宝剑平平稳稳地扫向密探头子的脖子，密探头子右手上的刀，还保持着朝萧王砍来的方向，可他的脑袋却飞了出去。

“告诉皇上，这叫礼尚往来。”杀了密探头子后，萧天耀便收手，没有继续打下去。

不过十来人，就算全杀了也影响不了皇上的密探营，他不过是给皇上一个警告。

黑衣人看着瞬间横死的老大，一个个气愤不已，偏偏又不敢上前，一个个距离萧王数十步远，虎视眈眈又战战兢兢。

萧天耀连看都没有看他们，将剑身擦拭干净，纵身跳上墙头，踏着月色而去。

萧天耀走得潇洒，院子里的黑衣人却是乱了，他们几个根本没有面圣的资格，更何况这三更半夜的怎么进宫呀？

“怎么办？”头儿死了，他们这些人保护不力，不知会不会受牵连？

“进宫。”黑衣人中，权力最大的一人开口道，其他人听罢也没有反对。

“我们没有资格进宫。”平日里老大防他们防得紧，他们根本没有机会进宫。

“拿老大的令牌，我们走。”黑衣人抹了一把脸，一脸坚决。用盒子将密探头子的首级装好，一群黑衣人匆匆进宫。

皇上今晚正宿在玉美人宫里，因为墨神医的事，皇上不可能做什么，他只是来安慰墨玉儿，并给墨玉儿一些空洞的许诺罢了。

将玉美人哄好后，皇上正准备好好睡一觉，不想刚入睡，就听到心腹太监在门外喊他起床。

皇上知道这个时候，心腹太监敢喊他必然是重要的事，不管墨玉儿有多不高兴，皇上都把人丢下，直接走了。

路上，皇上迫不及待地问道：“发生什么事了？”

“皇上，密探那里出事了，一号死了。”一号就是密探头子。

“什么？”皇上脚步一顿，“什么人下的手？”

“是萧王，萧王查到一号头上，拿一号给萧王妃出气了。”心腹太监将刚听到的消息，提出重点禀告。

“天耀？为了一个女人，他居然敢对朕的密探出手，还真是出息了。”皇上怒不可遏，匆匆赶去御书房。

同一时刻，萧天耀也洗去一身的血腥味，回到房内，他没有和往常一样将林初九拥到怀里，而是躺在她身边，轻轻地合上眼眸。

林初九一直都没有睡，当萧天耀躺下时，林初九就闻到了萧天耀身上的竹香味，比平时浓了许多，就好像那晚杀了人，为了掩去身上的血腥味，特意多放了一倍的熏香一样。

只是不知萧天耀今晚杀了谁？林初九带着不解，缓缓进入梦乡……

今日是大朝会，文武百官齐聚，而早朝上，如萧天耀所想的那般热闹，御史一股脑儿地弹劾太子品行不端、不尊长辈、无储君气度。几个文官你一言我一语，把太子犯的小错一一放大来说，每一件事都能扯上江山社稷。

文官的笔就是他们的战刀，只需要一支笔，他们就能把太子写得十分不堪。

御史们为了弹劾太子也是拼了，不仅把太子在城门口刁难林初九的事说了一遍，甚至很久以前，林初九进宫谢恩，在宫门口被太子拦住的事，也被文官们拎出来指责了一通。

“冲撞萧王妃一次可以说是意外，那么两次呢？有些事可一不可二，太子已经不是小孩子了，他乃一国储君，皇上您不能再纵容太子殿下，皇上您纵着太子殿下就是害他呀。”一位银发老臣，痛哭流涕，恳求皇上重惩太子，好让太子受到教训，下次就不会再犯同样的过错。

如果不是他提的惩罚过重的话，众人都要以为他真是为了太子好。有人开头，其他人亦纷纷附和，林相倒是想开口求情，可这次右相那一派系的官员抓住了太子的大错，又怎会给林相等人说话的机会？

碍于萧王的威胁，他们不敢说萧王妃的不是，难道还不敢说太子的不是吗？

皇上起先并不吭声，底下的文官便以为皇上还没有下决定，双方越吵越凶，吵到最后完全无视了皇上的存在，直接把大殿当菜市场，吵得不亦乐乎。

右相派系的人，死咬着太子不敬林初九的事，立场坚定地认为太子要重罚。

证据确凿，林相一系的人所能做的就只剩下狡辩，可在场的文官哪个嘴皮子会弱？你拿不出有用的东西，光凭嘴皮子狡辩就能草草了事？做梦！

林相一系的人为保太子，被逼得实在没有办法，只好拿林初九衣衫褴褛出现在城门口的事说事。有个愣头青在旁人的一激之下，便道："萧王妃妇容有失，行为不检，在城门口大吵大闹，丢尽皇室颜面，太子上前不过是为保天家颜面，何错有之？"

林相派系的人这话一落，大殿立刻安静了下来，右相派系的官员完全不接话，一个个笑呵呵地站在原地。总算等到林相的人自己说出这句话了。

右相高深莫测地看了林相一眼，似笑非笑地收回眼神，林相暗道不好，果然，一阵静寂过后，右相便上前一步道："皇上，萧王妃嫁入皇室时日不多，许多规矩怕是还没有学会。此事与皇家无关，应是与萧王妃的娘家教导有关。"

御史们怕萧天耀，不敢轻易提林初九的事，但并不是人人都怕他。像右相他不仅不怕萧天耀，还恨得牙痒痒。只不过有些事他不提，既然现在有人提出来，右相当然不会放过这个机会。

当然，右相很清楚，想凭借这件事拉下萧王爷是不可能的，他只能给萧王府抹点黑，顺便再给林相添点堵。

林相自是不肯同意，只是这个黑锅他要不背那就得要皇家背，林相转念一想就明白了右相的诡计，心里暗骂倒霉女儿，非但不会给家里带来好处，反倒一再添乱。

林相上前，辩解的话变成请求："臣教女无方，连累了太子，恳请皇上责罚。"

林相为了保住太子，不惜把所有的过错都背到自己身上，右相见状不由得摇头：果然还是根基浅，见识少了。皇上还年轻，林相这么拼命地保太子，皇上会高兴吗？皇上当然不会高兴，不过林相是他手中甚为得用的棋子，在没有找出另一颗棋子之前，皇上是不会舍弃林相的。再说了，林相之所以拼命保太子，不过是太子与林家二小姐那么点儿事罢了，只要林家二小姐不可能成为未来的太子妃，那依林相的精明与势利必然不会与太子走太近。

皇上当廷训斥了林相几句，末了又罚太子思过半个月，便将此事放下。

虽说右相一派的人，对皇上这种高高举起轻轻放下的举动有些不满，可右相心里明白，皇上还要靠林相这个寒门弟子来打压世家，他想要扳倒林相几乎不可能。

左右皇上已经处罚了太子与林相，就表明此战他们赢了，右相对此很满意。再说了，今天早朝的重点可不是太子与萧王妃，今天早朝的重点是萧王！

旁人也许不知，消息灵通的右相却是早就知晓了，他现在只等着看好戏。

参萧王的人，没有意外正是皇上的心腹，监察院御史周柯周大人。周大人一向言辞犀利，他的折子也是这个风格，周大人在折子上直指萧王暴戾，滥杀无辜，仗着自己武艺高强，无视宵禁，半夜出府杀人，简直是目无法纪，不把朝廷律法放在眼中。

周大人乃帝王心腹大臣，平日里不显山不露水，可诸如弹劾权贵之类的事，皇上都会交给周大人来办，简单点说周大人就是皇上的另一张嘴，他把皇上想说而不能说的话，一一说了出来。

周大人的意思就是皇上的意思，林相与右相平时怎么斗都可以，此时绝不能斗，两人很有默契地联手，作为当朝丞相，他们不会附和周大人的话，只是给皇上一个拿萧王问话的台阶。

“皇上，天子脚下，半夜杀人，此事事关重大，不可凭周大人一人之言就断萧王的罪，还请皇上彻查此事。”林相与右相一前一后上前，纷纷表明自己的态度。

“不管是何人，不管是什么身份，胆敢半夜在天子脚下行凶，必不能轻饶。”

林相与右相一唱一和，皇上便顺着两人搭的台阶，召萧天耀进宫问话。

圣旨传到萧王府，第一时间就传到了林初九的耳朵里，萧天耀前脚进宫，苏茶后脚就跑来找林初九，进门就安慰道：“王妃，你不用担心，王爷一定不会有事的。”

“我没担心。”林初九抬头望向苏茶，平淡的神色中根本看不出一丝担忧。

还真是不担心?

“王妃，王爷可是杀了皇上的心腹，你真的不为王爷担心吗？”这人还是为你杀的呀。

“为什么要担心？王爷杀人前没想到这个可能吗？”林初九不答反问。

苏茶苦笑：“王爷这次杀人，应该没有想过后果。王妃，你不知道，王爷一遇到你的事就没了平时的精明。你失踪的消息传来，王爷一直坐立不安，一连下错了好几个决定，直到你平安的消息传来，王爷这才冷静下来，而且一收到你平安无事的消息，王爷就立刻安排护卫去接你，生怕再出哪怕一点的意外。”

“哦，是吗？”林初九淡淡地应了一声，一点儿也不感动。

苏茶心中一惊，暗道不好，再接再厉地说道：“王妃，王爷他那人虽然闷了一点儿，自以为是了一点儿，霸道了一点儿，可他对自己人是真的好。你看流白那么笨，王爷也没有嫌弃过他。”

“嗯。”林初九很给面子地应了一声，表示自己听到了。

和苏茶相比，流白确实笨了一些。

苏茶说得口都快渴了，就得来这么一个回应，一时间备受打击。不过，他很快就从打击中恢复过来了：“王妃，你是不知道，你失踪的这两天，我和流白两个人简直是苦不堪言，王爷嘴上说不管你的死活，可私底下不知道做了多少，甚至还亲自跑到天藏阁要消息。王妃，我知道这件事你受了委屈，可王爷在府上也是担惊受怕的，要不是这样，他昨晚也不会巴巴地把绑你的人给杀了。”

苏茶说到昨晚的事，就忍不住咬牙切齿道：“王妃，你说王爷这么大的人了，怎么还这么冲动？他要杀人就杀呗，咱们有的是办法悄无声息地弄死一个人，可他愣是顶着真身，毫不避讳地把人给杀了，还让人把事情捅到皇上面前，你说这是什么原因？”

“什么原因？”林初九很给面子地问了一句。一向口若悬河的苏茶再次傻了，忙端起桌上的茶杯大喝一口，压了压惊后才道：“王妃，您在逗我玩吗？”

他都把话说到这个份上了，王妃这是真傻还是装傻？

“你跑来找我，和我说这么多的话，要说逗人玩，也应该是你在逗我玩吧？”林初九看着苏茶，平静的眸子似能洞悉一切，苏茶有着片刻的慌乱，别开脸不敢与之对视，林初九却不肯放过他，问道：“今天你来找我，还特意说了这一番话，是你的主意还是王爷的意思？”

“我……我的主意。”早上王爷一张脸黑得跟锅底似的，苏茶琢磨着问题的根源肯定在林初九身上，这不就来探探口风嘛。

这次的事和以往任何一次都不同，这一次就是他和流白都觉得王爷做得有点过了，他这不是怕王妃不高兴，特意来为王爷说两句好话嘛。

“原来是你自己的主意。”林初九意味深长地看了苏茶一眼，“我真的很期待王爷知道你说的这些话后，会怎么揍你。”

“王，王妃，是你说错了，还是我听错了？”苏茶往后瑟缩了一下。

为什么，他有一种不好的预感？他做错什么了吗？

“你没听错，我也没有说错。”林初九知道苏茶心急，可她却不急着说，捧起茶杯慢悠悠地喝了一口后才道，“原本我还不知道，王爷昨晚杀的是谁，现在总算是明白了。”

“这，这有什么关系吗？”他是不是好心办坏事了？

“当然有……王爷为了我，不惜暴露真实身份，去杀绑架我的人，你想说王爷有多重视我，有多在乎我。”林初九一副我很感动的样子，苏茶却只觉得违和。

“这，这有什么不对吗？”苏茶胆战心惊，同时在心中暗暗祈祷，千万不要是他想的那样子。

女人可没有那么聪明，他们家王妃虽然比一般女人眼界宽了一点儿，可陷入感情中的女人，有几个能保持理智的？可是，天不遂人愿！

“没有什么不对的，全天下人都知道王爷有多在乎我，多好呀！”林初九说这话时，透着一股悲凉，“王爷原本没有弱点，皇上忌惮他手上的兵权，忌惮他的武功高强，却不知道从哪里下手。现在多好，有我这么一个弱点存在，只要扣住我就能钳制住王爷，你说是不是很好用？”

真，真的知道了！

苏茶脸色一白，有片刻的不自在，不过很快就恢复过来，语气无比镇定地说道：“王妃，事情不是你想的那样。”

“那又是怎样？”把一切都想明白后，林初九反倒能安心了。

至少，她知道萧天耀要做什么，这么一来她也明白自己该怎么做了。

“王爷……他是真的在乎你、重视你，并不是在做戏。”这一点苏茶可以发誓，作为天耀的好兄弟兼手下，他清楚地看到了天耀成亲以来的改变。天耀是真的把林初九放在心上的。

“我知道。”林初九点了点头，淡淡地道，“皇上不是傻子，王爷是不是真的在乎我，他还能分辨不出来吗？”只是，这份在乎还是不够把她放在心尖上，所以才能任由她冒险。

“呼……吓死我了，我还以为王妃你会生王爷的气呢。”苏茶听到林初九这么一说，长长地松了口气。

女人聪明有聪明的好处，虽然不好骗，可有些事却能一点就透。

林初九轻轻一笑，不无自嘲道："你们家王爷说，我生气与怨恨都改变不了什么，他的身份注定了我只能配合他。"

"这个……王爷虽然说得刻薄了一些，事实确实是如此，身份有时候能决定很多事情。"苏茶这样说着，心里却着实忍不住暗骂了一句：蠢王爷。

这种事只能做不能说的，说出来不是让人生气嘛！

"确实……"林初九苦笑一声，随即又若无其事地道，"王爷什么时候出征？"

"一个月内，快的话半个月也有可能。"苏茶毫不防备，等到他说出来后，这才发现自己说了什么。

苏茶一脸懊恼，哭丧着脸道："王妃，能不能假装我今天没有来过，我说的话你都没有听到？"

他今天是怎么了，一再坑天耀，要让天耀知道了，他还有活路吗？

"不能呢，你知道的，我身边有不少人，我们今天的谈话一定会被第一时间送到王爷面前的。"林初九起身，笑语嫣然地说道，"时辰不早了，我和舅舅说了要去看外祖母的。苏茶公子，失陪了。"

林初九优雅地离去，留下苏茶一个人趴在桌上装死。

他好像犯错了，还是大错！

下午，萧天耀好不容易才把皇上摆平，回到家中却被曹管家告知："王妃上午去了蒙家，说是要亲自照顾蒙老夫人，并在蒙家小住一段时间。"

萧天耀脚步一顿，点了点头，表示自己知道了。

曹管家想了想，还是补了一句："王爷，苏公子上午找了王妃说话。王妃和苏公子说完话，就说要去蒙家。"曹管家发誓，他真的不是告状，他只是实话实说，免得王爷不高兴时找错人。

"苏茶？让他来见我。"萧天耀大步朝书房走去，曹管家根本跟不上，当然他也不打算跟过去。

苏茶为了表示自己坦坦荡荡，没有犯错，他并没有躲着萧天耀，听到下人来报说萧天耀要见他，他心里虽有不安，面上却没有表露出来，和往常一样从容优雅地走了进来。

他特意不敲门，以免像流白那个蠢货一样，画蛇添足反倒暴露了自己的心虚。

"天耀，你找我？"苏茶推门而入，很自来熟地在下首的位置坐下，比以往每一次都要随性。

苏茶却是不知，他这副模样和流白敲门进来时的表现，有异曲同工之妙。

萧天耀扫了苏茶一眼，开门见山地道："听说，你上午去找了王妃？"

"是呀。"苏茶的表情有着片刻的不自然，不过为了表明自己没有心虚，苏茶故作惊讶地问道，"有什么问题吗？"王爷到底听谁说的，他明明已和下人打了招呼，不要告诉天耀他去找过王妃的事。

萧天耀一看就知道苏茶心虚了，冷声道："你和王妃说了什么，才会令她去蒙家长住？"

"什么？王妃去蒙家长住了？这怎么可能？王妃不是说去蒙家看望老夫人的吗？"苏茶这下彻底慌了，"天耀，你要相信我，我真的没有煽动王妃离家出走！"真不关他什么事呀！他真的是好心，比珍珠还真。

萧天耀哼了一声，摆明不信。

林初九昨天就让人给蒙家传了信，而且她一身的伤还没有好，要是没什么的话，怎么会突然决定在蒙家小住。

"王爷，你要相信我呀。"苏茶一脸着急，不需要萧天耀问，当即倒豆子似的把上午他和林初九说的话，一一说给萧天耀听。

"天耀，你看，我真的是为了帮你，我一直在劝说王妃，根本没有煽动她离家出走，这真不关我什么事。"

"确实……"是帮忙，不过是帮了个倒忙。

萧天耀已经不想再和苏茶说话了："你以后离流白远一点。"免得和流白一样笨。

"流白怎么了？"苏茶很聪明地转移话题，把战火转移到流白头上，而且一点也不心虚。

死道友不死贫道，流白皮粗肉厚的，就是被天耀削一顿也没什么，他可就不同了，他这么瘦弱，真要被天耀揍一顿的话，好几天都会起不来的。

萧天耀没有回答苏茶的话，只让苏茶赶紧滚蛋。

他昨天好不容易才把人哄好，被苏茶这一番话又打了回去，简直是欠揍！

苏茶半刻不停，立刻滚蛋去找流白，凭借三寸不烂之舌，终于从流白的嘴里问出原因。

苏茶当即大惊，手中的杯子啪的一声摔落在地，碎瓷片砸在他的脚上，他一点反应也没有，只是一脸失望地看着流白。

"你，你居然私下去见墨玉儿，你疯了！？"苏茶简直想要晕倒，他就没有见过比流白更蠢的人，简直让人想要扇他两耳光。

流白虽然知道自己做得不对，可被苏茶这样指责他还是很不高兴的，梗着脖子道："我只是去见她一面而已，我并没有答应她什么。"

"见她一面还不够？你还想答应他什么？"苏茶怒极反笑，"流白，你知不知道墨玉儿的身份？她现在是皇帝的女人！你是什么身份？你居然私下与皇帝的女人见面，你还嫌天耀的麻烦不够多吗？"

"她是被人陷害的，她并不愿意当皇帝的妃子。"流白极力忽视重点，苏茶听到他这话更气了："她确实是不想做皇帝的女人，她想嫁给天耀嘛！她也不拿把镜子照照，就她那模样也能入得了天耀的眼？简直是癞蛤蟆想吃天鹅肉。"当然，癞蛤蟆是墨玉儿。

流白皱眉道："苏茶，你什么时候说话这么刻薄了？墨姑娘她刚死了父亲，她找我并不是为了天耀，只是想让我帮帮她，让她见她父亲最后一面。"

"死了父亲，哼……怎么，你同情她了？她父亲怎么死的，你别告诉我你不知道。她父亲那是罪有应得，她父亲不死就会死更多的人。”苏茶对墨神医一点儿好感也没有，更不用提墨玉儿。

“不管墨神医为人多恶劣，他总归是墨姑娘的父亲，墨姑娘想要见他最后一面并没有错。”流白温言劝说，想要苏茶别那么生气，不想苏茶更生气了：“流白，别在这里自欺欺人好不好？墨神医所做的一切，你当墨玉儿什么都不知道吗？墨玉儿并没有你想的那么纯洁美好，还有什么叫不甘愿当皇帝的女人？她要真不甘愿，怎么不见她去自杀？她要以死来保住自己的清白，我反倒会欣赏她。”

“苏茶，你……”流白被苏茶堵得哑口无言，苏茶仍旧得理不饶人：“我怎么了？我说得太对了是不是？就那么一个贱人，也就你当宝。”

“苏茶，闭嘴！”流白抬手，一副要打人的架势，这下可把苏茶惹毛了。

苏茶直接走到流白面前，主动凑上去道：“怎么？要打我？为了那么一个贱人，你连兄弟也打？好呀，你打，你打啊！”

“苏茶，你别太过分了。”

“我过分？我怎么就过分了，老子就是再过分，也不会为了一个女人打兄弟。流白，你要是有种，你今天就打，把我打死在这里！”

苏茶死贱地将脸凑了上去，流白却是连连后退，直到被苏茶逼到死角，退无可退，这才一把推开苏茶：“苏茶，我不想和你说话。”说完，从苏茶身边走过，大步往外走去。

他需要冷静一下，好好想想他和墨玉儿之间的事。

苏茶跌坐在地，吐了口气，拂了拂额前的碎发，很帅气地道：“看在我这么拼命把事情问出来的份上，天耀应该不会生我气了吧？”

萧天耀收到暗卫报来的消息，摇了摇头……

幸亏苏茶把事情问了出来，不然要让旁人抓到把柄，流白就惨了。

私会后妃的罪名，足以要他的命！

萧天耀查出流白失常的原因后，必然要着手处理此事。流白大大咧咧，自认为自己与墨玉儿之间清清白白，便不将私下见面的事当回事，但旁人可不会这么想。

在后宫那种地方，你什么都不做还能生出一点事来，更别说你做了。

周贵妃早在昨天，就收到了墨玉儿与人私下见面的消息。不过，知晓流白与萧王的关系后，周贵妃就将此事丢在一边了。

处理墨玉儿的机会多得是，不急在这一刻。她欠萧王府一个天大的人情，这事无论如何都不能由她提起，至于萧王府的人能不能把此事抹平，那就与她无关了，她没有把这件事捅出来，就已经是仁至义尽。

萧天耀和苏茶的反应算是极快的，在宫里其他的妃子要出手时，就提前将墨玉儿身边的人全部处理干净，让自以为拿到人证物证的宫妃们一个个傻眼了。

好好的人，怎么突然就暴毙了？

墨玉儿事后亦是心惊肉跳，她完全不知道发生了什么事，还是皇后受不了她的愚笨，派人点醒了她，她才明白自己犯了多大的错。

进了宫的女人，不管皇帝看不看得中你，你都得乖乖地待在宫里老死，私下与外男见面是大忌，这种事皇上一般不会张扬出来，但也不会留你的命。

宁可错杀，绝不放过。这么多年来，皇上一向便是如此处理此类事情的，清不清白对这座皇宫来说，并不是多么重要的事。

墨玉儿与流白的事，是萧天耀私下解决的，这件事本不应该流出来，可萧天耀却让人将消息送给了林初九。

林初九自己一身是伤，不可能亲自照料蒙老夫人，蒙家几位老爷也不可能真的让林初九这个萧王妃亲力亲为地照顾蒙老夫人。林初九在蒙家享受的是贵宾级的待遇，住在老夫人的院子，可以自由进出蒙家，同样萧王府的下人也能自由进入蒙家。

林初九看到萧天耀让人送来的消息后，不由得失笑问道："王爷有交代什么吗？"

"王爷说，明天他会亲自来看望蒙老夫人的。"话中潜台词是，萧天耀明天会来接林初九回去。

至于为何不是今天来……

手上的这份消息就是理由了，萧王爷今天很忙。

"告诉王爷，我外祖母的病情已经稳定了，就不必劳烦王爷亲自跑一趟了。"林初九出言婉拒。

她暂时还不想回萧王府，她还不知道要如何与萧天耀相处。

"王妃，文昌孟家给您下了拜帖，三日后要上门拜访王妃，王爷已经同意了。"也就是说，林初九明天不回去的话，三天后也是要回去的。

是萧天耀亲自来接她回去有面子，还是自己回去有面子，聪明的女人都知道该如何选择，可就是因为知道，林初九才生气。

混蛋，能不能别老玩阴招！

"那就告诉王爷，我明天去拜访文昌孟家。"真当她没有法子呢。

传话的人似乎早已料到林初九会这么说："王爷说，南远的公主与西武的皇子五天后抵京，皇上欲为他们接风洗尘，王妃您要出席。"

总之，林初九不可能在蒙家待太久，早晚是要回去的，明天萧天耀亲自来接，可谓是给足了林初九面子，林初九要是拒绝也没有关系，最迟五天后她就得自己回萧王府。

身份带来无尽好处的同时，也带来了无尽的麻烦。林初九享受着萧王妃这个身份所带来的特权，同时也要为这个身份服务，迎接西武皇子与南远公主的宫宴，她必须参加。

林初九暗暗吸了口气，压下心中的烦闷，冷淡地挥手："回去告诉王爷，我知道了。"

"是。"传话的人十分知趣，连忙退下。

人刚走没多久，蒙家大夫人就上门来询问："初九，明天萧王真的要来？"

"是的，王爷要来看望外祖母。"这事萧天耀已经决定了，林初九当然不会隐瞒。

大夫人经过这段时间的历练，行事周全了许多，对林初九也有几分真心，出于长辈的关心，便多问了一句：“初九，王爷他此次是为你而来的，对吗？”

“嗯。”这事也不用瞒，有眼睛的人都看得出来。老夫人都病这么多天了，萧天耀要只是看望老夫人，早就来了，何必等到今天？

大夫人见林初九一脸淡漠，没有流露出一丝的喜悦，语气有些担忧地问道：“初九，这事你是怎么想的？”他们当然是支持林初九，可萧王亲至，有些事情他们也不好拒绝。

“我明天会和王爷回去。”除此之外，她根本没有别的选择。

大夫人一听，立刻转忧为喜：“这就好，这就好。”

林初九笑了笑没有说话。

大夫人见林初九笑得勉强，心中暗叹了口气，收起笑容，握着林初九的手，语重心长地说道：“初九，你和王爷是夫妻，两人过日子难免会磕磕绊绊，夫妻两人之间不是你退就是我退，退的人也不一定就是吃亏的那个，王爷乃天之骄子，你平时多让着他点儿，些许事情别和他计较，毕竟你这一辈子还得靠他呢。”

这些话，本该是林夫人说的，可依林夫人的性子，她怎么会教林初九如何与萧王相处？

“初九，你也别嫌舅娘我多嘴，舅娘也是希望你好好的，毕竟你已经嫁给了萧王，要是两人闹僵，最后苦的人只能是你。王爷是男人，又位高权重，他要不满意你，随时可以娶侧妃、纳侍妾。你不同，你一个女人除了依靠萧王外，就没有别的选择。要是萧王不要你，或者厌弃了你，你不仅无法在萧王府立足，就是在京中也无法立足，被人欺负了也无人为你出头。”说到最后，大夫人的声音不由得染上了几许悲凉味道。

这天底下的女人都是苦命的，她们只有一个丈夫可以倚靠，失了这个倚靠她们下半辈子虽不至于凄惨，却别想再拥有幸福。

是以，哪怕丈夫对她们再不好，她们也只能忍着。

“舅娘，你放心，我知道该怎么做的。”不管大夫人说的话对她适不适用，林初九都知道大夫人是好心，是真心为她好。

人和人之间就是这样，以心换心，以前的林初九怎么也得不到蒙家其他人的喜爱。这次她以身犯险，救下蒙家三位少爷和一位孙辈少爷，便得到了蒙家上下的看重。

林初九相信，凭借这件事，蒙家会无条件地站在她这边，可是……

蒙家还是太弱了，弱到根本无力成为她的依靠！

第十一章　世间最亲密的关系

林初九亲口确定了，萧天耀要亲自登门看望蒙老夫人，蒙家上下都高兴坏了。

不管萧天耀是因为什么原因而来，萧天耀肯亲自登门，都表示他对林初九足够的看重，对蒙家的看重。

至于会不会因此而引来皇上的猜忌，蒙家几位大老爷已经不想管了。他们又不是林相，学不来和林相一样，把女儿嫁给萧王还能与之撇清关系，他们蒙家早就得罪了皇帝，正式划到了萧王这一派，他们现在只能硬着头皮和萧王一起走到底。

蒙家上下为了迎接萧天耀的到来，早早就布置了起来，蒙老夫人得知这个消息后，也露出一个笑颜，握着林初九的手直叫好，浑浊的眸子闪着泪花。

"与萧王好好的……他值得。"蒙老夫人动弹不得，只有嘴巴能勉强说出这几个字。

"外祖母放心，我会和王爷好好的。"林初九本以为自己掩饰得很好，原来所有人都看出来了，她在自欺欺人。

"为人妻……难……糊涂。"蒙老夫人知道，没有人会教导林初九为妻之道，她原本以为依初九的聪明，完全不用教，可这次看到林初九赌气回蒙家，蒙老夫人就知道林初九再聪明也只是一个孩子，根本不懂得如何与丈夫相处。

"外祖母放心，我已经想明白了，我明天就和王爷回去，然后我们两个好好谈谈，我会做一个好妻子的。"林初九握着蒙老夫人的手，连连保证。

萧天耀不是一个好丈夫，她也不是一个好妻子。她和萧天耀在为人妻、为人夫这件事情上都是新手，难免会磕磕绊绊，以后就会越来越好。

当然，也不排除越来越坏，最后两人形同陌路。

林婉婷因为墨神医的死而沉寂下来，再加上林相曾派人来警告过她，让她这段时间好好待在蒙家，不要出去惹事，因此林婉婷就更不敢出门了，除了给蒙老夫人请安外，便一直待在屋内。

林婉婷人虽没有出门，蒙家的事她却了解得一清二楚，在知晓林初九在蒙家住下时，林婉婷还幸灾乐祸了许久，现在听到萧天耀明天要来蒙家，林婉婷又气又期待。

气萧天耀为了林初九而来蒙家，又期待自己与萧天耀的碰面。

在蒙家，林婉婷不认为，林初九有那个本事阻止她与萧王碰面。林婉婷相信，只要萧王看到她的善良和美好，察觉到林初九的丑恶与卑劣，一定会和太子一样的厌弃林初九。

娘说得没有错，林初九的存在，就是为了凸显她的美好，她一定要把握住这个机会。

林婉婷斗志满满，萧天耀不知他人还未到蒙家，就被人惦记上了。

对于蒙家来说，萧天耀登门是一件大事，一大早蒙家的人就将正门与大厅擦得闪闪发亮，几位夫人更是忙进忙出，生怕萧王在蒙家吃不好、喝不好。

而对于萧天耀来说，去蒙家不过是小事一桩罢了，不过出于尊重他还是将全副亲王仪仗都摆了出来。

侍卫开道，沿路禁行，亲王御制的银顶黄盖红帏舆轿由二十四个大汉抬着，一路浩浩荡荡，好不威风。

京城的百姓，对一身黑衣骑着枣红大马的萧王很熟悉，可对摆出亲王仪仗的萧王，真的一点儿也不熟悉，见到这副场景有不少人纷纷询问："这是哪位亲王出行？"

"好威风呀，好多年都没有看到二十四人抬的大轿了，也不知是哪位亲王，摆出这么大的阵仗，这是要去做什么？"

街上的百姓被官兵拦在两旁，但这并不影响他们讨论。

"目前在京城的几个王爷，一只手也数得出来，他们平时从来不曾这么高调过。莫不是在北域的北域王进京了？"有人大胆猜测道，他刚出口就被人否定了："不可能，要是北域王进京，不可能一点儿消息也没有。"

"我猜是清河王，他是宗室老亲王，平时最讲究规矩。"

"我猜是河涧王……"

一干百姓越说越激动，却没有一个人往萧王身上猜。不对，是有人猜了却被马上否定了："不可能是萧王，萧王成亲的那天，都没有用亲王御制的舆轿。"

沿路百姓尽皆议论纷纷，有不少人为了确定轿子里的人是谁，一路跟着走……

临街的茶楼上，身着紫衣的男子看到街上的热闹，不由得摇头道："萧王最近越发高调了，也不知他要做什么？"

他对面的男子见状，探头往外看了一眼，笑道："低调了那么多年，依旧被皇上视为眼中钉肉中刺，萧王现在高调一些也正常，左右不管他怎么做，东文皇帝都不会放过他的。"

这两个男子，赫然是林初九进城那天，在马车里说话的那两人。紫衣男子是早早潜入京城的南远五皇子南诺离，而他对桌的男子则东文皇商薛家的长子薛承文。

舆轿一路前行，不多时就来到蒙家大门口，沿途围观的百姓见状一个个瞪大眼睛。

"这不是镇国公府吗？哪位亲王与镇国公府有交情？"

“不知道，不是说老国公死后，镇国公府就没落了吗？怎么还有亲王大驾光临？”

东文看重文人，那些个文人举子虽然没有议政的权利，可在公众场合谈论国家大事，朝廷也是不会管的。

京城的百姓，时不时就能在茶楼、酒桌上听到两耳朵流言，至于真和假这些人并不分辨，左右他们听到的就是这样。

舆轿稳稳地落下，蒙家早已收到消息，此时正门大开，蒙家大老爷领着府上男丁亲自出来迎接。

萧天耀并没有拿大，轿子一落下他便走了出来，那一身的气度立刻使得围观的百姓明白来人是谁了。

事实上，众人见到轿子停在蒙家门口，就有人猜到来人是萧王，可亲眼看到萧王从轿子里走出来，一干围观的百姓还是禁不住心中一惊。

真是萧王！萧王的这一身气势太可怕了！

被亲兵隔离到远处的百姓，在萧天耀出来的那一刻，全部不由自主地低下头去，不知道是谁喊了一声“萧王千岁千岁千千岁”，街道两旁的百姓都跟着喊了起来，声音此起彼伏很是凌乱，可那气势却丝毫不弱，炙热无比……

光凭这喊声就能看出来，萧王在东文百姓心目中的地位，无人能及！

蒙家大老爷乃一品国公爷，见到萧天耀并不需要行跪拜大礼，可该有的礼数却不能少，只是……

见到一干百姓不断地高喊“萧王千岁”，蒙家大老爷真的不知道自己现在要不要上前把萧王请进来。

萧王虽然经常骑马在京城出现，但普通百姓只能看到一个影子，萧王从来不会为任何人停留，根本不给京中百姓膜拜他的机会。

这一次实属难得，蒙家大老爷真的很想让围观的百姓多看萧王两眼，可是萧王不给他们机会。

蒙家大老爷迟迟未曾上前迎接，萧天耀也不在意，径直往前走去，甚至没有在蒙家大老爷面前停留，直接从他身边走了过去。

待到蒙家大老爷回过神时，萧天耀已离他有三步远，身后早有亲兵把路挡住，蒙家大老爷只能跟在身后。

萧天耀一路往前，直到踏上蒙家的台阶这才停下，转身说了一句：“免礼！”便又转身踏入大门。

萧天耀的声音不大，本应该被围观百姓凌乱的呐喊声湮没，可是……

跪在地上高呼“萧王千岁”的百姓就是听到了萧天耀的声音，那一句“免礼”明明声音不大，可就像是在他们头顶上说的，就是离蒙家极远极远的百姓也听到了。

“萧王刚刚跟我说话了，他说免礼。”有几个崇拜萧王的狂热分子，因为这一句话高兴得又跳又叫，还有许多人围在外面不肯离去，想要等萧王走出来。

萧王府的亲兵见状，不由得暗暗摇头，为了不妨碍其他人出行，他们只得上前劝说众百姓离开。

民怕官，在侍卫上前劝说后，围观的百姓虽然不舍，还是老老实实地离开了，但那些暗中盯着萧王的探子，却一个也没有走。

在他们看来萧王来蒙家绝不是小事，虽说外面都在传，说萧王是为了接林初九而来，可除了蒙家人与林初九外，根本没有人相信这点。甚至，大部分人都认为，这是林初九与萧天耀一唱一和演的一出戏，萧王来蒙家一定是有很重要的事情要办。

放眼整个东文国，没有人相信林初九敢给萧王脸色看，敢离家出走让萧王亲自来接。

上一次，林初九去城外庄子的事，不就是最好的证明吗？所有人都以为林初九去城外的庄子，是为了休养，萧王去城外的庄子，是为了接萧王妃回府，可事实呢？他们夫妻是冲着北域莫家去的，这一次他们绝不会再上萧王与林初九的当！

萧天耀是第一次来蒙府，也是第一次见蒙家的人。蒙家三位老爷与萧王在公众场合都打过照面，虽然觉得萧王那一身冰冷的寒气很吓人，可到底都能保持镇定，与萧天耀也能说上几句话。

蒙家的少爷们就不行了，蒙家几位少爷比林初九的年纪大，有几个甚至当了爹，作为林初九的表哥，他们与萧天耀也算是平辈，可在萧天耀面前，他们全都自觉地降成了晚辈，萧天耀一问话就结巴。

萧天耀本想着从蒙家挑几个好苗子，说不定还能帮林初九培养一两个帮手出来，一见到蒙家几位少爷的表现萧天耀就失望了，让人分别送上见面礼，萧天耀便提出去看望老夫人。

蒙家几位少爷顿时暗暗松了口气，蒙家大老爷则暗自摇头，心里对儿子、侄子很是失望，但此时也不好说什么，只能带萧天耀去蒙老夫人的院子。

因为萧天耀要来，府上的女眷早已避开，不会与萧天耀撞上。萧天耀过去时，老夫人的屋内只有照顾她的老嬷嬷和林初九。

“出去。”萧天耀在门口顿了一步，蒙家几位大老爷立刻明白，这是不让他们跟进去。

“王爷……”林初九在蒙老夫人面前，绝不会表现出一丝对萧天耀的不满，主动上前，面带微笑。

“嗯。”萧天耀满意地点头，与林初九一起走到蒙老夫人面前。

蒙老夫人对萧天耀的到来非常高兴，一脸欣慰地看着萧天耀，眼中的泪光不断闪烁，能看到初九幸福，她也算对得起死去的大女儿。

说实话，萧天耀还是第一次探望病人，见到躺在床上的蒙老夫人，萧天耀并没有多少的感情，以公事公办的口吻问了几句，末了便是一句：“老夫人好好休息。”

蒙老夫人没有说话，只是点头微笑。她一生好强，虽然她有许多话想要和萧天耀说，可她知道自己现在这个样子，根本不适合与萧天耀多说。

蒙老夫人忍了半天，最后只说了一句：“好好……照顾初九……出去。”

林初九知道老夫人的情况，也明白老夫人的骄傲，她必不愿意让萧天耀看到她口水直流、无法自控的样子，忙开口道："外祖母，那我们先出去了，你要好好休息。"

林初九拉起萧天耀就往外走，萧天耀自然不会拒绝，而他们两个一走，蒙老夫人嘴角就溢出一堆白色泡沫。

林初九拉着萧天耀走出后就欲松开他的手，却不想被萧天耀反握住，林初九脚步一顿，扭头看了他一眼，却见萧天耀目不斜视一路往前，完全当作没有看到。

蒙家三位大老爷，看到萧天耀与林初九手牵手走出来，眼睛瞪得大大的，最后还是三老爷捅了一下大老爷，大老爷这才反应过来，忙上前道："王爷……"

"不必多礼，本王与初九先去休息。"萧天耀冷漠地拒绝蒙家三位老爷靠近，拉着林初九就往外走。

"带路。"萧天耀拉着林初九的手不放，只是放慢脚步，让林初九走在前面。

林初九就住在老夫人的院子里，不过是几步路的事，也就懒得抽出手，任萧天耀握着，左右她不会少一块肉。

两人一踏入院子，翡翠和珍珠就上前行礼道："王爷，王妃。"

两人行完礼后，并没有让开，而是一副欲言又止，却又不知如何开口的为难样。

"发生了什么事？"林初九开口询问，翡翠与珍珠低头，哭丧着脸道："回王妃的话，林二小姐在院子里。"

翡翠和珍珠说得太含蓄了，林婉婷不是在院子里，而是跪在院子里不肯走，说是要给林初九赔罪。

赔罪？林初九昨天就来了蒙家，不管林婉婷什么时候得罪了林初九，都不至于要等到今天，当着萧天耀的面赔罪。林婉婷的来意不言而喻。

林初九嘴角噙着一抹嘲讽的笑意，转头看了萧天耀一眼，没有说话。

林婉婷以前没少用这样的招数，她最爱在太子面前扮演受了委屈的小白兔，林初九可没少在她手上吃这种闷亏。

但见萧天耀面无表情，就好像没有听到一般，可林初九还是从他的眼中看到一丝厌恶与不耐烦的味道。

林初九勾唇一笑，她不在乎萧天耀怎么想，但萧天耀要是厌恶，事情只会更好办，毕竟她再怎么折腾林婉婷，也比不上"心爱的男人"补刀来得有杀伤力。

林初九这次不仅没有抽出自己的手，反而是配合地握紧，拉着萧天耀往里走去。

而此时，院子里，林婉婷像是受尽欺辱的小可怜，小小一只跪在正门口，珊瑚和玛瑙站在她身旁，气得眼睛瞪得圆滚滚的，一眼看过去还真像是恶仆在欺负柔弱善良的主人。

林婉婷也带了两个丫鬟，她的丫鬟和她差不多，都是瘦瘦弱弱的小可怜，主仆三人跪在一起，那画面说不出地萧瑟凄凉。

林初九脚步不停，直接从林婉婷的身边走过，林婉婷发现似乎有人来了，忙扭头看了一眼，然后怯生生地唤了一句："姐姐，姐夫……"

"婉婷这是怎么了？"既然林婉婷想要演戏，林初九自然配合，反正她站着林婉婷跪着，她怎么也不吃亏。

“姐姐，我是来赔罪的，之前的事都是我不好，请姐姐恕罪，我下次再也不敢了。”林婉婷很熟练地将背过无数次的话说了出来，说话间还不忘怯怯地看向萧天耀，一副害怕又害羞的样子。

“赔罪？”林初九嗤笑一声，并没有因此停下脚步，而是拉着萧天耀绕过林婉婷，踏上台阶，伸手就要推门进去，却被林婉婷叫住：“姐姐，你等等，你听我把话说完。”要是人进门了，那她跪给谁看？

林初九脚步一顿，转身，居高临下地打量着林婉婷，极尽嘲讽地道：“你要说什么？或者说，你又做了什么对不起我的事吗？”

“姐姐，不是……”林婉婷刚开口就被林初九打断：“等一等。翡翠，去搬两把椅子来，我和王爷累了。”

翡翠和珍珠反应极快，立刻就从旁边的厢房搬出两把椅子来，摆在房门正中间，方便林初九与萧天耀坐下。

两人如同接受臣民朝拜一般优雅落座，连个眼神也没给林婉婷。

林婉婷一口气堵在喉咙里，吐也不是，不吐也不是，想要继续哭诉却发现她营造出来的氛围以及酝酿好的情绪全被林初九破坏了，就是想哭也哭不出那个味道来。

“姐姐……”林婉婷未语泪先流，两行清流悄无声息地落下，却倔强地咬着嘴唇不吭声，扬起一张美丽的小脸看着林初九。

“有什么事你快点儿说，我和王爷很累，急着回房休息呢。”林初九漫不经心地说道，扬起与萧天耀相握的手，无聊地擦着指甲。

看似漫不经心的一个动作，却深深地刺痛了林婉婷的眼。

林婉婷差点儿就绷不住了，直到指尖嵌入肉里这才反应过来，忙低头掩饰自己的失神。

林初九无声一笑，她就知道只有“心爱的男人”才能让女人受伤。

萧天耀对着林初九摇了摇头，眼中闪过一抹宠溺。

既然林初九想玩，那他陪着就是，左右今天也是浪费了。

侧过身来，萧天耀帮林初九将耳边的碎发挽好，动作极轻柔，就好像林初九是什么奇珍异宝，稍稍用力就会碎掉。

萧天耀的手不像一般男人的那般炙热，反倒有一点儿冰冷。指尖碰触到耳垂的瞬间，林初九身子一颤，似能听到自己急剧加速的心跳声，耳朵更是不争气地红了。

林初九很恼，可身体的本能反应不受控制，想要避开他的动作却被萧天耀按住。扭头想要说什么，可一回头就对上萧天耀那双盛满宠溺的眸子，萧天耀眼中满满的都是缩小版的她。

林初九心慌意乱，忙避开，一回头就看到失魂落魄的林婉婷。

一瞬间，林初九失了整林婉婷的心思，松开与萧天耀紧握的手，微微后仰拉开两人的距离，自己将耳边的碎发挽好，暗自吸了口气，一脸淡然地看向林婉婷：“没事就回吧。”

说完，起身就准备回房，却不想林初九想要当好人，林婉婷却不给她机会。

"姐姐……"林婉婷忙从地上爬了起来，脚步踉跄地走上台阶，死死抓住林初九的裙摆不放开，可怜兮兮地说道："姐姐，你骗我去牢里求墨神医，又拿这件事来威胁父亲，我都没有怪你，你就不能原谅我的无心之失吗？"

林婉婷是在和林初九说话，一双眸子却时不时地看向萧天耀。

林初九笑了一声，并不在意，能被勾引走的男人都不值得费心思留住。

林初九真的没有整林婉婷的心思，可林婉婷一再送上门来，林初九就是想要放过她都没有理由。

"说吧，你做了什么对不起我的事，要我原谅？还有，凭什么你要我原谅你，我就得原谅？当众勾引你姐夫，也要我原谅你吗？"林初九指着萧天耀，神态自若，完全没有之前面对萧天耀时的谨慎与小心。

"不，不是的，姐姐你怎么可以诬蔑我，我没有勾引姐夫。姐夫是东文的战神，如同天神一般的存在，他是我心中最崇拜的人，你怎么可以这么说我和姐夫，我和姐夫之间是清白的。"林婉婷急切地解释，为了证明自己的清白，还特意朝萧天耀看去，"姐夫，你快告诉姐姐，我们是清白的，我没有勾引你，我怎么可能做出这种事情？！"

萧天耀眼神冷漠，连看都没看林婉婷一眼，林婉婷越发不甘心，急切地催促道："姐夫，你说话呀，不能让姐姐误会我们啊，我们之间清清白白，什么也没有发生过呀。"

这话越说越让人误会，要不是林初九深知萧天耀的为人，要不是林初九足够理智，说不定她还真会被林婉婷误导。

林初九不由得失笑，见林婉婷一再追问萧天耀，便很好心地替她问了一句："王爷，你不说话吗？"

萧天耀没好气地白了她一眼，极度不耐烦地道："快点儿解决掉。"叽叽喳喳的，他真受够了，要不是看在林初九的份上，他早就让人把林婉婷丢出去了。

"好……"林初九突然笑了出来，心情没来由地好了。

这男人确实霸道无情、自以为是，可在外人欺负她时，这个男人会不管缘由只站在她这边。若是她受了委屈，也会为她出头，甚至逼得崔家和福安公主上门给她赔礼道歉。

这男人，简直是护短得可怕，但她喜欢。

心情颇好的林初九，看林婉婷也没有那么讨厌了，她漫不经心地道："婉婷，王爷的话你也听到了，如果没有别的事就回吧。另外，我再告诫你一回，别再叫我姐姐，我听着恶心，你叫我萧王妃就好了。当然姐夫这两个字也别叫，我听着更恶心。"

"姐姐……"林婉婷惨白着一张脸，不敢置信地摇头，"姐姐，你怎么可以这样说，我们是嫡亲姐妹呀。如果我有哪里做得不好的，姐姐你教训我就是了，你怎么可以不认我？"

那般伤心绝望的样子，就好像林初九杀了她全家，抢了她丈夫。

林初九没好气地哼一声："你演戏演上瘾了吗？要不要我买个戏班子陪你玩？"

"姐……"林婉婷一开口，就被林初九打断："叫我萧王妃，没事就给我滚。"

都这么久过去了，林婉婷还是只会这么两招，她就没有发现萧天耀不吃这一套吗？

“萧王妃，对不起，我知道错了。”林婉婷还真是能屈能伸，委委屈屈地松开手，给林初九行了个大礼。

“知道错就好，回去让你娘好好教教你，不是每一个姐夫都能变成丈夫的。你们母女不恶心我还恶心呢。”林初九在萧天耀面前，哪怕是装得唯唯诺诺也没有掩饰自己的本性，而现在她更不怕萧天耀知道她的本性。

林婉婷的眼中飞快地闪过一抹欢喜，林初九这么粗鄙，一定会被萧王厌恶的！

林婉婷很善解人意地道：“萧王妃，娘当年是为了你，才委屈自己下嫁为继室的，你这话在我面前说就是了，要是让娘听到了，她该多伤心啊。”

“哼……”林初九嗤笑一声，懒得和看不懂情况的白痴多说，直接道，“我累了。”

“嗯，回吧。”萧天耀开口说了第二句话，同时很体贴地扶着林初九往回走。

林婉婷站在那里，眼睛瞪得大大的，完全不敢相信自己看到的……

怎么可能？

萧王怎么可能不生气？

这，这不是真的……

“萧……”林婉婷急切地想要证明萧天耀已经厌弃了林初九，此时见到两人往屋内走去，林婉婷也急忙跟了上去，可不想她走得太急，左脚踩到右脚，整个人往前栽倒，而那个方向正好是倒在萧天耀的身上……

“啊……”林婉婷大叫一声，眼中却是闪过一抹喜意。

只要萧王在大庭广众之下抱了她，有了肌肤之亲，就一定得对她负责。到时候她以受了委屈的姿态嫁入萧王府为侧妃，萧王一定会心疼她的。

林婉婷打定主意，便闭上眼任自己摔下去，她原本以为一切水到渠成，可不想就在她倒下的瞬间，萧天耀突然与林初九换了位置。

别说林婉婷了，就是林初九自己也没有反应过来，直到林婉婷倒在她身上，害她差点儿摔倒时，林初九这才反应过来，混蛋，凭什么推她上前。

“小心。”萧天耀托着林初九的腰，免得林婉婷这一撞把林初九撞倒在地。

有了萧天耀这么一托，林初九总算避免了与地板接触的惨剧，眼看着一脸春意荡漾倒向自己的林婉婷，林初九气不打一处来，抬手就是一巴掌。

“啪！”林初九这一巴掌使尽了全力，林婉婷被打蒙了，在原地转了半圈才摔倒在地。

“王爷，不是我，不是我，是姐姐她……”林婉婷以为是萧天耀打了她，手捂着脸，一脸悲伤。

林初九气得直发笑：“林婉婷，睁大眼睛看清楚，打你的人是我。王爷才没有兴趣碰你呢，太子不嫌脏，王爷可嫌脏。”

林初九这话真的是表面意思，萧天耀这人有洁癖，只是没有在人前表现出来罢了。还有，他不喜欢与女人靠太近，就是服侍他的侍女也不行。

“姐，不是，是萧王妃……你，你打我？”林婉婷捂着肿起来的左脸，眼中满是怨毒。

林初九不仅坏了她的好事，还打她，简直是罪该万死。

“打你怎么了？既然你犯贱送上门来，我还不能打吗？”林初九的手都打麻了，疼得紧，她还真是佩服林婉婷，脸肿成这样还能“柔弱”地告状。

“萧王妃，你以前明明不是这样的，你怎么变成这样了？”林婉婷哭得伤心，她是真的伤心了。

她的脸好痛，而且脸肿得像猪头一样，她还怎么勾引萧王？

“无聊。”林初九本想叫人直接把林婉婷丢出去，可想想还是没有说出来，而是转头看向萧天耀。

萧天耀没有让林初九失望：“来人，把林二小姐送回林府。”

两个暗卫悄无声息地落下，架走林婉婷。

“王爷……”林婉婷眼睛瞪得大大的，萧天耀却没有回头，而是握着林初九打人的手：“下次，别再自己动手，要打人让下人动手便是。”

“我以为你会说我打人不对的。”林初九抽回手来，却又再次被萧天耀握住：“想打便打，这天下没有你不能打的人。”

他的女人，除了他，谁也不能欺负！

“是吗？那你呢？”林初九并没有放在心上，不怎么在意地反问。

萧天耀却很认真地回道：“只要你能打得过本王。”

……

萧天耀从来不是一个怜香惜玉的主，他说把林婉婷丢回林家，就是真的让人把她丢回林家，一点儿折扣也不能打。

蒙家三位大老爷收到消息后，急急拦住，跑来求情，请萧王高抬贵手，至少让林婉婷晚一点或者明天回去。

因为萧天耀的到来，蒙家早就被人盯上了，这个时候把林婉婷丢回去，真的不是一般地打林相的脸。

蒙家三位老爷说了老半天，将个中利害关系一一说了出来，萧天耀听完只一句：“本王的命令，什么时候轮到你们质疑？”

“王爷……”蒙家三位老爷顿时哑口无言，一时间不知道该怎么接话，还是三老爷聪明，知道问题出在林初九身上，忙对林初九道：“王妃，这件事闹出来家里也要丢脸，你劝劝王爷行吗？”

不管林初九和林家内里如何，面上看林相还是林初九的父亲，林婉婷是她继妹，她总要顾忌一下娘家的面子不是。

蒙三爷却是不知，林初九从来就没有在乎过林家的面子，听到蒙三爷的劝说，林初九笑盈盈地道：“三舅舅，王爷的脾气你又不是不知道，你们都劝不了，我哪劝得了？”就是劝得了也不会劝，林婉婷就是欠教训，这都多少次了？

林婉婷不是一直以为是她这个当姐姐的不让她接近萧天耀吗？今天被萧天耀丢出去，她倒要看林婉婷还如何自欺欺人。

当然，最重要的还是，心爱的女儿一连两次被萧王赶走，林相的面子又该怎么摆。

“初九……”蒙三爷明知林初九是在找借口，偏偏又不知怎么说。

“初九，婉婷要被送回去了，你父亲他……”蒙家大老爷一脸为难。他虽然坚定地站在萧天耀这边，可也不好得罪死当宰相的妹婿。

林相心胸狭隘，真要把他得罪了，什么事都做得出来。

林初九看着一直劝说自己退让的三位舅舅，突然觉得好没意思：“那就听舅舅的，把婉婷留下。”

“初九，我就知道你识大体。”三位蒙老爷顿时松了口气，可不等他们多说，林初九便道：“王爷，我们回吧。”蒙家也不适合久待，她还真是蛮可怜的，就是离家出走都没有地方可去。

“嗯。”萧天耀起身，等林初九也跟着站起来后，便大步往外走，至于林初九在蒙家的东西，自有下人收拾。

“王爷，王妃……”蒙家三位大老爷，被突然而来的情况弄得一头雾水。

初九怎么说走就走，不是说要吃了中饭再走的吗？

“舅舅不必送了，我和王爷先回去了，改天再来看望外祖母。”林初九转身，对着三位大老爷说道。

“不是，初九……这午膳都准备好了，吃过饭再走吧。”蒙家大老爷不用想也知道林初九这是生气了。

“不了，王爷公务繁忙，改天吧。”林初九再次谢绝蒙家大老爷的好意，与萧天耀一同往外走。

大夫人收到消息后，急急忙忙跑了过来，刚想上前劝说，却被萧天耀的侍卫拦住了：“夫人，请留步。”

言词客气，可动作却一点也不客气。

“王爷，王妃……”大夫人提高音量叫了一句，可惜萧天耀与林初九已经走远了，根本听不到。

外面的人似乎也没有料到林初九与萧天耀会这么快就出来，一见这两人走出来，皆是一脸震惊，忙打起精神，想要看看这两人葫芦里到底卖的什么药，结果什么也没有！

直到林初九与萧天耀一起登上舆轿，也没有看出什么不寻常来。

“怎么回事？萧王真是来接萧王妃回去的？”有探子刚将怀疑说出口，就被同伴拍了一巴掌：“你少犯傻了，萧王是什么人？他怎么可能来接一个女人回府？”

“哦哦哦……那是怎么回事？”那人也觉得不可能，可除此之外还能有什么理由呢？

“天知道呢，你继续跟着吧，我去蒙家打听一下。”萧王在蒙家停留了一个时辰左右，虽然时间不算长，可也不短了。

“好！”

探子们都是兵分两路，一路跟着萧天耀与林初九回去，一路则去蒙家打听消息。

跟林初九与萧天耀回去的，自然一点儿消息也拿不到。二十四人抬的舆轿可不是什么人都能靠近的，至于去蒙家打听消息的人……

林婉婷跪在林初九面前认错，反被林初九扇巴掌的事，做得并不隐秘，要问出来并不是多难的事。

当然，这里面也有萧天耀的功劳在，要不是萧天耀默许，这事旁人根本查不出来。

林婉婷因为林初九的提前离去，并没有被送回林家，但又因为林初九与萧天耀的提前离去，被人将在院子里发生的事挖了出来。

“林相还真是生了一个好女儿啊。”右相评价道。转而想到自己横死的孙女儿，又忍不住叹息，都是家门不幸。

“林婉婷？虽然本宫不在意太子，可让这样的女人嫁给太子，最后丢的也是本宫的脸。”皇后面露嘲讽，眼中满是不屑。

“皇后娘娘英明，只是太子殿下对林二小姐情根深种，怕是不愿意换娶别人。”皇后的心腹嬷嬷一脸担忧地劝说道。

皇后冷哼一声：“只要林婉婷嫁给了别人，太子自然会死心的。”皇上身边的人传来了消息，皇上有意挑一个女子代替公主去西武和亲，只是一时没有合适的人选。

“娘娘英明。”老嬷嬷显然也是想到了这出。

皇后莞尔一笑，漫不经心地说道：“听说林相让人上书，提了慈恩堂的事？”

“是的，娘娘。据说是为了还萧王妃一个人情。墨神医的死虽然和林二小姐无关，可她毕竟去过现场，于是有人怀疑她，便想推她出来，幸得林相及时出手。”老嬷嬷的消息可谓非常灵通。

“初九这孩子还真是机灵，林相生了个好女儿。”想到林初九，皇后不由得叹气。

她在林初九的事上失算了好几次，不过，现在知晓了林初九的真面目后，她不会再容许自己出差错。

皇后微眯起眼，一脸温柔地说道：“慈恩堂是天家善待百姓的象征，既然由官府的人打理，难免会出现类似的情况，你找人进言，就说慈恩堂日后交由后宫妃子来打理，更能彰显出天家的仁爱。”

“娘娘……”老嬷嬷一脸的不赞同。慈恩堂对他们很重要，但这个时候跳出来，很容易让人起疑。

“放心，本宫对慈恩堂没兴趣了。”好不容易才择干净，她怎么会再卷进去？

第十二章　王爷王妃斗法

墨神医自杀死在牢狱里，人死债清，皇上本想将这一切抹平，哪怕南远曝出墨神医拿人试药的事也尽量压下，只当墨神医的事不存在，偏偏总有人不肯如他愿。

先是林相为了女儿的名声，暗自散播墨神医的事，紧接着秦太医见到机会，又暗中推了一把，再加上南远的事曝光出来时，知情人众多，在这样的情况下，墨神医根本保不住一个好名声。

墨神医人死了，但京城关于他的流言却没有淡下来，甚至在有心人的推动下愈演愈烈，官府碍于压力也不得不再次审理此案。

墨神医已死，他亲传的弟子还在，大理寺宣了这些弟子出堂，让这些弟子来为墨神医辩白，可墨神医都死了，这些弟子失去了依靠，他们拿什么来给墨神医辩白？原本有些人见到墨神医已死，心中愧疚便想帮上一把，可墨神医拿人试药的铁证一曝出来，这些人又退缩了，不敢蹚这趟浑水。无人出力，证据确凿，墨神医哪怕是死了依旧背负臭名，原本他自杀带来的同情分，此时也变成自觉无颜见人，畏罪自杀。

大理寺已竭力隐瞒墨神医的罪行，可哪怕只是暴露在人前的罪行，也足够墨神医臭名远扬，遗臭万年。

墨神医的事吸引了老百姓的大部分目光，在这样的情况下，萧天耀去蒙家的事反倒没有引起太大的风浪，除了当天议论了一番后，很快就被墨神医的事给取代了，只是……

普通百姓不关注，并不代表高层权贵们不关注。萧天耀去蒙家的目的成了迷，所有人包括皇上都不相信他只是为了接林初九才去蒙家的，他们都认为萧天耀必然别有目的。

既然从萧天耀身上查不到，大家便派探子去蒙家查，可他们除了查到林婉婷自荐枕席，在萧王面前出丑的消息外，就再没有一点儿有价值的消息。

一干人都很不甘心，天藏阁这几天接生意接到手软，十单生意就有七单是要查萧天耀去蒙家的目的，可是天藏阁也查不到呀。

天藏阁查来查去，就觉得萧天耀这次怕是冲着林相去的，意图破坏太子与林相家联姻。

京中有点关系的人都知道，太子看上了林相的二女儿，要不是因其年纪太小，恐怕太子已经求娶了。现在林相的二女儿在蒙家、在萧王爷面前出了丑，被萧王妃指责她勾引萧王，这样的情况下，太子还会娶她为太子妃吗？别说太子了，凡是收到消息的人家，都不会让自家儿子迎娶林相的二女儿。

这个消息瞬间就在上层权贵间传开了，甚至有几个官员看林相的眼神都有些不对，林相刚开始还不明所以，直到皇上隐晦地说起林婉婷不可能嫁入皇家时，林相这才惊觉事情不对劲，忙派人去查，这一查才知道林婉婷又出丑了。

林相当即又羞又怒，他上次就因为林婉婷缠着萧王的事发了一通脾气，甚至对林夫人都没有好脸色，没想到婉婷看似学乖，内里却一点也没有变，居然又一次做出这么丢脸的事来。

林相气极，直接冲到林夫人的房间："你看看你教的好女儿，我们林家的脸面都被她丢光了！"

"出什么事了？初九她做什么了？"林夫人一脸震惊，她根本没有往婉婷身上想。林婉婷乖乖地在蒙家尽孝，这几天但凡见到她的夫人，哪个不夸她教女有方？

"初九？初九乃堂堂萧王妃她能出什么事，出事的是婉婷。那个孽女居然在蒙家纠缠萧王，还传得人尽皆知！"林相一张老脸羞得通红，想到上次在萧王府受的气，林相更觉难堪。

"怎么，这怎么可能？婉婷在蒙家怎么会遇到萧王？"林夫人刚站起来，又惊吓得跌坐回椅子上。

"这有什么不可能的，现在外面都传遍了，说我林家的女儿恬不知耻。"幸亏林婉婷没有在这里，不然林相定会一巴掌拍死她。

林婉婷闹出了这么一桩丑事，他被同僚挤对是难免的了，都说他教出一个大胆、有名士风范的好女儿，现在林家简直是颜面尽失。

"这里面一定有误会，婉婷不可能做出这样的事，一定是萧王妃，一定是她陷害婉婷。"林夫人不相信自己的女儿会那么蠢，婉婷经她调教过，虽没有习到她的全部，可七八分也是有的，绝不可能会做出这样的事。

林相当然也知道这里面必然有林初九的推动，不然事情也不会传得这么难听，可是……

"就算是萧王妃陷害那又怎么样？婉婷现在的名声是彻底毁了，就是皇上也收到消息，透露要给太子选妃，而婉婷不在名单之内。"这才是林相最气愤不过的事。

他为太子做了多少啊，现在却被人告知他白忙了一场，到时候不知同僚要怎么笑话他。

"太子，太子一直喜欢婉婷的，怎么会不娶婉婷？"林夫人只感觉天旋地转，扶着脑袋，撑着桌子，这才没有倒下，"老爷，是初九，一定是初九搞的鬼，她不想让婉婷嫁给太子，她怕婉婷日后在她之上！"

"不仅仅是初九，萧王也有参与，萧王不想我们林家与太子走得太近，萧王这是要断我后路。"林相咬牙切齿，他和大多数人一样，坚定地认为萧天耀去蒙家的理由，就是为了要毁掉林婉婷的姻缘，让林家无法成为坚定的太子党。

“我的婉婷，我可怜的婉婷，怎么这么命苦呀？”林夫人这一次是真的伤心了，如果真如林相所说，那么林婉婷这辈子在京中怕是找不到好人家了。

林夫人伤心欲绝，林相却也没有心情安慰她，气恼过后便开始算计退路：“你明天进宫见见皇后，这件事我们不能吃闷亏。”

白白失了与东宫亲近的机会，林相气得心肝肺都疼了，而他更担心太子因为此事而怨恨他，到时候他就难办了。

……

萧王破坏太子与林府联姻的消息，在上层权贵间传得有鼻子有眼，收到消息的人都坚定地相信，这才是萧王去蒙家的真实目的。

“天耀，你这个法子好，美男计，简单粗暴。”就连苏茶也是这么认为的，“有这一出在，我再找人进进言，林婉婷去和亲的可能性大大地提高了。”

萧天耀连个眼色也懒得给苏茶，他真不知道苏茶的脑子里都装了些什么，居然会认为他是冲着林婉婷去的，林婉婷算个什么东西，也值得他去费心?

“咳咳……”流白察觉到萧天耀的不悦，忙咳了一声，为苏茶救场，只可惜苏茶并不领情，他还在为流白私下去见墨玉儿的事生气。

“天耀你放心，有你在前面打头阵，后面的事情我一定会办好的。当初林相是不愿意将王妃嫁给你的，生怕和你牵扯上关系，还是皇后极力劝说林相才同意的。因为这事，皇后也算是欠下林相一个人情，这次的事情皇后肯定会帮林相一把的。”苏茶信誓旦旦地说道，似乎林婉婷已经嫁去西武和亲了。

“嗯，盯紧此事。”西武的皇子这两天就要到了，萧天耀不希望有意外发生。

“放心，这件事我一定会办好的。”苏茶满口保证，“你就放心上战场吧，京城的事我一定会盯好，包括他。”苏茶指向了流白，眼神不怎么客气。

流白眼皮跳了一下，不怎么自在地说道：“我怎么了？你要盯我什么？”

“不盯好你，我怕你会死在女人手上。”苏茶没好气地哼了一句，流白立刻明白，萧天耀已经知道了此事，忙起身朝萧天耀抱拳道：“天耀，和墨姑娘见面的事，是我思虑不周，不会再有下次了。”他真的没有想到会有人拿这件事来攻击萧王府，他一直觉得这是他的私事。

萧天耀没有说话，苏茶则很不客气地补了一句：“再有下次，你直接去死算了，免得给我们添麻烦。”为了解决流白的事，他们在宫里的人也暴露了好几个，简直是得不偿失。

流白没有说话，只是低着头，一副愧疚的模样，萧天耀没有说什么斥责的话，他只说了一句：“流白，在外面你不仅仅是你自己，你还代表了萧王府。”

流白犯了错，旁人不会只找流白的麻烦，而是会将事情牵扯到萧王府的头上。这次流白与墨玉儿见面的事，要被人捅到皇上面前，皇上只会说萧王府与后宫私下联系，图谋不轨，到时候又是一场麻烦事。

处理完纷杂的公务后，萧天耀揉了揉酸酸的眉心，想到从蒙家回来就与他冷战的林初九，萧天耀发觉自己的头更痛了。

从蒙家回来后，林初九就一副恬淡静默的样子，言行举止完全是好妻子的标准，可萧天耀看着就不对味。他宁可林初九像那天那般，对着他大哭大闹，也好过现在这样。他要的是一个鲜活的林初九，不是一尊木头娃娃。他想，他们需要好好谈谈。

萧天耀看了一眼时辰，知晓林初九这么早还没有睡，当下没有任何犹豫，起身朝林初九的院子走去。

房间内，翡翠与珍珠正在给林初九擦头发，四个丫头知道自己现在是林初九的人，在林初九面前绝口不提萧天耀，也不再为萧天耀说好话，只说着府中下人间的趣事给林初九解闷。

林初九一向不是个爱钻牛角尖的人，她心里虽然不痛快，可日子该怎么过便怎么过，左右她现在还没有能力改变什么，与其心比天高地想要和萧天耀一争高下，不如好好养伤。

翡翠几个说得灵动，林初九兴起的时候也会附和两句，屋内时不时就传来欢声笑语。

萧天耀过来时，正好听到林初九毫不掩饰的笑声，听着林初九轻松自然的笑声，萧天耀的眼中闪过一抹笑意，临进门时，特意加重脚步提醒屋内的人。

在门口顿了一步，轻敲门扉，不等屋内的人反应过来，便推门而入。

屋内的笑声随着萧天耀的进来而戛然而止，林初九收起脸上的笑容，起身行礼："王爷……"

翡翠和珍珠四人也不敢再笑闹，一个个忙给萧天耀行礼："见过王爷。"

"下去。"萧天耀踱步而入，冷声下令，可翡翠四人却没有动，四个丫头怯怯地看向林初九："王妃……"

很明显，这四个丫头在告诉林初九，她们是林初九的人，没有林初九的命令她们不会离开。

萧天耀挑眉，隐有不快，林初九却是笑了出来，不管翡翠四人是真心还是假意，林初九都很高兴。这是她的地盘，萧天耀凭什么指手画脚？

"王爷，我头发未干，请你稍候片刻。"林初九欠了欠身，却是没有让翡翠四人下去。萧天耀闻言，脸色立刻阴沉下来，却忍着脾气没有说什么。

翡翠四人胆战心惊，她们却不敢临阵倒戈，当下只得小心翼翼地拿起毛巾，在萧天耀的冷眼下默默地为林初九擦拭头发。

这个时候，翡翠四人也不敢再说笑，只老老实实地做着自己手上的事，一见林初九的头发干了，四个丫头忙道："王妃，头发干了。"她们能走了吗？

王爷和王妃斗法好可怕呀，她们真的不想夹在中间。

"下去吧。"林初九见好就收，也不为难四个丫头。

"谢王妃。"翡翠四人半步不敢停留，匆匆地朝萧天耀福了福身，快步离去。

没了四个丫头做事的声音，屋内更加地安静。林初九早已习惯，起身，绕过萧天耀走到床边，准备休息，可就在她坐下的瞬间，萧天耀突然起身，一把将她拉起，带到怀里："林初九，你闹够了没有？"

“啊……”林初九在原地旋转了一圈，跌在萧天耀的臂弯里，“王爷，放开我。”

“你确定要本王放开你？”林初九半倒在他怀里，双脚根本无法用力，全靠他支撑着才没有倒下，而他只要一松手林初九必然要摔倒。

“松手，我可以站稳。”林初九伸手扶住一旁的床梁，免得真摔下去，要知道她背上还有伤呢。

“好！”萧天耀猛地松开手，同时轻轻一动，推开林初九，不让林初九有借力起来的机会。

“啊……”突然失去唯一的助力，林初九根本没有办法站稳，眼见着就要掉下去，林初九气得大骂：“萧天耀，你个大混蛋！”

明明知道她明天要去见孟家父子，居然还坑她，真要摔伤了，她跟他没完！

“嗯。”萧天耀完全不在意，爽快地承认，在林初九要摔下去的瞬间，萧天耀突然拉住林初九的手，轻轻一带……

林初九站了起来，萧天耀不等她站稳又再次松手，惯性作用下，林初九扑进萧天耀的怀里。

“该死！”一连串的变故，惊得林初九晕头转向，束好的长发也飘散开了，全部散在萧天耀的脸上。

两人抱在一起，萧天耀完全不防备，任由林初九扑向他，两人双双跌入身后的大床。

“嘭”的一声，萧天耀倒在床上，林初九则压在萧天耀的身上，两人紧紧地叠在一起，中间没有一丝的缝隙。

屋外，暗卫只听到里面的声音，不知发生了什么事。听到这一声巨响，四个暗卫同时做出一副肉痛的样子。

王爷这一跪也太重了吧，为了讨好王妃，王爷真是拼了。

两人跌成一团，萧天耀顺势扣住林初九，不让她起来。不等林初九开口说话，萧天耀就先一步道：“这么急着对本王投怀送抱？”

“呸……谁对你投怀送抱了。”林初九气极，狠狠地瞪了萧天耀一眼，抬手拂掉遮住视线的长发，这才发现自己被萧天耀禁锢在怀里，根本无法动弹。

林初九没好气地道：“放开我。”

“怎么，不装了？”萧天耀似笑非笑地说道，两人离得很近，哪怕林初九努力抬头，萧天耀呼出来的热气，依旧喷了她一脸。

“谁装了？”她只是不愿意搭理萧天耀，不愿意和萧天耀玩不行吗？

“有没有装，你心里明白。”萧天耀单手抱住林初九，空出的手帮林初九将碎发拂到耳后，动作生涩却轻柔至极，林初九眼眸微暗，低垂着头，一句话也没有说。

半晌后，萧天耀开口唤了一句：“初九……”

声音低沉，富有磁性，缓慢而华丽的语调听得人心尖发颤。饶是林初九觉得萧天耀再混蛋，也不得不说萧天耀的声音很好听，夸张点说，萧天耀的声音能让耳朵怀孕。

“什么事？”林初九故意冷着脸道。

萧天耀也不生气，只是抱着她，轻声道：“初九，记得本王和你说过，我们是夫妻。”

“嗯。”要不是夫妻，要不是她不一定能跑出城，她早跑了。

“记得就好……”尾音拖得长长的，带着一丝危险的意味，“至亲至疏夫妻。初九，以后别再使性子，本王一向没有耐心的，下次可就不会再这么哄你了。”

林初九一脸莫名地瞪着身下的人：“王爷，我哪有使性子？”还有，你有哄过我吗？

后面的话林初九没有说出来，可那意思却也差不了多少。

“吵过后，就跑去蒙家，不是使性子是什么？”萧天耀嘴上说得凶狠，可右手却温柔地顺着林初九的长发抚摸，就像是安抚炸毛的小猫。

“我才不是使性子呢，我就是去看望外祖母。”林初九死不承认，还真像是被人踩了尾巴的猫。

“你当本王是傻子？”这样的理由，他也会信。

林初九恼羞成怒，咬牙切齿地道：“就算我使性子又怎么了，我难道不应该使性子吗？你拿我当箭靶，我不能拒绝，还不许我不高兴？”

“你想太多了，本王从来不需要拿你当箭靶。你嫁给了本王，就要承担这些，逃避不了的。”萧天耀一脸冷漠，并不觉得自己有什么错。

“谁说的，之前我就不用承担这些。”皇上和皇后可没有把她这个萧王妃放在眼里。

“之前，本王不在乎你，难道你还要本王一直忽视你？”明明是动人的情话，可萧天耀却说得一板一眼，没有一丝亲昵的滋味。

林初九气闷得不行：“你现在也没有多在乎我。”

“有。这里，有你。”萧天耀指了指自己的心口，抱着林初九，附在她的耳边道，“本王把你当妻子，本王在乎你。初九，不要让本王失望。”

“我……”林初九刚开口就被萧天耀打断：“林初九，你没有资格拒绝我。”

“你不用一再强调这个，我知道我没有资格。”林初九低头看着萧天耀，心里郁闷到不行。

她一直都被萧天耀牵着鼻子走，完全没有自我。萧天耀要她，哪怕她一再退缩也无用，因为萧天耀不允许。这个男人，霸道得可怕，根本不给她选择的机会。

“要记住，你是本王的女人。”萧天耀加重力道，将林初九紧紧地扣在自己的怀里。

腰间突然吃痛，林初九气恼到不行，看着眼前这张放大的俊脸，还有那双平静的眸子，林初九恨恨地道：“就算我是你的女人又怎样，我不喜欢你，一点也不喜欢你！”

像是为了证明自己的话一般，林初九将眼睛瞪得大大的，盯着萧天耀，毫不退缩。

“无所谓你喜不喜欢，你都是本王的妻子。”这一点无人可以改变，再说了……

真以为他是笨蛋，看不到林初九眼中的迷恋与挣扎吗？

“是吗，要是我喜欢上别人了呢？”林初九终于明白她和萧天耀的差距在哪里。

她遗失了自己的心，她想要得到萧天耀的心，想要索取萧天耀的感情。可萧天耀却是一个无情的人，他只想要一个妻子，一个忠于他，能和他携手共进退的妻子，至于这个妻子爱不爱他并不重要。

“本王会杀了他。”萧天耀云淡风轻地说道，就好像在说今天天气很好。

“你不怕我恨你吗？你不怕我报复你吗？”林初九无力地趴在萧天耀的胸膛上，想要哭却发现自己哭不出来。

婚姻是围城，她已经在围城内，这个男人根本不会放过她，无论她做何选择都没有用，无论她守不守得住自己的心都没有用。

“你若敢背叛本王，本王就能将你千刀万剐！”萧天耀说得仍旧很轻松，可林初九却知道萧天耀是认真的……

萧天耀的霸道与过分林初九早就领教过了，既然不管她守不守得住自己的心，都要和这个男人一辈子绑在一起，那她就努力，为自己争取一点权益好了。

只有背叛了他，才会杀她是吗？那么……

“王爷，你心里有我，也是在乎我的，那是不是我永远不背叛你，你就永远不会杀我？”既然这个男人说在乎她，那她就看看他有多在乎，又能容忍她到什么地步！

也许，她可以赌一把，赌这个男人心里有她，只是笨得不懂表达。

“当然。”萧天耀回答得很肯定，他之前没有杀林初九，现在更不会。

得到了想要的答案，林初九心情颇好，放松身体，趴在萧天耀的身上，继续问道：“那你会打我吗？”

“本王不打自己的女人。”至于别的女人，惹他不高兴，当然一样是打。

“只要我不背叛你，不管我做什么，你都不打我是吗？”林初九强忍着心中的窃喜，幽幽地问道。

林初九整个人都趴在萧天耀的怀里，脑袋正好埋在他的颈脖间，说话时微微抬头，热气正好洒向萧天耀的耳根处……

萧天耀心中一荡，耳根不自觉地泛红，身子也绷得紧紧的，神情更是有些别扭，为了不让林初九发现他的异常，萧天耀别过脸去，也没有仔细听林初九的话，只回了一句：“是。”

“我知道了，多谢王爷。”得到萧天耀肯定的答复，林初九心情大好，甚至大方地在萧天耀的下巴处亲了一下，“我终于知道，要怎么做你的女人了。”萧天耀说心里有她，又许诺不杀她、不打她，她还需要怕萧天耀吗？

“是吗？”萧天耀心不在焉地问道，他此时全部的注意力，都放在刚刚的那个吻上面。

林初九主动吻了他，是不是表示林初九不生他气了？

虽然，他不觉得自己有哪里做得不对，甚至他都为了林初九亲自去蒙家接她了！

林初九没有回答，而是撒娇地对萧天耀道：“王爷，你抱疼我了，松松手好吗？”

萧天耀抱人的方式，一如他的性格一样强势，林初九的双手都被他扣住了，萧天耀要是不松手，林初九根本无法动弹。

从来没有听到林初九这般娇俏的语气，萧天耀心尖一颤，手比脑子反应更快，等他回过神时，他已经松开了林初九。

没了萧天耀的束缚，林初九依旧趴在萧天耀的身上，不过借用双手撑着身体，这么一来就有一点居高临下的意味。

“王爷，我真后悔，我应该早点和你聊聊的。”知道你心里有我，我就不用那么憋屈了。

“现在也不晚。”萧天耀不知道林初九和他所想的完全不一样，还以为林初九认识到了自己的“错误”。

“确实不晚。”林初九笑得眼睛眯成一条缝，一个翻滚，从萧天耀身上翻了下来，在萧天耀伸手捞住她之前，先一步从床上起身。

“王爷，起来吧。”林初九朝萧天耀伸手。

许是气氛太美，许是烛火下的林初九太诱人，萧天耀鬼使神差地握住林初九的手，借力站了起来。

两人之间，只隔半步，林初九站在萧天耀面前，只到萧天耀的胸口，要看他还得抬头，不过林初九没有看萧天耀的打算，而是握着他的手，然后往外走。

萧天耀不知道林初九要做什么，勾了勾唇，跟着她走到门口。

在房门口，林初九停下脚步，扭头对着萧天耀说道：“王爷，记住你说过的话，我不背叛你，你就不能杀我，也不能打我。”

“你要做什么？”萧天耀这才意识到不太对劲，眉头微皱，露出一丝危险的气息。

以前，林初九看到他这副样子，心里就怯了，可现在有了萧天耀的保证，林初九一点也不害怕。

林初九笑容不变，将门打开：“王爷，从今天起……我不再忍你，不再配合你，没有我的允许，别想爬上我的床！”

说话间，一个用力将萧天耀推了出去。

萧天耀没有防备，踉跄一步，险些跌倒，等到他反应过来时，人已经站在房门外，而林初九正要关门。

“林初九！”萧天耀伸手挡住门，不敢置信地瞪大眼睛。

林初九居然敢把他关在门外，她吃了熊心豹子胆了！

“王爷，我听到了，不用这么大声的。”林初九关门的力气不减，正好夹住萧天耀的手，而她丝毫不在意萧天耀的手因此受伤流血，依旧很用力地将门合上。

“开门！”萧天耀怕伤到林初九，并没有用十成的力，只是将手卡在房门中间。

“不开。”林初九傲气地挑眉。

萧天耀气极反笑：“林初九，你好大的胆子，你就不怕本王杀了你。”

“好呀，有本事你杀我呀。”隔着门缝，林初九扬起头，露出纤细的脖子，“王爷别忘记了你刚刚说过的话，只要我不背叛你，你就永远不会杀我，不管我做什么，你也不会打我。”

“所以，你就有恃无恐了？”他还以为林初九有心求和，没有想到他居然被林初九耍了！

“好像是有点有恃无恐了，可那又怎样，你要杀我吗？”如果连这点小事都不能容忍，那这个男人的在乎，就是嘴上说说而已。

要知道，她为萧天耀可是险些丧命的。

“你……”萧天耀气极，可偏偏他刚刚许下了承诺，而且他也确实舍不得对林初九下杀手。

“王爷你看……原来我在乎你，所以我患得患失，对你又爱又怕，不管你对我做了什么，只要哄一下，我就能原谅你。可现在咱们换过来了，多好呀！”林初九面上在笑，可眼中却闪着泪花。

她是真的喜欢萧天耀了，在墨神医要给他医治时，就喜欢上了萧天耀，要不是这样，她也不会冒险撞浴桶救他。

“你在利用本王对你的在乎？”萧天耀眼眸一沉，眼中闪过一道寒光。

他可以宠林初九，但绝不容许林初九恃宠而骄，骑到他头上。

林初九笑着摇头：“王爷，你说利用真的太难听了。你不是说我们是夫妻吗？这叫夫妻情趣。好了，把手松开，不然夹断了你的手我可不负责任。”

萧天耀的手在滴血，可他们两人谁都没有放在心上。

林初九站在门口，冷冷地看着萧天耀：“王爷，你知道吗？你说我们是夫妻，我们分不开，我们要过一辈子，而我一想到这个可能就觉得很害怕。

“我们两个一直都处在不对等的位置，按照我们之前的相处模式，我一辈子都要委屈地去配合你，去讨好你；一辈子都要拼命去做配得上你的女子；一辈子都不能做我自己。

“我很矛盾也很无力，我可以委屈一时，却不想委屈一辈子，我一直想要逃离，想要离你远远的，可就在刚刚我知道，我们是夫妻，我不用这么委屈自己了。

“我之前一直以为你不在乎我，所以我不敢使小性子，不敢闹脾气，因为你不是我的谁，你不会无条件地包容我的任性。可就在刚刚你让我知道，你在乎我。既然我们注定要在一起过一辈子，而你又在乎我，我为何还要一直委屈自己？

“王爷，在乎你就输了！你舍不得杀我，舍不得打我，我完全不用再委屈自己，违背本意去迎合你的喜欢。”

萧天耀冷笑：“你确定，本王舍不得吗？”萧天耀突然觉得憋屈至极，而这份憋屈却无从缓解，因为他还真舍不得。

要不是舍不得，他怎么会出城去救她？

要不是舍不得，他怎么会去蒙家接她？

他希望林初九成长，可又舍不得林初九出事。

“原本不确定，我刚刚试了一下，你好像还真的挺在乎我的。”林初九眼神一扫，落在萧天耀卡在门缝里的左手上，“你看，你宁可自己受伤，也不愿意用力推开门，这是在乎我吧？”

“是吗？”萧天耀看着自己受伤的左手，突然想笑。

他承认林初九说得对，可这个该死的女人，怎么可以利用他的在乎，反将他一军？

一步步确定萧天耀的心意，林初九的心情越来越好，脸上的笑容也多了："王爷你说得对，身份高贵就是了不起。你身份高本就应该我去配合你，做一个合格的萧王妃，可前提是我想做一个配得上你的女人，如果我不想，你一再逼我只会把我越推越远。王爷，你看……我并没有你想的那么在乎你，反倒是你比我想象中的更在乎我，所以只能委屈你，配合一下我的任性。"

林初九笑嘻嘻地看着萧天耀，完全看不出一丝怒容，稍稍打开一点门，将萧天耀的手移开："王爷，麻烦你跑一趟了。"

当着萧天耀的面，林初九"啪"地合上门，完全没有一丝迟疑。

萧天耀就这么被林初九关在门外，好半天都回不了神。

他被林初九关在门外？到底发生了什么事？

明明前一秒，他们还好好地抱在一起，怎么下一秒就变成这个样子了？

他说错什么话了吗？

萧天耀站在门口，看着紧闭的房门，怎么也不敢相信这是真的。

暗卫就在一旁，亲眼见到萧天耀被赶出来，又见到萧天耀呆呆地站在门外好半天也没有反应，很担心萧天耀出事，犹豫半晌后，只得硬着头皮上前问道："王爷，你没事吧？"

暗卫的声音，唤回了萧天耀的理智，萧天耀脸色一凝，转身厉喝："多事！"

暗卫傻愣在原地，他们明明只是关心王爷，怎么变成多事了？

"本王看你们真是太闲了！"连主子的热闹也敢看！

"属下，属下……"暗卫结结巴巴地解释，可不善言词的他们，真的不知要如何解释。

他们刚刚确实是在看三爷吃瘪，看得很开心。

"连话都不会说，如何保护人？看样子你们需要再训练一番。"将受伤的手背在身后，萧天耀甩手离去，留下暗卫跪在原地如同石化，半天都不敢动弹。

他们真的好冤呀！他们哪里想得到，王爷和王妃吵着吵着，会吵到外面来。回去重新训练，会死人的！

萧天耀走了……

靠门而立的林初九松了口气，她赌对了！萧天耀对她的包容度比她想象中的要高，这下她完全可以按着自己的性子来生活了，反正萧天耀舍不得拿她怎样。

只这么一想，林初九的唇角就抑制不住地上扬，哼着小曲往回走。

虽然知道依萧天耀的骄傲，被人赶出去后不会再折回，林初九依旧将门窗反锁死，然后安安心心地入睡。

早上起来，看到身侧没有被人睡过的痕迹，林初九的笑容越发得意了，翡翠和珍珠都发现林初九今天的心情很好。

几个丫头还以为是萧天耀和林初九和好了，虽然没有在林初九面前说萧天耀的好话，可话里话外也透着轻松。

梳洗过后，下人端来早膳，不过在用膳前萧天耀来了。

萧天耀的脸色很不好，非常不好，眼睛下面有着淡淡的黑眼圈，应该是一晚没睡，右手包了绷带，倒没有带着伤口来博同情。

“出去。”萧天耀自然而然地在林初九面前坐下，阴着脸道。

翡翠四人一怔，有些不明所以，一个个你看看我，我看看你，却没有一个敢动。

“啪！”萧天耀一拍桌子，“怎么，本王的话已经不管用了吗？”

“下去吧。”林初九没有为难翡翠四人，待到四人退下后，转而对萧天耀说道，“王爷有气冲我发就是了，何必为难她们？”

“你不是说，本王舍不得吗？”萧天耀昨晚回去想了一夜，发现他还真不舍得逼林初九太紧。

真要把林初九逼成木偶娃娃，他也不喜欢，现在这样的林初九正好。

“王爷舍不舍得，哪是我说了算？”林初九并不理会萧天耀，悠然自得地吃了起来，直接当萧天耀是空气。

萧天耀看着林初九，又气又无力，见到林初九的眉眼间都是欢快，萧天耀叹了口气道：“林初九，本王要拿你怎么办才好？”

打舍不得，骂又舍不得，道歉求和？他不会……

“就这样挺好的，吃早膳吧。”林初九不需要萧天耀拿她怎么办，她没打算和萧天耀闹，也没打算和萧天耀翻以前的旧账，反正翻旧账也没用，萧天耀从来不觉得他自己有什么不对的。

她现在只是看明白了，知道萧天耀不会拿她怎样，她便不需要再小心翼翼，委屈自己。

用完早膳，林初九不等萧天耀吃完就放下碗筷：“王爷，以后外面的人给我的请柬，就不劳烦王爷为我处理了，我自己会让人去取的。”

萧天耀一直在用他的方式调教她，想把她打造成他想要的妻子，为此不惜斩断她与外界的联系，让她只能和他认可的人接触，现在她要一步步和萧天耀说不。

“你这算是翅膀硬了？”萧天耀放下碗筷，看着林初九。

林初九笑着摇头：“不，我是如你所愿，做一个能干、强势，可以配得上你的女人。王爷，你并不想要一个唯唯诺诺的妻子，不是吗？”

留下这话，林初九翩然离去……

时间恰到好处，等林初九慢悠悠地走到前厅时，曹管家来报：“王妃，孟先生和孟公子来了。”

萧王府里的下人都是人精，昨晚萧王被林初九关在门外，不得其门而入的事，第一时间便在下人中间传开，这一下全府上下再也没有人敢轻视林初九。

打了王爷的脸还不会被罚，可见王妃才是王府第一人！

林初九一路走来，不管是下人还是侍卫，尽皆停下脚步，恭敬地给林初九问好。

有那么一瞬间林初九觉得很好笑，她之前在府中也够强势，府中的下人对她也是毕恭毕敬的，却比不上现在。

果然，拿萧王立威是最好、最快的捷径，她之前可真是走了不少弯路。

不对，她之前要敢拿萧天耀立威，说不定会被他一巴掌拍死，反倒丢了颜面，现在这个时候刚刚好。

林初九一路心情极好地来到花厅，主动招呼道："孟先生，孟公子。"

语调轻快，没有一丝不悦，让孟先生与孟修远颇为惊讶，他们可是知道林初九失踪了两天两夜，萧王不管不问的事。

不过，这事不好在人前提起，孟修远轻轻点头，孟先生则是寒暄了一句："之前听闻蒙家出事，不知现今如何了？"

他们之前倒是想要帮忙，奈何他们孟家在京中根基尚浅，就是想要帮忙也不知从何着手。

"劳孟先生关心了，我表哥他们都没事了。"林初九从来没有想过要孟家帮忙什么的，在她看来孟修远就是她的病人，她只要尽到一个做大夫的责任就成。

林初九开门见山地问道："孟先生、孟公子，此时上门，你们是不是已经有了决定？"

"是的，恳请萧王妃为我儿医治。"墨神医人都死了，他们除了林初九也没有第二个更好的选择。

林初九知道孟先生找上门并非相信她，而是没有办法。大夫这个行业一向是讲究论资排辈的，年纪越大越容易令人信任，孟先生对她依旧心存怀疑，可这与林初九无关，眼下既然对方同意，那她尽最大的力做到最好就成了。

"孟先生、孟公子，我们丑话说在前面，为孟公子医治是有风险的，当然这个风险不至于让孟公子致命，而且我也不敢保证一定能医好。"只是一个咽喉治疗，林初九不认为自己能弄出人命案。

"这个我们清楚。"没有哪个大夫敢打包票，就是当初的墨神医也不敢。

至于性命之忧……

原本他们是担心的，可城门口发生的事让他们看到了林初九的手段。林初九能在那般简陋的情况下，割开病人的喉咙而不伤人性命，在准备充分的情况下，就更不会出事了。

林初九见对方应下，又道："另外，我还有一些要求。"

"请说……"孟先生不由得坐正，他知道重点来了，就是孟修远也微微挑眉，认真地看着林初九。

他也想知道，林初九想要从孟家得到什么？

"我为孟公子医治时，不希望有外人打扰。如果可以的话，你们最好选一个僻静的地方，重新建一个新的房间，我对房间有一点小小的要求，希望你们能尽力配合。"上次给萧天耀做治疗的房间虽然可以用，但林初九不想在萧王府医治孟修远，麻烦。

"就这个要求？"他以为林初九所说的"要求"，是孟家要付出的代价，巨大的落差感让孟先生傻眼了。

林初九点了点头，有些不解地看着孟先生："就这个要求，详细的内容我回头写给你。医治时间排在半个月后行吗？我之前受了一点伤，需要调养一段时间。"

孟修远的病并不着急，晚十天半个月并不会影响什么，她不需要那么拼命。

“当然可以，”孟先生本能地点头，见到林初九久久不提医治的条件，不得不硬着头皮问了一句，“萧王妃，诊金呢？”丑话说在前头，他不希望事后再扯皮，更不想与萧王府牵扯太深。

东文的水太深了，他们惹不起。

“诊金？”听到这个词时，林初九也傻了一下，她医了那么多的病人，还没有收过一文钱诊金呢。

林初九不好意思地道：“我对诊金也不太了解，要不你们就按外面大夫收的诊金给我吧。”她从林夫人手里敲了一笔巨款，完全不需要靠行医赚钱维持生活，对钱财也就不那么看重了。

孟先生以为自己听错了，便重复了一句：“按外面大夫的行情给诊金？”你确定你要的只是金子，而不需要其他的附加条件？

后面的话孟先生虽然没有说出来，可表现得太明显了，一直觉得孟先生今天很怪异的林初九，终于明白问题出在哪了。

林初九收起脸上的笑，一脸郑重地表明自己的立场：“孟先生，我知道孟家的文昌书院名满天下，孟家在清流中名声极好，可我为孟公子医治，并不是因为孟家也不是因文昌书院，而是因为孟公子的病我正好能医，我对孟家没有任何企图。”

至于萧天耀有没有企图，那就与她无关了，反正她不会像之前那般，默许萧天耀拿她的救命之恩，去达到自己的目的……

第十三章　女人不能宠

萧天耀怎么也不明白，他和林初九之间怎么就变成现在这个样子，明明昨天之前一切还在他的掌控之中，怎么一夜之后两人之间的地位完全变了，现在他不仅没有占主导地位，甚至还要配合林初九。这简直是笑话！

偏偏，林初九现在不听话，也不服管教了。不听话的林初九……说实话，比之前更鲜活，而这样鲜活的林初九才是他想要的，他不介意林初九强势张扬，前提是林初九不能漠视他。这事，得好好想个法子解决掉。

萧天耀坐在书房里，一整个上午什么事也没有做，一直在想这个问题。

要如何才能让林初九回到原先那样，眼里心里都是他，做事完全为他着想呢？

禁锢林初九？不让她出去？

直接灭了蒙家，不让她有外援？

这两个法子似乎都不错，好像哪里又不对？

某人价值万金，分分钟灭掉一个城的大脑，此时满脑子都是让林初九臣服他的法子，可是思来想去也没有找到一个合用的。

苏茶与流白的消息一向灵通，萧天耀被林初九关在门外的事，王府的下人都知晓了，他们两个怎会不知？

两人不约而同地来到萧王府，说是有正事和萧天耀说。

正事确实有，不过不是什么重要的事，至少不需要流白与苏茶特意跑一趟。正事说完，这两人很快就露出了狐狸尾巴。

“天耀，听说你被王妃关在门外？”苏茶说这话时一脸正经，可是眼角却在抽。

他忍笑忍得好辛苦，他完全可以想象，萧天耀被林初九关在门外时的震惊样。

当时天耀肯定惊呆了。

一直豢养在家的小猫突然变成母老虎，挠了主人一脸血，任谁都会震惊。

萧天耀脸色阴沉，没有说话，只是斜了苏茶一眼，苏茶太闲了！

苏茶很淡定地无视萧天耀眼中的杀意："天耀，我听说，王妃还警告你，以后没有她的允许，你就不能上王妃的床？"

说到最后，苏茶实在是忍不住，抱着肚子笑出声来。

"很好笑吗？"萧天耀一个冷刀子般的眼神飞了过去。

"你不觉得很好笑吗？不行了，不能再说了，再说下去我得笑抽了。"苏茶忙扶住椅子，很怕自己会笑得摔下去。

"闭嘴！"萧天耀周身散发着森冷的寒气。

"我不说，我不说。"苏茶忙坐正，低头闷笑，一边说着不说，一边又嘴贱地道，"王妃真是女英雄，我太佩服她了，她居然敢把你赶出来，她就不怕你发飙揍人吗？"

说到最后，苏茶一脸疑惑。他和流白都知道天耀很重视林初九，可天耀这人从来不会表现出来，而且越是重视的人，他对人家的要求就会越高，林初九应该不知道天耀重视她，不应该会恃宠而骄才是。

苏茶越说，萧天耀的脸就越黑……

林初九敢这么对他，不就是吃定了他，知道他不会杀她，不会打她嘛！

流白见到萧天耀的脸色越来越差，忙朝苏茶使了个眼色，转移话题道："天耀，你昨晚是不是没有睡好？我看你的气色似乎不太好啊。"

流白是真心想要转移话题，可他这话却是在往萧天耀的伤口上撒盐。

"流白，天耀晚上一向睡不好，也就是前段时间才能好好睡一觉。昨晚天耀被赶了出来，怎么可能睡得好？"萧天耀有严重的失眠症，每每入睡都会被梦魇惊醒，晚上根本睡不好，所以他在人前的脾气也一向不好。

苏茶原本是很同情萧天耀的，现在却只觉得幸灾乐祸。他早就告诉天耀了，让他别用调教手下的方式对待林初九。林初九是他的王妃，不是他的属下，根本不需要完全听命于他，什么事都按他的要求办，偏偏天耀不听他的，现在吃到苦头了吧。

流白好心办坏事，再不敢插嘴，只能对苏茶道："你少说两句，天耀心情不好。"

"我不说他的心情也好不起来，我早就告诉过他，对王妃要温柔体贴，不要霸道狂妄。王妃本来就有点喜欢王爷，如果王爷表现好些，让王妃死心塌地爱上他，现在就没有这种事。"苏茶双手一摊，一脸无辜。

他承认，他说这话的最初原因是心疼林初九，可也真是为了天耀好。天耀要找到一个能让他安心入睡的人多难呀。现在好不容易才找到一个，当然要好好哄着，强势的逼迫只会把人越逼越远。

"你让天耀温柔体贴，不如给他一把刀，让他把王妃做成人彘，让王妃永远跑不掉。"流白给出符合萧天耀性格的建议。

苏茶忍不住抚额："流白，你别乱给天耀出主意，天耀真要这么做，他会后悔的。"

苏茶不敢想象，林初九被砍断四肢，永远被萧天耀禁锢在房间的画面，那画面太残忍，不忍直视。

“我只是随便说说而已，王爷真想这么做，哪里会等到现在？”流白耸了耸肩，一脸无所谓。

苏茶叹气，和这两个疯子在一起这么久，他还没有疯，简直是奇迹了。

“你们两个够了！”被人看了笑话，又听了一堆无用的建议，萧天耀怎么看苏茶和流白怎么不顺眼，而泄露此事的暗卫，首当其冲。

“昨晚的事，只有几个暗卫知晓，让他们回去重新训练！”敢看他的笑话，还敢说出去，他真的是太仁慈了。

“王爷，这事不是……”流白想要为暗卫解释，可是萧天耀根本不听，手指轻敲扶手，不容拒绝地道：“同样的事，本王不希望再发生，若还有下次，把你手上的暗卫全部交出来。”

萧天耀这是真生气了，流白不敢再说，一脸严肃地应是，苏茶却是瞪大眼睛：“还会有下次？”

王爷，你也太悲惨了，放眼京城，有哪家正妻敢把丈夫关在门外的？王爷，你夫纲不振的事传出去，会有损你的形象的。

萧天耀眼眸一抬，冷冷地看着苏茶：“看样子，你很闲？”

“不，不，我很忙，我很忙……我这就去忙。”苏茶忙起身往外走，他可不想因为看热闹而把自己搭进去。

可萧天耀会放过他才有鬼！

在苏茶转身的刹那，萧天耀右手一扬，桌上的毛笔飞了出去，正好打在苏茶的小腿上，苏茶小腿一软，砰的一声跪在地上。

“嘶……”膝盖笔直地跪下，疼得苏茶顿时倒抽了口气，好半天都没有爬起来，“王爷，我要残了，谁为你办事，谁为你赚钱？”

“本王会给你准备轮椅的。”萧天耀将手中的一封信弹到苏茶的面前，“本王要知道，是谁在背后煽动，要让周贵妃接手慈恩堂的。”

“我一定会查清楚的。”苏茶这个时候可不敢说不，可萧天耀却没有就此放过他，又道：“既然你对本王的私事这么感兴趣，那本王就给你一个机会。本王希望，在出征前能看到一个正常的王妃。”

所谓的正常的王妃，就是不再和他怄气，不会再把他关在门外，两人之间回到墨神医给他医治的那段时间。那时候的林初九很可爱，他们两人相处得也极和谐，每每想起，萧天耀都会不自觉地扬起唇角。

他真的不明白，他们两个之前明明好好的，怎么突然就变成这副模样？

父皇说得果然没错，女人就是不能宠着，一宠心就大了！

“这个……天耀，我做不到呀！”苏茶直接趴在地上装死，“天耀，是你伤了王妃的心，又不是我伤了王妃的心，我哪知道怎么办？”他也没有成亲，也没有心上人，他哪里知道要如何与女子相处？

“做不到也要给本王做到，苏茶，你只有半个月不到的时间，别让本王失望。”萧天耀这话的威胁意味十足，不等苏茶开口，就道，“你们可以滚了！”

苏茶带着不可能完成的任务，滚了！

萧天耀则继续窝在书房琢磨着今晚他要睡哪里。

苏茶真的不想管萧天耀和林初九之间的事，可想到萧天耀眼下的黑眼圈，又于心不忍，犹豫半晌还是决定去找林初九聊聊。

为了不让人误会，苏茶把流白也拉了过去，三人在萧王府一处小凉亭内坐下，苏茶亲自为林初九泡茶。

“王妃，请……”

林初九接过茶却没有喝：“无事献殷勤，非奸即盗，苏公子亲手泡的茶，我还真不敢随便喝。”

“王妃叫我苏茶就可以了。”苏茶面色如常，就好像听不懂林初九的嘲讽。

“称呼不重要，苏公子说吧，你找我有什么事？”林初九随手将茶杯放在桌上。

茶什么的，她不会品，不过苏茶泡茶的动作确实挺好看的，行云流水，优雅高贵。

“也没有什么大事，不过是听到一个小消息，想说给王妃听。”苏茶抛出一个诱饵，想吊林初九的胃口，却不想林初九语气淡然地道：“我不感兴趣。”

“王妃，这事和你有关。”苏茶面上笑得从容，心里却是泪流满面。不是说女人都很好哄吗？王妃怎么这么难缠，完全不给他营造气氛的机会。

“我能不听吗？”林初九已经猜到苏茶要说什么。王府下人的态度，足以证明昨晚的事人尽皆知了。

苏茶倒茶的手一抖，差点就端不住他的贵公子形象：“王妃，咱能好好说话吗？”一再拒绝沟通，这样真的不好，很不好。

“是你藏着掖着，不是我不配合。”她要不配合，就不会过来了。

“是我的错。”苏茶放下茶壶，爽快地认错，直言道，“王妃，我今天来找你，是想和你说说王爷的事，不知你对王爷了解多少？”

林初九没有回答苏茶的话，而是说道：“你想说什么？直接说。”

为什么王妃一点好奇心也没有？苏茶郁闷得不行，林初九不上钩，他也没法营造气氛，只能直接说了：“王妃，我知道这段时间王爷做的一些事，让你很生气，让你受了委屈，可有些事真的不能怪王爷，王爷他……”

苏茶不死心地顿了一下，想要等林初九追问，结果林初九依旧不开口，苏茶无奈，只得继续往下说道：“王妃，外人只看到王爷风光无限，手握重兵，可却没有人知道他为此付出了多大的代价。”

苏茶说到这里，幽幽地叹了口气：“王爷五岁丧母，之后被人掳走，五年后才被找回来。没有人知道那五年王爷经历了什么，只知道他回来时瘦得只剩下骨头，全身没有一块完整的肉，整个人变得沉默寡言，不喜与人靠近。

“回来后，王爷也没有过上几天好日子，王爷回来不到半年，先皇就驾崩了。先皇对王爷很好，驾崩前给王爷封王，同时给了王爷一部分兵权，可先皇却忘了王爷年幼，根本保不住他手中的权力。”

“皇上对王爷手中的兵权虎视眈眈。世人都知道王爷十六岁一战成名，十八岁奠定他无人能及的战神地位，可却不知王爷为了自保，十二岁便奔赴战场。风光的背后是血与泪，世人看到王爷出身高贵，位高权重，却不知王爷为此而付出了多少。”苏茶说到这段往事，语气不自觉地便低沉下来，此时他并非刻意营造什么，而是发自内心。

“王妃，你能想象十二岁的少年，在战场上厮杀三天三夜，从死人堆里爬出来吗？你能想象十三岁的少年，被困密林，与野兽争命吗？你能想象十五岁的少年，被人活埋，只靠双手从沙堆里爬出来吗？王爷他这一生无数次与死神擦肩而过，他能活下来真的是奇迹。他今天所拥有的一切，固然有他的身份原因使然，可更多的是他自己的努力所得。

“我不知道王妃你有没有看到过王爷身上的伤，我有幸看到一次，那一次我差点儿吓得晕过去。王爷身上不是一道道伤，而是交叠纵横，一道加一道，他身上完全没有一块好肉。我完全不敢相信受了那样的伤后，王爷还能活下来。”

苏茶说到这里，自嘲一笑：“我一直以为自己过得很苦，可和王爷相比我才知道，我受的那点苦算什么。王爷他能有今天，真的很不容易。”

“确实不容易。”林初九点头附和，苏茶没有说得多么生动煽情，可林初九从他简单的语言中，完全可以想象出萧天耀当时的艰难……

一个稚嫩少年却手握重兵，那就等于三岁奶娃娃抱着金砖过闹市，明摆着让人来抢。萧天耀要保住他手上的兵权，就得拿命去和那些大人拼，这个过程自然是惨烈的。没有人能随随便便成功，萧天耀也不例外！

苏茶听到林初九平平淡淡的一句话，不由得傻了：“王妃，你不觉得心疼吗？”

他说这么多，难道还不能让林初九心软？林初九的心，到底是什么做的？

“都过去了不是吗？而且王爷也没有死，我要心疼什么？”林初九想到萧天耀在她从望风崖回来后说的话，不由得笑了。她没有死不是吗？

“呃……”听到林初九的回答，苏茶就知道苦肉计是行不通了。不过苏茶并没有就此放弃，而是顺着林初九的话道，“王妃说得没错，一切都过去了，王爷虽然仍受过去的事情影响，可到底还是活下来了。”

事情是过去了，可有些伤害却永远地留存了下来。要不是当年的经历太惨烈，萧天耀这些年也不会常年无法入睡，也不会有洁癖，更不会讨厌女人近身，只是这些事萧天耀不告诉林初九，苏茶也不好多说。

依萧天耀的骄傲，肯定是不愿意用这些事来换取林初九的同情，他肯说出天耀少年时的遭遇，也是冒了极大的风险的，甚至都不敢说得太过详细。

苦肉计行不通，苏茶索性直接说了：“王妃，你也知道王爷前些年，大部分时间都在战场上度过。在你嫁进来之前，萧王府连侍女都没有，王爷这些年从来没有与女子相处过，他根本不懂得如何与女子相处。”

“你和我说这些，到底是什么意思？”林初九沉默片刻，才说道。

苏茶没有急着说，而是先喝了一杯茶，润了润嗓子，这才不疾不徐地道：“我就是想告诉王妃，王爷他真的很在乎你，只是不擅长表达。要不然依他的性格，被你关在门外，绝对会拆了房子，然后把你做成人彘。”

苏茶还是受流白的那句话影响了，开口就说出暴行，为了不吓坏林初九，苏茶又补了一句：“王妃，王爷可能在某些事情上不近人情，行事与常人不相符，但他并没有恶意。他一直坚信只有自身的实力足够强大，才能保护好自己，倚靠别人是不行的。王爷之前没有与女子相处过，他根本不懂得如何与你相处，某些时候哪怕是伤害到王妃，可他自己却也不知道。”

苏茶来找林初九，并不全是为了完成萧天耀交代的任务，也是希望萧天耀和林初九能好好的。他们两人已经成亲了，又难得彼此信任，要是就此渐行渐远，彼此伤害对谁来说，都不是一件好事。

苏茶见林初九沉默不语，又继续道：“王妃，现在的王爷很强大，强大到无人能够伤害他，可并不表示他不会受伤，王妃你的冷淡就伤了他。”

想到萧天耀那布满血丝的双眼和紧皱的眉头，苏茶不由得叹气道：“王妃，不论如何，你试着和王爷好好相处一次行不行？”

行不行？她要如何回答？林初九看着苏茶，很无奈地叹息了一句：“苏茶，我和王爷现在这样很好，你不能一味地要求我去迎合他。”

她真的觉得他们这样很好，她并没有与萧天耀吵架，也没有大哭大闹指责他，不是吗？

“王妃你误会了，我没有说要你一直迎合王爷，就是……你能不能别计较周肆和望风崖的事？周肆那件事真是意外，当时王爷找了第一杀手荆池来保护你，有荆池在周肆绝对伤不到你。只是荆池因为他的师弟糖糖出了事，来晚了一步。”说到这里，苏茶忍不住同情起萧天耀了。

真的太倒霉了，连老天爷都不帮他。周肆的事萧天耀之前就解释过一次，可是林初九仍旧无法释怀，她永远忘不了箭头刺入身体的痛。

“望风崖的事呢？你又怎么解释？”

“望风崖的事，王爷早就知道幕后之人是在针对他，毕竟王妃你身上也没有什么可以图谋的，王爷之所以没有第一时间去救你，是因为他想把幕后之人揪出来，同时也给王妃你一个锻炼的机会。幕后之人的目标是王爷，在王爷没有出现前，他们绝不会伤害你的，所以王爷才不担心你的安危，我们和王爷都没有想到，王妃竟然一个人能从对方的手里面逃了出来。”不得不说天耀的眼光极好，挑的女人不仅医术好，还足够彪悍。

皇上手上的密探头子，虽不是什么武神级的高手，在东文国也是能排进前十的，林初九能从他手上逃出来，真的很了不起。

“你的意思是说，这一切都是巧合，我不该怪王爷拿我当箭靶，是我自己想太多了？”林初九承认苏茶的口才极好，站在萧天耀的立场来说，这两件事萧天耀都没有做错，可有谁站在她的立场，为她说一句话呢？

“王爷这么做真的是为了你好，王爷马上就要上战场了，肯定不能把你带过去，要是你没有足够的能力，王爷就是留再多的人保护你，也不一定能护得住。敌暗我明，王爷可以留很多人保护你，可对方也能派更多的人来掳走你，甚至杀了你。王爷之所以急着杀死周肆，也是怕他去战场了，周肆会盯上你。”苏茶说着又口渴了，这个时候也顾不得品茶了，直接便往肚子里灌。灌完后，又眼巴巴地看着林初九，说了这么多，也不知道王妃听进去没有？

林初九幽幽地叹了口气：“我知道了。”没有任何表态，就这么一句话，说完起身便往外走，脚步从容，姿态优雅，不疾不徐。

“王妃这是什么意思？”流白在一旁听了半天，又看了半天，到最后还是没有弄明白苏茶有没有成功劝说林初九与萧天耀和好。

“你问我，我问谁去？”苏茶没好气地斜了流白一眼。

他要是知道林初九是个什么意思，他还需要坐在这里发呆吗？他早就去找天耀邀功了。算了，不管这些烦人的事了，他还是去查慈恩堂的事好了。

苏茶拍了拍衣袖上的褶子，起身便往外走，至于萧天耀和林初九之间的事，他已经尽了人事，剩下的就只能听天命了！

苏茶说了那么多，林初九当然听进去了，知道萧天耀不是故意要自己的命，心里多少舒服了一些，可到底意难平。她承认萧天耀一路走来不容易，但这些并不是他利用她、伤害她的理由。她觉得她和萧天耀现在的相处模式挺好的，她整个人都放松了，她不想改变。

不需要去考虑萧天耀高不高兴，不需要去担心萧天耀会不会生气，可以按照自己喜欢的方式生活，真正地把萧王府当成自己的家，甚至心情颇好地让人在前院搭了一个秋千，当然不是一块木板的秋千，而是藤椅式的，可以窝在上面晒太阳。

曹管家听到林初九的要求，亲自带着匠人过来，甚至主动询问林初九，要不要移植一些花草过来。

“不用，这样挺好的。”虽然林初九喜欢花花草草，但她没精力照顾，眼前一片绿地，她看着就很满意。

曹管家不敢多劝，当天下午就让人将秋千装好，完全按照林初九想要的样子，而且藤椅非常结实，坐两个人完全不成问题。

为了遮阴避雨，曹管家还让人用木头搭了一个简易的架子，准备移植一些藤类的植物过来。

看到面前的秋千，曹管家已经在脑子里幻想，王爷抱着王妃坐在秋千上慢慢地晃来晃去的画面。那画面绝对美极了，三爷肯定会很高兴。办完这一切后，曹管家便回去给萧天耀报信。王府上下所有的事，只有萧天耀不愿意知道的，不然没有什么可以瞒他。

事关林初九，曹管家一向是亲自来报。

“嗯。”萧天耀应了一下，这时他那绑着绷带的左手，正握着笔在纸上游走，曹管家抬头看了一眼，便立刻低头。

片刻后，萧天耀放下手中的笔，说道："让绣娘将衣服与首饰给王妃送去。"

明日南远的公主与西武的皇子就要到东文，萧天耀倒不需要亲自去接，不过晚上的宫宴却要参加。

"小人明白。"曹管家双手作揖，转身又跑去找绣娘。

明日的宫宴，不是林初九第一次在社交场合亮相，却是她第一次与萧天耀同时出现，好好装扮一番很有必要。

翡翠和珍珠早前一收到消息，就开始为林初九准备衣服，今天正好做完。

翡翠和珍珠知道林初九撑得起明艳的衣服，便为她准备了一套朱红色的宫裙。这四个丫头也是有心的，萧天耀在人前一向穿朱红色正服，林初九换上这个颜色，与萧王走在一起肯定相配。

"王妃，这是我们给您准备的衣裳，您先试一试，不合身我们现在就改。"珊瑚和玛瑙将衣服抖开，露出上面精致的绣纹，一看就知道费了不少时间。

"你们有心了。"明天的宫宴林初九虽然说不上多重视，可也不想失礼，翡翠和珍珠准备了衣服，她肯定是要提前试的。

翡翠和珍珠上前，打算服侍林初九去里间换衣服，可就在此时，门外响起一阵脚步声，一排绣娘捧着托盘走了进来："王妃，奴婢奉命给您送衣服。"

里衣、中衣、外衣、配饰，数十个托盘全部放得满满当当。

翡翠和珍珠愣了一下，随即又一脸欢喜："王妃，是王爷给你准备的衣服。"她们还以为王爷不会给王妃准备呢。当初王妃进宫谢恩，王爷不就什么也没有管，王妃差点就出丑了。

林初九看了一眼，浅浅一笑："先试试你们缝的衣服。"

"谢王妃。"翡翠和珍珠一脸欢喜，虽然她们刺绣的技艺，没有专门供养的绣娘强，可她们自信做的衣服不会比她们差太多。

绣娘们听到这话并不敢生气，只是静静地站在一旁，如同木偶。

翡翠和珍珠不愧为林初九身边的人，衣服大小刚刚好，繁复的花纹与样式，林初九完全压得住，只一件衣服，就让林初九气势陡增。

"王妃真美。"四个姑娘诚心地赞道，她们家王妃长得很好，只是平时不爱打扮。

林初九道："是衣服好。"人靠衣装，这话确实有理。

被夸赞了，翡翠四人很高兴，又服侍林初九脱下衣服："王妃，试一试王爷让人送来的衣服。"

萧天耀为林初九准备的衣服，是一套金色的宫装，样式简单大方，绣工却极尽精致。袖口和裙摆用银线勾勒出祥云的图案，平放在那里看不出来，拿起来，光线一折射，就能看出祥云似在流动。

就这么一个小细节，足以证明绣娘为这套衣服费了多少心思，更不用提为这套衣服准备的数十盘配饰。

“好美……”翡翠和珍珠看到衣服，忍不住赞道。她们之前做的衣服，已经是费了心思，算是上上之作，但和萧王爷准备的衣服一比，瞬间就成渣。

翡翠四人笑着打趣：“幸亏王妃先试了我们做的衣服，不然我都拿不出手了。”

林初九摇摇头：“她们是绣娘，专职就是做衣服，比不了。”这一套衣服，光配套的腰带就有数十条，除了专门的绣娘旁人哪有这个功夫。

“只要王妃不嫌弃我们的手艺就好。”翡翠四人并不嫉妒，将衣服一件件拿出来，服侍林初九换上。

金色一向为皇族专用的颜色，普通百姓甚至达官贵人都不能穿，林初九这还是第一次穿金色的宫装，一瞬间就是她自己也惊呆了。不仅仅是美，而是华丽、高贵，不似朱红那般张扬，而是一种让人不敢直视的尊贵，如同女王。

“王爷的眼光真好，王妃穿金色真好看。”翡翠四人眼睛都瞪大了。有那么一瞬间，她们以为自己面前的女子，是准备走向凤座、母仪天下的皇后。

“是很好看。”没哪个女人能拒绝美丽的服饰，林初九也不例外。

翡翠四人一阵激动：“王妃，我们给您装扮上吧。”

萧王爷准备得很全，连发饰和首饰都配上了，全都是新打的，而且每样都有三套，她们完全可以一样样试，看哪套最适合林初九。

林初九没有拒绝……

即使萧天耀对女人没有太大的美丑观念，也知道林初九长得很不错，在贵女中可谓上上之选，但他从来不知，他的王妃居然会有如此让人惊艳的一面！雍容、大气，明明年纪不大，周身却没有一丝浮躁的气息，沉着稳重得不像这个年纪的少女。

当初他为林初九选定金色的宫装，只因为这个颜色代表了奢华、尊贵，只有皇族才能穿，站在他身侧也不会黯然失色，却没想到林初九真能穿出这般让人惊艳的效果。

林初九装扮完毕，来到马车前，萧天耀的自制力一向惊人，只看了一眼便移开了，同时也吝于赞美，只是上前亲自扶着林初九上马车。

林初九没有错过萧天耀眼中一闪而逝的惊艳，微微一笑，抬手轻轻放入他的手心。

在萧天耀的搀扶下，林初九缓步上前，姿态优美，甚至在萧天耀扶她上马车前，给了他一个灿烂的笑容，没有意外，萧天耀的脸色柔和了不少。

马车内依旧宽敞无比，林初九在左侧正中央坐下，把右边的位置留给萧天耀，可惜萧天耀并不领情，上了马车之后就挨着林初九坐下，这让林初九颇为意外。

骄傲如萧天耀，什么时候会干主动黏人的事了？

林初九坐在正中央，留下的位置并不够一个人坐，两人不可避免地靠得很近，林初九眉头微蹙：“王爷，你压到我的衣服了。”

“嗯。”萧天耀应了一下，却没有移开的意思，林初九无奈，只得坐过去一点，免得两人还未进宫，这一身衣服就无法见人了。

两人之间相隔半个位置，萧天耀没有再上前，而是伸手握住林初九的手，林初九一怔，回头看了他一眼，却见萧天耀正闭目养神。

这是逃避？

林初九轻笑一声，没有刻意抽出手。

皇亲贵族有专用的通道，林初九与萧天耀并不需要和那些官员一起挤青石小道，马车一路驶进皇宫，小太监忙将马车引到相应的位置停好。

“王爷、王妃，到了。”萧王府的侍卫上前，恭敬地请两人下马车。

引路的小太监一听，当即吓得愣在原地：什么？是他听错了吗？萧王爷也在马车上？

萧王爷不是讨厌坐马车，一向只骑马的吗？怎么会坐马车进宫？

小太监眼巴巴地看着马车，只见一身朱红的萧天耀走了出来，小太监顿时腿软，扑通一声跪倒在地。

萧天耀连个眼神也没有给他，站在马车旁等林初九下来，林初九也不觉得有什么不对，神态自若地扶着萧天耀的手下马车。

准备上前服侍的翡翠四人，见到这一幕，顿时瞪大了眼珠子：王爷，你一再抢我们的活儿，这样真的好吗？

四个小丫鬟一脸郁闷，可却不敢上前，只乖乖地站在原地，等到林初九与萧天耀往前走，这才不远不近地跟上。

萧天耀与林初九两人几乎是掐着点来的，这个时候无论多大的官，都已经带着家眷入席，除了皇上、皇后和今晚的客人外，也只有萧天耀和林初九没有到。

萧天耀与林初九还未踏入宴会厅，太监就高声唱道：“萧王到，萧王妃到！”

萧天耀目不斜视，握着林初九的手一路往前走。按说这样的场合，两人手牵手并排走是极不合规矩的事，可萧天耀何许人也？

他是东文一人之下万人之上的萧王，虽不至于无视礼教，目无一切，但想要用礼教来束缚他，那简直是妄想。

他的女人，他愿意牵着进来，谁管得着？

林初九倒是想做一个规矩的女人，可萧天耀握得太紧了，她完全挣不开，只能任萧天耀拉着她走。

当然，林初九不否认，她此时的心里有点小雀跃。萧天耀没有把她当成只能站在他背后的女人，给了她应有的尊重，让她可以和他携手前行。

这世间，能与丈夫并肩前行的女人几乎没有，就连这世间最尊贵的女人皇后娘娘，也没有这个殊荣。

随着萧天耀与林初九的到来，分坐在两旁的官员与女眷一一起身行礼。

“参见萧王，见过萧王妃，王爷千岁千岁千千岁。”请安声此起彼伏，萧天耀一律无视，只拉着林初九的手不疾不徐地往前走。

一朱红，一金色，皆是显眼至极的颜色，一进来便夺人眼球，让人移不开眼。

宴会厅的座位是按“品”字排列。皇上坐在正中间，左右两侧则是权贵、官员，离皇上的位置越近，就表示身份越高。

今天参加宴会的人，最低的官职也是三品，靠近门口的位置坐的大多是三品官员。他们对京中的消息说灵通也灵通，说不灵通也不灵通，他们大都知道林初九之前的名声，对她最近的事却知之不详，见到林初九身着金色宫装，雍容华贵地走进来，一瞬间都傻眼了：这是林相的嫡长女？

不是说林相的嫡长女粗鄙不堪、骄纵狂妄吗？那样的女子，能站在萧王身边半点不怯？能发光发亮？这好像和传闻不相符呀！

一干官员面面相觑，皆想从同僚口中问出点儿什么，却发现身旁的人也不知。

越往里身份越尊贵，那些一品大臣、亲王勋贵大多都知晓，林初九与传闻不相符的性格，也知道萧王很重视这个王妃，是以，他们见到华贵优雅的林初九，一点儿也不惊讶。

萧王的眼光之高有目共睹，他当年当众拒绝东文第一才女，评价其空有其表，是个草包。能被萧王看上眼的女人，怎么可能平凡？

林初九有这个气势众人一点儿也不奇怪，要是没有这些人才觉得奇怪。

他们不奇怪林初九的出色，而是奇怪林初九与萧天耀相握的手。

在这种场合，携手走来，萧王爷这是什么意思？

萧天耀是什么意思，没有人知道也没有人敢问，不过有一点可以肯定，那就是萧王妃绝不仅仅只是皇上赐的、一个空有名号的正妃，她是有萧王支持的，是萧王府实打实的女主人。

见到这一幕，不少人都在感慨，林相这个女儿真是了不得。

他们很清楚林初九为什么会被赐给萧天耀，这是皇上明面上羞辱、打压萧王的证明。他们还以为林初九活不过三个月，不想这个皇上赐下的萧王妃不仅活得好好的，还取得萧王的信任，得到他的看重。

要说林初九没有一点手段，旁人是不信的。

一干大臣起身给萧天耀见礼，右相派系的官员，时不时就用眼角的余光去看林相，那眼神饱含深意。

林相在看到萧天耀与林初九携手走进来时，就知道要坏事了，待到这时见右相等人隐晦看来的眼神，林相掐死林初九的心都有了。

他知道林初九心里向着萧王府，可仍没有把林初九当回事。就凭她是皇上亲赐的，就凭他们林家是皇上的心腹，萧王也不会信任她，也不会把她当成王府的女主人看待。这样的情况下，林初九没有娘家的支持，就是本事再大也翻不出风浪，不想萧王居然不在意她的出身，给她绝对的信任与荣宠。能与萧王并肩而行的女子，放眼天下就只有林初九一个，要说萧天耀不重视林初九，谁信？

看着华贵雍容，缓步走来的林初九，林相的眼中闪过一丝悔意。他真的不知道林初九有这等的本事，否则当初说什么也不会答应皇后的请求，把初九指给萧王。

不管心里怎么想，林相都要老老实实地给林初九和萧天耀行礼，而随他一起前来赴宴的林夫人与林婉婷自然也不例外。

因这次的宴会是为了欢迎南远的公主与西武的皇子，皇上便下旨让各家把年轻的未婚嫡子、嫡女带进宫，明面上是年轻人在一起好说话，实则有意从中挑选和亲人选。

林相知晓萧天耀要进宫，本不想带林婉婷来，怕她丢脸。转念一想，他要是不带林婉婷进宫，岂不是不打自招了。于是硬着头皮将人带来，好在林婉婷一路上规规矩矩，没有做出什么失礼的事，不想此时出了意外……

林婉婷突然出声，失控地喊了一声："这不可能。"

她的声音被众人的请安声压了下去，但她一脸呆滞，眼珠子定在林初九身上，半天也没有收回来。林初九发现了，微微移头，淡淡地扫了一眼，又别开了。林婉婷虽然可恶，但她还不至于在这种场合，跟一个小姑娘计较。

然而，林初九不计较，并不表示事情就此结束。一路走来，众人的注意力都放在林初九与萧天耀身上，林初九这么一动，立刻就让人发现了。

有人顺着她的视线看过去，就见林婉婷目露凶光，一副要吃人的样子。

知情人微不可闻地笑了一声：林相这次可真是亏大了，错把珍珠当鱼目不说，还把鱼目当珍珠。

为了这么一个没用的小女儿，放弃聪明能干的大女儿，简直是亏大了。

一连数道视线扫来，林相与林夫人就是再傻也看出来了，回头一看，夫妻二人脸色大变，林夫人暗暗掐了林婉婷一把，林婉婷这才回过神来。

林婉婷虽然修为不到家，但到底经过了林夫人多年的调教，当即摆出一副委屈可怜的小模样，柔柔弱弱地站在那里，看上去还真像那么一回事。

只可惜在场的都是人精，就是跟着父母前来的少年，也是家中的继承人，林婉婷想要糊弄他们，可不是容易的事。

林初九根本没有把林婉婷放在眼中，与萧天耀一同走到自己的坐处，只是还不等他们坐下，就听到太监高喊："皇上驾到，皇后娘娘驾到，太子殿下驾到，贵妃娘娘驾到……"

第十四章　宫宴上的挑衅

宴会的正主们来了，刚坐下的群臣，又一次起身行礼。

林初九本以为他们也得站起来意思一下，不想萧天耀完全视而不见，拉着林初九就在左下首坐下。

林初九抬头看了萧天耀一眼，以眼神问道：王爷，这么嚣张好吗？

萧天耀唇角微扬，朝她轻轻点了个头。

他和皇上之间的矛盾已是不可调解，他恭敬也好，狂妄也罢，皇上都想除之而后快，既然如此他何必委屈自己，左右皇上也不能杀了他。

萧天耀承认，他有这个想法是受了林初九的影响，林初九现在对他，不就是这个态度吗？

有萧天耀发话，林初九也就不管了，左右萧天耀在这里，天大的事有他顶着。

皇上大步走在前面，皇后与周贵妃则落后一步，一左一右跟着，太子则与西武皇子、南远的公主走在一起。

行礼声一路不断，众人都起身行礼，这么一来，坐在那里的萧天耀与林初九就显得特别突兀。

皇上脸上的笑容，也在看到他们二人时僵住了。不过，皇上也知道这个时候，为行礼这种小事训斥萧天耀，并不值当。

皇上只当没有看到，直接从他们二人身边走过。皇后和周贵妃自然不会多说，脸上的笑容始终不变，只当林初九与萧天耀不存在。

待皇上三人走过去，行礼的众人也坐了下来，萧天耀与林初九也就没那么特别了，众人本以为这一茬会就此揭过，不想南远的公主，突然在林初九面前停下脚步，傲慢地道："你就是萧王妃？"

南远公主南诺瑶的话挑衅意味十足，而且在这个时机与场合问出这样的话，明显是冲着林初九来的。

底下的几位官员不由得皱眉，心中暗道：南远公主这是什么意思，一来就挑衅他们东文的亲王妃？

就是皇上听到这话，也面露不满。不管他对萧天耀和林初九是什么态度，可也容不得外人挑衅，只是来者是客，他这个一国之君，要当众训斥南远的小公主，到底是不够大气。

此时，要教训南远的小公主，也只有林初九自己动手，可林初九却像是没有听到一般，根本不搭理南诺瑶，浅笑盈盈，姿态端庄，完全不将站在她面前、挡了她光线的南远公主放在眼里。

萧天耀和林初九一样，完全无视。

一时间宴会厅彻底静了下来，太子与西武皇子站在那里，不免有几分尴尬，他们又不好抛下南诺瑶独自离去。

“扑哧……”不知是谁突然笑了一声，南诺瑶顿时满脸通红，太子与西武皇子见状，顾不得照顾南诺瑶，两人默契地丢下南诺瑶，回到自己的位置上。

南诺瑶独自站在林初九面前，众人本以为她会气愤地回座位，不想她再次上前道：“萧王妃，你们东文就是这样待客的吗？你没有听到本宫问你的话吗？”

南诺瑶当然不是不知天高地厚，愚笨无知。而是，她认为在东文，做一个头脑简单、不知天高地厚的公主，会比做一个聪明、懂进退的公主更容易让东文皇帝放下戒备，也更容易让东文皇帝，同意她嫁给萧天耀。

当初，林初九不就是因为骄纵、愚蠢，才被东文皇帝赐给萧天耀的吗？她南诺瑶也可以。

林初九听到南诺瑶的话，不由得笑了：“知道我是萧王妃还问，你们南远就是这样教公主的吗？”

这位公主不知是真刁蛮还是假刁蛮，不过在这个场合刁难她一下确实不错，要是她丢了脸，以后怕是没脸见人了。

“要不是你和萧王坐在一块，谁知道你是萧王妃，本宫连问一句也不行吗？”南诺瑶并没有露怯，语气一如既往地强势。

反正，她就是愚蠢、不知天高地厚，丢脸也没有什么，左右他们这种谋朝篡位的人，在世人眼中也没有什么好名声。

“要不是你与皇上一同进来，还真没有人知道你是南远的公主。”林初九语气温柔，话中的意思却一点儿也不客气。

南诺瑶顿时咬牙切齿，一脸凶狠地道：“你瞧不起我？”

林初九不知南诺瑶是真的不懂，还是故意装出一副愚蠢的样子，总之她不屑与南远公主胡搅蛮缠，只淡淡地道：“公主，你确定你不回座位吗？所有人都在等你。”

“宴会又没有开始，等我一下又怎样。”南诺瑶回答得理所当然。

有那么一瞬间，林初九在南诺瑶身上看到了自己，骄傲自大，目无一切，愚笨而不自知。

不过，是真是假就不好说了。

在这种场合，摆出一副骄纵的样子，怎么看都像是刻意的。

林初九没兴趣给人当踏脚石，毫不客气地道："公主，你挡着我的光了。"说话间，林初九拿起一旁的酒壶，给自己倒了满满一杯。

众人一脸不解，心中暗道：萧王妃莫不是要退让，自罚一杯？

可是，林初九端起酒杯并没有喝，而是抬头说道："公主，你还不走吗？"

南诺瑶怒道："我就是不走，那又怎样？"她倒要看看，林初九要如何从现在的局面中脱身。要知道，她"刁蛮"起来，就是她以前那位公主嫡母也要吃苦头。

"不走……便不走吧。"林初九软软的一句话，让众人一脸失望。

萧王妃，你的脾气呢？你怎么可以被一个小公主堵得毫无办法。

可是，下一秒，众人却惊呆了！

林初九扬手就将杯中的酒泼向南诺瑶，而南诺瑶完全没有防备，被泼了个正着。

萧王妃，你太帅了！

众人在心中叫好，遇到南诺瑶这种蛮不讲理的，就该对她不客气。

酒渍沾在南诺瑶浅蓝色的裙摆上，晕染开来，与里衬粘在一起，让南诺瑶身上的裙子瞬间失了原有的飘逸与轻灵。

"你，你竟然拿酒泼我？"南诺瑶连连后退，却改变不了裙子已湿的事实。

这下，她要怎么参加接下来的宫宴？

"本王妃提醒了你，可惜公主出门没带耳朵。"林初九无事人一般，又给自己倒了一杯酒，端起来，却没有喝。

"萧王妃，本宫记住你了。"南诺瑶怕林初九再泼她一次，不由得快步向前，可她却不是回座位，而是委屈地向皇上告状："皇上，萧王妃拿酒泼我，你们东文欺人太甚。"

南诺瑶眼眶泛红，一副受了天大委屈的模样。

她这副样子，就是要皇上处罚林初九。

皇上头痛得抚额，他想说林初九泼得好，可是南远公主当众告状，他又不能不给南远面子。

"萧王妃，还不快给诺瑶公主道歉。"皇上和稀泥道。

"诺瑶公主，本王妃失礼了。"林初九很给皇上面子，从善如流地说道。

南诺瑶顿时气炸了："你这算什么道歉，坐在那里就叫道歉吗？"

她装疯卖傻这么久，林初九想这般轻易地逃过，做梦吧！

"不然呢？诺瑶公主想要我怎么样？斟茶下跪？"林初九面露嘲讽，不等南诺瑶接话，不屑地补了一句，"凭你也配！"

"我怎么不配了！我父皇是南远的皇帝，我受你的礼怎么了。"林初九这话着实戳到了南诺瑶的痛处。

南远皇帝是篡位夺权，根基浅薄，南远皇室总觉得旁人瞧不起他们，极度自尊且自卑，容不得旁人说他们半句。

南诺瑶为自己的出身而骄傲，可又为自己的出身而自卑。她总觉得自己不是真公主，要是拿不出气势来，旁人一定会小瞧她。

她在东文皇帝面前，虽然是故意装出粗鄙骄纵的模样，但她平时也确实很强势，从不肯在人前低下高贵的头颅，总觉得低头她就输了。

然而，这一次林初九没有说话，因为萧天耀先一步开口了："南远的皇帝？哼……不过是乱臣贼子，也敢称皇。"萧天耀开口，声音不大，可话中的意思却直戳人心窝。

南诺瑶的脸唰的一下就白了，身子甚至摇晃了一下，咬着唇道："萧王，请慎言。"

萧天耀却没有搭理她，而是越过她，直接问皇上："皇上，宴会还要继续吗？"话外之音就是说，要不继续你就赶紧宣布解散，他没有兴趣在这里陪人胡闹。

"咳咳……"皇上轻咳一声，对身边的周贵妃道："爱妃，诺瑶公主不慎污了衣裳，你陪她下去换一件。"明显，皇上站在萧天耀与林初九这一边。

想来也是，皇上和萧天耀再怎么斗也是东文自己的事，南诺瑶太天真了，她在东文打东文亲王妃的脸，皇上会给她面子才有鬼。

南诺瑶的脸色越发难看，张了张嘴想要说什么，抬头对上皇后看似温柔实则警告的眼神，当即冷静了下来。

这是东文，不是可以任她张扬肆意的南远，而且她真要跟萧天耀争，最后吃亏的人肯定是她。

南诺瑶深深地吸了口气，强压下心中的愤怒，强撑着笑脸朝皇上福了福身，一脸娇憨地道："多谢皇上。诺瑶不敢劳烦贵妃娘娘，萧王妃与我年纪相仿，不如请萧王妃陪我去换衣裳可好？"

周贵妃刚要起身，听到南诺瑶的话，当即僵住，脸上的笑容甚至有片刻的呆滞。不敢劳烦她，却要劳烦林初九，这不是要踩着林初九来捧她？这种捧法她可不要。

周贵妃从来不是善茬，南诺瑶把她扯进浑水里，她自然也不会客气。

周贵妃稳稳地坐下去，温柔地道："诺瑶公主怕是不懂皇族的规矩，萧王妃是一品亲王妃，对宫里并不熟悉。诺瑶公主要是觉得麻烦本宫，便让宫女陪你去吧。"

周贵妃虽然说得不清不楚，却是狠狠地抽了南诺瑶的脸。不等南诺瑶说话，周贵妃便扬声吩咐道："来人，服侍诺瑶公主下去换衣服。"

皇上没有出口阻止，显然是默许了周贵妃的话，宫女上前恭敬地请南诺瑶下去换衣服，南诺瑶一时间进退两难，走也不是，不走也不是。

这种场合，谁也不好先开口，众人本以为局面会僵住，不想就在此时，萧天耀突然举起酒杯，对皇上道："皇上，臣弟敬你一杯。"

没有花团锦簇的祝酒词，甚至没有站起来，萧天耀这句话却打破了殿内的气氛，皇上很给面子地举起杯子，抿了一口。

"皇上，我也代表西武，敬您一杯。"西武的皇子纪丰羽见状，忙端起酒杯站了起来，试图掌握主控权。

今天这场接风宴，是东文为南远与西武办的，眼下南诺瑶虽当众出了丑，可被她这么一闹，他这个西武的皇子也被众人忽视了。

虽然他们西武的国力是四国中最弱的，可也不能让人小觑。

“丰羽皇子客气了，代朕向你父皇问好。”纪丰羽还未封王，按西武的说法是，等纪丰羽大婚后再封王。

有萧天耀和纪丰羽打头阵，众朝臣也纷纷给皇上敬酒，当然也不会忘记向西武前来的纪丰羽敬酒，毕竟他才是今天宴会的主角。

一瞬间宴会厅中的众人便热闹地交谈起来，至于站在殿中当柱子的南诺瑶，则被众人集体忽视。

不管南诺瑶是真蠢还是假蠢，她都已经把自己作到无可救药的地步，旁人就是想卖南远一个好也救不了她。

南诺瑶不仅得罪了萧王，还有皇上呀！

没了南诺瑶捣乱，宴会进行得很顺利，纪丰羽的态度摆得很端正，即使西武国力不强，他面对皇上也不卑不亢的，赢得了不少人的好感，右相甚至还与身旁的孙子感慨了一句：“西武这位皇子不简单。”

“可惜不得宠。”右相的孙子淡然一笑，笑容与右相有三分相似。

纪丰羽在西武确实不得宠，否则又怎么会来东文求亲。

南诺瑶见众人完全无视她的存在，一时间又羞又恼，按说依她表现出来的刁蛮，这个时候应该不依不饶，死活要萧天耀和林初九给她赔不是，可她又不是真的无脑，她要真敢闹，东文的人肯定敢给她难堪。

南诺瑶站在殿中左右为难，一时间有些后悔，早知道她就不听五哥的劝，装什么草包无知，现在好了，把自己逼得进退两难。

见纪丰羽居然与萧王搭上了话，南诺瑶狠狠地跺了一下脚，头上的发钗相撞，发出清脆悦耳的声响，随即又像是赌气一样，重重地走到自己座位上，坐下去的时候还碰了一下桌椅。

“哐当……”声音不大，但在一片交谈声中显得异常突兀，宴会厅有片刻的死寂，不少人都皱眉看向南诺瑶，她却像无事人一般，泰然自若地坐在那里。

毕竟是他国公主，旁人不好多说什么，只悄悄叮嘱自家儿子，不要表现得太好，要是让南远公主看中，可就倒大霉了。

纪丰羽好不容易和萧天耀搭上一句话，话才说到一半就被南诺瑶生生打断，等他欲再接起时，已经找不到刚刚的气氛。

纪丰羽心里气极，面上却不敢表露出来，毕竟皇上还在上面看着，他要是表现得对萧王太热络，怕是无法活着走出东文。

在场的每一个都是人精，见皇上没有说南诺瑶的意思，众人也当作什么也没有发生，该干吗就干吗，继续接起刚刚未完的话题。

林初九从头到尾都没有作声，手上端着一杯酒却没怎么喝，而是不着痕迹地打量在场的众人，至于时不时朝她扔眼刀子的南远公主，林初九完全不把她当回事，萧天耀已表明态度，完全不把南远皇室看在眼里，她又何必把这个半路出家的公主当回事。

可是，林初九不把南诺瑶当回事，南诺瑶却把林初九当成死敌，恨不得现在就宰了她，只是碍于在场的众人，不得不忍……

南远公主与西武皇子此行来东文，是为了选夫和选妻。

是以，今晚的宴会是欢迎他们，更多的也是为了让他们认识东文的公子、小姐，以免他们挑错人，闹得两国尴尬。

四国皇室在此之前，还没有通婚的先例。东文上下一致认为，南远与西武这次让公主与皇子前来，绝非为了和亲，其中恐怕另有算计。

东文的皇帝也认可这个说法，他虽应下两国的要求，同意南诺瑶与纪丰羽来东文，但并没有把话说死。

要知道，东文在四国中最为富饶强盛，此次与北历交战虽损失惨重，但至今胜负未分，并没有弱到需要迎娶南远公主、用本国公主安抚西武的地步。

南远皇帝倒是没有说，非要南诺瑶嫁给皇子，他在国书中只写着南诺瑶崇拜东文的文化，被他宠坏了，一心想要找个东文人做丈夫，南远皇帝拿她没办法，只得允了。

至于纪丰羽，他虽然话里话外都暗示想娶皇室公主，皇上却没有松口，只暗示纪丰羽他如果真要在东文娶妻，皇室可以为他挑选公主。

真公主与假公主的分量自然是不同的，纪丰羽一心谋划，趁东文国弱时来东文，就是想借机娶个东文皇室公主回去，好为自己增添夺位的筹码。听到东文皇帝的暗示，纪丰羽颇为失望，只是面上没有表露出来。

至于南诺瑶，恐怕除了她自己外，没几个知晓她的目标是萧天耀，自然也就没有人知道，她为何处处针对林初九了。

酒过三巡，宫中的歌舞表演也告一段落，今晚最重要的戏码也要上演了！

皇上为了尽快解决南诺瑶和纪丰羽的婚事，特意安排年轻的公子、小姐们去御花园看灯，好让他们有机会相处，可不等皇上开口，一直沉默不语的南诺瑶突然站了起来，说道：“皇上，我为之前的失礼向您道歉，为了表示我的歉意，我愿亲自为皇上献上我们南远的银盘舞。”

这是之前没有商量好的事，听到南诺瑶的话，皇上微微怔了一下，随即便高兴地道：“好，朕准了。”南远想要献艺，他还会阻止不成?

皇后听到这话，亦是笑盈盈地补了一句：“本宫听闻南远的银盘舞妙绝天下，今日终于能亲眼一见。”

“皇后娘娘过誉了，东文才是人杰地灵，才子佳人遍地。我在南远时就听说东文的小姐们个个才识不凡，琴棋书画样样精通，当年兰兮姑娘更是被赞为天下第一才女。如果有幸能与东文的小姐们切磋一二，诺瑶此行便无憾了。”南诺瑶也不傻，如果只有她一个人当众献艺必然会成为笑话，可要提出比试就不同了。

她今天要让东文的这群小姐们看清楚，她南诺瑶虽然张扬跋扈，不知天高地厚，可也是有长处的，整个东文的小姐加起来，也不一定是她南诺瑶的对手。

至于南诺瑶口中的兰兮姑娘，还真是巧了，正是当众向萧天耀求爱，被萧天耀拒绝，并被评价为徒有虚表的草包美人。而这位美人被萧天耀拒绝后，接受了中央帝国一个名门公子的求婚，嫁进了中央帝国。

这里是东文，南诺瑶放出话要与东文的小姐们比试才艺，皇上要是不允便是孬，即使不满南诺瑶的张狂，皇上仍旧笑容满面地点头允了。

而厅中的几位小姐，听到南诺瑶的话亦是气愤不已，一个个摩拳擦掌要南诺瑶好看。

南诺瑶并不将众人的不满放在眼里，得到皇上的准许后，骄傲地福了福身："多谢皇上，诺瑶这就去做准备。"

南诺瑶转身离去，临走之前不忘给林初九一个挑衅的眼神，林初九微微皱眉，心里隐隐明白了南诺瑶的打算，不由得皱眉。

南诺瑶想要表现她没有意见，但她却没有哗众取宠的打算，南诺瑶最好别作死挑衅她。

南诺瑶显然是早有准备，不多时就换了一身舞衣上场，没有想象中的露胳膊露腿，而是将自己包裹得严严实实。

不过，南诺瑶的舞衣明显是特制的，即使从头到尾什么也没露，依旧能展现出她妙曼的身姿。

舞台上，南远的舞者早已准备好。

银盘舞，顾名思义就是由人手持银盘，而跳舞的人站在银盘上翩然起舞。银盘举过头顶，跳舞的人只能在银盘上借力，稍稍配合不当便会摔下来。此舞难度之大可想而知。

通常情况下，为了保持平稳，持银盘的人都是壮硕的大汉，南诺瑶这次跳的银盘舞却不一样，为她持银盘的皆是身姿曼妙的舞女。七个看上去瘦弱的女子，各自举起一个脸盆大小的银盘，俏生生地站在台上，让人很担心她们会失手。

看到这一幕，有不少人面露深思，甚至一脸担忧。南远公主敢当众挑衅他们东文的才女，自身才学想必不差，他们东文万一输了，可就丢人了。

南诺瑶似乎知道众人在想什么，高傲地扬头，眼神好巧不巧地落到林初九那一桌，也不知她是在看林初九还是在看萧天耀。

"咚！"点鼓声响起，南诺瑶收回视线，在舞妓的搀扶下，快步上前，轻轻一跃跳上银盘，脚上的银铃发出一串悦耳的声音。

足尖轻点，没有任何助力的情况下，南诺瑶在银盘上来了一个漂亮的旋转，脚尖踩在银盘上，发出一道道或轻或重的响声。

"咚咚咚……"鼓声再次响起，或急或缓，或重或轻，而南诺瑶则随着点鼓的声音或快或慢，或旋转或跳跃……

曼妙的身姿在七个银盘之间来回舞动，舞动间充满力量与美感，让人为之目眩。

一个小姑娘能做到这一步，真的不容易，饶是林初九也不得不说，南诺瑶跳得很不错。

林初九饶有兴致地欣赏起来，突然耳边响起萧天耀的声音："此舞原是圣元王朝的祭祀舞，后经人修改，才变成南远的银盘舞。南远这位公主有武功底子，所以能在银盘上站稳，你不必太把她当回事。"

"啊？"林初九诧异地扭头，不解地看向萧天耀。

萧天耀这是为她解说？有必要吗？

萧天耀见林初九一脸呆样，以为她担心接下来的事，不由得握住她的手："别怕，有本王在。"南诺瑶挑衅的眼神他当然也看到了，不过萧天耀并不放在眼里。

南远皇帝他都不放在眼里，又怎会把区区公主南诺瑶当回事！

南诺瑶挑衅的目光着实明显，宴会厅中看到的人不止萧天耀和林初九两人，只不过大家都默契地装作不知。

南诺瑶当众说要与东文的才女比试，皇上也应了，这场比试便逃不掉。在不知南诺瑶深浅的情况下，大家当然希望旁人先上去试一试，虽然林初九的身份很高，可林初九丢丑，总比自家孩子丢丑好。

台上，银盘舞还在继续，南诺瑶跳得很好，每一步都像是踏在人的心尖上，她在银盘上跳跃的舞姿，就像是掌中起舞的蝴蝶，总感觉下一秒就要翩然飞去，羽化升仙。

看到南诺瑶的舞姿，不少人都对她有所改观，暗道南诺瑶的为人虽然骄傲了些，可也不是一无是处。

一舞完毕，南诺瑶从银盘上轻轻跃下，盈盈一拜，不无得意地道："皇上、皇后娘娘，这就是我们南远的银盘舞。"

许是刚刚跳舞耗费了太多的体力，南诺瑶说话时微微有些气喘。

"南远的银盘舞果然名不虚传，着实让人惊艳。"皇上带头叫好，其他人亦是纷纷附和。

好就是好，坏就是坏，南诺瑶跳得好，他们也不会因为别的就违心地说不好。

"诺瑶献丑了。皇上，诺瑶先下去休息片刻。不如这个时候就请东文的小姐们指教一二？"南诺瑶依旧保持着她刁蛮直接的形象，毫不在意得罪人。

"准。"皇上面上笑呵呵地应下，心里却是不快。南诺瑶这段银盘舞跳得极好，而且难度也高，想要超越她怕是有难度。

南诺瑶下去后，皇上便问有哪位姑娘愿意一试，原本自信满满的众位小姐此时却有些犹豫。

对于大家闺秀来说，跳舞是取悦男人用的，从来都不是她们的必修课，她们学的是琴棋书画诗茶花，想要在舞蹈上赢南诺瑶一筹，着实有难度。

皇上问了一句，见久久无人回答也不着急，就这么静静地坐着，他知道底下的臣子自有人会为他分忧。

果不其然，沉默片刻后，宁远将军的女儿便站起来道："皇上，臣女欲献上剑舞一段，还请皇上准许。"

南诺瑶的舞蹈充满爆发力，技巧十足，灵逸有力，要是她们跳上一段柔柔弱弱的舞蹈，哪怕跳得再好，众人也会觉得少了一点什么，剑舞刚刚好。

“准。”皇上开口应允，这时又有一个紫衣姑娘起身，说是愿意为宁远将军的女儿抚琴。

舞剑也不能是干巴巴地舞，有人主动请缨，皇上断不会不同意。很快，台上就清空了，宫人极有眼色地取来长剑与古琴。

南诺瑶回来时，宫人正好将古琴摆好，紫衣小姑娘试了试琴弦，和舞剑的女子确定曲目后，轻轻一拨弦，流畅的琴声便倾泻而出……

林初九不懂古琴这么高雅的艺术，分辨不出好坏，只知道挺好听的。

萧天耀侧头看了她一眼，见林初九脸上带笑，也没有再说什么，只是暗暗加重力道，紧紧握住她的手。

他的王妃，他欺负可以，旁人却不行。

一曲完毕，皇上说了一句赏便没有其他评价，两个小姑娘有些不安地低头，回座位的时候脚步似乎特别沉重。

林初九不懂欣赏，不过从众人的表现中也能看出来，二女的表现虽然不错，到底还是没有南诺瑶的银盘舞来得有震撼力。

有不少人都觉得挺丢面子的，偏偏南诺瑶还不放过奚落人的机会，张狂地道：“这就是东文名门世家培养的小姐吗？我看也不过如此！”

皇上不好和南诺瑶一个小姑娘计较，但不代表东文其他的姑娘能忍得下这口气。有一个红衣小姑娘站起来道：“舞，不过是媚俗悦人的玩意儿，你当自己有多了不起。”

小姑娘是福寿长公主的女儿，就坐在福寿长公主身侧，被长公主宠得有些不知轻重。

南诺瑶听到这话并不生气，而是一脸嘲讽地道：“银盘舞是圣元王朝的祭祀之舞，你说圣元王朝的祭祀之舞是取悦人的玩意儿？”

这话，明摆着是说小姑娘没有见识，小姑娘哪里忍得住，当即就反驳回去：“什么圣元王朝，不过是一个早就灭亡了的国家，也就你们这群出身不正的人，才时刻想用圣元王朝来装点自己的门面。诺瑶公主，旁人不说，并不表示大家不知道你那皇帝父亲是什么出身。不过是南远的大将军，真以为自己娶了公主就是皇族，姓南就是圣元王朝南家后人了？”

红衣小姑娘和南诺瑶一样，都是刁蛮跋扈的主儿，两人这下还真是针尖对麦芒了。

圣元王朝……萧天耀听到这话，眸光微暗，握着林初九的手不自觉地加重力道，林初九吃痛，扭头看了一眼，以眼神询问萧天耀怎么了，却见萧天耀在发呆。

林初九不由得瞪大眼睛，暗暗捏了他一下：这是什么场合呀，也能发呆。

萧天耀很快就回过神，朝林初九摇了摇头，表示自己没事，但他脸上的表情比之前还要冷硬三分，旁人没有注意，坐在他身边的林初九却发现了。

林初九知道，一定是有什么事，但她明白好奇心害死猫，有些事她即使好奇也不能问。

南诺瑶听到红衣小姑娘的话，顿时气呼呼地站起来道：“既然你看不起圣元王朝的银盘舞，那比琴棋书画，我今天就让你输得心服口服。”

“比就比，谁怕谁。”被人一激，红衣小姑娘就应了下来，应完才明白自己做了什么，她正想反悔，南诺瑶却先一步道：“不敢比的话你现在就认输，本公主不屑和你计较。”

“谁不敢比了，还有你算什么公主，我萧王叔都说了，你们南远皇帝算什么东西。”小姑娘显摆时，还不忘拉萧天耀这面大旗，于是……

萧天耀这句充满火药味的话，又再次被提及，而这次皇上想要糊弄过去都很难，因为南诺瑶先一步发飙，一脚踢翻了眼前的茶几，怒道：“你污辱我父皇，我要和你决斗！”

士可杀不可辱，萧天耀之前的羞辱，南诺瑶给皇室面子硬生生地忍了下来，现在她还要能忍下来，那她就不配当南远的公主。

两个小姑娘的话充满了火药味，而错确实在东文，皇上也不好偏帮，便呵斥了一句：“千亭，还不快给诺瑶公主道歉。”

“皇伯伯，我没有错，皇叔刚刚就是这么说的。”红衣小姑娘也就是长公主的女儿千亭郡主，此时正梗着脖子，不肯承认自己有错。

林初九能理解，小姑娘要面子，只是一再把萧天耀拉下水，着实不聪明。

林初九看了萧天耀一眼，萧天耀微微摇头，表示不用担心。

“你……”皇上气极，福寿长公主见状忙起身道：“诺瑶公主，小女年纪尚小，不懂事，还请诺瑶公主别记在心上。”

“她辱我父皇，你一句别记在心上就可以了？”南诺瑶半步不退，福寿长公主知道这事不好解决，眼眸一转，视线落到林初九与萧天耀身上，便道：“这事说起来也不全是千亭的错，她一个小孩子不过是听了大人的话，跟着学舌罢了。天耀，你说皇姐说得对不对？”

福寿长公主可从来没有忘记萧天耀对她的羞辱，现在有机会坑萧天耀，她怎么会放过。

萧天耀连个眼神也没有给福寿长公主，只静静地坐在那里，就像是没有听到她的话一般。

南诺瑶一脸嘲讽：“长公主，萧王似乎不是这么认为的。”

福寿长公主脸色微僵，语气不善地道：“天耀，你这个做叔叔的，可不能没有担当。”

“叔叔？”萧天耀这才拿正眼看福寿长公主，却是一脸嘲弄，“本王记得千亭是西北侯家的孩子，怎么变成本王的侄女了？”

按说长公主的女儿，虽然被封了郡主，按辈分也只能称呼皇上与萧天耀为舅舅，可是福寿长公主为了表示自己与皇室的亲近，让自己的儿女与太子等人一样称萧天耀皇叔，只是萧天耀从来没有应过。

这事大家心里明白，却从来没有人敢当众说出来，毕竟皇上都没说什么，旁人又何必为了这种小事与长公主过意不去，此时萧天耀当众提起，无疑是打了长公主的脸。

福寿长公主的脸色当即就黑了：“天耀，你还有没有把我这个皇姐看在眼里？”

萧天耀抬头，幽深的眸子扫向福寿长公主：“你需要本王将你看在眼里？”

明明是一句很平常的话，福寿长公主却听得背脊发寒。

不等福寿长公主说话，萧天耀又道：“你说千亭污辱南远皇帝是受本王影响，是要本王向南远道歉吗？”

“这，这本就是应该的，你污辱南远皇帝在先，千亭不过是学你。”福寿长公主有些心虚地道。

萧天耀突然不屑地冷哼了一声："亏你还是东文的长公主，难道不知有些话本王能说，你的女儿却不配吗？"

"我的女儿怎么不配了？"福寿长公主一直暗恨自己生为女儿身，她也是出身皇家，她比谁差了一点，凭什么她就要嫁出去。

"本王说她不配，她就不配。"萧天耀抬手，从桌上的盘子里捻起一粒花生米，"蠢笨得连学舌也不会，以后别胡乱开口。"

"啪……"毫无预兆，萧天耀手中的花生米飞射而出，直接打向千亭郡主。

"啊……"福寿长公主反应过来，尖叫着想要保护女儿，可惜晚了！

那一粒小小的花生米，如同一个巴掌啪的一声打在千亭郡主的脸上，千亭郡主被打得摔倒在地，哇的一声就哭了出来。离得近的人，清楚地看到千亭郡主嘴里吐出来的白牙。

"天耀，你……你竟然打我女儿。"福寿长公主紧张地抱着千亭郡主，非常有心机地将她受伤的脸露在人前。

"痛，好痛……"明明只是一粒花生米，千亭郡主的脸却肿得像馒头一样，一张嘴便吐出一口一口的血，地上还有三颗森白的牙齿。

福寿长公主为女儿心疼，却没有第一时间带女儿寻太医，而是撕心裂肺地大喊："天耀，千亭只是一个孩子，你怎么能这么残忍！"

萧天耀却没有理会她，而是转头看向南诺瑶。

这是萧天耀今晚第一次正眼瞧南诺瑶，南诺瑶只感觉自己的心脏怦怦直跳，不断地在心里想着，萧天耀会不会记起她，会不会认出她来。可是……

没有！

萧天耀那一眼淡漠至极，完全没有认出她来，南诺瑶失望至极。萧天耀压根没有把她当回事，冷漠地道："诺瑶公主，你满意了吗？"

此言一出，众人尽皆震惊。

什么意思？萧王出手教训千亭郡主，是为了让南远满意？

南诺瑶也呆住了，她没有想到萧天耀会为她出气，一时间小心脏怦怦直跳，想也不想就点头："萧王处事公平，诺瑶佩服。"

在场众人听到南诺瑶这话，差点儿没给跪了。

这叫公平？不过，看到被一粒花生米，打得连话都说不出来的千亭郡主，众人想想又好像真是这么一回事。

萧王先下手为强，直接打了一个狠的，南诺瑶也不好再咬着比试不放，毕竟萧王已对千亭做出严惩。

萧天耀这招一出，所有人都满意了，唯有福寿长公主气得不行，抱着一脸是血的女儿，眼含泪花地对皇上道：'皇上，千亭只是一个孩子，她说错了话教教她就是，天耀下这么重的手，以后这孩子如何见人？"

千亭郡主已经十三了，乳牙全部换了，现在牙齿被萧天耀打断，就再也长不出来了。

皇上头痛，萧天耀刚刚平息了南诺瑶的怒火，他又怎能说萧天耀做得不对？

皇上和稀泥道："好了，你先带千亭下去看太医，此事朕自有定夺。"

"皇上……"福寿长公主不甘心，她在宴会上丢了这么大的脸，就这么走了，以后谁还把她放在眼里。

可惜她刚开口就被皇后打断了："福寿，听你皇兄的话。"

福寿长公主固然骄纵，不知轻重，但有一点，那就是尊重皇后，听到皇后这么说，福寿长公主即使心中再不满，也随着宫女离去了。

宴会见了血，众人的兴致都有些低落，皇上似乎也提不起劲来，似有意提前结束宴会。朝臣没什么意见，左右皇上想干吗他们跟着配合就行了，可是南诺瑶不甘心。

她还想着借此宴会，好好压林初九一头，让林初九在宴会上出丑，现在目的还没达成，怎么能结束？

至于纪丰羽……他倒觉得这场宴会此时结束刚刚好，今晚的欢迎宴，明明是欢迎他和南诺瑶两人，偏偏南诺瑶凭借她"刁蛮狂妄"的做法，成了人群的焦点，而他不管怎么表现，也只能被人忽视，毕竟他做不到像南诺瑶那般不要脸、不要皮。

在朝臣有意无意的配合下，宴会厅渐渐安静下来，甚至连交谈声也没有了，皇上眼见差不多了，正想宣布宴会结束，不想在他发话之前，南诺瑶又一次站了起来。

"皇上，诺瑶之前说过，想与东文的小姐们切磋一二，不知现在还算不算数。"

南诺瑶这话摆明就是要挑事，皇上不悦皱眉，嘴上却道："当然算数。"这南远的公主来东文，真的是为了选夫婿？这般争强好胜，有哪个男人愿意要？

南诺瑶面上一喜，得寸进尺地道："既然皇上说算数，我能不能挑一个人切磋。"

"你想与谁切磋？"皇上看似询问，实则没有应下什么。

南诺瑶当然听明白了，却是假装不知，一副无知的样子："我在南远就听说，萧王的眼光极高，连天下第一才女兰兮姑娘都看不上，萧王妃想必比兰兮姑娘更优秀，我想向萧王妃讨教一二。"

南诺瑶嘴上说得恭敬，可她口中的"讨教"是什么意思，旁人岂会不知，只是众人不能理解的是南诺瑶为何处处针对林初九呢？

莫不是南远想要与萧天耀结亲，先一步踩下林初九这个王妃？

有不少人想到了这个可能，就连皇上也想到了这个可能，但皇上不会容许萧天耀娶南远的公主。

不过，南诺瑶若是咬上林初九，与萧王府作对，他也乐意看好戏。

皇上面带笑容地看向林初九："萧王妃，既然诺瑶公主开口了，你就指教一二。"

皇上明知林初九什么都不懂，还故意不给林初九拒绝的机会，无非是想挑起南远与萧王府之间的嫌隙。

林初九早就知道自己逃不掉，听到这话并不惊慌，在萧天耀要为她说话之前，先一步按住他的手，淡然地开口道："诺瑶公主想要我指教你什么？"

语气淡然，自有一股高高在上的气势，旁人却是为她担心，在场的人都知道，林初九是琴棋书画样样不通，到时候出丑怎么办？

南诺瑶嘴角微抽，面上却仍旧带笑，骄傲地道："琴棋书画随萧王妃你挑。"

南诺瑶的性子算不得好，可她能得南远皇帝的喜爱，必然是有道理的，她性子虽然骄纵，可确实是有才华。

"琴棋书画？诺瑶公主要抚琴我们听着就是，来人……给诺瑶公主抬琴来。"林初九完全把自己当主人，命令起人来一点儿也不客气。

听到她的话，宫里的太监宫女着实愣了一下，直到萧天耀一个冷眼扫来，宫人这才反应过来，急忙把琴抬到南诺瑶面前。

"诺瑶公主，请……"林初九略抬手，示意南诺瑶可以开始弹了。

南诺瑶本就有意表现自己，听到这话也不怯场，命人燃香净手，静坐片刻，便拨动琴弦……

还是那句话，对于古琴这么高雅的艺术，林初九真心听不出什么来，左右就是好听罢了。

林初九边听边点头，一曲完毕，林初九扫了一眼旁人的脸色，见几位夫人的脸色都不怎么好看，便知南诺瑶的琴艺比之前那小姑娘强。

"不错。"林初九淡淡地点头，完全是上位者的姿态，施舍性地给出一个评价。

南诺瑶虽然生气，可也知道此时不是较劲的时候，起身让出位置："还请王妃指教一二。"

林初九笑了一声，转头对皇上下首的大太监道："去，找一位宫廷琴师来。"

大太监听到这话，不敢妄动，而是回头看了皇上一眼，见皇上轻轻点头，这才去找琴师。

"萧王妃，我是请你指教，你寻个琴师来是什么意思？莫不是怕了，不敢当众抚琴？"南诺瑶查过林初九，虽然前后有些差异，可她相信林初九不可能一夕之间就什么都会。

"诺瑶公主不要着急。"林初九并不将南诺瑶的挑衅看在眼里，静静地坐在那里，等琴师前来。

旁人不知她葫芦里卖的是什么药，倒是没有多嘴，尽皆等着看林初九想要怎么做。

许是知道众人在等，宫廷的琴师很快就来了，是一个男子，年约三十，清俊高洁，气质很是不错，虽然他脚步极快，却不显凌乱，跪下行礼时也不见气喘。

"李琴师，萧王妃有什么要求，你尽力满足。"皇上虽然乐意看南远与萧王府对上，可也不会偏帮南诺瑶，丢东文的脸。

"小人见过萧王妃。"李琴师转而给林初九行礼，举止不卑不亢，让人心生好感。

林初九莞尔一笑，道："李琴师不必多礼，我寻你前来，不过是想请你弹奏一曲，不知可否？"

"小人领命。"李琴师双手作揖，便走到琴台前。

同样的净手焚香，由男子做出来，多了一股阳刚之气，让人赏心悦目。

轻拨琴弦，琴声倾泻而出，一曲《高山流水》在众人耳边萦绕。

能成为宫廷琴师，绝不是什么简单人物，就算林初九不懂琴曲，也知李琴师弹得比南诺瑶好。

一曲完毕，李琴师站起来给众人行礼。

“辛苦李琴师了，你可以下去了。”林初九把人打发走，转头看向南诺瑶，笑得异常温柔，“诺瑶公主，你听到了吗？”

“萧王妃，你什么意思？我是请你指教，不是让个琴师弹琴给我听。”南诺瑶的脸色很难堪，因为这个琴师弹得比她好。

想来也是，南诺瑶学的几年琴，如何能与一生都与琴为伍的琴师比。

林初九脸上的笑容一收，严肃地道：“诺瑶公主要是还不懂，本王妃就好好教教你，你可听好了。你引以为傲的琴棋书画，对我来说不过是一个琴师、一个书画师便可以取代的东西。”

林初九的语速很慢，虽然神色严肃，却又透着一股漫不经心的味道：“王爷想要听琴，只需吩咐一声，便有天下最好的琴师为他弹奏；王爷要下棋，便有圣手与他对弈；王爷要赏书画，就是前朝名家的书画也唾手可得。这些随手都能得到的东西，有什么值得炫耀的，你学得再好又如何，能和琴师比，能和那些名家圣手比吗？”

林初九说到这里，略一停顿，见南诺瑶一脸不认同，便又笑了：“我知道诺瑶公主必然在说，你林初九什么都不会，自然说学这些无用。可是……你问问在场所有未婚的男子，他们是愿意娶一个琴棋书画样样精通的才女，还是愿意娶一个贤良淑德持家有道的闺秀为妻？”

南诺瑶不用问都知道，当然是后者了。她气呼呼地道：“萧王妃，你这是强词夺理，为自己什么都不会寻理由。我们今天说的是琴棋书画的技艺，不是挑选正妻的条件。”

“好，我们就说琴棋书画。”林初九一副我很好说话的样子，“诺瑶公主是让我指教你对吗？”

林初九脸上的笑容灿烂，好似胜券在握，南诺瑶心有不安，可还是点了点头：“是的。”

“你连个琴师都比不过，你让我怎么指教你？”林初九一点儿也不担心会得罪南诺瑶，她就是得罪了又怎样，南诺瑶敢和她动手吗？

“你竟然拿我和一个琴师比？”南诺瑶不可思议地瞪大眼睛，她堂堂公主，需要和琴师去比技艺吗？

林初九摇了摇头：“不，我不需要拿你和琴师比，你根本比不上我东文的琴师。诺瑶公主，我要是你，我就不会自取其辱。”

在林初九看来，不管南诺瑶是真愚还是装傻，她今天都是在自取其辱。压了东文闺秀一头又如何，东文人会高看她一眼吗？

“萧王妃，你污辱我，我……”南诺瑶气势汹汹地吼道，可惜她的话还没有说完，就被林初九打断了：“要和我决斗吗？可以，彩头是什么？”

“什么，什么意思？”南诺瑶一瞬间结巴了。

“你不是要和我决斗吗？我同意，不过，我赢了你能付出什么？”林初九重复了一遍，南诺瑶却气得咬牙，她什么时候说要和林初九决斗了！

“我……”

“不是要决斗？如果不是，诺瑶公主还是坐下的好，虽说南远皇室没有多少脸面，我还是要劝你要为南远皇室保留最后那点儿脸面。”林初九一点也不客气，再次拿南远皇室的浅薄说事。

南诺瑶还真当她是客人，东文人就要让着她吗？天真！

南诺瑶气得全身颤抖，她没有继续和林初九争，而是一脸不忿地对皇上道：“皇上，这就是你们东文的待客之道吗？”

南诺瑶很清楚，不管她今天多么无理，东文自恃大国，礼仪之邦，为了脸面都得让着她。

皇上今晚已经受够南诺瑶的蛮横，也亏得她是南远的公主，这要是东文的女子，皇上早就让人把她拖下去了。

皇上虽然看林初九和萧天耀不顺眼，可还不至于当着南远公主与西武皇子的面，让他们两人难堪，皇上不冷不热地道：“诺瑶公主，你想要怎样？”

“我要她跪下来给我道歉。”南诺瑶无视皇上话中的嘲讽，理所当然地道。

皇上都被她气笑了，南诺瑶是真蠢还是假蠢？

真当东文与北历在打仗，就要处处让着南远吗？

简直是可笑至极！

“扑哧……”坐在首位上的周贵妃突然笑了出来，一脸欢快地道，“皇上，南远公主可真正是天真得紧，南远能养出这么一个公主，南远皇帝也是煞费苦心呀。”

周贵妃可谓骂人不带脏字，南诺瑶气得眼眶都红了：“贵妃娘娘，你这是什么意思？”

“就字面上的意思，诺瑶公主好福气，有一个宠爱你的父皇，真正是叫人羡慕。”周贵妃嘴上说着羡慕，眼中却透着鄙薄。

林初九听到这话，亦是笑了出来：“听到贵妃娘娘这句话，我突然想起，我曾听到的一句话，用在这里真是再适合不过。”

“什么话？”周贵妃乐得给林初九搭台子。

“一个关于如何不见血报仇的好法子。”林初九淡淡地扫了南诺瑶一眼，玩笑似的道，“有人说，当你有一个儿子，从小不好好教他，就会害了你全家。当你有一个女儿，从小不好好教她，就会害了别人全家。所以，你跟谁有仇，你就宠坏你的女儿，嫁给那人的儿子，他全家都完了，大仇就报了。”

南诺瑶明面上说是来东文游学的，可在场的人都知道，南远皇帝的国书上是写着有意让南诺瑶嫁入东文，以结两国之好。

“这话有意思。”周贵妃非常给面子地笑了，“贤妻夫祸少。”

“是这么一个理。”右相夫人年纪颇大，在这里也有说话的份。

有右相夫人开头，一时间众人都开始讨论起这句话来了，诚如林初九所说的那样，娶妻取贤，还真没有哪个大家子弟娶妻非得看那女人会不会琴棋书画的。

要真是学好琴棋书画就能嫁个好人家，青楼的女子都不用卖身，人人抢着要了，兰兮姑娘也不会被萧天耀当众拒绝。

有了让人感兴趣的话题，南诺瑶再一次被人无视，甚至没有人去看她站在那里会不会尴尬。

林婉婷将这一幕幕看在眼里，看到她曾经不屑的姐姐，在今晚的宴会上大放异彩，明明什么也不会的人，却偏偏把南远公主压得喘不过气来，不由得心里暗惊。

“娘……”林婉婷脸色惨白，悄悄握住林夫人的手。

虽然，她进宫前父亲就有交代，今天不能出风头，事实上她今天就是想要出风头，也出不了。

林夫人身形不动，反过来拍了拍林婉婷的手让她安心，可她自己的心却不安起来。

她姐姐的这个女儿，越来越像她姐姐了，看似和善，实则绵里藏针，阴险得很，现在林初九得势了，还会放过她这个害死她娘的人吗?

第十五章 情字最折磨人

南诺瑶一再闹场，皇上面上也极不好看，见林初九将南诺瑶的气焰压了下去，皇上的脸色才稍稍好转。

在场的人个个都是人精，见状也知皇上极不喜欢南诺瑶，一群人便将话题扯到西武皇子纪丰羽身上。

纪丰羽没想到在南诺瑶闹场后，自己竟然还有出头的机会，脸上的笑容不由得灿烂了几分，虽然依旧谦和有礼、不卑不亢，话里话外却是暗捧皇上，一时间宾主尽欢。

有几次，南诺瑶蛮横地插话，无奈都被众人忽视，在场的人只当没有听到，依旧该说什么说什么。

南诺瑶气得不行，要不是理智尚存，她真的会拂袖离去。

面对众人的冷落，南诺瑶将这笔账记到了林初九头上，时不时就瞪林初九几眼，偶尔也会偷偷看萧天耀几眼，眼神隐晦。

南诺瑶与纪丰羽就坐在林初九与萧天耀对面，不管是瞪人还是偷窥都很方便。

南诺瑶瞪人的时候眼神凶狠得紧，有不少人都看到了，不过见识到南诺瑶的刁蛮后，没人敢出来为林初九抱不平。

南诺瑶这人完全不在乎脸面，真要和这样的人较上劲，丢面子的一定是他们。

坐在前排的几位夫人，对林初九抱以无限同情，觉得林初九倒霉透顶，惹上这么一个疯公主。

林初九偶尔会回以微笑，视线扫到南诺瑶时，带着探究与兴味，有几次视线对上，南诺瑶都狼狈地移开，她总觉得林初九知道她的用意。

如她所想，林初九隐约猜到了南诺瑶针对她的原因。这世间没有无缘无故的好，也没有无缘无故的坏。南诺瑶一来就针对她，林初九要是不多想那才叫奇怪呢。

刚开始，林初九以为南诺瑶只是单纯地想要踩着她在东文扬名。毕竟她的身份在一干夫人当中算高的，而且还是出了名的无才无德，用琴棋书画等技艺踩她，那是再合适不过，现在看来，她是想得太简单了。

男人呀，长得好也是祸水。林初九摇了摇头，忍不住看了萧天耀两眼，越看越觉得萧天耀确实有当祸水的本钱。这长相，不管是正面还是侧面都俊死人了。

林初九的目光太直接了，萧天耀想要无视都不行，扭头看了她一眼，无声地询问她怎么了?

林初九摇了摇头，压低声音道："没什么事，只是突然觉得王爷长得很好看。"

"嗯……"萧天耀淡定地应了一下，飞快地别过脸，然后就见他的脸突然泛红，耳根甚至血红发烫。

这是害羞了？林初九见状，忍不住笑了一声。她没想到，萧天耀居然这么纯情，她好像也没有说什么呀。

林初九这一笑，萧天耀就更不自在了，耳根越发地红，甚至连坐姿也有些不自在。不过，那微微上扬的眼角，还是泄露了他此时的好心情。

林初九见状，暗骂自己乱说话。她并非有意戏弄萧天耀，她那句话也没有别的意思，只是单纯的夸赞罢了，可显然萧天耀不是这么想的。

林初九怕引起不必要的误会，忙端坐起来，收起笑容，不敢再乱看，更不敢乱说。

此时宴会已接近尾声，大家都有些累了，两人的小动作旁人并没有注意到，只有坐在对面的南诺瑶将这一幕看在眼底。

看到林初九与萧天耀毫不避讳的亲昵举动，南诺瑶气得想要杀人，虽然极力克制自己的怒火，仍不可避免地露出了一些端倪。

林初九抬头就看到南诺瑶扭曲的面容，暗自皱了皱眉，将南诺瑶这人记在心上。

为了爱情，很多女人什么事都做得出来，南诺瑶一看就是个天不怕地不怕的主，她必须防一防。

许是被林初九与萧天耀之间的亲昵刺激到了，南诺瑶接下来并没有再闹，事实上她就是闹也没有用，皇上摆明不愿意给南远面子，除非南诺瑶不要脸地在宴会上撒泼。

一场欢迎宴，闹剧般地开场，平静地结束。有南诺瑶对比，众人对西武皇子纪丰羽的印象皆是不错。

宴会结束，有几个相熟的妇人凑在一起道："南远皇室到底是浅薄了些，南远的公主也不知怎么教的。"

"谁知道人家是不是故意的。没听到萧王妃说嘛，生个女儿不教好，可以嫁到别人家祸害人全家。"有人猜到了南诺瑶的想法，不由得挖苦道。

仔细想想，萧王妃这话还真是有意思。当初皇上把萧王妃指给萧王，不就抱着让萧王妃祸害萧王府的想法嘛，可惜萧王妃是个表里不一的主，不仅没有祸害到萧王，反倒给萧王添了不少助力。

毕竟是在宫里，众人不敢多说，点到即止便收了嘴，反正个中意思大家心里明白。

林相带着林夫人与林婉婷走出来时，众人早已停止了交谈。见到林相出来，有几个与林相不对付的，特意上前，夸林相教女有方，可把林相憋得半死。

右相这只老狐狸，更是快两步追上林相，笑呵呵地道，“林相，你生了个好女儿，也教得好，萧王有福了。”

右相这话明摆着是在酸林相，林初九成亲前是个什么样子，满京城谁不知道。看到今晚南远公主的表现了吗？当初的林初九有过之而无不及，不过林初九没有出席过宫宴，没机会在宫宴、在皇上面前闹腾。

林相听到这话脸都黑了，强扯出一抹笑容道：“右相谬赞。右相家教甚严，几个孙女都是极有名气的，以后谁娶到右相家闺秀，那可真正有福了。”

右相前段时间才死了一个孙女，正是被人关在寺庙里凌辱的那个。这事是右相心中的痛，平日里谁都不敢提起，也只有林相不怕。

没有意外，右相听到这话当即冷哼一声，拂袖离去。

林初九与萧天耀晚一步才出来，一出门就见到林相与右相不和的画面，两人默契地摇头：这两只老狐狸，还真是时刻不忘让皇上知道，他们彼此不合，互相针对的事。

林初九与萧天耀与众大臣不同路，两人出来后便与大臣们分开走，在小太监的引路下，来到他们之前停马车的地方。

没有意外，萧天耀再次抢走侍女的活儿，扶着林初九坐上马车，而林初九也不觉得这有什么不对，淡然从容地扶着萧天耀的手上了马车，留下一干侍卫、下人在原地抚额。

在家里，王爷你妻奴就算了，怎么出门在外还这么不注意身份呢？

一旦传出去，旁人会笑话王爷你夫纲不振呀！

马车里，两人依旧坐在一块，本以为又是一路沉默，不想萧天耀一上车便道：“南远公主今天的表现，和你当初在人前的举止一模一样。皇上将你赐给本王，就是打着要你祸害萧王府的意思。”所以，他当初才会让人杀了林初九。这样的女人娶进门，最终只会丢他的脸。

林初九一脸尴尬，仔细回想了一下之前的行为，不太确定地道：“我以前真有这么刁蛮骄纵惹人嫌？”

“有过之而无不及。本王虽然不怎么关注，可也知道林夫人隔三岔五，就为了你上门给人道歉。”林夫人慈母的名声就是这么来的。

林初九闯祸，林夫人从来不责怪，每每都会亲自上门给人道歉，把所有的错都揽在自己身上。

萧天耀想了想，似笑非笑道：“奇怪的是，你从来没有在皇亲贵族面前闹，是不是很有意思？”换句话说，林初九得罪的人，都是林相可以压得下的人。

“你明知是怎么回事，又何必问？”林初九没好气地白了萧天耀一眼，傲慢地别过脸。

萧天耀真的太讨厌了，这个时候说起以前的事，是要笑她蠢吗？

“不，本王不知。本王很好奇，你当时是真不懂，还是故意配合林夫人。”萧天耀一脸探究地看着林初九。

南诺瑶今晚亦是摆出一副骄纵不知所谓的样子，可她并不是真正的愚笨，行事难免有所收敛，可林初九不是，她那时候完全不在乎丢不丢脸，只要她高兴就好。

“这很重要吗？”林初九一脸郁闷。这话要她怎么回答嘛！

“不重要。”林初九不想说，萧天耀也没有再追问，只道，“你小心林夫人，她看你的眼神不善。”

那一闪而过的杀意，旁人注意不到，萧天耀这个武神级别的高手却不会错过。

林初九点点头：“我会注意的。”就冲林夫人给她下慢性毒药，她就不可能不防备。不过，林初九觉得还有一个人，她也需要防备

“王爷，你见过诺瑶公主吗？”林初九扭头问道。

“南远公主？”萧天耀颇为诧异，想也不想就摇头，“没见过。”

“咦，你要是没有见过她，她怎么一上来就针对我？”难道不是因为萧天耀？

萧天耀道：“她在学以前的你。”南诺瑶自以为聪明，却不知旁人也不是笨蛋，南诺瑶是画虎不成反类犬。

“不单单是这样，你有没有发现，她今天从头到尾都在针对我吗？”林初九不认为自己看错了，南诺瑶看萧天耀的眼神虽然隐晦，可也不是毫无痕迹。

“她看你的眼神，就好像在看心上人，如果我没有猜错，她喜欢你。”林初九说得肯定，萧天耀却是立刻阴沉下脸来：“不可能。”他都没有见过那什么南远公主。

林初九忙道：“我没有骗你，她看你的眼神，就像墨玉儿看你。”她是女人，她不会看错。

萧天耀眉头紧皱：“这件事本王会查清。”

林初九点头，不再说话，两人之间又一次陷入沉默，直到回到王府。

两人一下马车，就有侍卫上前道：“王爷，苏茶公子和流白大人正在书房等您，说是有十万火急的大事。”

听到这话，萧天耀与林初九同时松了口气。萧天耀还真怕与林初九一同回去后，会再次被林初九赶出来，那很丢人的。

而林初九则是不想和萧天耀闹腾，赶萧天耀出去也是很累的，她在宫里折腾了一个晚上，现在只想好好休息一下。

萧天耀吩咐下人送林初九回房休息，自己则朝书房走去，夫妻两人仍旧生疏淡漠。

书房内，流白与苏茶一听到脚步声，就忙起身相迎。

苏茶一脸凝重，将手中的信递到萧天耀面前：“王爷，前线传来的消息，徐达死了，北历步步紧逼，我军大败。”

萧天耀神色不变，边走边将手中的信拆开，飞快地扫了一眼，眉头微微皱起。

信是杀手荆池传来的，上面详细写了徐达被人暗杀的经过，还有荆池的推断。

荆池怀疑，北历动用了武神级别的高手。

在中央帝国的强压下，各国都有约定，那就是不得轻易动用武神级别的高手对付普通人，

北历这么做明显是破坏规矩。

“如果北历出动武神，我们此战会损失惨重。”苏茶一脸担忧，平日里带笑的眸子中，此时只剩下凝重。

萧天耀轻轻点头，手指轻敲桌面，问道：“皇上什么时候能收到消息？”

“快的话，明天。”统帅突然横死战场，又连吃败局，这消息前线的人不敢隐瞒。

萧天耀沉声道：“准备出征一事，京城的事暂时别管。”计划赶不上变化，前线局势陡变，他没有时间一一安排好京城的事，只能留给林初九自己面对了。

“好。”苏茶与流白亦是心情沉重，战场上的事谁也不好说，尤其是北历动用了武神，这一战他们是胜是败真说不准。

流白与苏茶说完这件事便匆匆离去，萧天耀独自在书房待到深夜，起身往外走，双脚像是不受控制，一路走到林初九所住的院子。

看着上锁的院门，萧天耀脚步一顿，随即翻墙而入，一路穿过前院的草地，来到林初九的房门前。可不等他上前，暗卫便悄无声息地出现，挡在萧天耀的面前：“王爷，王妃说她需要冷静一段时间。”也就是说，林初九依旧不愿意与萧天耀同榻而眠。

暗卫说完这话，就等着萧天耀削他一顿，不想萧天耀什么也没有说，只是淡漠地看了他一眼，转身离去……

去了战场，他也要习惯一个人！

前线的消息突如其来，前一刻众大臣还在大殿上为鸡毛蒜皮的小事争吵，下一刻就听到殿外的侍卫高喊：“八百里加急战报！”

八百里加急战报！听到这几个字，满朝大臣立刻噤声，大殿上的气氛也为之一变，文武百官一个个神色凝重，你看看我，我看看你……

他们很清楚，这个时候传来的紧急战报，绝不可能是什么好消息。

“宣！”皇上的手也抖了一下。

侍卫的效率极高，皇上的话刚落下，传信的士兵就被带了进来，小兵风尘仆仆，双眼通红，跪在殿上将手中的战报呈上。

“皇上，徐帅被人暗杀，死在大营。我军节节败退，北历趁势追击，我军已丢三座城池。”

“什么？”大殿内一瞬间炸开了锅，有几个不够稳重的官员，失声尖叫，议论纷纷。

“徐帅死了？”

“我军连失三城？”

皇上脸色发白，飞快地接过太监呈上的战报，越看脸色越难堪，重重一拍扶手，怒吼道：“北历，好，你们很好！”居然动用武神，简直是无耻。

“皇上息怒。”众朝臣见皇上这模样，忙跪了下来。

“息怒，你们让朕怎么息怒？近百万大军，不仅没有挡住北历的攻击，还让北历连破三城，朕养你们这群废物有什么用？”

这一战，皇上付出了大量的心血，可谓是要人给人，要兵器给兵器，要粮草给粮草，虽称不上举国一战，也是倾全国之力支持，不想最后仍旧败了。

“臣等罪该万死，请皇上恕罪。”文武百官不需要演练，便异口同声说出请罪的话。

“你们确实该死。”皇上怒火中烧，真恨不得手中有一把剑，把那些无用的将领全砍了。

右相知道皇上心情不好，可前线的事已经发生，生气也于事无补，右相一脸沉痛地道：“皇上，前线战事吃紧，统帅横死，当务之急是另选统帅，整合兵力将北历打出去。”

“右相所言甚是。”林相亦不甘落后地上前，将前线的战事分析了一下，并安慰道，“北历不过是趁我军慌乱之际占了些便宜，等到我军稳定下来，必然能夺回三城，将北历赶回去。”

有两位宰相打头阵，满朝大臣也跟着劝说起来，你一言我一语，倒是让皇上的怒火消了下来，只是……

皇上问道：“统帅人选不可马虎，众位爱卿可有人选？”这个时候接手的人，必然要有非凡的本事，不然难以力挽狂澜。

有大臣道：“从前线几位将领中挑一人可好？”此时派统帅过去，也是远水救不了近火，不如由前线的将领担任。

这个提议好是好，可前线的将领要真有这个能耐，就不会在徐达死后，被北历打得屁滚尿流。

皇上没有开口，就表示不中意这个提议。

满朝大臣苦思冥想，将几个老将军一一提了出来，这些个老将军个个实力不凡，领军作战都是一把好手，虽然年纪不小，却也老当益壮，只是皇上仍不满意。

林相一向擅长揣摩帝心，见这情况，就知道前线的情况应该比想象中要复杂，便大着胆子问了一句：“皇上，北历是不是有高手相助？”左相不过随便找个理由探消息，不想还真让他给猜中了。

“北历军中疑有武神坐镇。”皇上黑着脸将消息说出来，众大臣又是一惊：“武神？这，这怎么可能？武神不是一般只在武神山，不管世俗战争吗？”

“武神，我们东文的武神正巧在闭关修炼，这可如何是好？”满朝文武大臣一个个哭丧着脸，就好像天要塌下来一样。

有武神在，北历的兵力又比他们强，他们几乎没有胜算。

“中央帝国不是明文规定，不准武神参与战争吗？北历这么做就不怕中央帝国发兵镇压？”右相一脸凝重，浑浊的眸子闪着坚定的光芒。

满朝文武大臣，也只有这个老者始终保持冷静。

皇上冷着脸道：“只差临门一脚，便不是武神。”就如同此时的萧天耀，拥有武神的实力，却一直压制不让自己突破。

右相重重地叹了口气：“如果是这样的话，老臣倒有一个好人选。”

右相此言一出，满朝文武皆安静了下来，他们都知道右相说的是谁，只是……

皇上好不容易才夺了萧王的兵权，会愿意让萧王再掌兵权吗？皇上当然不想，可现在国难当头，他总不能只顾着与萧天耀争权，任由东文国破吧？国不在，他还有权可争吗？

“何人？爱卿请说。”皇上强压下心中的愤怒，装出急切的样子。

右相听到这话，就知皇上妥协了，叹了口气道：“萧王，我们东文的战神萧王，有他在，必然能将北历大军打退。”右相能明白皇上心中的憋屈，可除此之外他们没有更好的选择。

“爱卿说得好，有战神萧王在，小小北历，何足惧哉！”皇上心中恨得咬牙，面上却是一副激动兴奋的样子，“来人，拟旨！”

满朝文武见状，一个个沉默不言，高呼“皇上圣明”时也是一副有气无力的样子。

他们知道，皇上这是被逼无奈！

圣旨当天就下到了萧王府，皇上封萧天耀为护国大将军，带三万兵马即刻出征。

萧天耀早有预料，只是没有想到皇上这次反应得这么快，面无表情地收下圣旨，表示自己知道这事。

“王爷……”太监将圣旨递到萧天耀手里，硬着头皮说道，“前线战事紧急，片刻不能耽搁，皇上希望王爷能尽快出兵。”

萧天耀接过圣旨，冷冷地瞥了传旨太监一眼，什么话也没有说，转身就往里走。

传旨太监愣在原地，呆呆地看着萧天耀的背影：这是答应还是不答应啊？他要如何给皇上回话？

传旨太监求助地看向萧王府的侍卫与下人，希望他们能给自己解惑，可惜没人搭理他。

王府的侍卫与下人见萧天耀走后，一个个跟着离去，完全不像旁人，把传旨太监当祖宗哄着。

萧天耀进屋后，将圣旨随手丢给曹管家：“叫王妃来见……”话说到一半又打住了，“算了，本王直接过去。”

转身，萧天耀朝林初九的小院走去……

女人不狠，地位不稳。自从林初九发飙把萧天耀关在门外后，林初九在萧王府的地位就直线上升，前头圣旨刚下，后头林初九就收到了消息。

对于萧天耀要去前线的消息，林初九早有准备，但此时听到圣旨下来，还要萧天耀立刻出发，林初九还是忍不住磨了磨牙。

她好不容易觉得萧天耀还不错，是有苦衷的，这个男人又给了她一巴掌，这一巴掌还又响又亮！

“王妃，王爷来了。”珍珠见林初九脸色不善，有些怯怯地开口。

“王爷来了？在哪？”林初九挑眉问道。

什么时候萧天耀会大白天过来找她了？什么时候，萧天耀找她不是直接进来，而是让人通报了？心虚了？愧疚了？

“在花厅等着。”珍珠也觉得奇怪，她们家王爷什么时候这么有耐心了。

林初九冷笑一声，起身道：“不能让王爷久等，我们走吧。”

花厅里，萧天耀坐在首位，见林初九进来，略略抬了抬头，不等珍珠几人行礼便道：“退下。”

珍珠几人上次学了乖，听到萧天耀的命令，先看了一眼林初九的脸色，见林初九没有不悦，这才福身告退。

林初九在萧天耀对面坐下，直接问道：“王爷找我有事？”

“本王要去前线。”萧天耀随手将圣旨放在桌上，摆明是让林初九看，可惜林初九对圣旨完全没有兴趣，略有些嘲讽地道：“恭喜王爷得偿所愿。”

萧天耀微微皱眉，解释道：“本王没有想过，会这么快。”

“早与晚又有什么区别，王爷的舞台在前线，早些去也能让黎民百姓少受些苦。”林初九话里话外都是讽刺的意味，她自以为隐藏得很好，殊不知她一开口就泄露了心里的不满。

萧天耀探究地看着林初九，问道：“你不高兴？怪本王丢下你？”

林初九摇摇头：“王爷你想多了，我在为王爷高兴。此战过后，王爷又是东文一人之下万人之上的战神，而我的身份也会跟着水涨船高。”这一战定会将萧天耀推到更高的巅峰，成就萧天耀的霸业，而她……要是没有死在京中的风浪里，必然能富贵一段时间。

“我们是夫妻，夫荣妻贵。有本王的一天，必有你的一天。”萧天耀一脸郑重，可惜林初九不信：“王爷说得是，王爷好，我才能好。”

林初九别过脸，掩去眼中的自嘲。

她没有看到什么夫荣妻贵，她只看到了萧天耀去前线重掌兵权，而她在京中的步步危机。

皇上压不住萧天耀，必然会将矛头对向她，借她来打压萧天耀，或者牵制萧天耀。

“你能这么想就好。”萧天耀满意地点头，继续说道，“此次事情紧急，京中琐事本王无暇处理，本王不在京中的时间，你自己当心。旁人要是欺你，记得不必顾忌，任何后果本王一力承担。”

林初九淡淡地道：“我知道了，我会照顾好我自己。”除此之外她还能说什么？

萧天耀为了此次出征谋划多时，她本就是留在京中的人质，萧天耀绝不可能为了她放弃这次机会。

“你……”萧天耀有很多话要说，可见林初九闷闷不乐的样子，千言万语只化为一句，“活着等本王回来。”

“这个我不敢保证，生死由命，富贵在天，谁知道我什么时候就死了。”林初九绝不是赌气，她说的是真话。

京城乱七八糟的事一大堆，萧天耀这个时候离开，就是把她推到了风口浪尖。远的不说，就是南远那位公主也不可能放过这个机会。

萧天耀眉头微皱，沉着脸道：“好好活着，不择手段地活下来。真要死了，本王会让你风光大葬。”

“多谢王爷，记得给我挑个风水宝地，好让我来生少受点苦。”林初九脸上的笑容不变，完全不像在谈论自己的生死。

萧天耀冷哼一声："你做梦。本王定会将你葬在永世无法投胎的地方，让你生生世世都受尽折磨。"

"要这么残忍吗？看在我乖乖在京城当人质的份上，王爷也该对我好些才是。"林初九暗自嘲讽，脸上的笑容却极尽灿烂。

萧天耀看着厌烦："不想笑就别笑。"

"你当我愿意笑呢。"林初九冷哼。

萧天耀皱眉道："需要生气吗？"

"我不该生气吗？"林初九别过脸，脸上没有一丝笑意，"王爷你带兵出征，说走就走，可有想过留在京城的我，会有多艰难？"

当然知道，要不是这样，他也不会急着解决周肆的事。

"本王相信你能应付。"能从密探手中逃出来，又能将南远公主的气焰压下，萧天耀不认为林初九是个孬的。

"真是多谢王爷的信任。"林初九阴阳怪气地道，引得萧天耀越发不满，林初九才不管他，冷冷地下逐客令，"王爷要是没有别的事，我就不送了。"

萧天耀不悦皱眉："你……不可理喻。"一连两次被人赶出去，虽然这次温和了许多，可仍改变不了他被林初九赶出去的事实。

林初九道："倘若王爷从战场上回来，还能看到活着的我，那时候我们再来讲理。"她可能连命都没有了，她要讲什么理。

"胡说，没人敢要你的命。"这一点萧天耀还是敢保证的。

斩杀皇上的暗卫首领，足够让暗中蠢蠢欲动的人看清楚，林初九对于他有多重要。虽然会因此让林初九被更多的人惦记上，可同样也吓退了一部分胆小之人。

"就算不会丢命，我在京中的这段日子也不会太好过。"林初九一步不让，反讽回去。

萧天耀张了张嘴却没有说话，林初九什么都看明白了，他再说也没有意思。

作为他的妻子，在享受无上荣耀的同时，自然要承担相应的责任与危险。正因为知道他离京后林初九的日子不会好过，所以他才希望林初九有足够的本事可以保护好自己，而不是一味等他去救。话说到这里，该说的都说了，该表明的都表明了，多说无益。

萧天耀起身，走到林初九面前，伸手揉了揉她的头顶："乖些，别再怄气。本王此去，不知何年何月才能回来。"也不知能不能活着回来，毕竟战场上的事，没有人能说得准！

"王爷，劳驾你抬抬贵手。"林初九咬牙切齿，忍了许久，才没有把萧天耀推开。谁给了萧天耀权力，可以任意揉她脑袋了？

"怎么？又不高兴了？"萧天耀又揉了两下，直把林初九的头发揉成鸟窝，林初九气得脸鼓鼓的，没好气地挡开萧天耀的手："王爷，很好玩吗？"

"手感不错。"看林初九就像是炸了毛的猫，萧天耀的心情突然就变好了。

他突然发现自己有受虐的倾向了，林初九冲他发脾气，他不仅不生气还很高兴。

"手感再好，你也不能乱揉。"林初九没好气地瞪向萧天耀，结果发现萧天耀不是一般的高，而且两人又离得近，她这一眼只能瞪在对方的腰上，完全是不痛不痒。

“不揉头发，那揉哪里？”萧天耀一本正经地问道。林初九一时不察，张嘴就道：“当然是揉……”说到一半林初九才反应过来，急忙改口，“哪里都不能揉，我又不是你养的狗。”

“本王养你就够头痛了，哪里还有精力养狗。”萧天耀说话间，伸手将林初九抱了起来。

“啊……你干吗？”林初九吓了一跳，想要挣开萧天耀的钳制，可她那点儿力道哪里能和萧天耀比？

一个旋转，萧天耀便坐在椅子上，而林初九则坐在他的腿上。

“放开我。”林初九挣扎了一下，萧天耀“啪”地在她屁股上拍了一下：“不要乱动。”

“你打我？”虽然不重，可是打在那个位置，真的让人很尴尬。林初九的脸唰的一下就红了，眼睛瞪得大大的。

萧天耀唇角轻扬，笑道：“本王可以让你打回来？”

“你……”什么时候这么无耻了。

林初九又要炸毛了，萧天耀先一步拍了拍她的头道：“乖乖听话，别再闹了。”

“闹什么闹呀，我哪有闹。”林初九气炸了，明明她什么也没有做，怎么就变成她无理取闹了。

“还说没闹，你看看你这样子。”萧天耀摇了摇头，一副拿林初九没有办法的样子。

林初九气得直喘气，恶狠狠地道：“别用这种眼神看我。”真不觉得虚伪吗？

“你安静点儿，我们好好说话。”萧天耀脸上的表情，一瞬间又恢复了原有的冷漠。

“放开我，有什么话好好说。”林初九又挣扎了一下，然后悲催地发现姿势有些尴尬。林初九当即僵住，不敢再动。

“你……”作为大夫，林初九不可能不懂这个，可懂是一回事，亲身经历又是一回事。

萧天耀面无表情，一脸严肃地道：“本王都说了，让你安分一些。”一句话，将所有的错都推到林初九身上。

“你，还能再无耻一点儿吗？”林初九真心佩服这个男人。

“本王可以配合。”萧天耀说得极其严肃，不知情的人还以为他们在谈什么国家大事。

林初九默默望天，拒绝和萧天耀沟通。男人果然都是一个德行，无耻起来简直不要脸。

为免引起更严重的事件，林初九安分了，乖乖地缩在萧天耀的怀里任他抱着。

萧天耀松了口气，心中暗想苏茶还是挺靠谱的，果然抱着林初九不让她动，她最后一定会配合。

苏茶要是知道萧天耀心中所想，一定会郁闷得撞墙。他明明不是这个意思，他明明是告诉萧天耀，想要摆平王妃，直接用强的就行了，反正只要成了真正的夫妻，后面什么事王妃肯定都会配合。

软玉温香在怀，身体本能地起了反应，可萧天耀却没有什么旖旎的想法，而是一脸认真地道：“初九，三天后本王便会带兵离京。”

许是因为靠得近，萧天耀将声音压得很低，嘶哑低沉的嗓音在耳边响起，林初九的耳朵不由得一跳一跳的。

这种能让耳朵怀孕的声音，真的太有杀伤力了。

萧天耀好似完全没有察觉到林初九的异样，继续说道："本王会留下八个暗卫，他们负责你的安全，替你办事，你有什么事就找他们，他们绝不会出卖你。

"本王走后，你别独自住在后院，这里太偏，不够安全。回头让曹管家派人把你的东西搬到正院，外面的秋千你要喜欢，让人在正院安一个。

"本王离京后，你尽量少出门，林府最好不要去，蒙家也尽量少去。蒙家没有可以挑起大梁的人，一旦出什么事，他们不仅帮不了你，还会给你拖后腿。"

这么急着去前线，萧天耀是放心不下林初九的，可诚如林初九所说的那样，就是放心不下他也得去。没有足够的权势，他拿什么保护自己的女人。

"孟修远的病，待本王离京后你再去为他医治。医治的过程拉长一些，皇上看在文昌孟家的面子上，轻易也不会动你。

"你一个人在京城要学会借势，别什么事都一个人硬撑。知道吗？"萧天耀有一下没一下地拍着林初九的背，幽深的眸子隐有担忧，可惜林初九看不到。

"我知道了。"林初九不是不知好歹的人，萧天耀这些话确实是在叮嘱她，是为她考虑。

萧天耀叹了口气："光知道不行，你得照办。你呀……永远都是嘴上应是，看着柔顺乖巧，实际上完全不改变自己的原则，宁愿撞得头破血流。"林初九这性格，可真正是叫她吃了不少亏。

他一直以为自己娶的是个小绵羊，结果就一小老虎，差点儿抓得他一脸血。不过，比起单纯乖巧的小绵羊，他更喜欢张牙舞爪的小老虎。

京城，乃至四国都因萧天耀即将出征而暗潮汹涌，无数人摩拳擦掌想要借此机会捞些好处，或者从中算计些什么。

有不少人都为此忙进忙出，寻求合作对象，或者提前准备些什么，而与此事关系最大的萧王府，却仍旧一片安宁。

作为当事人的萧天耀，并没有因为出征一事而忙碌起来，萧王府也没有因此而慌乱，平日里怎样现在依旧怎样，让不少人都感觉不安。

"萧王府这是什么意思？不需要为出征做准备吗？"

"萧王莫不是不重视这一战？"

"许是萧王早有意料，早就做好了准备也说不定。"

"此次出征，对萧王有利有害，他要是不安排好京中的一切，等他回来也许就物是人非了。"

"萧王受过重伤，现在身体恢复得如何还难说。再者，他手中的精锐部队之前因决策失误，而损失惨重，此战胜负难断。"

……

自从萧天耀接旨准备出征后，各式各样的言论便在京城流传开来，大部分人都不看好萧天耀。

苏茶把这些言论当成笑话说给萧天耀听："虽说那些人看不出什么来，可他们的话确实有些道理，此战对你不利。不管是北历、南远还是西武，都不希望你赢。"

倘若萧天耀输了这一战，东文国力必然会大降，萧天耀在东文的地位也会一落千丈，而没了萧天耀这个凶名在外的杀神，其他三国绝不会安分。

"无妨，战事尚未结束之前，皇上不会让我死。"萧天耀很明白，皇上既然派他出征，就表示皇上已经接受现实，哪怕再想夺他的权，也不会拿江山社稷开玩笑。

"去的路上，皇上肯定会保护好你。我担心有人在战场上动手脚，或者等大战结束后，让你永远回不来。"一年前皇上设局伏杀萧天耀，就是在萧天耀得胜还朝的路上。

当时，除了皇上外，其他三国也出手了。面对四国高手的伏杀，他们虽然脱困了，可也付出了巨大的代价。

萧天耀沉声道："同样的局他不会用两次，就算用两次又如何？当时杀不死我，现在更无可能。"他现在还会怕吗？

苏茶见萧天耀一副胜券在握的样子，也就不再多说，只道："你走后，京城的事怎么办？"有些事他能拿主意，可有些事不行。

"由王妃定夺。"萧天耀想也不想地说道。

苏茶愣了一下，不无担忧地道："王妃，她愿意吗？"苏茶不担心林初九的能力，也不怀疑林初九，他只担心林初九会不会乐意，毕竟……萧天耀才伤了林初九。

"她会愿意的。"萧天耀知道林初九是聪明人，哪怕她仍不肯让他进屋，可该做的事却仍旧会做，因为萧王府倒了，第一个倒霉的人就是她。

林初九现在应该看得很明白，如果他死了，他的仇人也不会放过她，而任凭她林初九本事再高，也无法从那些人手中逃生。

"有你这话，我就放心了。"有林初九主持大局，苏茶也安心。不过，站在好朋友的立场上，苏茶还是提醒了一句，"王爷，两天后你就要出征了，这一去也不知多久，你要不要趁机和王妃出去走走，培养一下感情？"

苏茶一直认为，想要让林初九死心塌地向着萧王府，除了要有足够的利益外，最好还是扯上感情。

天耀和林初九本来就是夫妻，好好培养一下感情，以后夫妻两人携手并进多好。

苏茶的提议让萧天耀颇为心动："明天有什么事吗？"他大后天出征，如果真要陪林初九出去，也就只有这两天了。

"没了，事情我们早就安排好了，你只等大后天出征就可以。"苏茶飞快地答道。

为了此事，他们准备了数个月，哪里还需要临阵磨枪。

"很好！"萧天耀满意地点头，又道，"给南远公主、西武皇子下帖子，本王请他们去城外别院。另外把太子、安王和七皇子也叫上。"

“啊……”苏茶愣了一下，“王爷，不是你和王妃两个人吗？”叫上一堆人，哪里还有机会培养感情。

萧天耀不悦道：“问那么多做什么，全部叫上。”他和林初九两个人去别院干吗？大眼瞪小眼吗？

与其两人相对无言，不如把这些人叫上，他临走前敲打一番，林初九在京里也顺当一些。

苏茶隐隐猜到了萧天耀的意思，只是要敲打那几个人，什么时候不可以，非要破坏两人独处的时间吗？真是活该进不了王妃的门，这样的男人别说王妃了，就是他也看不上眼呀。

苏茶不敢和萧天耀叫板，哪怕觉得再不妥当，还是老老实实地应下，左右安排宴会的事也轮不到他去做。

萧天耀轻敲桌面，问句流白：“荆池什么时候回来？”他要离开京城，要带走一部分亲兵与暗卫，流白也要跟过去，林初九的安危便成了一个大问题，好在荆池还欠他一件事，此时正好派上用场。

“两个月后。”流白说完，立刻低头，根本不敢去看萧天耀。

咚的一声，萧天耀在桌面重重地敲了一下，冷笑：“两个月？你在玩我？”

从边境到京城只需要一个多月，那还是对普通人而言，荆池要是这么慢，那他就不配当杀手。

“荆池送来消息，他两个月后才能到京城。”流白哭丧着脸，完全不敢抬头。

萧天耀冷哼一声才道：“说吧，他又遇到了什么事？”

“他的师弟糖糖，和人争花魁起了争执，在北域失手打死了抚台的儿子，对方在江湖上也有点儿势力，不肯放过糖糖，要他抵命。北域王世子都出面了，荆池为了糖糖不得不出面周旋。”放在江湖上，打死个把人真不是什么大事，可糖糖打死的是官场中人，还有北域王世子出面，荆池与糖糖不出血都不可能。

“苏茶，派人去解决。你让荆池以最快的速度赶到京城。”事情都发生了，萧天耀还能如何。

“我会处理。”苏茶郁闷地点头。

打死人的事不好处理，一个不好就会被人说成是仗势欺人，可偏偏他们急需荆池保护王妃，就是再麻烦也得出面解决。

让荆池欠他们人情，总比让荆池欠北域王的人情好。

萧天耀好似要在今晚，把京中所有的事都安排完一样，命令一个接一个地下达下去，苏茶和流白累得不行，可是……

萧天耀还不放过他们，刚说完盯墨玉儿的事，又提起慈恩堂的事：“查出是谁在推波助澜，让周贵妃接手慈恩堂了吗？”

这事萧天耀交给苏茶去查，苏茶听到萧天耀问话，立刻装死。

萧天耀却不肯放过他：“怎么？是忘了还是没有查出来？”

“查不出来。”要是忘了还好办，可偏偏他查了，结果一无所获。

苏茶一脸郁闷地道：“看上去没有任何异常，背后也没有任何势力推动，就像是巧合。”

可就是这样才不对，朝堂上的事怎么可能会是巧合，还巧合地针对周贵妃？

要知道，论最有资格接手慈恩堂的人，必然是皇后娘娘，如果真有朝臣提议，也是提议皇后才是，怎么也不可能是周贵妃。除非……

“我怀疑是周贵妃或者安王的安排。安王身体恢复后，肯定要在朝堂上行走，周贵妃接手慈恩堂，扭转百姓对慈恩堂的看法，对安王极其有利。”苏茶会有这样的推断并不意外。朝臣提议由周贵妃接手慈恩堂的时机，实在是太巧合了。

别说苏茶，就是皇上也是这么想的，认为周贵妃是故意借这件事，好让安王顺利走到人前，可还是那句话，这事他们查了，怎么也查不到周贵妃头上。不知是周贵妃藏得太深，还是被人给坑了。

萧天耀沉吟片刻后道：“这事不是周贵妃的手笔，她没有那么蠢。”目的性太强了，旁人一眼就能看出来。

“可也不排除她是故意的。”苏茶实在是想不出，除了周贵妃还能是谁？

萧天耀摇了摇头，没再多说，只道：“你从后宫查一查，针对周贵妃必然与后宫的女人有关系。”

“这事我一定会查清。”慈恩堂的幕后之人藏得极深，不查清楚苏茶心里都不安。

除了慈恩堂的事，剩下的也只有林夫人与南远公主需要盯着，这事萧天耀交代了暗卫，就没有再对苏茶与流白重复，只叮嘱苏茶与中央帝国花家的人保持联系，让他们尽快来东文把那个孩子接走。

孩子是林初九救的，只要花家人出现在京城，这事必然会透露出去，到时候林初九身上又会多一重安全保障。

萧天耀今晚所说的每一件事，都与林初九有关，所下的每一个决定，都是为林初九的安危着想。

苏茶实在忍不住，吐槽了一句：“天耀，你不是说要让王妃学会成长，自己处理突发危机吗？你什么事都替她办好了，她还有什么危机？”

“她要有应对危险的能力，但这不表示本王明知有危险，还不提前做好安排。”萧天耀想也不想就回道。

萧天耀说得在理，苏茶却不信：“之前也不见你这么紧张。”

萧天耀道：“本王现在也没有紧张。”他不过是将可能的危险压下罢了。

苏茶无言以对，流白看时间不早了，便拉了拉苏茶的衣服：“时辰不早了，我们该回去了，别耽误王爷和王妃休息。”

流白这话前面没有什么，后面那句却让萧天耀忍不住皱眉。流白绝对是故意的，明知林初九不可能等他，耽误什么休息。

“嘿嘿……”苏茶坏心地笑了，流白果真是插刀小能手，“你说得对，我们别耽误王爷和王妃休息。王爷马上就要出征了，这几天他们肯定有许多话要说。”

苏茶又补了一刀，还补得萧天耀无话可说。

萧天耀周身的寒气加亘，扫向苏茶与流白的眼神就好像是刀子。

流白一脸的莫名其妙，苏茶却反应极快，拉着流白赶紧溜……

萧天耀一个人在书房坐了许久，直到灯油燃尽，这才起身。

门外，侍卫与暗卫依然坚守着，以往的每一天都是如此，萧天耀不觉得有什么，这一刻却突然觉得萧王府太安静了。

死一般安静，没有一丝生气。

出门，左转，一路前行，穿过后花园，来到林初九住的院子。

这地方很偏，在林初九没有住进来之前，几乎是荒废的，要不然院子前也不会是一片草坪。

萧天耀在此之前，从来没有到这里来过，自从林初九住进来后，他晚上已经习惯来这里。

站在院门外，萧天耀没有进去，只是看了一眼便转身回去了。

暗卫在萧天耀出现的那一刻，精神就绷得紧紧的，生怕萧天耀又一次走进来。

拦住王爷，真的不是一件容易的事，哪怕王爷没有惩罚他，可他仍旧害怕呀！

“王爷不进来，真是太好了。”其他几个暗卫亦是松了口气。

他们夹在中间，真的很难做。

“唉，王爷真可怜，你们看到王爷的背影没？那落寞的身影让人想哭。”说话者是暗卫当中年纪最小的，刚被挑出来，还没有见识过萧王的冷酷。

其他几个暗卫听到这话，顿时瞪大眼睛：“你哪只眼睛看到王爷落寞了？明明一如既往地高大。”

几个暗卫嘀嘀咕咕地争吵着，为这死寂的夜增添了一丝趣味，可惜除了几个暗卫再无人听到。

林初九早上起来，翡翠四人如同往常一般服侍她，只是在林初九准备窝在秋千上看书时，暗卫对她道：“王妃，昨晚王爷来过，不过王爷并没有进院子，只在院门口看了一眼就走了。”

暗卫说这话真的没有别的意思，纯粹觉得他们家王爷可怜。整个萧王府都是他们家王爷的，他们家王爷什么时候受过这样的冷待，王妃太狠心了。

林初九握书的手一紧，随即若无其事地道：“是吗？”

漫不经心的语气，无不说明她不在意萧天耀，只有她自己明白，她是心烦的……萧天耀这两天的举动，真的让她很烦躁。

林初九真的不知道要怎么说萧天耀了。每每在她失望时，他就步步紧逼，不给她后退喘息的空间，又在她想要给彼此一个机会时骤然放手。

如此反复，真的很折磨人……

第十六章　听雨院斗心

萧天耀不懂林初九的纠结，就如同萧天耀永远不明白林初九为什么与他置气，为什么会不高兴一样。萧天耀从来不觉得自己有什么不对，他所做的一切都是为了林初九好，不是吗？当然，不解归不解，该做的事萧天耀并没有停下来。他不会为任何人改变自己的决定！

一大早，萧王府的下人就往太子东宫、安王的清和殿，还有七皇子所住的皇子会所递上请柬。

当然，南远公主南诺瑶、西武的皇子纪丰羽更是不会落下，而除了上面几个人外，还多了一个林府的林婉婷。

萧天耀请林婉婷的理由是，让林婉婷陪南诺瑶，不过实际上要做什么，恐怕只有他自己知道了。

萧王萧天耀一向我行我素，独来独往，从来不与朝臣走近，自然也就不可能宴请他人，这还是萧王府第一次发出请帖，意义非凡。

不管是太子还是安王，收到帖子的那一瞬间，都问了一句："你说什么？萧王宴请？"是他听错了，还是下人说错了。

下人不得不重复一遍，同时委婉地提醒主子打开请柬看一看。

"真的是萧皇叔的宴请？"太子看到落款上的印鉴，一度以为自己眼花了。

有生之年，能拿到萧王府宴请的帖子可真不容易，这绝对是第一次，哪怕是刀山火海也得去。

萧子安没有太子那么夸张，可也当即回复自己一定会到。

他与萧皇叔无怨，而且林初九于他还有救命之恩，萧子安可以肯定今晚的宴会，不是冲着他来的，他顶多只是陪客。

有这样想法的还有七皇子，七皇子一脸天真地打听到萧天耀请了哪些人后，立刻就应下了。

七皇子知道，他纯粹是去凑热闹的，如果他没有猜错的话，今晚这场宴会的主要目标是太子与南远公主，到时候他只需要安静地吃饭就好。这就是人小的好处。

萧王这是第一次宴请，绝对不会有人拒绝，所有人都给了萧天耀肯定的答复，一切都准备就绪，可是……

临近出发，林初九这个女主人，才知道萧天耀今晚要在别院宴客。

对萧天耀这种目中无人的做法，林初九连翻白眼也懒得，只是不解地道："夜宴？还在城外？"萧天耀这是搞什么，不怕出事吗？

"是的，王爷宴请南远公主与西武皇子。太子、三皇子、七皇子和林二小姐作陪。"曹管家见林初九什么也不知，已无力说他们家王爷的坏话，只尽力补救。

难怪临近出发，也不见王妃换衣服，原来是根本不知此事，王爷还真是……让人不知道说什么好。

"嗯，让王爷稍候，我换好衣服就过去。"听到这些人名，林初九多少猜到了萧天耀的打算。

看在他临出征前，还不忘给她撑腰，她就大度点儿不计较好了。

林初九不需要费心寻衣服，上次翡翠和珍珠她们缝的衣服，虽然不及萧天耀准备的华贵，可也是端庄大气，用在今天的晚宴足够了。

林初九此时正值青春貌美的时候，不需要上大浓妆，只需要简单装扮一番便是艳丽动人，翡翠四人一起动手，不过半个时辰便替林初九打扮好了。林初九检查了一番，确定没有问题后朝前院走去。

前院，苏茶和流白陪着萧天耀一起等林初九，刚开始苏茶还在抱怨林初九太慢，直道女人宠不得，一得宠就开始拿娇，后来听到萧天耀说，他没有告诉林初九今晚的宴请，苏茶立刻就闭嘴了，一脸同情地看向萧天耀。

就萧天耀这样，活该一辈子上不了王妃的床。

苏茶突然非常同情林初九，要和萧天耀这样的男人过一辈子，上辈子是造了多少孽呀。

林初九姗姗来迟，可却没有一个人觉得她不对，苏茶早早就堆满了笑脸迎上前，可不等他和林初九打招呼，萧天耀便上前截人："时辰不早了，走吧。"

"是，王爷。"林初九回了一声，两人朝马车的方向走去，留下苏茶站在原地……

流白今晚负责别院的安全，也要跟着去，从苏茶身边走过时，拍了拍他的肩膀："你……节哀。"

"节什么哀，会不会说话。"苏茶一拳挥过去，幸亏流白闪得快，没被打中。

依旧是挂着萧王府标志的马车，却不是平时坐的那辆。马车内的空间很大，甚至连茶几都有，地上铺着雪白毛毯，让人不忍下脚。

"要不要脱鞋？"那么白的毛，林初九真的下不了脚。踩脏了太可惜。"嗯。"这是他睡觉用的，当然不能踩脏。

林初九将鞋脱了放在一旁，赤着双足踏了进去。触感软软的，很舒服，要不是怕身上的衣服会皱了，林初九真想直接坐在毛毯上。

只一眼，萧天耀就明白林初九在想什么，不过他什么也没有说，只是将外套脱下，然后席地而坐，往后一靠。双腿微弯，头靠在瓷枕上，黑发倾泻而下，那模样说不出来地慵懒，还有诱惑。

林初九看了一眼，便坚定地移开眼。

萧天耀眼中的笑意更甚，朝林初九勾了勾手指："脱了外套，躺下。"

"不！"林初九坚定地摇头。

她的外套可复杂了，真要脱了她不一定能穿好。当然，这不是最重要的，重要的是她弄乱了衣服和头发，出去后怎么解释？

"去城外别院，要一个半时辰，你确定你要一直坐着？"萧天耀也不勉强，只将事情的"严重性"说给林初九听，"一个半时辰，你能保证你的衣服不乱，头发不散？"

马车一颠簸，就容易碰乱头发，半躺着自然比坐着好，林初九心里有点儿小犹豫，可看到占了大半位置的萧天耀，林初九坚定地摇头。

开玩笑，她要躺下去，除了躺到萧天耀怀里，还能往哪里靠？

"随你……"萧天耀并不勉强。

马车里有林初九的气息，哪怕没有抱着她，萧天耀依旧觉得安心，很快便合眼睡着了。

雪白的毛绒地毯非常有诱惑力，林初九真的很想躺在上面，可一看到躺在上面、安然自得的萧天耀，林初九就失了坐下去的兴趣。

她还是离萧天耀远一点儿的好。

林初九老老实实地坐在长凳上，头倚着车壁，微眯着眼，也不知在想什么。

马车摇摇晃晃驶出城门，萧天耀一路睡得极香，平日里他即使是睡着也精神紧绷，此时完全放松开了。

林初九偶然看到，便移不开眼……

睡着的萧天耀收起了平日的凌厉，安详的面容如同孩子，眸子紧闭遮住了眼中的冰冷，扇形的睫毛随着马车颠簸而轻轻颤动，看上去脆弱至极，让人生不起一点害怕之心。

萧天耀长得很好，或者说皇室中的人长得都很好。艳丽妩媚的长公主；端庄优雅的福安公主；五官俊美的太子；气质出尘的三公子；粉雕玉琢的七皇子，就连皇上亦是成熟稳重的美大叔，可这些人加起来，都不及萧天耀。

萧天耀完全集合了皇家人所有的优点。高贵而不凡、优雅而霸道、成熟又睿智、稳重又凌厉。完美的五官只是点缀，世间最美好的词汇加起来，似乎都无法形容这个得天独厚的男人。

可就是这样一个人，偏偏恶劣至极，实在让人喜欢不起来。

"唉……"林初九微不可闻地叹了口气，轻轻地别开脸，眼神没有焦距地看着车窗。

马车很快来到城门口，守城的官兵见到萧王府的马车，根本不敢检查，立刻就放了行。

就在这时，城门不远处的茶楼上。

南远的五皇子南诺离，正与东文皇商之子薛承文坐在二楼临街的雅间，将这一幕尽收眼底。

看着渐行渐远的马车，薛承文道："萧王今晚的宴请，就只是为了敲打太子和诺瑶公主？"

薛承文总觉得，萧天耀不是那么儿女情长的人。

"是与不是很重要吗？"南诺离似笑非笑地反问道，略有些阴柔的眸子里闪过一丝嘲弄。

萧王府的马车出城没有多久，南诺瑶与纪丰羽的马车也相继出了城，南诺离看到南远的马车，眼中的嘲讽更浓了。

南诺瑶，还真当自己是金尊玉贵的公主了，仗着皇宠便不知天高地厚，认为人人都会围着她转，简直蠢笨至极。他等着她在东文栽跟头，等着她死无葬身之地！

南诺瑶与纪丰羽的马车离开没多久，太子、三皇子、七皇子和林婉婷也一同出城了。

四人同行，分两辆车，三皇子与七皇子一辆，而太子则与林婉婷一辆车。

为了林婉婷的名声着想，这安排并未声张，也只有服侍的人知晓，旁人都以为太子三兄弟一辆车，林婉婷独自一辆车。

作为宴会的主人，萧天耀和林初九自然要先到。

正好是一个半时辰，马车在听雨别院停下，萧天耀也在这时候睁开了眼。

幽深的眸子没有一丝刚睡醒的迷茫，清明冷静，不见一丝睡意，要不是林初九知道萧天耀刚才真的睡着了，还真会以为他只是合了合眼。

萧天耀的衣服、长发都乱了，需要整理才能下马车，林初九没打算等他，可萧天耀一起身，就将门堵住了。

林初九无奈地道："王爷，你挡着我的路了。"

"嗯。"萧天耀漫不经心地应了一句，却没有让路的意思，从衣架上取下衣服，当着林初九的面穿好，从容自然地凑到林初九面前，理所当然地道："衣领乱了。"潜台词就是让林初九帮他整理。

林初九不言不语，只是默默地看着萧天耀。这个男人，要不要这么无聊。

萧天耀也不说话，弯腰凑到林初九面前，态度明确。

视线相交，没有火花四溅，只有平淡的对峙，可是两人谁都不肯让步。

时间一分一秒过去，等在外面的侍卫与丫鬟快要将车门看出一个洞来了，仍旧不见萧天耀与林初九下来，下人们面面相觑，一个个满头雾水。

王爷和王妃到底在马车上做什么呢？这老半天不见下来，是不打算下来了吗？再耽搁下去，南远公主与西武皇子都要到了。

侍卫心里焦急，转念想到上次出言提醒换来的下场，强忍着不敢发声，只能在心里期盼萧天耀和林初九能赶紧下来。

而此时，马车上，林初九和萧天耀僵持不下，随着时间的流逝，林初九眉头微皱，萧天耀却仍旧面无表情，大有林初九不帮他整理，他就绝不让步的架势。

还是那句话，在乎你就输了。

萧天耀无所谓丢不丢脸，可林初九没他那么无耻呀。他们是宴会的主人，必须得先进去安排，在马车上浪费时间算什么？

半晌后，林初九无奈地叹了口气，上前一步，替萧天耀整理衣领。

她承认，她败了！

冰凉的手指从颈脖间擦过，倘若换作旁人，萧天耀绝对会在对方碰上他的前一瞬间把人杀了。颈脖处极其脆弱，是极好偷袭与下杀手的地方，萧天耀从来不让人碰，就连苏茶和流白也一样，只有林初九是例外。

林初九速战速决，三两下就将萧天耀的衣领整理好，萧天耀也不再得寸进尺，见好就收，衣袖与前襟都是自己整理的。

萧天耀平时极少让人近身，也就没有贴身服侍的人，他一向自己打理自己的衣着，很快就将衣服整理好，就是凌乱的发丝在他随意轻拢下，也变得服帖整齐。

一瞬间，那个安详宁静的萧天耀不见了，站在人前的萧天耀，又是那个凌厉冷漠的男子。

萧天耀没有再为难林初九，转身去拿鞋子，林初九长长地松了口气，准备等萧天耀穿好鞋再过去，不想萧天耀过去并非自己穿鞋，而是拿起她的鞋子。

“你帮本王整理衣服，本王帮你穿鞋。”萧天耀拎着林初九的绣鞋，走到林初九面前。没有一丝犹豫，神色从容地蹲在林初九面前，“抬脚！”

林初九呆愣地看着萧天耀，一瞬间忘了如何反应。她是不是在做梦？骄傲如萧天耀，居然会蹲在她脚边，为她穿鞋，这怎么可能？

每个灰姑娘，心中都有一个公主梦，希望有一天，会有一个王子出现，单膝跪在她面前，为她穿上象征幸福爱情的水晶鞋。林初九也不例外，她也曾有过这样的幻想。那个单膝跪在她脚边的男子，不需要是王子，只要爱她，心甘情愿为她穿鞋就够了。只不过……

现实的残酷，让她没有做梦的权利，也失了做梦的心情，她早就不奢望会有什么王子出现，蹲在她面前为她穿鞋，可是……在她完全不抱希望时，萧天耀却满足了她的幻想。

单膝跪在她脚边的萧天耀，满足了女人对王子的一切幻想。出身皇族，有权有势，霸道强势，除了不爱她外，萧天耀比童话中的王子更优秀，可就是这样一个优秀的男人，却单膝跪在她脚下，为她穿鞋。没有一丝勉强，没有一丝尴尬，自然得就好像给她递了一杯水。

林初九低头看着萧天耀，嘴巴微张却说不出话来。她心里又酸又涨，根本不知要说什么，做什么。

久久不见林初九抬脚，萧天耀直接动手，抓起林初九的小腿往上抬，冷冰冰道：“扶好。”

“啊……”林初九没有防备，往后仰倒，幸亏萧天耀反应快，伸手拉住她，林初九被反拉回来，双手撑在萧天耀的肩膀上。

“怎么这么笨。”萧天耀松开林初九的手，恶声恶气地道。

“我……”林初九不知如何解释，只能低头不说话。

林初九单脚抬起，萧天耀笨拙地替她穿上，不用低头看，就凭感觉，萧天耀就费了许多功夫，把她的脚都弄疼了，才给她穿上鞋，林初九就知道萧天耀绝对是第一次给人穿鞋。

不可否认，林初九心里是有一点儿小感动的，当然只有一点点……

好不容易穿好一只鞋，萧天耀的额头都沁出了汗珠，对他来说，给女人穿鞋，简直比上阵杀敌还累。

“另一只脚，抬起来。”萧天耀恶声恶气地道。

他发誓，绝对没有下一次了，太麻烦了。

“好。”这一次林初九极度配合，尾音微微上扬，显示出她的好心情。

穿第二只鞋，萧天耀也算是有经验了，这一次快了许多，至少没有弄疼林初九的脚。

鞋穿好，林初九立刻收回手，后退一步站稳，轻声说了一句：“谢谢。”

萧天耀站起身来，扫了林初九一眼，就见林初九眼中带笑，脸颊红扑扑的，眼中闪过一丝满意，却没有说什么。

转身，将鞋穿好，萧天耀打开车门下了马车。

侍卫和侍女长长地松了口气，与此同时，南诺瑶与纪丰羽也到了，两人的马车就在不远处。

侍卫们看到这一幕，顿时满腹疑问，真的很想上前问一问：王爷、王妃，你们这么长时间在马车里做什么了?

蛋都能孵出来，你们居然还没有下来。这下好了，客人都到了，我们却还没有进去，真是太失礼了。

萧天耀完全无视侍卫怨念的眼神，扶着林初九下了马车。

事有凑巧，两人刚下马车，南诺瑶与纪丰羽的马车也一前一后停下了。

两人没有想到，会在门口和萧天耀撞上，颇有几分意外。南诺瑶和纪丰羽不敢在萧天耀面前拿大，下了马车主动走过来。

纪丰羽扫了一眼，没有发现什么异常，便半开玩笑半认真地说了一句：“看样子，我们来得太早了。”

“嗯。”萧天耀松开林初九的手，朝纪丰羽点了点头，不知是在打招呼，还是在回答纪丰羽的话，总之纪丰羽被萧天耀的回答噎住了，好半天都不知该说什么。

女人和男人关注的重点从来都不一样，南诺瑶一过来，双眼便落在林初九身上，只见她脸颊霞红，媚眼如丝，眼中闪过一抹嫉妒，尖锐地问道：“王爷和王妃比我先一步出发，怎么这个时候才到？莫不是遇到什么麻烦了？”

南诺瑶庆幸自己听了五哥的话，以刁蛮狂妄的形象出现在东文，不然这话她还真不好问。

“和你有关吗？”萧天耀冷冷地扫了南诺瑶一眼，也不管她尴不尴尬，直接从南诺瑶身边走过，完全不将她放在眼里。

南诺瑶一脸错愕，眼眶红红，好似受了天大的委屈。

林初九低头闷笑一声，优雅地上前一步：“羽皇子，诺瑶公主，王爷他一向如此，还请两位不要介意。请……”

“哼……”南诺瑶冷哼一声，萧天耀不在，她毫不掩饰自己对林初九的厌恶，怒道，“什么东西，也敢在我面前拿女主人的架子。”说完便快步走了进去，完全无视林初九这个女主人。换作旁人怕是会觉得难堪，但林初九浑然不在意，脸上的笑容不变，就好像没有听到南诺瑶的话一般。

纪丰羽心中暗自称赞，也没有把南诺瑶的话当回事，笑着道：“王爷性情中人，我敬仰还来不及，哪里会介意。王妃先请……”

纪丰羽笑得温和，眼神中透着真诚，说得好像是真的一样，林初九心中暗自提醒自己，不要轻易得罪此人。

那晚的宫宴上，她就知道这个西武皇子不是简单的人物。在宴会上被南诺瑶抢尽风头，还能谈笑风生；被东文的年轻人明嘲暗讽，还能从容应对，这样的人是天生的政客，交好没有必要，但不能得罪。

两人一前一后走了进去，尚未抵达花厅，下人就来报：“王妃，太子、安王到了。”

林初九脚步一顿，歉意地道：“羽皇子，你先稍坐片刻，我出去迎迎太子与安王。”

“我与王妃一同去。”纪丰羽此行的目的，就是想要得到东文的支持，他与东文的皇子没有利益冲突，他希望能与每个人都交好，就算无法交好，也不能交恶。

林初九没有拒绝的理由，两人又再次折回门口。而紧追着萧天耀进来的南诺瑶，却发现她迷路了，不仅找不到萧天耀的身影，也找不到去前院的路。

南诺瑶刚开始还以为自己迷路了，当她越走越偏，半天也遇不到一个人时，就知道事情不对了：“来人呀，来人呀，有没有人？”

“人呢？都死哪里去了，我是你们王爷的贵客，你们敢这么对我！”

“你们快带我出去，不然我杀了你们，我一定要杀了你们！”

南诺瑶大喊大叫，可惜任凭她怎么喊都没有人搭理，回答她的只有空荡荡的回音，显得越发骇人。

南诺瑶吓得不行，疯了似的到处乱转，试图寻找出路。负责盯着他的暗卫窝在屋顶上，无聊地打了个哈欠……

临近天黑，宴席即将开始，林初九派人来请萧天耀出去，萧天耀应了一声便起身往外走。

“王爷，南远公主怎么办？”流白见状，跟了上去。

“嗯？”萧天耀不解地回头。

流白无力地叹气：“王爷，你半个时辰前，把人关在后山的阵中，现在还不放她出来吗？”

“嗯，放吧。”萧天耀说完又继续往外走，明显没把南诺瑶当回事。

流白没有跟上去，而是招来手下，让人去把南诺瑶放出来。

正厅里，林初九正在招待纪丰羽、太子、萧子安和七皇子等人。太子虽然厌恶林初九，这个场合却也不好说什么，只是沉着脸，轻易不与林初九搭话，林初九也没兴趣与他说话。

林初九与纪丰羽不咸不淡地聊着，萧子安时不时地插两句，倒也和乐。

林婉婷揪着一个谈话的空当，状似无意地问了一句："姐姐，王爷和诺瑶公主怎么还不来？他们不是早就到了吗？是不是王爷带着诺瑶公主逛院子去了，怎么不等我们一起呢？"

"婉婷，你的记性怎么这么差，和你说多少遍了，别叫我姐姐，不知情的人还以为你是萧王府的侍妾。"林初九不冷不热地回了一句，没有回答林婉婷的问题。

林婉婷一脸涨红，偏偏这个场合她又不能多说，只能委屈地应是。

有了林婉婷这一出，在座的几人都没再问萧天耀和南诺瑶的下落，但这不表示心里不想。

南诺瑶早就来了，可大半个时辰都没有出现，就连萧天耀也没有出现，要说这两人之间没有什么，外人怎么会相信。

太子一脸幸灾乐祸，萧子安一脸担忧，七皇子懵懂无知，而纪丰羽则是一脸玩味。

一群人看似其乐融融，实则各怀心思。

当下人来报，宴席准备好可以入座时，太子不等林初九开口，便反客为主地道："皇婶，我们早点儿过去，可不能让王爷与诺瑶公主久等。"

太子特意把萧天耀和南诺瑶放在一起，就是想要膈应林初九，可惜林初九浑不在意，起身摆出一个请的姿势："请……"

太子先行一步，萧子安特意落后一步，让纪丰羽和七皇子先走，又故意放慢脚步走到林初九身侧。

两人站在一起，男的温润如玉，女的端庄妩媚，走在一起说不出来地般配，跟在林初九身后的翡翠四人看到萧子安与林初九并肩而行的画面，眼中闪过一抹惊艳：王妃和安王好般配！

萧子安没有注意到这些，闻着林初九身上若有似无的淡香，萧子安心中一动，眼中闪过一丝落寞，又很快地按捺下来了。

"皇婶，你别往心里去，皇叔他不是那样的人。"萧子安压低声音，温柔如春风拂过，暖人心窝。

任谁都无法对这么一个温柔的人恶言相向，林初九放缓脚步，点点头道："多谢安王，我没事。"

"皇婶心里明白就好。"萧子安展颜一笑，笑容干净明朗，璨若莲花，一瞬间周围的一切尽皆黯然失色，林初九也愣了下，她还真没有见过笑起来这么好看的人。

"皇婶，你怎么了？"萧子安心里隐约明白，可却装作不知。

"一时走神了，安王……"莫怪二字还没有说出来，就被萧子安打断了："皇婶，你别安王安王地叫了，叫我子安就好。"

林初九高萧子安一辈，直呼其名再正常不过，只是他们二人虽然辈分上差一级，年纪却是相仿，直呼名字在外人看来，着实是亲昵了一些。

林初九正想着该怎么拒绝，萧天耀突然走了过来，霸道地插在她和萧子安中间，直接将人挤到身边。

"王爷。"林初九侧退一步，给萧天耀让路。萧子安没有防备，险些摔了一跤，也亏得萧天耀没有用全力。

“皇叔。”萧子安神色从容地行礼，不见一丝气恼。

“嗯。”萧天耀轻轻点头，表示知道了，然后就不再理会萧子安，与林初九一同，不紧不慢地往前走。

走在前面的太子等人听到动静，忙停下脚步，转身走了过来。太子和七皇子恭敬地唤了一声皇叔；纪丰羽和林婉婷则喊着王爷，林婉婷声音极小，一直低着头不敢直视萧天耀。

林婉婷临出门前，林相再三交代，绝不能让人看出她喜欢萧天耀，尤其是不能让太子看出来，不然她就等着和亲西武吧。

林婉婷吓得不行，是以，此刻见到萧天耀，她就是再高兴也不敢妄动。

一行人见完礼后，便围着萧天耀与林初九，太子左右看了一眼，状似无意道：“皇叔，怎么不见诺瑶公主？”

“嗯？”萧天耀皱眉反问，似不能理解太子的意思。

太子装傻道：“皇叔，诺瑶公主没有和你在一起吗？”他当着萧天耀的面，不敢给林初九难堪，还不能给林初九添一点儿堵吗？

“她为什么要与本王在一起？”萧天耀用看白痴的眼神看着太子，就好像太子问了什么蠢问题一样。

太子脸一红，忙解释道：“皇叔，今天下午你和诺瑶公主都没有出现，你们不是在一起吗？”

“太子，你的脑子在想些什么？”萧天耀脸色一沉，很不客气地训道，“一个南远的公主也要本王亲自去陪。太子，你这些年都学了些什么？才会问出这么愚蠢的问题！”话里面的鄙夷，叫太子恨不得找个地缝钻进去。

太子期期艾艾地道：“皇叔，我不是这个意思，只是……”

“只是什么？”萧天耀没有耐心地打断：“太子，你年纪也不小了，少花点心思在那些乱七八糟的事上，多想想正事。”

“皇叔，你误会了，我不是……”太子想要解释，可萧天耀完全没有听的打算，对一旁的下人道：“太子担心南远公主，还不快去找……”

萧天耀极度无耻地把太子和南诺瑶扯到了一块，太子想要解释，可惜萧天耀已经先一步走了……

宴席正式开始，萧天耀特意设了两桌，林初九与林婉婷作为女眷，则在屏风后面用膳，萧天耀则招待纪丰羽、太子、萧子安和七皇子。

看到这个安排，太子嘴角微抽，有些不解萧天耀的意思，可也不敢多说什么。

流白将时间算得恰到好处，萧天耀等人正要动筷子时，南诺瑶便被下人引进来了。

“对不起，我来晚了。”南诺瑶脸色不太好，衣服也有些脏，臭着一张脸立在大厅正中央。

任谁被困了一个下午，直到天黑才被人弄出来，都不会高兴到哪里去。南诺瑶可以肯定，林初九是故意的，故意让她难堪。

这个时候本该萧天耀出声招呼，好让南诺瑶入座，可萧天耀完全像是没有听到一样，径直拿起筷子，慢条斯理地吃了起来，完全不将南诺瑶放在眼里。

纪丰羽嘴角一抽，也只当没有看到，萧子安则在第一时间转过身，和身侧的七皇子说起话来，一副我很忙的样子。

太子愣了一下，看看这个，又看看那个，不由得皱眉：萧王叔到底搞什么？

南诺瑶也是，见没人搭理她，也不知道自己找个台阶下，就那么直直地立在那里，到底是想闹哪样？

太子颇为不满，但其他人都不开口，太子没有办法，只能代萧天耀这个主人招待客人了。

“诺瑶公主来得正好。”太子朝南诺瑶点头，又对下人道，“还不快请诺瑶公主入座。”

“诺瑶公主请……”下人上前，引南诺瑶到屏风后面入座，不想南诺瑶不予理会，径直走到太子身边，冷硬地道：“太子，我能坐在这里吗？”

南诺瑶这话是对太子说，双眼却落在了萧天耀身上。林初九把她困在后山，她就要坐在萧天耀身边，就不信膈应不死她。

“这……”太子一脸为难，这又不是他的主场，他说了能算吗？

面对南诺瑶目光灼灼的请求，太子不知如何拒绝，只得看向萧天耀：“萧皇叔，你看……”

萧天耀倒是很给太子面子，放下筷子，端起手边的茶水漱了下口才道：“男女有别，南远的公主不懂规矩，太子你也不懂吗？”

一句话，不仅打了南诺瑶的脸，也打了太子的脸，太子的一张脸顿时涨红：“皇叔，你误会本宫了。”

“是误会最好。”萧天耀淡淡地看了太子一眼便移开了，眼神扫向萧子安与纪丰羽，说道，“两位不必客气，把这里当成自己家就好。小七你也是，多吃一点儿。”

“谢谢萧王（皇叔）。”萧子安等三人异口同声说道，默契地忽视太子，拿起筷子吃了起来。

今天这顿晚宴，明眼人都知道是萧天耀为了给林初九立威才举办的，太子欺压林初九也不是一天两天的事了，萧天耀会敲打太子再正常不过。

太子气极，没想到萧天耀会当众不给他脸面，可一对上萧天耀那冰冷的眼神，太子又怯了。

纪丰羽见状，忙收回帮太子的想法，慢条斯理地用餐。

太子不敢再帮南诺瑶，坐下来吃饭。南诺瑶一脸尴尬地站在原地，双眼冒火，把这份羞辱记到了林初九头上。

下人见状，上前再次引南诺瑶入席，南诺瑶这次倒是没有再多说，只是冷冷地哼了一声，这才随下人往前走。

“哐当……”南诺瑶刚走到屏风里，就传来一阵盘碗摔碎的声音，随即便是南诺瑶不满的指责声："萧王妃，你就是这样待客的吗？下午把我一个人丢在后山，现在又不等我这个客人入席，自己就先吃了起来，你还把我这个客人放在眼里吗？"

新仇旧恨加在一起，让南诺瑶这个天之骄女再也忍不住，一进去就冲林初九发脾气。

林初九看着被毁了一半的饭菜，皱眉道："诺瑶公主，你要无理取闹，就别怪我不客气。"南诺瑶还真当自己是盘菜，在宫里旁人给她面子，那是做给南远看的，真以为东文人人都要让着她吗？

"不客气？你对我客气过吗？怎么说我也是南远的公主，来者是客的道理萧王妃不懂吗？"南诺瑶的声音很大，摆明了要林初九难堪。

话刚说完，又接着道："哦……我忘了萧王妃你娘死得早，没人教你这些，不懂也是应该的。"

"啪！"林初九一拍桌子，站起来道："诺瑶公主，道歉！"

林初九本不想和南诺瑶计较，可有一种人就是犯贱。林初九对死去的母亲没什么感情，但不表示她就能放任南诺瑶羞辱她。

"道歉？你在说笑吗？"南诺瑶美丽的脸露出狰狞的笑。

她一想到自己今天被困在后山一下午，就怒不可遏，加上刚刚被萧天耀羞辱，南诺瑶简直想杀了林初九。

高傲地走到林初九面前，南诺瑶轻蔑地打量着林初九，一脸鄙夷地道："不过是个水性杨花、与男人纠缠不清的女人，还真当自己是亲王妃了，本宫叫你一句萧王妃，不过是给萧王面子罢了。"

南诺瑶当众说这话，一方面是真的气得快要失去理智，另一方面也是为了让林初九丢脸。

她就不信，萧天耀心里不膈应林初九和太子的事，更不相信萧天耀会看中皇上赐给他的女人。

"诺瑶公主，你很好……"林初九是真的生气了，想也不想就甩了南诺瑶一个耳光，怒道，"诺瑶公主，这一巴掌就是你为自己出言不逊所付出的代价，我东文皇家的事还轮不到你一个外人评断。"

清亮的耳光声响起，不仅仅是屏风内的林初九和南诺瑶，就是外面几个男人也吓了一跳，包括萧天耀。

林初九的脾气什么时候这么坏了？

不过，南诺瑶确实该打。林初九和太子的事也是她能提的？任何一个男人，都不会高兴旁人谈论他的妻子与别的男人有私情，萧天耀也不例外。

林初九和太子的私情，是萧天耀最厌恶的一件事，他当初想要弄死林初九，有很大一部分原因就是林初九与太子的私情。

京城上下都知道，林初九对太子痴心一片，对太子纠缠不休，虽然为太子献身这种事，林初九没有做过，可偶尔也会有亲昵之举。

萧天耀可不想娶一个，随时会让他戴绿帽的女人。

后来，因为林初九的种种表现，萧天耀知道林初九并没有把太子当回事，这才逐渐释怀。现在南诺瑶当着他的面再提起此事，又让他想起这件不愉快的事了。

不得不说，南诺瑶的话成功地惹怒了萧天耀，只不过这份怒火不是针对林初九，而是针对南诺瑶与太子，可惜南诺瑶不自知。

南诺瑶正震惊于林初九敢打她，抚着脸，不敢置信地看着林初九："你竟敢打我？你不怕南远对东文出兵吗？"

南诺瑶真的气炸了，她长这么大，还没有被人打过，就是以前她那个公主母亲也不敢打她。

林初九冷哼一声："打你怎么了，有本事你让南远出兵，你以为我怕呀。"神经病，她又不是将军又不是皇帝，南远要打东文跟她有什么关系，她又不用上战场。

"你不怕成为两国的罪人吗？"南诺瑶咬牙切齿，脑子里盘算着要如何下台。

发脾气过头了也是一件烦人的事，现在南诺瑶根本不知道该如何收场。

"两国的罪人？你在说你自己吧？"林初九冷冷地瞥了南诺瑶一眼，高声说道，"来人，诺瑶公主身体不适，扶她下去休息。"

她以前对太子有情又如何？这种事不是南诺瑶一个南远公主可以当众说出来的。

"你敢！"南诺瑶倨傲地拒绝，正想出去找萧天耀，就听到萧天耀的声音传来："诺瑶公主，今日之事本王会找南远皇帝要一个说法，你污辱本王，污辱本王的王妃，不是一个巴掌就可以交代过去的。"

南诺瑶本打算见好就收，听到萧天耀的话眼中闪过一抹受伤，当即不管不顾地撞开屏风，朝萧天耀等人大声道："我说的是事实，我没有污辱林初九，她本来就与太子有私情，这事你们东文上下谁不知道？"

她就是要当众说出这件事，她就是要当众让林初九难堪，她就不信这么一个丢尽颜面、妇德不在的妻子，萧天耀还会要。

就算表面上维护，心里肯定也会膈应。没有哪个男人，能接受妻子给自己戴绿帽子。

林初九气得都笑了："仁者见仁，智者见智。淫妇看谁都觉得旁人和自己一个样，诺瑶公主你自己春心荡漾，惦记上别人的丈夫，别把旁人想得和你一样，我没有你那么龌龊。"

之前还是影射，现在却是指名道姓，南诺瑶还真不是一般的恶毒。这种事根本不需要证据，只要心中有了怀疑，她和萧天耀之间就会永远地留下一个芥蒂，这件事要不说清楚，她就不会有好日子过。

"你胡说什么，我才没有。"南诺瑶的眼中闪过一抹惊慌，不过很快就镇定下来。

"我有没有胡说你自己心里明白，你今天下午为何会突然消失一个时辰？又为何处处针对我？你真以为自己掩饰得很好吗？"林初九听后不屑地冷哼，南诺瑶敢往她身上泼脏水，就要承担后果。

林初九正气凛然地道："一个未出阁的公主，追着我夫君到处跑，没有追到人还把气撒在我身上，随意诬蔑我和太子的清白，你们南远的公主就是这样的教养？"

心思被人拆穿，南诺瑶有些心虚，气急败坏地道：“我们南远怎么教公主与你无关，总比你们林家好，教出来的女儿朝秦暮楚，萧王娶到你简直是倒了八辈子的霉，你以为没有……”

“够了！”萧天耀厉声打断，冷冷地道，“诺瑶公主，本王不管你有什么目的，今天的事本王记住了。来人……”

“萧王，我说的是……”南诺瑶还想开口，可惜没有人搭理她，别院的下人立刻上前：“奴才在。”

“把诺瑶公主绑起来，送到皇宫。”南诺瑶今天说的话隐瞒不了，萧天耀也不打算隐瞒，林初九与太子之间的事与其藏着掖着，不如抖开来。

“萧王，你不能这么对我，我是南远的公主。”南诺瑶见萧天耀维护林初九，她的心里并不生气。她心想，萧天耀肯定是在面上维护林初九，心里还不知多生气呢！

萧天耀压根不理会她，挥手让人将她拖下去。南诺瑶倒也没有挣扎，只是傲气地说她会自己走。走之前，南诺瑶丢给林初九一个挑衅、得意的笑。

没有意外，南诺瑶今晚这通撒泼确实是有效果的，至少太子等人就尴尬无比。

没有人会想到，好好一顿饭会变成这个样子。在场的每个人心里都埋怨起南诺瑶来，偏偏这事又不好纠缠着不放。

林初九心里也气，不过这个时候她不能心虚，也不能露怯，一露怯就坐实了南诺瑶的话。

林初九无事人一般，落落大方地上前，徐徐地道：“实在抱歉，我没想到会发生这样的事情。今天下午诺瑶公主一进来就缠着王爷，王爷看在南远的面上不好给诺瑶公主难堪，没有理会她，不想引得诺瑶公主心生不满，搅了宴席。”

林初九并没有急着解释，或者证明自己的清白，只是将这件事说出来，让众人先入为主地认为南诺瑶在无理取闹。

纪丰羽原本感觉特尴尬，听到林初九的话，立刻顺着道：“难怪诺瑶公主一直针对萧王妃，原来如此……王爷可真是艳福不浅。”最后一句是打趣了，不过却打趣得恰到好处。

萧子安见状，也跟着活跃气氛：“皇叔，你可真是魅力无边，那南远公主才刚见你，就对你倾心不已。皇婶今晚可真是因你而受委屈了……”

太子原本很心虚，这时见大家都不提那出事，为表明自己的清白，也跟着打趣起来：“皇叔，我刚刚可真是吓蒙了，这南远的公主还真是胆大。”

众人你一言我一语，拼命地想要揭过这一茬，气氛很快就和乐起来。南诺瑶的离去，并没有影响宴席的进度，林初九与林婉婷直接坐到外面，与萧天耀、太子等人一起用餐。

林初九作为女主人，自是坐在萧天耀身侧。

刚落座，下人就奉上了新的碗筷，正欲为林初九布菜，却被萧天耀挥退，然后就见萧天耀端起林初九的碗，亲自为她盛了一碗热汤，还十分贴心地说了一句：“小心烫！”

看到这一幕，其他人都惊呆了。这真是萧王？萧王不在意太子和林初九的事？是真不在意，还是假不在意呀？

纪丰羽心里百转千回，不过很快就恢复冷静。左右他只想摸清东文的情况，见萧天耀当众给林初九做脸，就知这萧王妃不是好惹的，纪丰羽心里就明白该怎么做了。

太子整个人都不好了，他承认南诺瑶当众说出林初九以前追着他跑的事，他心底还是很高兴的。萧王很厉害是吧？最后还不是娶了一个心在他身上、他还不要的女人。只是这种窃喜不能说出来，只能放在心底。

萧王没有当众说什么，太子能理解，毕竟这种事越描越黑，可是……

太子真的没有想到，萧天耀不仅没有表露出生气，还当众为林初九夹菜，继续给林初九做脸，这完全超出他的想象。

萧子安和七皇子也看到了，两人都为林初九高兴，当然他们高兴的原因各有不同。

林婉婷看了一眼就默默地收回视线，不敢胡乱生事。刚刚南诺瑶闹场时，林婉婷就明白，现在的她和林初九是不一样的，想要站到林初九那个高度，她就必须要有一个更高的身份。

悄悄地看了一眼身旁的太子，林婉婷暗暗下了决心，就算她现在当不了太子妃，那她也要做太子侧妃。总之，她绝不嫁到西武去，她就要在东文，狠狠地踩林初九一头。

萧天耀为林初九盛汤的事，完全出乎众人的意料，别说在场之人震惊了，就是林初九也吓了一大跳，不过她很快就冷静了下来。飞快地收起眼中的错愕，林初九自然而然地接过，就好像这事再寻常不过。

“王爷，你也吃菜。”林初九为萧天耀夹了一筷子菜，同时招呼大家也吃。

本来大家已经冷静下来了，林初九的举动，却是让众人再次瞪大眼睛盯着萧天耀。

别说太子和萧子安几人，就是纪丰羽也知道萧王有洁癖，不喜人碰。当然，更不可能吃别人夹的菜，林初九用自己的筷子给萧王夹菜，萧王怕是会翻脸吧？可是……

没有！萧天耀不仅没有翻脸，还无事人一般将菜吃了。一定是他们眼花了！为什么今晚的萧王这么陌生？

众人眼睛一眨不眨地盯着萧天耀，似要将他看出一个洞来。萧天耀一个冷眼扫过去，不满地道：“怎么？都吃饱了吗？”一个个闲着没事盯着他看。

“咳咳……”太子呛了一口，为了掩饰自己的尴尬，拿起桌上的杯子，起身道，“皇叔，本宫敬你一杯。之前在宫中有冲撞皇叔、皇婶的地方，还请皇叔不要放在心上。”

太子算是看明白了，他这个皇叔可是把林初九放在心上了。只是，太子怎么也想不明白，林初九到底有哪点儿好，竟然值得萧皇叔看上眼？

这么一想，太子又多看了林初九一眼，只见她面容沉静、举止优雅，眼中闪过一丝迷惑：这真是他所认识的那个林初九吗？经过南诺瑶的撒泼打闹，面上居然没有一丝阴霾，让人无法不高看。这么一想，太子的眼神不由得黯然几分，心中的那种窃喜也消失不见。

太子起身敬酒，萧天耀仍旧坐着，举起杯子却没有喝，而是很不客气地教训道：“太子，切记你皇婶年纪再小也是你的长辈，如有下次，别怪本王不客气。”

如果说，之前还是暗着给林初九撑腰，那现在就是明示了。

太子的脸色唰的一下就白了，不自在地道：“皇叔说得是，本宫记着了。”他本是客气一下，没想到萧皇叔居然直接训起来了。

当着两个弟弟的面被萧天耀训，太子有些下不了台，可面对萧天耀的冷脸，太子又不敢说什么，只能憋屈地喝完酒坐下。

杀鸡儆猴，萧天耀敲打了太子之后，并没有再对其他人发难，一顿饭总算是有惊无险地吃完了。

饭后，别院的下人安排了众人赏景。

太子蔫蔫的很不想去，尤其是看到林初九与萧天耀站在一块出奇地和谐后，太子更是不想去。太子也不知自己怎么了，明明之前见到林初九和萧天耀站在一块，他也不觉得什么，可今晚看到他们两人站在一起的画面，他心里堵得慌。只是这种场合容不得太子不去，太子再不乐意也得与大家一同前往。

萧子安慢悠悠地走在后面，看到太子一脸不耐地与身侧的林婉婷说话，萧子安惋惜地叹了口气。

太子早晚会明白，他失去了什么。

萧天耀这座别院，叫听雨别院，晚上听雨便是别院一景。当然，今天天气好，没有下雨，不过听雨别院也不是非要老天爷下雨才能赏景，府中的下人自有安排。

一行人来到听雨亭，不多时亭外就响起落雨声。抬眼望去，只见外面依旧月朗星疏，可亭子四周却是雨声不断。

雨点落下，错落有致，似点鼓又似银铃，声音似有节奏，让人不自觉地沉醉其中。

萧子安之前身有腿疾，几乎不曾出宫，可他读书破万卷，见识不比别人少："这是古书上的夜风听雨，皇叔竟然让人做了出来，子安佩服。"

"小计也。"萧天耀一脸淡漠，并不将萧子安的夸赞放在心上。

听雨别院不过是他心血来潮的产物，建成后也没怎么来过，要不是苏茶提醒，他完全不会想到带林初九出来走走。

太子见萧子安不断地捧萧天耀，也不甘示弱地道："皇叔的听雨别院声名远扬，之前宫里建的万福园，有一种景就是借用了听雨亭的设计，不过没有听雨亭做得别致。"

婉婷说得没错，他要坐稳太子之位，登上皇位还需要萧皇叔的支持，就算他不能拉拢皇叔，也不能让老三得逞……

第十七章　十步杀一人

萧子安是皇上最疼爱的儿子，东文上下尽人皆知。之前因萧子安的腿疾，太子从来不把萧子安放在眼里，但现在太子却不得不重视萧安子。

太子见萧子安话里话外，都透着对萧天耀和林初九的亲近，心中防备渐起。

转念想到，萧子安的腿还是林初九医好的，太子心里更是郁闷，并且他还要拉拢萧天耀，再不满也不敢对萧天耀撒气。

想到这里，太子望向萧子安的眼神更加不善："老三，你不是一向喜欢格物吗？在宫里弄了那么多年，怎么不见你弄一座听雨亭出来？"

"我不过是多看了两页书，哪能和皇叔比。"萧子安心思剔透，哪里不明白太子的针对，只是他就是明摆着告诉太子自己无心皇位，恐怕太子也是不信的。

萧子安的退让并没有换来太子的好感，太子傲慢地道："你确实不能和皇叔比，皇叔是什么人物，你是什么人物。皇叔十三岁就能上战场，你十三岁还只能躺在床上。"

"太子说得是，皇叔十三岁上战场，我十三岁躺在床上，太子十三岁正在跟宫女玩，我们同皇叔都相差太远。"

太子咄咄逼人，萧子安退让无效，开始反击，兄弟二人针锋相对，虽然没有吵起来，但那火药味谁都闻得出来。萧天耀眼眸含笑，不仅不制止，还时不时添一把火。

他今晚宴请众人，确实是想给林初九撑腰，同样也是为了挑起太子与安王之争。皇上太安逸了，需要一些事来让他消耗多余的精力。

看到这一幕，林初九还有什么不明白的？她就说嘛，萧天耀怎么可能，辛辛苦苦办个晚宴，就只为给她撑腰。给她撑腰的成分固然有，可更多的还是挑起太子与安王之争。

太子就是萧天耀手中的一杆枪，太子本身不成气侯，但背后若是有了萧天耀的支持，就完全可以和萧子安斗，甚至还能和皇上斗。

林初九默默地在心里，为太子点上一排蜡烛，一脸同情地看向萧子安。安王也是一个倒霉的，之前有腿疾只能像个废人一样生活在宫里，现在好不容易可以行走了，还未享受到正常人的乐趣，就莫名其妙地卷入到与太子的争斗中。

萧子安似乎察觉到了林初九的视线，朝她淡淡一笑，表示自己没事。

林初九轻轻点头，表示自己明白了，正欲转过身，却发现萧天耀突然挡在自己面前。

“太子，子安，本王请你们来是赏景的，不是听你们辩论的。”萧天耀开口，打断了太子与萧子安的对话。

明眼人都看得出来，是太子在针对萧子安，萧天耀却是各打五十大板，显然是站在太子这边，太子的眼中顿时闪过一抹惊喜。

早在刚才太子针对萧子安的时候，纪丰羽就识趣地走了出去，他也不怕弄湿衣服，绕着听雨亭来来回回，这时见萧天耀阻止二人，这才快步走进来，像是不知亭子里发生了什么事，一脸惊叹地道：“王爷的听雨亭居然处处有机关，着实巧夺天工！”

一句话，巧妙地化解了太子和萧子安之间的尴尬，一直没有说话的七皇子，这时也一脸兴奋地道：“这里有机关吗？我怎么看不到呢？”

七皇子从进来到现在，就一直乖巧地不插话，哪怕明知太子与萧子安闹起来，是萧天耀一手促成的，七皇子也当作不知，一脸懵懂如同稚子。

纪丰羽见七皇子问起，立刻说道：“机关在亭子上方，还有亭子外面的水槽，都是经过精心设计的，每一滴水落下的速度与时间都算计好了。”要让雨水按韵律落下，可不是简单的事，听雨亭上大大小小有上百个机关，绝不是万福园的仿制品能比的。

纪丰羽夸赞的话刚落下，就见林婉婷一改之前的落寞，指着不远处的河流，欢喜地大叫：“快看，你们快看，好美……”

“什么？”太子听到林婉婷的话，扭头望去，只见不远处的河面上，突然浮起一朵朵的莲花灯。

这条河流环绕听雨别院，他们面前的这段正好是转弯的弧度，一盏盏的莲花灯浮在河面上，就好像星空缀在银河，美不胜收。

“哇……皇叔，好漂亮呀。”七皇子高兴地大叫，带着他这个年龄段的孩子该有的活泼与天真。

纪丰羽与萧子安也不吝赞美。

随着水流漂浮的莲花灯在黑暗中忽闪忽闪，让人移不开视线。

“好看吗？”不知何时，萧天耀已站在林初九身后，旁人看去，就好像萧天耀从身后抱着林初九。

“好看。”林初九略有几分僵硬地道。

“喜欢就好。”萧天耀的声音压得极低，只有他们两个人才能听到。

“王爷……”两人靠得太近，萧天耀一说话，便有一股热气洒在后颈，让林初九很不习惯，可前面就是栏杆，她根本无路可走。

“嗯？”萧天耀应了一声，尾音拖得极长，带着一股说不出来的亲昵。

林初九背脊一寒，到嘴的话变成：“时辰不早了，我们是不是该回了？”

“累了？”萧天耀轻轻地问了一句，不等林初九回答，便对太子和萧子安等人道，“本王给你们安排了住处，你们想继续赏景便继续逛着，累了便回去休息。本王失陪了。”

说完，拉着林初九就往外走，完全没有做主人的自觉。

太子和萧子安看着萧天耀与林初九并肩而去的身影，嘴角一抽……

皇叔，你把我们叫来，就是为了看你们夫妻秀恩爱吗？

萧天耀和林初九一走，亭子里的气氛立刻冷了下来，太子毫不掩饰自己对萧子安的厌恶。

七皇子暗自叹气，不得不上前说道：“太子哥哥，我累了，我们回去休息好不好？”他总觉得皇叔不会那么容易放过太子，他还是紧盯着太子，别让人钻了空子。

“好。”太子点头，本能地看向林婉婷，正想说送林婉婷回去，七皇子就先一步道：“太子哥哥，皇叔安排了下人。林二小姐是女眷，她的住处我们不方便过去。”

太子只好打消这个念头，随七皇子一道回去。

经过今晚的相处，纪丰羽大致明白了东文皇室的情况，知道萧子安是个聪明人，没有掩饰与之相交的心思，朝萧子安说道：“子安兄，我们也回去？”

“好。”萧子安没有拒绝纪丰羽的善意。他无意皇位，可却不打算丢命，太子视他为眼中钉肉中刺，他总要有所防备。

他和太子，最终还是如了萧王的意，斗了起来。

萧天耀和林初九是别院的主人，他们自然住在别院中最大的院子。不知是有心还是无意，下人只收拾了一间主卧，也只有主卧才有被子。

林初九没有说话，默默地去沐浴梳洗，而等她梳洗回来，萧天耀也一身清爽地回来了，翡翠正想给林初九擦头发，却被萧天耀一个冷眼吓得待在原地不敢动。

林初九叹气，示意翡翠退下，翡翠如蒙大赦，飞似跑了出去。

“王爷有事要说？”林初九自己拿着毛巾，有一下没一下地擦着。

她和太子的事，萧天耀在人前顾忌面子，没有表露出在意，这个时候必然是要问的，林初九已经有心理准备了。

“嗯。”萧天耀上前，接过林初九手上的毛巾，没有用内力，而是有一下没一下地替林初九擦了起来。

林初九拒绝了，但最终没有抢过萧天耀，索性放弃，等着萧天耀开口。

萧天耀开口了，只不过说的话和林初九想的完全不一样，萧天耀说道：“本王会命人协助太子，在本王离京这段时间，他会很忙。”

忙什么萧天耀不说林初九也懂，肯定是忙着和萧子安争。

“南远公主你不必放在心上，不过是个蠢货，她今晚闹一场，皇上必要借此事向南远讨要好处，自会帮你挡着她。你要注意的是她身后的五皇子南诺离，他已经到了东文，没有意外的话，待本王一走他就会正式露面。”

“福寿与墨玉儿也不必放在心上，皇后会帮你挡着她们。当然，你要小心皇后。”

萧天耀缓缓开口，将他在京中的布局一一道来。虽说是把林初九一个人留在京城，可他也是尽其所能，替林初九挡下了不少麻烦，只是……

“这些安排只能明面上挡一挡，真要有人算计你，还得靠你自己。”

“我知道了。”林初九轻轻点头，掩去眼中的烦躁与无力。

不管萧天耀安排得多好，他一离开京城，她便成为没有庇护的人，要是萧天耀在战场上有个三长两短，自己很快就会被京中的这些人碾成渣。

“你，一定要平安回来。”如果是刚成婚那会儿，萧天耀若死了，她还能当个尊贵的寡妇，现在怕是不行了。

“你在担心本王？”华丽的转音，表明了萧天耀此时的好心情。

林初九当即给他浇了一盆冷水：“王爷你想太多了，我是担心你死了，我没有靠山。”

“原来是担心没了靠山。”萧天耀脸色一沉，尾指缠上林初九的长发，用力一扯……

这女人欠教训。

“嘶……疼！”林初九忙伸手按住自己的头发，扭头对萧天耀道：“王爷，我自己来吧，你还有什么要说的或者要问的吗？”

太子的事，不提吗？

“疼死活该。”萧天耀拍掉林初九的手，继续给林初九擦头发，见林初九一直眼巴巴地看着自己，萧天耀说道，“闭上眼睛，本王没有什么要问的。”

“太子的事，王爷你不问吗？”林初九颇为不解。

萧王这么大度？按说，男人这种生物在某些方面是特别骄傲的，喜不喜欢自己的妻子是一回事，可自己的妻子与别人有染，任何男人都无法忍受。

“问什么？你和太子的事？”萧天耀的好心情荡然无存。他本来都把这件事给忘了，林初九又一次提起。这女人，能不能别这么讨人厌。

“嗯。”林初九点头。

“点什么头，你和太子有事吗？”萧天耀就没有见过，比林初九更蠢的女人。

这么蠢的女人，幸亏是嫁给了他，要换作那些愚蠢的男人，必然会因为南诺瑶的话而心生芥蒂，将林初九打入冷宫。

听到萧天耀的话，林初九才发觉节奏不对，忙摇头：“没有，我和太子之间什么也没有，我对太子也没有情，我们成亲前那些事，不是我真实的心意，不过是情势所迫。”

“嗯。”萧天耀承认，虽说心里明白是怎么一回事，但听到林初九这样的话，他心里还是很满意的。

太子算什么，在他面前连头都不敢抬，林初九要是能看上太子，只能说明她忒没眼光。

半个时辰后，萧天耀帮林初九将长发擦干：“可以睡了。”

“好……”林初九哈欠连连，这个点早已过了她平时睡觉的点，已经开始犯困了。

林初九迷迷糊糊地上床，坐到床边才猛地惊呼：“王爷，你今晚睡哪？”

萧天耀没有说话，幽深的眸子盯着林初九，一眨也不眨。见林初九没有一丝不安，萧天耀瞪了她一眼，转身往外走去。

林初九愣了一下，直到人走出去，这才确信萧天耀今天特别好说话。

“萧天耀今天怪怪的。”林初九打了个哈欠，上床睡觉，被子一蒙便什么也不想了。

左右，她想再多也没有用，萧天耀要做什么，根本不会告诉她，她也改变不了萧天耀的决定。

翡翠在萧天耀走后立刻进来，将桌上的毛巾收走，又将蜡烛吹灭，对林初九赶走萧天耀的事，翡翠只是叹了口气，默默地退下。

幸亏王爷身边没有什么妾室、通房，不然王妃这种做法，就是把王爷往别的女人怀里推，要是让妾室、通房先一步生下庶长子，那可真是膈应人。

事实上，萧天耀今晚本就没打算睡，否则他白天也不会在马车里补眠。可不睡归不睡，林初九明着赶人的行为，还是让萧天耀十分不满。他到现在还不明白，林初九到底在别扭什么？都嫁给他了，林初九除了讨好他，还有别的选择吗？

“果然是个蠢女人。”萧天耀低咒一声，流白走进来，听到萧天耀的咒骂，以为在和自己说话，忙问了一句：“王爷，你说什么？”

“无事，东西带来了吗？”萧天耀起身，一瞬间杀气凛然。

今夜，萧王要杀人！

既然知道南远的五皇子已经暗中潜入京城，萧天耀怎么可能放过他！

南诺离潜进京城，说是为了寻找夏氏皇族后人，现在明知夏氏后人已经离开了京城，还迟迟不肯离去，要说这里面没有问题，鬼都不信。而且，萧天耀数次遭到暗杀，也与南远皇室脱不了干系。萧天耀和南诺离没有深仇大恨，但和南远有。萧天耀曾镇守过南远边境，与南远现在的皇帝、前任大将军多次交手。重伤过对方三次，有一次险些取了对方的性命。要不是他数次伤了对方，依对方的心智与能力，早就可以登上皇位了，南远的内乱也不会久久镇压不下去。可以说，南远现在的乱象，有很大一部分，与萧天耀脱不了干系，南远皇室对萧天耀可谓是恨之入骨。

萧天耀很清楚，南诺离暗中潜入京城十有八九是冲着他来的，为了安全起见，萧天耀决定先下手为强，先把这个麻烦解决掉。

萧天耀和流白很快就换上夜行衣，两人悄悄离开别院，只是……他们刚走出别院没有多久，就发现附近潜藏了一批黑衣人。

“看样子，今晚和我们打一样主意的人不少。”流白发现异动，立刻停了下来。

原本，他对萧天耀主动暗杀南诺离颇有不解，现在看来他们不动手，旁人也会对他们动手。

萧王离开固若金汤的萧王府，来到城外的别院，这么好的机会，那些人怎么可能放过。

萧天耀没有说话，只是朝流白使了一个眼色，流白会意，提气跃起，轻轻跃上树枝，借着黑夜为掩护，隐在树上。

流白的动作很轻，几乎没有声响，只有几片树叶飘落下来。

萧天耀没有跃上树，他身形一晃人便消失不见了……

两人刚隐藏起来，就有一对黑衣人出现。黑衣人速度极快，也非常警觉，全身紧绷，一直保持着攻击的姿态。

只不过他们本事再强，也强不过萧天耀与流白，当黑衣人出现在萧天耀的攻击范围时，黑衣人还没有发现萧天耀的存在，萧天耀却已出招。

一剑挥出，剑尖带出一道青光，在这黑夜里显得异常突兀，黑衣人见状，脚步一顿，手中的刀挥起。“小……”但只喊出一个字，剑光闪过，人就应声倒地。

其他黑衣人见状，立刻围成一个圈，防备地看向萧天耀：“你是什么人？”

不等萧天耀回答，隐在树上的流白就飞身而下，凌厉的刀锋朝黑衣人砍去，招式霸道而迅速。

流白的武功在江湖上颇有名气，而且他的招式旁人学不来，他一挥刀就有识货的人认了出来：“青衣流白？”

“流白在这里，那你就是萧王了。”黑衣人反应极快，原本被萧天耀突然出招，弄得有些慌乱的黑衣人，瞬间就冷静了下来。

“萧王人在这里，也省了我们跑一趟。上……”

很明显，这群黑衣人今晚的目标就是萧天耀，只是他们没有想到，会在这里遇到萧天耀。

萧天耀的实力，已接近武神。对方派出来的杀手自然也不会太差，这几个杀手单打独斗不是萧天耀的对手，可当他们联手布阵时，实力就会大大增强。

七人组阵，主攻。还有十一人替补，同时也是护阵之人。原本是有十三人，不过另外两位还没有出手，就被萧天耀和流白一人一个解决了。

七人的剑阵一摆出，萧天耀就知道对方的来路了：“南远人。”南诺离果然是冲着他来的，只可惜他们俩想到一块儿了，今晚要杀南诺离，恐怕会有点儿困难。萧天耀颇为可惜，手中的剑却越发凌厉。

南远与萧天耀也算老对手了，南远人很了解萧天耀的实力，南诺离派出来的人是他身边的顶尖高手，可南诺离仍旧低估了萧天耀。

“怎么，怎么可能？你明明还不是武神，而且你的修为不是因伤下降了吗？”这实力，怎么和武神不相上下，甚至比武神还要强上几分。

“杀本王之前，也不打听清楚。”萧天耀凌空跃起，随即一剑刺下，目标直指阵中那人的头顶。

南远的七杀阵，由七个人配合，每一招都是设计好的，攻防相合，几乎找不到破绽，而七人当中任何一人死了，立刻就有后补补上。唯有正中那人死掉，无法补上来，或者说补上后七杀实力也会下降，因为正中那人，是七人当中实力最强的。

萧天耀与南远多次交手，对南远皇帝成名的七杀阵，虽称不上了如指掌，可南诺离想要用七杀阵杀他，却不是容易的事。

“噗……”萧天耀的剑，从上往下笔直地刺入中间那人的头顶。那人僵在原地，当萧天耀将剑抽出，那人立刻倒地不起。

七杀阵最厉害的一人死了，虽说有替补，剑阵依旧成形，威力却是大打折扣。黑衣人清楚地知道自己与萧天耀之间的差距，立刻放出信号，让远处的人知道任务失败。

"可惜了……"萧天耀后退数步，反手一剑将放信号的人杀死，却没法阻止飞上天的信号。

城外某处隐秘的山庄。

南远的五皇子南诺离就住在这里，这座山庄四周都是山，除非有人带路，不然根本找不到，而这座山庄就是南远在东文的大本营。

南远大多数探子，都暴露在东文皇帝的面前，可也有一部分精英是东文皇帝查不出来的，这些人平时就在山庄碰头、训练，而他们直接听命于南诺离。

南诺离看到天上的蓝色信号闪起，一脸失望，重重地叹了口气："萧王果然不好杀，不知另一个计划能否成功？"

没错，南诺离今晚做了两手安排。安排一路人马刺杀萧天耀，另外还安排了一路人马，去绑林初九。

不管是南远还是西武，都不希望萧天耀出现在战场上。北历敢毫不顾忌地对东文发兵，背后自然少不了南远与西武的支持，南远与西武不希望东文赢。

阻止萧天耀上战场，是南诺离现在最想做的事，暗杀萧天耀则是最好的选择，只是要杀萧天耀并不是容易的事。

保险起见，南诺离又安排了人手去绑林初九，甚至为了让林初九能落单，他故意教南诺瑶在萧天耀面前提起太子与林初九的私情。此事一出，萧天耀与林初九必生间隙，今晚两人绝不可能同房而眠。

南诺离将一切算得极好，萧天耀与林初九也确实没有一起睡，只是南诺离低估了萧天耀！低估了萧天耀的心智，也低估了萧天耀的实力！

南诺离派出来的杀手，对萧天耀造成不了一丝伤害，甚至还没有摸到别院的门，就被萧天耀杀了。

没有人拖住萧天耀，南远的人想在萧天耀的眼皮底下绑走林初九，简直是做梦！

萧天耀解决了南诺离派来的杀手后，正准备按原计划去杀南诺离，却收到别院护卫传来的求救信号！

"回去。"萧天耀想也不想就折回，流白见状，飞快地跟上。

萧天耀的动作极快，不过眨眼间，人就消失在黑夜中，再次出现时，人已经在林初九的院子里。

屋外的打斗声惊醒了林初九，不过林初九并没有傻傻地冲出去，而是握着一把匕首，靠在窗口。

她就知道，跟着萧天耀出来没好处，那个男人简直就是祸害。明明嫁给他，是她倒大霉，偏偏他还觉得她占了便宜，简直无耻！

萧天耀跃入院中，手中的剑轻扬，便轻易地杀出一条血路，“砰”的一声将门踢开，就看到一脸戒备的林初九。

“很好，知道保护自己。”萧天耀赞许地点头。

林初九站的位置极好，不管刺客从哪里冲进来，都没有办法在第一时间看到她，她却能在第一时间跳窗跑掉。

林初九听到有人闯进来吓了一大跳，见到来人是萧天耀这才松了口气：“王爷，你可算来了。”

她虽然很讨厌萧天耀，但也不得不承认，萧天耀很强，萧天耀回来了，她就不会有事了。

林初九立刻放下戒备，靠在窗前喘气。

隔三岔五就被人暗杀，林初九觉得这日子真心没法过了，连睡个安稳觉都不行。

“嗯，本王来了！”萧天耀见林初九没事，也不像是吓到了，转身就往外走。

屋外的暗卫原本不是刺客的对手，不过有了流白的加入，暗卫很快便占了上风，这时萧天耀又杀了进来，形势陡变，刺客瞬间被诛。可惜的是，这些刺客在死之前，同样将信号放了出去。

在庄子上的南诺离，看到第二个代表失败的信号闪过，一脸狰狞，狭长的眸子满是暴戾，平日的尊贵荡然无存。

“一群废物。”杀不了萧天耀也就算了，居然连个女人也绑不来。

“殿下息怒。”山庄里，负责训练刺客的人，立刻跪下来请罪。

南诺离却是冷哼一声，一脚踹向对方的心窝，头也不回地离去。

这事，不会就这么算了！

别院里的动静惊动了太子等人，待到刺客解决后，太子等人齐齐来到主院询问情况，萧天耀随手披了一件外衣，将身上的夜行服遮住，便来见太子等人。

不等太子等人开口，萧天耀一进来就道：“南远刺客，已全部伏诛，他们的目标是本王，与你们无关，不必担心。”

太子听到萧天耀的话，长松了口气，忍不住问道：“刺客全死了？”这速度也太快了。

“莫非太子想要活口？”萧天耀冷冷地反问，太子忙摇头：“既然皇叔已查清是什么人动的手，要不要活口都不重要。”

萧天耀说是南远人，那这些刺客不是南远人也是南远人。

萧天耀无意多言，只道：“现已无事，都回了。有本王在此，没人敢动你们。”

萧天耀把话说到这份上，众人还能如何？只能将心中的那点儿不安压下，各自回去继续睡，即使他们根本不可能睡着。

打发了太子等人，萧天耀回了一趟主院，见到林初九正提着一个药箱，在给受伤的暗卫包扎，萧天耀眼角微抽。

林初九还真是……她到底有没有身为萧王妃的自觉？

萧天耀瞥了一眼，也懒得说林初九，将别院的防卫略作调整后，再次离开别院，招呼也没有打一声。

一直埋头给暗卫包扎、看上去十分认真的林初九，在萧天耀离去时，抬头看了一眼，随即又低下了头。

太子等人没有看到，林初九却是看到了。萧天耀回来时，身上穿的是夜行服，他今晚必然有要事要办……

萧天耀原计划今天晚上杀了南诺离，当然，就算杀不了人也没有关系，将南远的别庄暴露出来，给皇上添点儿事，让皇上与南远去斗法，也是不错的选择。

只是让萧天耀没有想到的是，他还没有动手，南诺离就先一步动手了，甚至还派人来绑林初九。这么一来，萧天耀就更不可能放过南诺离了！

萧天耀带着流白，赶往南远的山庄……

南远在东文的山庄非常隐秘，不巧苏茶正好查了出来。萧天耀之所以选择入住听雨别院，就是因为两地够近，足够他去杀人，再回来。

南远的别庄藏在山坳里，暗中有一条通道，苏茶暂时没有查出通道在哪里。不过，那条通道对萧天耀的用处不大，凭他现在的武功，轻易就能翻过眼前的山。但流白没有这个实力，是以流白没有跟着萧天耀杀进去，他负责在外盯梢，外加清理逃出来的人，或者援军。

萧天耀交代流白盯紧后，便提气跃上山头……

这座山不高，平日里看着也没有什么危险，可实际上山上处处都是致命的陷阱，甚至南远人还特意在山上养了虎熊等凶残的猛兽。只是，这些猛兽对普通人管用，对上武神级别的高手，却是一点儿效果也没有。萧天耀从山上经过，山上的猛兽甚至连一点儿感觉都没有。

至于山上的陷阱？萧天耀更是不看在眼里。他一路踏着树梢而来，南远人能在半空中设伏？不能，那就等着被宰吧！

萧天耀凭借卓越的轻功，很快就来到山庄外。一向霸道狂妄的萧王，并没有选择隐在暗处伏杀，而是光明正大地踢门！

萧天耀完全没有隐藏自己的打算，从黑暗中走了出来，别庄守卫很快就发现了，提刀上前："什么人？"

"滚！"不等他们出招，人就被踢飞了。有机灵的守卫见状，立刻将随身携带的牛角吹响。

"呜……"急促的声音响起，整个山庄的人都知道，有事发生了！

山庄外的护卫很多，发现正门口的动静后立刻涌了过来，瞬间就将萧天耀包围住，可惜他们根本不是萧天耀的对手，甚至连萧天耀一招也接不住。萧天耀一路往前冲，如入无人之境，凡是拦住他的人，皆被他一脚踹飞。

很快的，萧天耀就来到了山庄大门口。

南远修建这座山庄时，费了不少心思，其中又以这扇乌黑的大门为最。别看这扇大门破旧黯然，它可是由近千斤重的乌铁铸造。

这扇门平时极少开，每次打开都要由二十几个汉子，从里向外共同使力，才能将门打开。

山庄外的护卫，见萧天耀走向正门，愣了一下才追上去。他们本以为，这次稳稳地能追上人，不想他们眼中重逾千斤的门，萧天耀只是用力一推，就将门打开了。

“这怎么可能？”护卫吓得脸色发白，“快，快拦住他，不能让他进去。”顾不得萧天耀的可怕，护卫一窝蜂似的往前冲，可惜仍旧晚了一步。

萧天耀踏进门内，左手轻轻一带，铁门关上。有一个动作快的护卫，半个身子探进门内，正好遇到铁门关上，生生被截成两半。

里面的人早就收到消息，萧天耀一踏进门就被重重护卫拦住。没有意外，这些人应该是南远训练的杀手。

萧天耀扫了一眼，拔出手中的剑：“叫南诺离出来。”

“你在说什么？我们听不懂。”杀手们蜂拥而上将萧天耀围在中间，本以为以多打少，怎么也能撑一段时间，不想他们围上萧天耀就像是羊围上狼，只有被杀的份。

在后方的南诺离很快就收到消息，知道山庄闯来一个强者，还指名要找他。

“来者何人？是不是萧王？”南诺离的第一反应就是萧天耀，转念一想又不对。

他在暗，萧天耀在明，他算计萧天耀是有心，萧天耀怎么可能这么快就找过来？

“对方脸上戴了一张面具，不过看外形、听声音有七分像萧王。只是不知是真是假。”有时候，假的会比真的还像。当年在战场上，他们南远就因为认错了人，吃了萧天耀的大亏。

“既然分不出真假，我就去会上一会。”南诺离将挂在墙上的佩剑取下，大步往外走，却被山庄的管事拦住：“殿下，不可！”

“让开！”南诺离脸色一冷，隐有杀意。

南诺离与萧天耀无仇，但这并不妨碍南诺离讨厌萧天耀。事实上，放眼四国，没有几个皇室子弟不讨厌萧天耀的。萧天耀太强大、太耀眼，他的存在让其他皇室子弟暗淡无光。天知道，之前传出萧天耀双腿残废，修为倒退，被皇上逼得娶了太子不要的女人时，各国皇子私底下有多高兴。

南诺离当时与几个亲近之人还私下庆祝一番，庆祝天之骄子萧天耀从云端跌入泥土中。哪想到他还没高兴几个月，就传来萧天耀腿好了的“噩耗”。明明娶的是太子不要的女人，结果居然是个宝，不仅医好了萧天耀的腿，还能医好孟修远的哑疾。萧天耀简直就是上天的宠儿，让人不嫉妒都不行。

南诺离一直很想会会萧天耀，现在听说来人可能是萧天耀，南诺离便动了与之交手的念头。至于他与萧天耀之间的差距……

南诺离此时完全想不到这一出。南诺离心高气傲，被激起了斗志，不管不顾就要上前，其他人却不能放任他上前送死。山庄管事硬着头皮，挡在南诺离的面前，不顾南诺离难堪的脸色，说道：“殿下，请你三思。萧王可是拥有武神实力的人，我们整个山庄的人加起来，也不是他的对手。”

“武神？”南诺离瞬间惊醒，脸色一白，自嘲地道，“我居然忘了，他离武神的修为只差半步，我居然不自量力，想和他打。”他虽然武功不弱，在南远也是数一数二的高手，但在萧天耀面前仍不够用。

管事见南诺离一副深受打击的模样，生怕南诺离钻牛角尖，忙道：“殿下，萧王比你大了五六岁，等你到了萧王这个年纪，必然也会有武神的修为。”

“你说得对，五年后我必然也能踏入武神的级别。”南诺离瞬间冷静下来，压下心中的愤怒，说道，“萧王已找上门来，此处已不安全，明日东文的皇帝必会派兵前来剿灭。立刻通知其他人撤退。”

“直接下山？”管事见南诺离恢复正常，暗暗松了口气。

萧王的存在就是打击人的，如果存了和他比的心思，只会被打击得信心全无。

“萧王行事缜密，我们此时下山，岂非正中对方的圈套？地下宫殿已经修好，里面的食物足够支撑数月，先撤到地下。”南诺离一脸平静地将命令下达下去，看上去丝毫不受萧天耀到来的影响，可他握剑的手却出卖了他。他紧张，他愤怒！明明这里是他的地盘，可他却像是丧家之犬一样，被萧天耀逼得躲进地底。可惜他再愤怒也于事无补，在绝对的实力面前，他有再多的诡计都派不上用场。南诺离毫不犹豫地转身，朝地底宫殿走去。

萧天耀从正门进来后，一路往里打，越往里人越少，到最后只剩下一个空空如也的大院子。这种情况在萧天耀的预料之中，是以也没有多失望。他正面打进来，就是为了激怒南诺离，同时也是为了告诉南远人，他就是一个人打上门，有种就全部出来，可南诺离不受激，南远人没种，宁可躲起来，也不敢与他正面交战。

萧天耀看不起南诺离，身边有那么多人，居然连一战的勇气也没有，胆小怕死，这样的人难成大事。不过，萧天耀也防备起了南诺离，谨慎怕死，能屈能伸，又睚眦必报，这样的人如同毒蛇一般，潜在暗处，十分难缠。

萧天耀四处寻了一遍，没有找到南诺离的下落，便知今天杀不了南诺离。虽然有些可惜，好在还有皇上可以利用。

等到天亮，皇上发现南远的山庄，必然会派人盯紧此处，到时候，南诺离就是想要出来也不行了……

萧天耀的速度极快，在天亮之前便回到别院，沐浴过后的他精神十足，没有丝毫倦态，旁人根本不会想到他昨晚来回奔波百余里，杀了无数人。

要不是林初九看到他昨天晚上，穿着夜行服外出，还真以为他昨夜睡得极好，什么坏事也没有做。

林初九默默地看了萧天耀一眼，正好迎上萧天耀看过来的视线，两人视线相交，又淡淡地移开。

不多时，太子等人便过来了。和萧天耀的神采奕奕截然相反，太子和纪丰羽脸色苍白，眼眶瘀青，一看就是心事太多，晚上没有睡好。想必，昨晚两人定是翻来覆去想了一宿，在猜是哪个人对萧天耀出手吧！太子和纪丰羽的心事藏得不深，林初九只一眼就能猜个七七八八。反倒是萧子安与七皇子，面上一点儿也不显。两人脸色不错，笑容依旧，好像昨晚什么事也没有发生一样。至于林婉婷，她明明不知昨晚的事，精神却也很差，想必也是有心事。不过，这些林初九心里明白就好。

众人来齐，下人很快就把早膳端了上来，本着食不言、寝不语的原则，饭桌上很安静，不过除了林初九外，其他人的心思明显都不在早膳上。

用完膳后，太子和纪丰羽看着萧天耀，一副想说什么又不知如何开口的模样，明显在等着萧天耀主动开口。可惜任太子与纪丰羽表现得再明显，萧天耀就是一副没有看到的样子，林初九就更不用说了，用完膳就以安排众人离去一事为由离开了。

这本就是女主人的事，林初九的理由无懈可击。林婉婷难得聪明了一回，似乎是发现屋内情况不对，见状也跟着林初九出去了。

萧天耀与太子几人说了什么，林初九不知道，只知道他们几个男人在屋内待了一个时辰，等到他们出来时，太子的脸色明显好看了许多，一看就知得了好处。

林初九摇头轻笑，萧天耀还真是深谙打个巴掌给个甜枣的策略，三两下就把太子摆平了。

和来时一样，林初九与萧天耀依旧坐着那辆铺着地毯，可以拿来睡觉的马车，萧天耀又是一路睡到萧王府。

萧天耀这一来一回睡得舒心，旁人就惨了。

萧天耀昨晚离开南远的山庄时，就让人给皇上的探子露了消息，当夜消息就送到了皇上的面前。

兹事体大，不管是真是假，皇上都要派人走一趟。当夜，一千精锐从京城出发，悄无声息地来到山谷，便发现眼前这座看着普通的山，居然处处都是要人命的危险。

损失了三百余人之后，他们终于在天亮前找到南远的山庄，可是没有人！

要不是地上有近百具尸体，要不是山庄里有人生活过的痕迹，他们都要怀疑自己被人耍了。

“搜！”七百精锐，以山庄为中心，地毯式的搜索，试图找出南远藏在这里的人，或者寻找他们离开的痕迹，可是没有！什么都没有！

从天刚亮找到日头正中，皇上的精锐依旧没有找到一个活口。但山庄的种种痕迹表明，这里至少有数千人活动，而且大部分都是接受训练的死士。

事关重大，精锐首领也不敢乱来，立刻回京，将情况禀报给皇上知晓。

“南远居然在朕的眼皮底下养了这么一群人，你们却到现在才知道？”皇上怒不可遏，让他更生气的还在后头，“除了死人，你们居然连一个活口也没有找到，你们到底在干什么？”明显，他们能收到消息，是拜昨天杀进山庄的人所赐。

要不是有人故意漏出这个消息，皇家的探子要查出此事，还不知是什么时候。

精锐首领不敢辩驳，低头道：“属下无能，请皇上责罚。”他本不负责查情报，不过密探头子死后，皇上到现在还没有指派人接手，密探们群龙无首，收集的情报也没有以前那么完整了。

“责罚？你们除了让朕责罚，还会什么？”皇上冷哼，“可查出，是何人下的手？”

精锐首领不敢说不知，忙将自己的推断说了出来：“对方的实力非常高，死者皆是一招毙命，没有活口。属下判断，出手的人至少是武神级别以上。那处山庄离萧王的听雨别院很近，昨晚萧王一行人就入住在听雨别院。”

虽然没有直接说是萧天耀，可也差不多了。

“天耀？又是他？”虽然没有实证，但皇上已有八分信了。

昨晚，南诺瑶才刚得罪萧天耀，当天夜里，南远在东文的秘密基地就暴露出来了，要说这两者之间没有联系，皇上都不信。

“太子和安王回来了吗？让他们立刻来见朕。”皇上沉声下令，精锐首领忙应是。

太子与萧子安尚未进宫，就收到皇上的紧急召见。七皇子一见这个状况就知是有事，并没有跟上去，而是担起送纪丰羽回驿馆的重任。

纪丰羽本想拒绝，见七皇子年纪虽幼，却气度沉稳，便应下了。

一路上，纪丰羽不断地拿话试探七皇子，可惜总是被七皇子识破，不着痕迹地反击回去。

两人都是聪明人，有些事不需要点破，心里便明白。经过这一次谈话，纪丰羽再不敢拿七皇子当小孩看待。真要当他是孩子，恐怕会被他吃得连骨头都不剩。纪丰羽摇了摇头，眼中却带着毫不掩饰的欣赏。

没有意外，皇上找来太子与安王，就是询问他们昨天晚上在别院发生的事。

太子和萧子安没有隐瞒，将昨晚在别院发生的事情，一一说了出来，包括萧天耀对太子的“看重”，还有半夜萧天耀与林初九遇刺的事，至于萧天耀晚上有没有出去，这事太子与安王也不知，他们无法给皇上答复。

听到萧天耀抬举太子，皇上冷笑：“太子，最近没什么事的话，你最好少出宫。”

他的儿子，不是用来给萧天耀当棋子使的。只是太子不懂皇帝的用心，听到这话，第一反应就是：凭什么？

可对上皇上不怒自威的容颜，太子不敢明说，只能将满腹的不满压下，诺诺应是，心中却更加想着，要拉拢萧天耀。父皇明显看重子安，要是没有萧王的支持，他这个太子的位置怎么坐得稳？

萧天耀不用查也能预料到皇上的反应，不过，他现在没有时间去管皇上怎么想。

“找到南诺离没有？”萧天耀可不相信皇上，寻找南诺离的重任，他交给了苏茶。

可惜南诺离留下的退路着实隐秘，苏茶派了许多高手也没有找到。

“南远的人就好像凭空消失了。”苏茶说这话时，都不敢抬头看萧天耀。

“无妨，盯紧山庄即可，本王就不相信他能躲一辈子。”萧天耀眼神凌厉，面无表情地道。

苏茶立刻保证道：“放心，我一定会盯紧他，只要他一现身，我定会在第一时间发现。”

“嗯，本王信你。”萧天耀满意地颔首，苏茶却不敢得意。

萧王的信任，可不是那么容易拿到的，他必须付出更多的努力，才能不辜负这份信任。

林初九从别院回来后，在房里睡了一个时辰，醒来时已是夕阳西下，她无事可做，就在院外走了两圈，随即窝在秋千上晃了起来，同时在想昨晚的事。

毫无疑问，昨天晚上萧天耀不仅成功地敲打了太子，还警告了纪丰羽，让西武不敢动自己。

至于南远，林初九就真的看不懂了，主要是看不懂诺瑶公主的行为。林初九怎么也想不明白，南诺瑶看着不像蠢人，怎么就会做出那么蠢的事，真是百思不得其解。

林初九蜷在秋千上，眉头紧皱，一看就知被事情困扰住了，翡翠和珍珠站在一旁伺候，见林初九这副模样，不由得上前道："王妃，你在担心王爷出征吗？"

不等林初九回答，珍珠就贴心地道："王妃，你真的不用担心，王爷从十三岁上战场到现在，他待在战场上的时间，比待在京城的时间还要多。王爷不仅有战神的称号，这几年还有逢战必胜的称号。王妃你就把心放到肚子里，王爷一定会平安回来的。"

翡翠也跟着附和道："珍珠说得极是，王妃你别担心，王爷武功盖世，没有人能伤他。"

两个丫鬟你一言我一语，不断地说着萧天耀的丰功伟绩，好让林初九安心，却不知林初九听到她们的话，真的不知要说什么才好……

这两人到底在说什么？她什么时候为萧天耀担心了？萧天耀上战场又不是皇上逼的，明显出于自愿，这样的情况下，萧天耀必然是做好了万全的准备，怎么可能有事。

珍珠和翡翠说了半天，见林初九仍旧是一副愁眉不展的样子，便试着说道："王妃，你要是不放心，不如给王爷准备一些药材？万一王爷真有什么事，也能派上用场。"

"对对对，这个法子好。王妃给王爷准备一点东西，也好叫王爷高兴。"珍珠高兴地拍手，"王爷明天就要出发了，今天准备衣物肯定是不行的，吃食倒是可以准备。只是这天太热了，吃食无法久放，王妃你会制药，准备药再好不过。"

"我去准备药盒。"

"我去问王爷身边的人，王爷要哪些药。"

两个丫鬟越说越欢乐，甚至立刻就分起工来，说着就要往外走……

"停！"幸亏林初九叫得快，"你们两个给我站住。我什么时候说要给王爷准备出行用的药了？"能不能别擅自为她做主。

"啊……王妃不给王爷准备药，那给王爷准备什么？"她们昨天跟曹管家打听过，曹管家说，除了药外，其他的都准备好了。

"王爷出行，府上不是已经准备好了吗？还要我做什么？"萧王府女主人该做的事，萧天耀都让下人办了。她这个女主人只要负责美美地走出去迎接四面八方的刀子。

"是，是这样没错，可是王爷出征在即，王妃你不表表心意吗？"翡翠和珍珠越说声音越小，最后低头不敢言语了。

和林初九相处这么久，这两人很清楚林初九的性格。林初九很有主见，轻易不会接受旁人的意见。

"你们管得太多了。"林初九看了翡翠与珍珠一眼，不耐烦地把她们打发出去，然后继续窝在秋千上发呆。

不过，这一次林初九想的不是在别院发生的事，而是在想自己要不要给萧天耀准备外出用的药呢？

上一次，萧天耀在回京的路上被人算计，所幸他命大，只是废了双腿，如果再来一次，说不定就没有那么好的运气了。而整个萧王府，包括她林初九在内，都是受萧天耀庇护的，萧天耀要是有个三长两短，整个萧王府都会倾覆，而她首当其冲。

“真是烦人！”林初九心里烦闷得紧，一时间也拿不定主意，就这么窝在秋千上，直到天黑，珊瑚和玛瑙来请她去用膳。

林初九心不在焉地吃完晚膳，难得地没有外出散步，而是把自己关在屋内。

林初九仍旧在纠结，要不要给萧天耀准备一些救急用的药，虽说不一定能用上，可万一呢？

战场上的事谁也说不准，万一萧天耀出事了怎么办？

心中的天平最终还是倒向了萧天耀，林初九叹了口气：“算了，看在离京前，他特意安排人保护我的份上，我就给你准备一份药，不管用不用得上，终归我尽了力。就如同你在京中的安排，也不一定有用，可你尽了力。”

林初九绝不承认，她是真的担心萧天耀出事，她只是担心萧天耀出事了，萧天耀的仇人会找上她。

是的，就是这样！下了决心，那就没有什么好犹豫的了，林初九效率极高，马上就从医圣之心中取出十几份能拿来救急的药，林初九都给萧天耀准备了一份。

本着好人做到底，做事做漂亮的原则，林初九决定找个盒子，把这些凌散的药瓶装起来，可惜她在屋内翻箱倒柜，也没有找到满意的盒子。

没有办法，林初九只得从医圣之心里，拿出一个小药箱，顺便还配了一把锁。

小药箱只比巴掌大一点儿，收起来很容易。而且里面塞得满满当当，空隙处林初九都用绷带塞满，完全不用担心会被撞破。

东西准备好了，不过怎么送给萧天耀呢？亲自送过去会不会太刻意？若让下人送，又好像太矫情了一点儿，万一萧天耀因此跑来谢她，她又要浪费精力把人赶出去。

“真烦！”林初九随手将药箱丢在床上，然后沐浴去了！

泡澡是一个放松、享受的过程，林初九就很喜欢，在泡澡时将大脑放空，只尽情地享受毛孔舒张，热气在周身萦绕的舒适感。

沐浴过后，便回房让下人为她拭发。

林初九习惯头发擦干后，看半个时辰的书再睡，只是今天她准备看书时，就看到了被她丢在床上的药箱。

“算了，亲自去一趟吧。”林初九放下书，抱着药箱就往外走。

左右，萧天耀那样的男人，不存在会错意的可能。

一出门，就遇到了守夜的珍珠和珊瑚，两人问道：“王妃，这么晚了，你要出门？”

“嗯。”林初九应了一声，珍珠和珊瑚不敢多问，请林初九稍候，她们去取灯笼，好为林初九引路。

林初九从来没有想过，她能不惊动任何人去找萧天耀，所以她一点儿也不介意珍珠和珊瑚知道她去哪里。

借着微弱的烛光，林初九慢悠悠地往前走，珍珠和珊瑚没有问她去哪里，只是举着灯笼跟在身后，见林初九朝萧王的院子走去，两个丫鬟眼睛一亮，却不敢表露出来，只在心中暗自欢喜。

王爷和王妃总算和好了，这两人要是再闹下去，她们这些夹在中间的人，可就要哭了。

夜路不好走，再加上这段路着实有些长，林初九比平时多走了一盏茶的时间，才走到萧天耀的院子。看到院门口的守卫，林初九问道："王爷休息了吗？"

"没有，王爷正在书房。"侍卫很想说，王爷原本准备休息了，可是听到王妃朝这来了，又回了书房。虽然王爷说，他还有公务没有办完，但明眼人都知道是怎么一回事。当然，这些话侍卫绝不敢和林初九说。

侍卫木着一张脸，给林初九开门，恭敬地请林初九进去，却把珍珠和珊瑚挡在外面，珊瑚张嘴就欲训斥，却被珍珠拉住了。

珍珠不敢说话，只朝珊瑚使了个眼色：王爷和王妃独处呢，她俩进去干吗。

珊瑚一个机灵，立刻收回前进的脚步，朝侍卫歉意地福了福身，侍卫连忙侧开身子，不敢受珊瑚的礼。

开玩笑，凭王爷对王妃的重视，王妃绝对是萧王府第一人，王妃身边的大丫鬟自然也是不能轻易得罪的。

书房外的长廊，一路都挂着灯笼，虽然不甚明亮，看路却是没有问题。

"咚咚咚……"书房外没有人，林初九只好自己敲门。

"进来！"

林初九推门而入，就见萧天耀正在埋头写着什么。

书房很亮，尤其是书桌那块，灯光明亮到刺眼，而坐在那一片亮光中的萧天耀，周身像是笼罩着一层光辉，耀眼而夺目。

林初九只看一眼便收回了视线，见萧天耀在忙，便没有打扰他，只静静地坐在一旁，等萧天耀写完。

半炷香后，萧天耀放下笔，身子往后仰，将脸隐在阴暗处，漫不经心地道："找本王有事？"

"给你准备了一些外出用的药，"林初九起身，将药箱放在书桌上，"答谢你，在离开前，为我安排好京城的事。"

"这是谢礼？"萧天耀指了指药箱，却没有接的意思。

"算是吧。"林初九没有把话说死。不然萧天耀嫌谢礼太轻，她怎么办？

"不必，本王所做的安排，是为萧王府着想，与你无关。"萧天耀将药箱，朝林初九的方向推了几许，然后全身都散发出"本王很不高兴"的气息。

林初九垂眸看了一眼，说道："不论如何，我是受益者。再说这些药也不全是谢礼，你带在身上，哪怕你用不上，兴许旁人也能派上用场，出门在外不比在家里。”

“所以，你是关心本王，却拿谢礼当幌子？”萧天耀身子前倾，流露出感兴趣的姿态。

林初九后退一步，将萧天耀制造的气氛打破，不轻不重地道：“算是吧……毕竟你死了，我也没有好下场。”

“你倒是实诚！”萧天耀又坐了回去，冷冷地道，“东西本王收下，还有别的事吗？”

“没有，王爷你忙。”东西送到，林初九暗自松了口气，福了福身，转身就往外走，临出门时听到萧天耀道：“看在你送药的份上，本王会给你写信报平安。”

林初九一个踉跄，差点儿摔倒：“王爷，不用这么麻烦。”她只是不希望萧天耀现在死在外面，要不是他的敌人太多，而她现在又太弱，她才不会来送药呢。

萧天耀淡淡地道：‘不麻烦，一封信罢了，左右不过几个字。”

林初九同样淡淡地道：“随你……”合着，给她写封信，就是几个字的事？

幸亏她原本没有期待，不然一定得郁闷死。对萧天耀这种男人，就不能抱希望，不然吃苦头的一定是自己！

林初九走后，萧天耀将药箱拿在手中，眼中闪过一丝不易察觉的温柔。打开药箱，看着里面一个个仔细包起来的瓷瓶，萧天耀的唇角，不可抑制地上扬。

“林初九，等本王回来，本王定许你一世荣华！”他没有告诉林初九，收到她的药，他很欢喜……

第十八章　七皇子中毒

萧天耀带兵出征的事已是板上钉钉，哪怕皇上心里后悔，害怕萧天耀借此夺权，也不可能收回成命。

第二天，萧天耀带着三万精兵准时出现在城外，皇上御驾亲送，在城外敬了三万大军一杯酒，祝他们凯旋。

皇上亲自将敬萧天耀那杯酒，端到他面前："四弟，等你凯旋，朕为你摆酒庆功。"

"臣定不负皇上所望。"萧天耀接过，一饮而尽，啪的一声将碗摔在地上。

皇上看到萧天耀将酒饮尽，脸上大喜，高举杯子与众将士同饮。

"我等定不负皇上所望。"三万将士同样一饮而尽，哐当一声，碎碗摔了一地，气势惊人。

皇上大笑，豪气万千地说了一番激动人心的话，随即，三万将士在萧天耀的带领下，高呼皇上万岁！

欢送仪式很隆重，不过也很短，时辰一到萧天耀便翻身上马，带着三万大军奔赴前线。然而，就在萧天耀转身上马的瞬间，突然咳了一声，抬手一抹，又如同无事人一般坐好。除了他自己，恐怕再没有第二个人会注意到他的衣袖上沾了水渍。

皇上倒的酒，他是不敢喝的！

三万兵马策马而去，城外一片尘土飞扬，皇上站在御驾上，直到三万人马看不到影子，这才回宫，而后看热闹的人也一一散去。

林初九没有出去送行，不是她不去，而是萧天耀不准。

"不必相送，乖乖待在府内，无事不要外出。"这是萧天耀临走前，留给林初九的话，硬邦邦的没有一丝暖意。

许是萧天耀自己也察觉到了不对，走了两步，又停下脚步，转身道："等本王回来。"

林初九盈盈而立，浅笑点头。她不等也要等，除了萧王府，她还有哪里可以去？萧天耀会放任她离开萧王府吗？

林初九虽未去送行，外面的事却也一清二楚，萧天耀一离京，她便让曹管家闭门谢客，并对外宣布，萧王不在京城的这段日子，萧王府不见客，萧王妃也不接任何帖子。

消息很快就传了出去，刚回宫的皇上听到这事，不由得笑了：“林初九倒是聪明，知道萧王一走，她就没有好日子过。可惜，关门谢客能挡得了一时，却挡不了一世，而且也不是人人都挡得住的。”

比如，皇宫里的人要见林初九，她就挡不住。

“皇上说得是，萧王妃在京中，怕是有苦头吃了。”太监见皇上心情好，立刻附和道。

“苦头？”皇上冷笑，“朕看她吃的不是苦头，而是苦果。”一想到林初九嫁给萧天耀之后，完全变了个人，一心向着萧天耀，皇上的心里就恨得不行。

林初九敢落他面子，一心为萧天耀打算，就要做好承担后果的准备。

心腹太监立刻补充道：“皇上说得是，萧王妃不识抬举，她这是活该。”

“确实是活该，她要是能和成婚前一样，成天只知闹事玩乐，朕或许能留她条命，可她偏偏不安分，想要博出头，朕便成全她。”皇上眼中的杀意一闪而逝，心腹太监背脊一寒，低着头小声道：“皇上，半个时辰前，贵妃娘娘见了诺瑶公主。”这事他本不想说，可见皇上对萧王妃恨之入骨，他不敢不报。

“贵妃见诺瑶公主有何事？”皇上皱眉，眼中闪过一抹不耐烦。

“听说是和诺瑶公主谈谈心，让她学聪明一点儿。”心腹太监这话说得非常有技术。

周贵妃和南诺瑶没有什么交情，大张旗鼓地去找南诺瑶，要说这里面没有深意，谁信？

皇上立刻来了兴趣，让人把周贵妃宣来。

周贵妃似早有预料，不多时就盛妆而来，盈盈一拜：“皇上。”

声音娇媚入骨，听得人心里痒痒的，礼行到一半，皇上就叫起了：“爱妃，免礼。赐座。”

待到周贵妃坐下，皇上才道：“爱妃，朕听下人说，你去见了南远的诺瑶公主？”

“诺瑶公主天真直率，臣妾一见就喜欢。这不，得空就去瞧了她一眼。”消息本就是周贵妃特意放出来的，她当然不会否认。

“是吗？都和她说了些什么？”皇上问得漫不经心。

他相信周贵妃是聪明人，知道他要问的是什么。

周贵妃不慌不忙地说道：“不就是昨晚上在听雨别院的事嘛，臣妾听子安那孩子一说，不由得头大，诺瑶公主性子实在是太直了，臣妾看不过去，便点拨她两句。”

说是点拨，实际上是祸水东引。周贵妃见到南诺瑶，只说了三句话：“诺瑶公主，你和林初九是不一样的，哪怕你不断地丑化自己，在皇上面前表现得再粗笨无知，皇上也不会把你指给萧王。”

接着南诺瑶就问为什么，周贵妃又为她解答了一句：“因为你的身后有南远，你是南远皇帝最喜爱的女儿，萧王绝不可能娶你。”

不是萧天耀不娶，而是皇上不会允许萧天耀娶一个母族强大的女子为妻。皇上之所以同意皇后的提议，让萧天耀娶林初九为妻，是因为林初九是林相已经放弃的女儿，她是无根的浮萍，无法给萧王带来任何助力。她唯一能依靠的蒙家，掌权者蒙老夫人也中风了，她除了会拖萧天耀的后腿外，没有一丝用处。

周贵妃给南诺瑶说的第三句则是：“诺瑶公主你好好想想，事情是不是这个理。另外，本宫再劝你想想，到底是谁给你出了这么馊的主意，让你败坏自己的名声，损害南远的声誉。”

最后一句话，才是周贵妃找南诺瑶的重点，或者说是萧天耀让周贵妃，在南诺瑶面前，说这番话的深意。

萧天耀要南远内部狗咬狗，要南诺瑶与躲在山里的南诺离狗咬狗，最好能把南诺离咬出来。

周贵妃虽然帮着萧天耀做这件事，却也没有隐瞒皇上的打算。

不等皇上问起，周贵妃就将这三句话复述了一遍，末了，又娇娇地道：“臣妾虽然喜爱诺瑶公主的直爽，可臣妾的脑子一向笨，哪里能想到这番道理，臣妾这番话都是听萧王妃说的。臣妾觉得在理，便在诺瑶公主面前学舌。”

皇帝一愣：“萧王妃？”又是林初九？

“是呀，就是萧王妃，她今儿个托人给我带了话。”周贵妃知道皇上不待见林初九，她也不想把事情扯到林初九头上，可万一让皇上知晓，她一个宫妃与萧天耀来往，那就惨了。

本着死道友不死贫道的原则，周贵妃只能把事情往林初九头上栽。

“你怎么会与萧王妃有来往？”皇上眼睛半眯，明显是不高兴了。

周贵妃轻叹了口气，蹙眉道：“皇上你忘了，子安的病就是萧王妃医好的。不管萧王妃出于什么原因为子安医治，她医好子安都是不争的事实，臣妾欠她一个人情，总比让子安欠她一个人情的好。”

周贵妃面露苦笑，一副很为难的样子。

事实也是如此，要不是为了还清这个人情，周贵妃是真不愿意和萧天耀、林初九打交道。长眼睛的人都明白，皇上特别不待见萧天耀，她作为皇帝的女人，是多傻才会和他们走到一块。她又不是太子那个傻子，真以为萧天耀会帮他上位。

“你有心了。”皇上满意地点头，“这件事你做得很好。”南远皇帝有三个儿子，每个儿子的母亲都不一样，真要斗起来了，会很有看头。

周贵妃轻易就化解了皇上对她的猜忌，将皇上的不满转到了林初九头上。林初九半点儿不知，她又在皇上那里挂了号，同样是因为萧天耀！

萧天耀走后，林初九在家里养了三天，便给孟家人下了帖子，让他们做好准备，她随时可以给孟修远医治。

虽说萧天耀提醒过她，让她把时间拖得久一点儿，好让孟家给她当保护伞，可林初九却不愿意这么做。谁也不是笨蛋，她要真那么做了，孟家在孟修远的病痊愈之前，确实会保护她，可同时也会质疑她的人品。

孟家一家子都是做学问的人，依他们的清高，被人这么威胁肯定会不高兴，除非她能拖到萧天耀回来，再给孟修远医治，不然等到孟修远的病一好，孟家人肯定会与她划清界限，到时候反倒得不偿失。

孟先生收到消息颇为诧异："我以为，萧王妃会故意拖延时间，没想到是我以小人之心度君子之腹了。"

孟修远轻笑一声，眼眸轻动，没有发表任何意见。

这世间谁也不是笨蛋，林初九这么爽快，他们孟家自然也会给予回报。

孟修远亲自给林初九写了封信，约定好时间与地点，并将孟家所做的准备一一写明，问林初九还有没有遗漏的地方。

孟修远的信简单明了，可遣词造句都非常讲究，林初九勉强能懂七八成，不懂的地方只能去问翡翠四人。

听到翡翠四人的解答，林初九只想说，她的书真是白念了。

信看完，得回信，林初九能用毛笔写字，可她写的东西太直白了，翡翠无意中看了一眼，小声劝说道："王妃，这信送出去，孟公子必然以为王妃你轻视孟家。"

翡翠已经尽量考虑到了林初九的面子，林初九仍然觉得受伤："我只能写到这个样子。"她没有写出错字，就已经是万幸了。

"要不，奴婢写好，王妃再誊一遍？"这信送出去，真的很丢萧王府的脸。

林初九刚想点头，转念一想又觉得没必要："无所谓，我就是这个水平，满京城谁不知萧王妃是不学无术的草包，我没有必要装才女，孟家也会明白。"不是林初九不想装，主要是怕露馅。

翡翠张了张嘴，看林初九一脸坚决的样子，只得默默地接过信，将十几张信纸折好，放进信封。可是……信纸太厚，信封根本装不下呀！没有办法，翡翠只得动手重新糊一个信封，送信出去时，还特意找到了曹管家，让他命人多准备一些大信封，王妃可能会用。

翡翠觉得，王妃写信的能耐，这辈子可能就是这样，他们这些做下人的，还是提前为王妃做好准备吧。

没有意外，孟修远看到萧王府送来的那厚厚的一沓信，着实是吓到了。

"萧王妃这么多要求？"孟修远在心中默道，拆信的动作依然优雅，可明显比平时快了许多。只是等他展开一看，顿时哭笑不得。

几个字就能写明白的事，林初九硬是用了一段，而且字写得极大，一张纸根本没有多少内容。

总算有一个名副其实的传言了，萧王妃果然只识大字。

孟修远很佩服林初九，明知自己没有才学，居然还自暴其短，没有找人代笔。

不过，阅读林初九这封简单直白、充满趣味的信，远比那些生硬晦涩的信要舒服。孟修远给林初九回信时，也不再用精简的词汇，而像是聊天一样，轻松肆意，于是回信也比之前厚了许多。

“还真是体贴。”林初九看到回信，只当孟修远体贴她这个半文盲。

翡翠低头不语，心中暗道：果然，丢脸都丢到外面去了。

林初九与孟家的联系并不是什么隐秘的事，皇上当天就收到了消息，对于林初九的行为，皇上真不知是该夸她聪明，还是说她笨。

孟修远的病好了，那些给孟家面子的人，怕是要动手了。不过，林初九这么上道，孟家也不会坐视不管，到时候就看谁棋高一着了。

没有萧天耀在京城，果然京城的事都变得有趣起来。

皇上的心情极好，待秦太医为他诊完平安脉后问了一句：“秦太医，你说天耀什么时候，才会发现自己的身体出了问题？”

“最快也要三个月后。”药是秦太医的师父配的，秦太医有绝对的自信。

“三个月，时间刚刚好。希望他能撑到把仗打胜。”想到前线的战事，皇上幽幽地叹了口气。他欣赏萧天耀的本事，却不能再放任他成长……

林初九和孟修远敲定医治日期的事，知道的人并不多，不过有心人想要知道，也不是什么难事。

在林初九与孟修远约定的前一天，皇后宣林初九进宫，理由是萧天耀出征在外，怕她一个人在府上寂寞无聊，接她进宫散散心。

“进宫散心？”林初九听到这话，简直想笑了。在宫里能散心？而且，她到现在还忘不掉皇后借花威胁她的事。皇后对她，怎么会有善意？

翡翠和珍珠也知散心是假，趁机敲打是真，只是……

“王妃，皇后的人在外面等着。”也就是说，林初九不去也得去。

闭门谢客，也只能把福康长公主、诺瑶公主一流关在外面，要是皇后来请，林初九却没有那个脸面说不。

当然，萧天耀要是在京城，林初九也许能拒绝，可现在萧天耀不在京城，林初九就是再不乐意也得进宫。

“换衣服，走吧。”林初九叹气，起身让翡翠四人为她梳妆。

皇后这次派来接林初九的队伍非常壮观，车马、侍卫一应俱全，除了贴身的侍女外，林初九连侍卫都不用带了。

“王妃……”翡翠四人一脸不安，她们可没有忘记，上次进宫时她们主仆遇到的刁难，要不是有侍卫在，她们可就要吃大亏了。

“放心，王爷出征在外，皇后娘娘这是体恤我。”林初九这话是在说，皇后不会当众给她这个留守在京的家眷难堪。

“可是……”翡翠四人仍旧不安。

“走吧。”林初九漫不经心地扶着下人的手踏上马车。

马车很大，里面有一张矮榻，可以容一个人躺下，摆设也是极尽奢华。林初九上车后，半点也不拘谨，靠着矮榻就眯了一觉。

车外服侍的下人，借着车窗能看到一二，见林初九这般淡定，不由得暗自佩服。

萧王妃果然有胆量，这个时候居然还睡得着。

许是皇后打过招呼，马车在宫门口停下检查后，就一直驶向后宫，在离鸾凤殿不远的地方停了下来，刚停下就有太监抬着软轿过来。

这待遇，比第一次来不知高了多少。

林初九坐在软轿上，并没有露出受宠若惊的样子，也没有露出防备与不安，她一脸平淡，好像事情本该如此。

“萧王妃，请……”软轿落地，有宫女上前为她引路，甚至不着痕迹地挤开翡翠、珍珠四人，好在翡翠四个丫头都有一点儿武功底子，宫女想要把她们挤开，着实不是容易的事。

明着捧她，暗地里排挤她的丫头，林初九不知皇后在打什么主意，只能边走边看……

鸾凤殿内，皇后早已在等候，不同于之前的几次见面，这一次皇后只着便装，而且是在鸾凤殿的小亭子招待林初九。见到林初九过来，立刻派人来接。

“萧王妃可来了，皇后娘娘等你老半天了。”说话的人，是皇后身边的大宫女，林初九见过。

林初九浅笑不语，事出反常必有妖，皇后娘娘突然这么和气，必然有问题。

“参见皇后娘娘，千岁千岁千千岁。”林初九上前行礼，皇后起身，亲自将林初九扶了起来：“傻孩子，和本宫还这么客气，快坐下。”

举止温柔，言词亲切，林初九要不是曾在花房见识到皇后狠辣的一面，绝对会被骗。

“谢谢皇后娘娘。”林初九依言坐下，开门见山地道：“不知娘娘召我进宫，有何要事？”

“你这孩子怎么与我这么生疏了，没事就不能召你进宫陪我说说话了？”皇后嗔怪道。

林初九只觉得全身鸡皮疙瘩都起来了，偏偏她还不能说什么，只能顺着皇后的话应。

皇后似乎很满意林初九的态度，拉着林初九，各种嘘寒问暖，完全是慈祥长辈的样子，就好像花房的事从来不曾发生一样，林初九听到皇后那些虚伪的话，简直是想吐。

劝我早点给萧天耀生孩子？哼，我一进宫，你就给我喂绝子药，我怎么生孩子？劝我脾气小些，别和萧天耀闹别扭？哼，我和萧天耀闹别扭时，怎么不见你来劝和？劝我把底气放足些，别因为萧天耀不在京城就胆小，不管什么事都有她这个当皇后的给我撑腰，可我被南诺瑶当众指责时，皇后你在哪里？那会儿你正坐在上面笑呢！

林初九越听越想笑，明明她已经表露出不耐烦了，皇后却完全视而不见，拉着她说个不停。林初九真的很想问皇后，找她进宫到底是做什么？有什么事直接说行不行，拐弯抹角的忒惹人厌了。

可惜不管林初九是明示还是暗示，皇后都当听不懂，就说是陪林初九聊聊天、解解闷，免得萧天耀不在京城，她一个人在王府无聊。

林初九真的想给她跪了，能当皇后的女人果然不简单，忽悠人的本事一套一套的，幸亏她不是个傻妞，不然定会给皇后哄得不知东南西北。

时间一分一秒过去，就在林初九准备以解手为由尿遁时，七皇子来了。

“皇婶，皇婶，你还没有出宫真是太好了，我一放学就跑来了，就怕你出宫了。”远远地，就传来七皇子的声音，还有那明显急促的脚步声。

得，走不了了。林初九一脸郁闷，不过庆幸的是，皇后终于停止了絮叨，起身去迎七皇子。

“小七，快停下，瞧瞧你，跑得一身是汗。”

“母后，我没有跑，就是走得快而已。”七皇子精致的小脸上，满是灿烂的笑，看上去就像是一个无忧无虑的孩童，让人心生好感。

林初九吃过一次亏，又得了萧天耀的警告，对七皇子防备渐深，完全不理会七皇子的亲近，起身道：“七殿下，我正准备出宫呢。”

“啊，皇婶，我刚来你就要出宫呀。不行，不行……皇婶你难得进一次宫，哪能这么早就走呢。快到用午膳的时间了，母后，我们留皇婶在宫里用膳好不好？”七皇子一脸天真地问道，皇后直接越过林初九这个客人，应了一声好：“好，你在这里招待初九，母后去吩咐小厨房，给你们做好吃的。”

不给林初九说话的机会，皇后叮嘱林初九照看七皇子，就回了内殿。

“七殿下……”林初九刚开口，就被七皇子打断了：“皇婶，我饿了，让我先吃一块点心好不好？”说完，抓起林初九面前的点心就往嘴里塞，林初九连阻止都来不及。

“嗯，好……”七皇子一脸满足地嚼着。可是，他刚将点心吞下去，脸色就变了，捂着肚子道：“疼，好疼……毒，点心有毒。”

七皇子中毒了！

看到七皇子一脸惨白，捂着肚子痛苦呻吟的样子，林初九有那么一刹那傻眼了。

为了算计她，连亲生儿子也利用，皇后也是蛮拼的。

糕点刚吃下去就发作，七皇子中的绝对是剧毒，皇后真的太可怕了。

“不好了，不好了，殿下中毒了，来人呀。快来人呀。”宫女早就吓得失了魂，等到反应过来时，一个个慌忙跑去找人，就这么把七皇子丢在亭子里。

林初九知道七皇子出事，自己肯定要倒霉，在医圣之心提醒前，便上前抱住七皇子：“殿下，别担心，不会有事的。”

“疼，皇婶，我好疼。”七皇子拽着林初九的衣摆，小模样非常可怜。

“不明剧毒，建议先催吐。”医圣之心适时给出提示，却没有强制林初九非救七皇子不可，可见七皇子的毒要么棘手，要么七皇子对她怀有恶意。

林初九叹了口气，不管是七皇子对她有恶意，还是毒不好清，她都是要救人的，不然七皇子真有个三长两短，她就惨了。

“皇婶，救我，我好疼，好疼……”七皇子瞳孔涣散，明显已意识不清，林初九扫了一眼，见亭子里外的宫人都跑了，也就不再顾忌，从医圣之心取药，同时将催吐的药剂灌进七皇子嘴里。

"殿下，喝下去。"催吐药的气味很难闻，七皇子本能地排斥，林初九毫不客气地捏住他的下巴，将药灌了进去。

"咳咳……"七皇子咳个不停，林初九一点儿也不怜惜，飞快地为他喂药。

"催吐的药，没事的。"小亭子离主殿有点远，宫人还未过来，林初九只得抱起七皇子往正殿走去。

七皇子看着瘦小，却挺重的，林初九起身时一个踉跄，差点儿摔趴下。

稳了稳心神，林初九抱着七皇子大步朝正殿走去，此时收到消息的皇后娘娘，惊慌失措地带着宫人、侍卫跑了过来。

"小七，小七……"皇后吓得花容失色，云鬓散乱，明显能看出此事不在她的算计中。

林初九无比庆幸，自己为七皇子进行了紧急救治，不然后果可就严重了。

皇后快步冲到林初九面前，愤怒地道："我的小七怎么会中毒？"

"娘娘……"林初九刚要开口，就见皇后一巴掌甩过来，林初九反应极快，后退一步躲开了，脸色不悦地道，"娘娘，请三思。"她已不是林相家不要的女儿，只能依靠皇后撑腰，她现在是萧王妃，皇后要打她还得慎重。

"三思？你谋害七皇子，还要本宫三思？"皇后一脸怒容，丝毫没有之前的温柔慈爱。

"七皇子吃了皇后娘娘你自己准备的糕点才中毒，与我何干？"这个罪，林初九是无论如何也不能认的。

"哼……"皇后冷哼一声，对着身后的下人道，"你们都是死人吗？还不快把七殿下抱进去，找太医来。"

"是，是，是。"宫人侍卫飞快上前，林初九也没有阻止，任由侍卫将七皇子抱走。

皇后一脸冰冷地看着林初九："初九，谋害皇子是死罪，本宫也帮不了你。"说完，丢下林初九就往宫内走。

皇后什么都没有交代，侍卫仍旧将林初九围住，不让她进出。

站在宫外，林初九无声地冷笑，也不试图去辩解什么，就这么站着……

她现在也无法去求救。翡翠四人刚过来就被皇后隔开了，发生这样的事，翡翠几个恐怕也落不到好。

皇上收到消息匆匆赶来，看到站在殿外的林初九，连个眼神也没有给，脚步匆匆地走进殿内，见到皇后便问："小七怎么了？"

七皇子最近颇得帝心，皇上对他的喜爱渐深，此时七皇子出事，皇上怎么能不担心。

"皇上，秦太医正在内殿为小七解毒，秦太医说小七中的毒药性霸道，要不是小七吃得少，怕是当场就会没命。"皇后一脸惨白，眼睛通红。

她这副模样当然不是装的，她是真的吓坏了。她没有想到，自己终日打雁却被雁啄，被人暗害了一手，险些把小七搭了进去。

皇上听到这话，长长地松了口气，拍了拍皇后的手道："放心，小七福泽深厚，定不会有事。”

“皇上说得是。”皇后的眉眼稍稍舒展了几许，可仍旧一脸愁色，皇上怕她积忧成疾，便问道：“到底是怎么一回事，小七好好的怎么会在鸾凤殿内中毒？”他不相信皇后这么弱，居然会让人在自己的宫殿算计七皇子。

皇后垂眸，轻声道：“臣妾也不知道，当时只有初九在，宫人说小七吃了初九面前的点心才中毒。”

皇后没有直接说林初九下毒，却也相差不远。

“林初九？”皇上的眼眸中寒光一现，眼中闪过一抹杀机。

他给文昌孟家面子，打算等林初九医好孟修远的哑疾再对她出手，现在林初九犯到他手上，这个面子……

他仍然会给孟家面子，可孟家欠的那份情，就与林初九无关了。

“来人，将萧王妃打入天牢。”皇上问也不问就直接下令。皇后毫不意外，垂眸掩去眼中的愤怒。

她原本是想算计林初九犯错，然后给孟家面子，让林初九先去医孟修远，好让孟家欠她一份情，不想……

被人横插一手，连累了她的小七不说，最后还被皇上捡了便宜。

算计到头最后一场空，皇后突然觉得自己很可笑，可她却无法不这么做，她的身体越来越差了，她不能把希望寄托在林初九身上。

林初九屡次遇险，中央帝国的人都不曾露面，甚至林初九失踪了两天一夜，中央帝国的人也没有出面寻她，可见中央帝国的人十有八九放弃了林初九。

如果中央帝国的人，不与林初九联系，她就等不到续命之法，她必须在有限的生命里，尽力为小七多谋划一些。

“皇上，你一定要为小七做主。”皇后抹掉脸上的泪，走到皇上身边，一脸无助。皇上甚少见到皇后如此柔弱的样子，心中一动，便将人揽在怀里……

被侍卫押入大牢，林初九一点儿也不意外，宫里的人下了血本要陷害她，任她再怎么小心也逃不过。

今天这出戏其实非常粗糙，可七皇子一中毒，情况就完全不一样了。哪怕再怎么漏洞百出，七皇子是在她面前中毒的，她就难逃干系。

“我果然和皇宫犯冲。”坐在牢房的石床上，林初九双手抱腿，无声苦笑，想了一圈也没有发现，有哪个人能救她。

萧天耀不在京城，就是在京城也指望不上；林府就更不用说了，林相不趁机坑死她就好了，怎么可能来救她，至于蒙家……诚如萧天耀所说的那样，蒙家有心也无力。

“只能靠自己了。”林初九起身，背对着牢门而站，望着头顶上那一扇小窗。

萧王府内，曹管家眼见到了宫里下钥的时辰，也不见林初九回来，心里浮出一丝不好的预感。“莫不是出事了？”曹管家心中不安，立刻派人出去打听。

宫里的事旁人轻易打听不到，萧王府的人要查却不是什么难事，曹管家很快就知道了林初九因下毒暗害七皇子被皇上下令关了起来。

“下毒谋害七皇子？我们家王妃怎么可能做这种事？七皇子是个什么东西，也值得我们家王妃脏手？”曹管家气得跳了起来。

长眼睛的人都能看明白，他们家王妃根本没有谋害七皇子的动机好不好！

“快，快去找苏茶公子。”曹管家急得团团转，立刻让人去请苏茶。

事有凑巧，苏茶正好拿了一封信来萧王府找林初九，双方就在门口碰上了，听到王府下人的话，苏茶脸上的笑容立刻凝固：“王妃被关进大牢了？”

“是的，说是皇上亲自下的令，说王妃谋害七皇子。”下人知道得也不多，“具体的事情小人也不知，曹管家知道得多一些。”

“走，带我去见曹管家。”苏茶大步往前走，一刻也不敢停留。

曹管家正在花厅来回打转，见到苏茶走进来，忙迎了上去：“苏茶公子，你可来了，快，快救救王妃，王妃被关进大牢了。”

曹管家忙将自己知道的事情，原原本本说了一遍，只是鸾凤殿内全是皇后的亲信，他知道得也有限。

从曹管家探到的消息来看，林初九是当场被抓，完全没有辩驳的可能。

苏茶听完头都大了，气闷地道：“王妃好好的进什么宫？”不是说了，让她闭门不出吗？

“进宫的事由不得王妃，苏茶公子，这事你也别怨王妃，王妃也是受害者。”曹管家实话实说，可苏茶仍不满：“她不想进宫多得是法子，装病也成呀。”

曹管家不认同：“苏茶公子，王妃与孟家公子约定，明天为他医治，你说王妃要怎么装病？还有，王妃真要装病，皇后金口一开派太医、宫女来萧王府，你能拒绝吗？苏茶公子，皇上、皇后要宣人进宫，就连王爷都拒绝不了，你说王妃要怎么拒绝？”

苏茶说得容易，可有些事真正去做却不是那么想当然的。这是皇权至上的时代，林初九虽然站得比普通人高许多，却也不是站在巅峰上的那个，她没有外人看到的那般风光与自由。

苏茶承认曹管家说得对，可却不肯承认自己有错：“她这么早医治孟公子的病做什么？她就不能多拖几天吗？拖久一点儿，看在孟家的面子上，宫里的人也不会为难她。”

“拖得了一时，拖不了一世。不管王妃决定什么时候为孟公子医治，这一出事都避免不了，而且拖久了孟家会对王妃不满。”曹管家说得头头是道，事实上这些并不是他想出来的，而是林初九为他分析的。

当时曹管家也不明白，林初九为何急着给孟家医治，林初九便为他解说了一番。

“现在说这些没有意思，当务之急是想办法把王妃救出来。”苏茶无法反驳曹管家的话，索性转移话题。

管家黯然道："王爷不在府上，我们府上没有人能自由出入宫廷，也不知王妃在大牢里过得怎么样？"府上无人，不说给林初九求情，就是给她送点东西都不行，在大牢被人欺负了，他们也帮不上忙。

"相信王妃，她不是好欺负的，即使是在大牢，王妃也不会让自己吃亏。我们只要查出给七皇子下毒的真凶，剩下的王妃自己就可以处理。"苏茶这个时候终于明白，萧天耀为何一直说，要林初九配得上她，要林初九自己成长。

萧王妃这个身份，注定会带来许多麻烦，想要坐稳萧王妃这个位置，本身不够聪慧、能干，背后的家族再强也无济于事。

诚如苏茶所说的那样，林初九不会让自己吃亏，哪怕宫里的人故意刁难她也一样。

林初九在宫里得罪的人真不少，不过第一个出手的却是福寿长公主。福寿长公主一听到林初九被关大牢，当即派了身边的女官前去羞辱她。

不知是凑巧，还是算好了时间，福寿长公主身边的人过来时，正好碰到差役给林初九送晚膳，两个女官见状，主动接了过来："差大哥，萧王妃的晚餐交给我们就行，我们奉大公主的命令，来大牢服侍萧王妃。"

差役不想给，两个女官直接上前强抢，碍于大公主的面子，差役不敢强拦，只得上前为她们引路。

"把门打开。"两个女官一脸倨傲，完全不像是来服侍人的。

差役明知对方是来找林初九的麻烦，却也只能当作不知。牢门打开后，差役立刻退了出去，大有不管这里发生了什么事，他们都只当不知的架势。

两个女官满意地点头，端着膳食走了进去，见林初九背对牢门，抬头看着牢房上方的小窗，嘲讽地道："萧王妃，奴婢给你请安了。"

"你们是谁？"林初九转身，神情淡然，似乎不将对方的挑衅放在眼里。

"我们是大公主身边的女官，大公主听闻萧王妃被关入大牢，担心萧王妃你无人服侍，特派奴婢二人过来服侍。"女官说完这话，就一直看着林初九，见林初九没有露出害怕、不安的神情，不由得有几分失望。

不过，没有关系，今夜还长呢，她们总能让萧王妃跪地求饶。

"萧王妃，请用晚膳。"身着青衣的女官端着饭菜上前，奉到林初九面前，不等林初九伸手去接，青衣女官就将饭菜朝林初九的脸上泼了出去。

"哗啦……"饭菜连同盘子一起飞了出去。

"萧王妃，对不起，奴婢失手了。"青衣女官一脸恶意地道，说完才发现，事情完全不像她预想的那般，盘中的饭茶没有砸到林初九的脸上，而是啪的一声摔在了地上，汤汁也没有糊林初九一脸，只是有几滴溅在了她的鞋面上。

"萧……"青衣女官气恼地开口，可她刚说一个字，就见刚刚躲开的林初九突然上前，抬手就是一巴掌："好大的胆子！"

“啪……”响亮的耳光声在大牢里响起，外面的差役听到这声音，顿时感觉背脊一寒，在心中暗自同情林初九，堂堂王妃，却被两个女官欺辱，果然是虎落平阳被犬欺。

“你，你敢打我？”青衣女官被打蒙了，捂着脸半天没有反应过来。另一个穿着粉衣的女官同样吓着了，睁大眼睛看着林初九，好半天才道：“萧王妃，你可知我们是什么人？我们可是大公主身边的女官，就是皇后轻易也不能打我们。”

“我便打了，那又如何？”林初九一脸嘲讽地说道。大公主弄两个女官来羞辱她，还不许她还手了？这是什么天理？

“萧王妃，你……好，敬酒不吃吃罚酒，别怪我们不客气了。”两个女官气恼，看着摔在地上的饭菜，两人扬起一抹恶意的笑。

“萧王妃，让我们来服侍你用晚膳。”粉衣女官上前，用脚将地上的饭菜踩得稀巴烂，“想必萧王妃很满意今天的晚膳。”

“呵……呵。”青衣女官左脸被打肿了，不敢开口说话，只是阴冷一笑，两人一左一右逼近林初九。

“你们要我吃地上的饭菜？”林初九站在原地，一动不动。

“萧王妃以为我们不敢吗？”粉衣女官一脸轻蔑，“这是皇宫的大牢，萧王不在京城，今晚不会有人来救你，我们想要怎么折磨你都行。”

“好，我倒要看看，你们能怎么折磨我？”林初九是真的不怕。

大公主要是派两个侍卫来，她说不定还会掂量一下，就这两个手不能提、肩不能挑的女官，也想欺负她？大公主真是越来越天真了！

粉衣女官一脸嚣张地道：“皇上一向节俭，见不得浪费，地上那些饭菜，麻烦萧王妃舔干净。当然，我鞋底上沾的饭菜，也麻烦萧王妃一并舔干净了。”

在宫里，经常会用这种方法，折磨、羞辱位份低、不得宠的美人，有不少人生生被折腾疯了。

“这个主意不错。”林初九拍手叫好，粉衣女子皱眉道：“你莫不是吓疯了？吓疯了也不要紧，跪下……吃！”

粉衣女子指着地上的饭菜，说得气势十足。如果对那些位份低的美人，这招确实有效果。她用这种语气对林初九说话，林初九会看在眼里吗？

“大公主手下的人，果然和她一样天真。想要我跪，你们还不够格。”林初九上前一步，抬脚踹向粉衣女官，“跪下！”

“啊……”粉衣女官完全没有想到林初九会反抗，毫无防备的她，被林初九一脚踹得跪倒在地，疼得眼泪直流。

“你，你敢踢我？”粉衣女官想要爬起来，林初九又一脚踹了过去，粉衣女官“哇”的一声，趴在地上。

林初九一脚踩在对方的背上：“不过是一个女官，也敢在本王妃面前嚣张。”话是对粉衣女官说的，眼神却落在了青衣女官身上。

青衣女官吓得脸色发白，不顾受伤的左脸，愤怒地指向林初九：“你，你……好大的胆子。”在皇宫，她还没有见过比林初九更嚣张的人，她就不怕事后被人清算吗？

“敢这么和我说话，你的胆子也不小。”林初九踩着粉衣女官的背，走到青衣女官面前，“跪下！”

“你敢！”青衣女官怒喝，这一动就扯到了左脸的伤口，疼得她直龇牙。

林初九一把拽住对方的衣领，将人拉到眼前：“你说我敢不敢？”

“你，你……大公主，不，不会放过你。”青衣女子一张嘴，就吐出一口血水。

“无所谓。”林初九用力一甩，青衣女官被甩到一旁，撞在墙上才停下。

青衣女官站稳后，抬头看了林初九一眼，就见林初九脸上的笑，如女王一般妖娆，却又如鬼魅一般吓人，吓得她脑子一片空白，第一反应就是转身往外跑，可是来不及了！

林初九比她更快一步走到牢门前，咔嚓一声将牢门锁上：“想走？没那么容易。”反手将青衣女官推向粉衣女官，两人跌作一团。

“不是要舔干净地上的饭菜吗？动作快一点儿，本王妃受不得地上脏。”林初九将衣摆一撩，优雅地坐在一旁的石椅上，左手撑着脑袋，一派闲适……

这样的林初九，在两个女官眼中却无比可怕。明明被打入大牢，她居然无事人一样，最主要的是，力气还出奇地大，居然能轻易就把她们放倒。

“萧王妃，你别太过分了，你今天折辱了我们，你也别想有好日子过。”粉衣女官心中生怯。

萧王妃和她们之前遇到的美人不同，萧王妃根本不怕她们，也不怕长公主，她们失策了。

“哈哈哈……两个小小的女官，你信不信我就是杀了你们，也没有人敢要我抵命？”林初九笑得恣意，眼中却没有一丝笑意，“我再说最后一遍，给我吃！”

“你不要欺人太甚。”粉衣女官脸色涨红，青衣女官就更不用说了，用杀人般的眼神看着林初九，恨不得把她大卸八块。

“本王妃不过是采纳你的法子，怎么叫欺人了？”林初九简直想笑了，这两个女官叫她舔地上的吃食时，怎么就没有想过欺人太甚。

“好，好……萧王妃，你真以为大牢是你家开的，你把我们两个放倒又如何，只要我喊一嗓子，差役来了，你便只有跪地求饶的份。”粉衣女官从地上爬起来，一脸狰狞。

她之前不喊是感觉太丢脸了，现在她却顾不得这些了，再不喊人来，吃亏的就是她。

“你尽管试试看……”林初九脸上的笑容更深了。不留一手，她敢在牢里打大公主的人？

就在林初九教训两个女官时，收到消息的萧子安正在想办法把林初九救出来，这事牵扯到皇子的安危，想要把林初九弄出来着实不易。

萧子安虽然身受皇宠，但他在此之前只是一个双腿残废的皇子，被养在深宫，对皇位没有可能，手上自然没有什么可用的势力。想要救林初九，除非去找周贵妃，不然他现在一无所有，还真不可能救出林初九。

萧子安不用想也知道，他母妃是绝对不可能去救林初九的，要不是欠萧王府一个人情，他母妃都不会与林初九打交道。

"只能找太子了。"萧子安满嘴苦涩，但除了太子他真想不出第二个人来。

太子东宫中，萧子安顺利见到了太子，不过当他说明来意时，太子连想都不想就拒绝了："三弟，萧王妃下毒暗害七弟，本宫怎么可能救她？"有萧天耀的警告，他是不敢动林初九，可并不表示他会帮林初九。

"皇兄，下毒的人绝不是皇婶，这一点我可以保证，请你看在萧皇叔的面子上，出面为皇婶说一句公道话，至少给皇婶一个申冤的机会。"萧子安手上虽然没有确凿的证据，可从他探查到的事来看，这事林初九八成是被人陷害的。

"是与不是本宫说了不算，既然事情不是萧王妃做的，父皇一定会还她一个公道，三弟不必担心。"太子满脸笑容地打着太极拳，面上笑得亲切，心里却是高兴至极。

萧子安，你也有今天！你不是一向得父皇宠吗？你不是一向眼高于顶吗？你也有求本宫的一天！

太子见萧子安一脸担忧，不怀好意地道："三弟，不是我这个当皇兄的说你，萧王妃的事与你何干，你这样为她忙进忙出，就不怕父皇失望吗？要知道萧王妃下毒害的人可是七弟。你不帮着七弟，反倒去帮萧王妃，你对得起七弟吗？"

太子一脸恶意，一个掩饰不及，被萧子安尽收眼底，太子却没有半点儿尴尬，就这么大大咧咧地与萧子安对峙。一个什么也没有的光头王爷，有什么资格和他叫板，他现在可是有萧皇叔支持的人。

萧子安看到太子眼中恶意的光芒，将劝说的话全部咽了回去，苦涩地道："皇兄，我明白了。"

太子怕萧皇叔，不敢找林初九的麻烦，并不表示太子会帮林初九。或者说，太子蠢到以为他帮不帮林初九，萧皇叔都会支持他这个太子。

太子，储君……简直是好笑。

萧子安看着太子得意张狂的样子，心里渐渐变冷，眼神也渐渐地变得坚定。他从来没有一刻像现在这般，想要手握大权，想要主宰自己和他人的命运。

他也是皇子！他也有一争的机会！萧子安寻太子帮忙无果，孟修远那边却是查到了不少东西，只是孟先生还在犹豫，要不要为这事去求皇上。

孟家人不是笨蛋，林初九在约定的前一天出事，要说这里面没有猫腻，孟家人死都不相信，可就算他们知道又如何？

他们要林初九医治孟修远的病，就要进宫去求皇上，欠皇上一个人情。孟先生重重叹了口气："真的很不甘心呀。"

他们文昌孟家从来不牵扯这些乱七八糟的事，他真的不想卷入四国之争。四国之间已经够乱了，他们此时卷进来，无疑是自寻烦恼。

孟先生心中犹豫不决，为了不做出什么让自己后悔的决定，犹豫片刻还是去寻了孟修远。

在孟家，孟修远永远是最理智的那一个。

一身青衣的孟修远，正独自一人坐在书房里，自己与自己对弈，见到孟先生过来并不惊奇，只是立刻放下手中的棋子，起身相迎。

孟先生轻轻点头，父子二人坐下，孟先生也不拐弯抹角，将事情一一对孟修远说明，又道："下毒的人查到了，与墨神医的女儿、那个玉美人有关。我看她的意思，是想借七皇子中毒，害死萧王妃。"

能查到墨玉儿头上，不是孟家太厉害，而是墨玉儿太弱，在宫里的根基太浅了。

孟修远听罢，露出一抹轻浅的笑，在孟先生的注视下，写下"按兵不动"四个字。

"这样真的好吗？万一皇上一定要把这个罪名，安在萧王妃头上呢？"孟先生一点儿也不怀疑这个可能，他们都能查到的事情，皇上和皇后没有道理查不到。

"我们与萧王妃有约，明天如约而至便是，萧王妃能不能在约定的时间赶到，那是萧王府的事。"孟修远写下长长的一段话，眼眸中是带着恬淡的笑，完全不因此事而影响自己的好心情。

"放任不管？萧王不在京城，谁还能救萧王妃？"孟先生皱眉，一脸担忧。

"萧王看上的人，绝不简单，一切等明日再说。"孟修远不疾不徐地写道，神态恣意，无半点担忧，孟先生见儿子一副万事掌控在手的样子，也只好按下心中的焦急。

诚如孟修远所想的那样，林初九没有指望孟家出力，至于萧王府的人，林初九相信，萧天耀留下来的人，肯定会查出真相，她要做的就是离开大牢，完成与孟家的约定，不让皇上的阴谋得逞。

如果是之前，林初九会觉得离开大牢是一件很难办的事，可现在，有大公主送来的两个女官，林初九一点儿也不觉得这事有什么难的。

两个女官不知为何，突然失去了声音，而在她们惊恐万分时，她们发现自己四脚酸软，一动不能动。

"啊啊啊……"两个女官这个时候真的吓慌了，两人蜷缩在角落，瑟瑟发抖，根本不敢看林初九。

林初九没有搭理她们，至于叫她们舔干净地上饭菜的事，也只是随口说了一句，并没有强硬地去执行，可两个宫女仍旧吓得不行，要不是林初九没有动，她们说不定真的去舔地上的吃食了。

林初九在两个宫女眼中，简直太可怕了，那样凶悍，那样暴戾，根本不像一个养尊处优的大家小姐。

双方就这样僵持下来，差役之前得了命令，也不敢过来扫兴。

两个宫女在角落躲了一个晚上，困得要死，却不敢合上眼；林初九则在石椅上坐了一晚，中途眯了一会，看上去精神不错。

次日，阳光透过小窗洒进来，林初九起身走到阳光下，沐浴在阳光中，眼神却落在两个女官身上。

林初九把这两个女官留一个晚上，目的很明确，那就是等到天亮后，借这两个女官离开大牢。

“把衣服脱了。”林初九指着青衣女官，不容拒绝地说道。

“啊，啊……”青衣女官想要开口，可她张嘴只能发出嘶哑的声音。

“别让我再说一遍。”林初九将自己的外衣脱下，丢在一旁，又将发髻拆开，示意粉衣女官上前，“重新给我梳个发髻，梳成什么样，我想你应该明白。”

“嗯，嗯。”粉衣女官吃了大亏，全身酸痛到不行，根本不敢反抗林初九的话，强撑着站起来，颤抖地替林初九梳了一个女官的发髻，又将青衣女官头上的发饰给林初九佩戴好。

青衣女官见同伴妥协，只能将自己身上的外衣脱下，然后换上林初九的衣服。

青衣女官和林初九的身形相仿，只要低着头就能糊弄过去。

一炷香后，林初九成功地与对方换了身份，她略略整理了下身上的衣服，又对粉衣女官道：“清理干净，别让人看出破绽。”

粉衣女官低头称是，眼中却闪过一抹阴冷的算计，林初九没有看到，可这没有关系，因为林初九本来就不会相信她们。

等到两个女官收拾好后，林初九取出两枚银针，在青衣女官的惊恐中，扎进她的后脑：“好好睡一天。”

青衣女官挣扎了一下，身体便不受控制地瘫倒，林初九没有将针拔出，只是将青衣女官拎起来，丢到石床上，又替她盖好被子。

这么一来，只要不进来仔细看，没有人会发现牢里的犯人换了一个人。

粉衣女官捂嘴，即使明知自己叫不出来，可她仍然保持着这个姿势，因为她怕自己发出动静，林初九会要她的命。

这个萧王妃，真的好可怕。

“别急，轮到你了。”林初九走到粉衣女官面前，“我是不信你的，为了让你乖乖听话，我只能采取一些特殊手段了。”

“唔，唔……”粉衣女官拼命地摇头，想要跑出去，可牢房就这么一点儿大，她能跑到哪里去?

不过十余步，粉衣女官就被林初九抓住了，一枚银针插入她的耳后，粉衣女官身子一怔，瞳孔猛地放大，像是承受着剧烈的痛楚，身体却一动也不能动。

林初九很满意银针带来的效果。

事实上，这并不是针灸的效果，而是银针上的药剂带来的效果。当然，这些林初九是不会说给别人听的，她越是神秘旁人才越会顾忌。

丢下两个女官，林初九用头上的发钗，轻轻一拨就将牢房的锁打开了。

“搞定。”林初九拍了拍手，眼中闪烁着耀眼的光芒。

牢门打开，林初九搀扶着粉衣女官往外走，粉衣女官发现自己的身体，居然一点儿也不受控制，林初九只是轻轻一带，她便跟着林初九走了。

这种大脑清醒，身体却无法控制的感觉，让粉衣女官害怕，她感觉自己就好像一具行尸走肉，可她人却清醒着，眼睁睁看着自己不可控的事情发生。

眼中满是惊恐，可她却不能动，只能被林初九扶着，从差役身边经过，又借大公主的命令，叮嘱差役，今天不许打扰萧王妃，不许给她送吃的与喝的。

“不是，不是……里面的人不是萧王妃，我身边的人才是萧王妃。”粉衣女官在心底大声呐喊，可惜没人会读心术，在外人眼中她就是一脸平静，根本没有任何异常。

林初九的举止非常自然，完全没有假扮她人身份的心虚与不安，再加上此时天色尚早，路上也没有多少人，没碰到什么熟人。

在粉衣女官惊恐不安的眼神下，林初九已经带着她成功来到宫中下人进出的小门口。

拿出粉衣女官的腰牌，林初九高调地说她们奉命出宫，面对守卫的询问，林初九趾高气扬地道：“长公主的命令，你们也敢质疑？”

守门的小兵并不敢得罪长公主身边的女官，见到长公主的令牌，加上对粉衣女官也有些眼熟，见粉衣女官没有意见，登记后便放行了，于是林初九带着粉衣女官，成功走出宫门。

“运气真不错。”走出皇宫，林初九的心情也好了不少。正准备去街上，挑一间客栈安顿粉衣女官，再赶去与孟修远约定的地方，却见一个长相平凡的青衣少年朝她迎面走来，就在她准备出手时，青衣少年飞快地道：“王妃，去前面的胡同。”

没有意外，萧王府的人一直观察着皇宫的动静，见到疑似林初九的人出现，立刻就有人发现了。

林初九眼眸一动，不着痕迹地往前面无人的胡同走去，刚走过去，林初九熟悉的暗卫就出现了：“属下保护不力，让王妃受惊了。”

见到萧王府的暗卫，林初九不由自主地想到萧天耀，神色一暖，将手中的粉衣女官丢给暗卫，说道：“无事。剩下的事交给你们了。”

“请王妃放心。”暗谱一脸坚毅地应道，同时在心中暗暗佩服，他们家王妃果然不是简单的人，居然一个人从皇宫的大牢逃了出来。

王爷的眼光可真好!

暗谱心里得意，恨不得告诉所有人，他的新主子多么能干，可是……在林初九面前，他却不敢表现出来，只能强忍着。

接下来的事，便交由萧王府的暗卫安排，林初九什么都不用操心。

暗卫的办事效率极高，不多时就为林初九准备了马车、衣装和吃食。

“王妃，消息已经传回孟家，孟家公子会准时出现。”暗谱办好一切，上前禀报。

林初九点点头：“很好，我在马车上休息片刻，到了叫我。”今天还有更劳心的事情等着她，她必须养足精神。

皇上和皇后越是想要破坏今天的手术，她越是不让对方得逞。

林初九满意地点头，拒绝了下人的帮忙，自己爬上了马车。

习惯是一件很可怕的事，而她习惯了萧天耀扶她上马车，换作旁人她打从心底不愿意接受……

第十九章　救人反被害

收到萧王府传来的，按原定时间进行医治的消息，孟修远松了口气。

他其实并不如他所表现出来的那般冷静，他等了二十三年，眼见就能开口说话，宫里却弄出这么一出，他怎么可能不生气？怎么可能不担心？

只是，他很清楚这一切都是宫里人的算计，他要是进宫求情，就落入了对方的圈套，到时候明明是林初九医好了他的哑疾，他们孟家却要欠皇上一个人情，林初九还要欠他们孟家一个救命之恩。

算来算去，他和林初九都亏了，只有宫里那位赚了。好在萧王府的人也不是吃素的，能在皇上的眼皮底下，把萧王妃从大牢里捞出来，萧王府果然深不可测。

孟修远的手指，无意识地在桌上用笔画了一个“九”字，黑亮的眸子里闪着莫测的光芒。

林初九被关入大牢后，皇上与皇后就没有再管她，左右在二人眼中，林初九即使会医术也只是一个女子，她就是有通天的本事，也不可能从大牢离开。他们只需要盯着外面，不让萧王府的人进宫救走林初九就可以了。

再说，林初九的罪名还没有洗清，这个时候逃离皇宫，只会罪加一等，皇上和皇后不认为，林初九会傻得为了一个孟家而让自己陷入险境。

皇宫，一片安宁，每个人都井然有序地做着自己的事。鸾凤殿也因七皇子体内的余毒清除干净而从混乱回归到平静。

皇上在鸾凤殿陪了七皇子一夜，直到天亮要上早朝，才不得不离去。而在皇上离开没有多久，七皇子就醒了。或者说，七皇子早就醒了，只是一直佯装昏迷，直到皇上走了，殿内没有外人，这才“醒”过来。

“母后……”病床上的七皇子幽幽地开口，皇后听到这声音，第一时间扑到七皇子床边，握着七皇子的手，哽咽地道：“小七，你终于醒了，吓死母后了。”

皇后从来没有想过拿七皇子去算计林初九，她原计划是拿太子去算计林初九，可惜被人抢了先。

“母后，我没事。”七皇子虽然醒了，身上却依旧无力，想要替皇后拭泪也做不到，只能安慰道，“是皇婶她救了我，毒当时就吐了出来。”

“初九救了你？”皇后听到这话，脸色微变。七皇子点了点头，随即又忐忑地道：“母后，皇婶是不是出事了？”

“是的。”皇后颇为不自在，却没有隐瞒七皇子，“她因为涉嫌下毒暗害你，被你父皇关进了大牢。”

“母后，皇婶她救了孩儿。”七皇子皱眉，心里很愧疚。他终归是孩子，心中的良知还未泯灭。

皇后难堪地别过脸：“母后知道，小七你不必担心，这件事母后会处理，你父皇不会为难初九，最多三五天就会放初九回去。”

他们要的不过是文昌孟家的低头，答应东文一些条件。在林初九没有医好孟修远的病之前，看在孟家的份上，他们也会留林初九一条命。

七皇子不相信，定定地看着皇后，直到皇后再三点头，这才收回视线：“母后，我累了。”心也累了。

初九姐姐对他一直很好，要不是为了母后的病，他真的不想这样对初九姐姐。

“好孩子，你休息下，母后在这里陪着你。”皇后抚着七皇子的额头，脸颊贴在七皇子的脸上，强忍着不让泪水落下。上天待他们母子二人，何其残忍。

待到七皇子熟睡后，皇后略作收拾，便恢复一贯的雍容高贵，在一干宫女的簇拥下，来到偏殿。

偏殿里跪了十几个下人，这些人全是墨玉儿宫中的人，不管知不知情，全部被皇后绑来了……

林初九上了马车，不多时便出了城，来到与孟修远约定的城外别庄。

说是别庄，实际上是一个新建的木屋，只有三间屋子，被石墙圈了起来，站在外面什么也看不到。

暗谱上前表明身份，便有人将门打开，让马车进去。

仔细看会发现，这院子异常干净，什么花草也没有，院外都铺着木地板，极尽奢侈。除此之外，这院子还没有门槛，屋内三间房也没有门槛，马车进出非常方便。

林初九下了马车，孟先生收到消息亲自出来迎接：“萧王妃果然守信，昨天收到宫里的消息，老夫还当王妃来不了。”

“答应孟先生的事，总是要做到的。”林初九唇角含笑，一派从容，完全不受宫中之事影响。

刚刚在马车内，她已经收到萧王府传来的消息，他们已查出下毒暗害七皇子、栽赃嫁祸给她的人是谁了，手上也有确凿的证据，只等她回宫即可。

孟先生赞道：“萧王妃不仅医术高，医德更高，老夫佩服。”如果说原本只有七分感谢林初九，现在就真的是十分了。

林初九救他儿子要了诊金，完全是银货两讫，没有借此事索要好处，他们孟家即使心中怀疑，心里也感谢林初九的明理。明明知道京中局面对她不利，孟家是最好的挡箭牌，却没有因此拖延，而是一得空就与他们约定医治的时间，这份大气叫他们佩服。虽说，早医和晚医没有什么区别，但对于他们孟家来说，多等一天都是煎熬，林初九完全站在他们的立场，为他们考虑，这份情他们怎能不领？昨天的局虽说是针对林初九的，可聪明人都知道，皇上与皇后意在孟家，林初九什么都不用做，只要等他们孟家上钩即可，可林初九却没有坐以待毙，也没有把他们孟家拉入局中，这叫他们孟家如何不感激？他们孟家不是知恩不报的人，林初九对他们有情有义，他们孟家定会相报。

孟先生没有对林初九说什么感激的话，只将这份人情记在心上，寒暄过后，便引着林初九去室内。

孟家新建的这座小木屋，完全是按林初九的要求布置的，每一间的用料皆是上等，采光极佳，四面都用上好的琉璃做窗户，窗帘一拉开，阳光便透了进来。

孟修远身上穿了一件宽大的“病服”，见到林初九与孟先生进来，孟修远看了一眼身上的衣服，最终还是压下仪容不整，不宜见客的想法，起身相迎。

孟修远唇角含笑，朝林初九点了点头，黑亮的眸子中没有紧张不安，只有期待。

孟修远一向以冷静自恃，在外人看来即使无法说话，也不影响他的生活，可只有他自己知道，他期待自己能说话，等了多久。

“孟公子。”林初九进来，看到状态完美的孟修远，脸上扬起一抹笑容，“放心，此次为你医治，成功的概率非常高。”

林初九是真的很重视孟修远这个病人，能不能医好孟修远的病，关系到她能不能凭医术站稳脚跟。

她不需要像墨神医那样名扬四国，她只希望凭借自己的医术在东文立足，至少如萧天耀所说的那样，成为一个能匹配他的女人，而不是永远做萧天耀的依附。

当然，匹配萧天耀并不是全部。自我优秀永远比找一个优秀的丈夫更重要，她拥有属于自己的权势、地位，她就拥有话语权，这样一来，哪怕有一天她被萧天耀舍弃，也能在这个世界活得好好的。

她一定要医好孟修远的哑病，即使冒着逃离天牢的风险，她也要来。她不能永远活在萧天耀的光环下，一味地依靠萧天耀的保护，那样她最终只会变成菟丝花。

为孟修远做了检查后，确定孟修远的身体完全可以进行手术，林初九便让孟修远去中间的木屋。

中间的屋子是林初九选定的治疗室，里面有配套齐全的工作台，只需要把治疗工具摆上来，便能进行治疗。

林初九示意孟修远在工作台上躺下后，便去隔间换了干净的衣服，同时将器具放入药箱里。

林初九出来时，孟修远还坐在工作台上，看上去轻松惬意，实则有些紧张。

“孟公子，不必担心，不会有事的，你先躺下，闭上双眼，就当睡一觉。一觉醒来，一切都好了。”林初九轻声安慰道。

林初九的声音不像时下女子那么软糯轻柔，她的声音冷静明亮，然而就是这样的声音，却让孟修远产生无端的信任。

按林初九的要求，孟修远躺下，闭上双眼。

林初九拿出麻醉剂，给孟修远进行全身麻醉，手指碰触到孟修远身体的那一刻，林初九明显感觉到对方的身子有些僵硬。

林初九猜测对方可能是因为男女之妨才会如此，出声道：“放松，你只需要把我当成大夫，别管男女。”

孟修远无法发出声音，只能用行动表明，他这样一配合，麻醉进行得便顺利了，至少比给萧天耀麻醉时顺利多了，萧天耀那人……

真是的，怎么又想到他了。

林初九拍了拍脑袋，将萧天耀从自己的脑海中拍出去。

麻醉药没有那么快起效果，林初九借着这个时间，将房间的灯一一点燃，同时将所需器具按顺序一字排开。

上次给萧天耀做手术，有吴大夫帮忙，这次她只有一个人，她必须做到万无一失，才敢下刀子，不然那不仅仅是对病人不负责，也是对自己不负责……

在林初九准备为孟修远医治时，皇上也发现了大牢里的异常。林初九的行踪极其隐秘，皇宫的探子根本不知她已离宫，但孟家人的一举一动，全都在皇上的监视下，当皇上得知孟家如约出城时，不由得皱眉，当即下令去大牢提审林初九。

皇上要查天牢里的人是不是林初九，不过是一句话的事，很快就有侍卫来报：“回皇上的话，萧王妃不在天牢，天牢里的人是长公主身边的女官。”

“你说什么？”皇上心里虽有怀疑，此刻得到了证实还是震惊无比。

林初九，真的逃出了大牢？就在他的眼皮底下？他果然还是小看了林初九！

侍卫不知皇上的计划，不过看到皇上这么生气，立刻就明白事态的严重性，便将昨晚的事一一说明。

总而言之，言而总之，就是长公主派人羞辱林初九不成，反被林初九利用机会离开了大牢。

“长公主人呢？”皇上真恨不得掐死长公主。

“长公主昨天就出了宫，宿在汀草园。”侍卫说这话时，头埋得极低。

虽说没有人敢当面说，可京城有点儿能耐的人都知道，汀草园就是长公主养小白脸的地方。长公主与驸马和离后，更加无所顾忌，光明正大地养小白脸，就是皇上也管不了。

“这么巧？”皇上从来不相信巧合，将侍卫挥退，招来探子询问，果然……

长公主看上了一个男子，对方一直不从，昨晚不知怎么了，居然让人传信给长公主，说想要和长公主谈一谈，如果长公主能同意他的条件，他愿意服侍长公主。

长公主最近正惦记着这块小鲜肉，想尽办法要将对方吃下，现在对方松了口，长公主哪里还能等。

美色误事，不仅仅对男人有用，用在女人身上一样可以。长公主的魂都被府上的小鲜肉给勾走了，而且她也相信自己身边的女官，将宫里的事交代一句后，就没有再管了。

“胡闹，胡闹！”皇上气得不行，当即下令让人把长公主带进宫，同时又派人去城外，守着孟家的小木屋。

只要林初九一医治完，就立刻把人带回宫。

畏罪潜逃可是大罪，这一次就是萧天耀在京城，也帮不了林初九。

侍卫兵分两路，一路去了长公主的汀草园，另一路则去城外，准备缉拿林初九。

长公主的汀草园很好找，长公主的下落也很打听。昨儿个小鲜肉答应陪长公主，其中一个条件就是不希望被人打扰。长公主满口应下，挥退下人，带着小鲜肉去了空中楼阁。

这空中楼阁倒也很有意思，楼阁建在八个巨大的柱子上，平日借楼梯上去，没有楼梯相助，普通人想要下来很难。

空中楼阁是长公主最爱去的地方，在楼阁上寻欢作乐，底下的人一般听不到，她怎么玩都无所谓，而且在楼阁上，还有一种飘在云端，万物皆在脚底的感觉。

只是，这一次长公主踢到铁板了！

侍卫在阁楼下叫了几句，不见长公主回应，只得硬着头皮寻丫鬟来，让她们进去找长公主。

丫鬟们听到是皇命，不敢耽搁，火急火燎地爬了上去，可打开门一看，丫鬟们就吓坏了……

“啊……”惊恐刺耳的尖叫声，从阁楼上传来。经验丰富的侍卫见状，立刻明白出事了。

毫不迟疑，侍卫借着楼梯飞快地爬了上去，冲进去一看，侍卫们皆傻眼了！

长公主，全身赤裸，被人吊在床前，雪白的肌肤上布满了青紫。

侍卫们都是久经战斗的人，他们知道长公主身上的伤看着吓人，但并没有伤筋动骨，只要养个十天半个月就能消……

侍卫也是第一次见到这样的画面，一时间不由得愣住了，好半天才反应过来，抓起床上的被子裹住长公主，同时将长公主解救下来。

长公主虽然被虐得很惨，却是没有生命危险，侍卫见长公主气息平稳，便让丫鬟给长公主略作收拾，准备把长公主带回宫，只是丫鬟在清理时，发现长公主的伤她们无法清理，需要大夫来处理。

“套上衣服，把人带回宫里再说。”哪怕长公主是有名的荡妇，侍卫仍旧不敢碰长公主。

人，就这么被带进宫，昏迷不醒的长公主自然无法去见皇上，只能回自己的宫殿。

侍卫回去复命，可长公主的伤实在难以启齿，侍卫也不知如何说，只能支支吾吾地含糊带过，可皇上是那么好糊弄的吗？

侍卫说不清楚，皇上便招来长公主身边的下人，还有为她医治的太医。

这一问，皇上怒火中烧。

丑闻，绝对是皇室的丑闻！可这还不是最让皇上愤怒的，最让皇上愤怒的是，突然间有一探子急急地进宫，奉上一张画，说是今天上午，在京中迅速流传开的长公主艳画！画的正是长公主被人吊起来凌虐的画面，而长公主脸上的表情不是痛苦，而是享受。

“呲啦……”皇上当即将画像撕了个粉碎：“这些画还有多少？是怎么传播出来的？”

“很多，至少有上千张。和上次一样，在闹市大街、青楼酒馆散播，许多人都看到了。”探子低着头，根本不敢看皇上。

这手法，皇上不用想也知道是谁。

“萧天耀，你……狠！”皇上气得一捶桌子，上好的金丝楠木桌一动不动，皇上的手却出血了。

“皇上息怒！”探子重重地磕头，很快地上就积起一摊血。

“这是皇室之耻，你要朕如何息怒？”皇上只觉得自己的头一阵阵地疼，视线也变得模糊。

“属下该死，请皇上保重龙体。”探子的眼泪和血糊了一脸，看上去十分骇人。

皇上只觉得眼前一片模糊，耳朵嗡嗡作响，什么也听不见……

“皇上，皇上……”探子还在底下嚷着，皇上很想叫他住嘴，可惜张嘴却说不出话来。

“咚……”皇上的身子摇晃了两下，栽倒在地。

“来人呀，来人呀，皇上晕倒了。”探子快吓疯了，忙上前护住皇上。

皇上晕倒，皇宫内乱成一团，这个时候也没人去管林初九了。

苏茶在萧王府，收到这个消息，唇角的笑容怎么也抑制不住：“哈哈哈……天耀，王妃和你还真是天生一对，你们两个都是气死人不偿命的主，皇上这次可真是面子里子都丢光了。”

苏茶越想越觉得萧天耀神了，居然早早地就布下这么一颗棋子。当然，他们家王妃也是够神的，居然能想出艳照这一招，简直是太无耻了。不过，他喜欢。

苏茶迫不及待地磨墨给萧天耀写信，这么漂亮的反击，说什么也要与萧天耀分享一下。

信写好，苏茶立刻封装好，准备让人送出去，可就在他准备交代下人时，突然想起天耀写了封信给王妃，他还没来得及转交。等王妃看到信，肯定要给天耀回信，他还是等着一起给天耀回信好了。

一炷香后，麻药起效了，林初九动手前，又一次将治疗器具检查了一遍，再三确定没有问题后，这才拿起刀具上前。

看着躺在工作台上一动不动、面容平静的孟修远，林初九闭上眼睛，深深地吸了口气，给自己鼓气道：“林初九，你可以的！”

睁开眼，略有一丝妩媚的大眼中，此时只有坚定与自信，脸上的表情也一瞬间就收了起来，冷静得可怕。

拿起特制的笔，林初九在孟修远的脖子上，精准地画上一道手术线。放下笔，握着刀，没有一丝迟疑，林初九沿着手术线，在孟修远的脖子上，开了一个五寸长的刀口。

外翻，止血……寻找瘤块所在。

林初九一个人，在静寂的屋里，有条不紊地进行操作，每一步都精准无比，整个过程没有一丝多余的动作，全身心地投入到手术中，将外界的一切全部阻隔在脑海和视线之外。

自信，严谨，认真！

这就是投入治疗时的林初九，站在台前的林初九，身上就好像有一层光晕萦绕，耀眼得让人移不开眼。

一身血衣的魔君重楼，站在窗外看到这一幕，不由得将气息放得更弱，就像是怕惊扰到屋中的人一般。

双脚似有意识，不受控制地上前、靠近，靠得更近一些……

重楼没有压抑心中所想，按自己的心意走到窗边，站在林初九的对面，只要林初九一抬头就能看到他，可是……

没有，林初九一次也没有抬头，她完全沉浸在自己的世界里，手上时不时就交换着奇怪的东西，在孟修远的颈脖间戳来戳去，就好像全世界上，只有那个拇指大的伤口，才能吸引她的视线与注意力。

这个女人，简直目中无人！亏他听到她出事的消息，特意赶过来，没想到这个没心没肺的女人，眼中根本没有他。

重楼想得没错，此刻林初九的眼中确实没有他，林初九的眼中只有孟修远脖子上的那道伤口。她只有一个人，她一个人要负责整个治疗过程，连个给她递工具的人都没有。这样的情况下，她根本不敢分神，哪怕片刻的分神也不敢。

孟修远脖子上的刀口往外翻，重楼看到林初九用一个工具，将刀口上的皮肉拉开，然后又飞快地换了一把小号的刀子。刀子在林初九的手里轻轻一动，到底割到了什么重楼也看不见，只见林初九双手齐动，动作越来越快，桌上一排排的刀子，林初九没有回头看，却能准确地拿到自己想要的工具。

重楼一直隐在暗处，他深刻感受到了林初九为了熟悉这些刀具的位置，花了多少心力。

这个女人总是这样，要么不做，要做就做到最好。

“噗……”不知林初九碰到了哪里，血从孟修远的颈脖处喷了出来，溅在林初九的脸和衣服上。

重楼心头一惊，手不由自主地往前伸，想要帮帮林初九，可是完全不需要！

林初九完全不需要他的帮助！血一直往外喷，林初九却没有一丝惊慌，淡定自若地拿着一块白布条，压在孟修远的脖子上，等到血流的速度减缓后，林初九才将染血的布丢在一旁，继续手上未完的动作。

林初九用工具，从伤口里夹出一个小肉瘤，将其固定在一侧，再次拿起刀，将肉瘤上的那层薄膜剥离……

很细致精密的活儿，重楼心想自己肯定做不到，可是林初九做到了，薄到透明的薄膜被林初九完美地剥离下来，没有损伤一分。

剥离薄膜后，林初九才将肉瘤的部分切除下来。肉瘤切除后，血又一次往外喷，并且这一次比之前喷得更多，汩汩直流。不过重楼这一次却一点儿也不担心，他相信林初九早有准备。

林初九没有让重楼久等，很快就将血止住，同时利落地给孟修远上药，缝合，喂药，整个动作一气呵成。

看上去很快，实际上整个过程不包括麻醉的时间，林初九却忙了两个时辰，她整整两个时辰站在工作台前，双手的动作一刻也没有停。

一切就绪后，重楼明显能看到林初九松了口气。知道林初九放松下来了，重楼没有再久待，如同鬼魅一般，轻轻一闪，人就从窗前消失了。

林初九完全没有发现，在此之前有一个人一直站在窗口，将她的动作尽收眼底。

给孟修远吃过药后，林初九又一次给孟修远做检查，确定孟修远只是身体虚弱，没有生命危险。林初九承认自己还是有那么一点儿私心的，失血过多的孟修远，必然需要更多的时间才能恢复，而在他的伤势没有完全恢复前，孟家一定会保护她，不会让她死于莫名的意外。

观察治疗效果的时间很漫长，林初九利用这个时间，将不必要的东西全部收了起来，将用过的刀拆开，刀柄消毒，刀片处理掉，可以再次使用的东西则全部放回医圣之心。

一切收拾妥当，林初九满头大汗，此刻她无比希望屋内有把椅子，可以让她坐着休息，可是没有！屋内除了工作台外，根本没有可以坐的地方，林初九只能靠着墙休息。

昨晚一夜未睡，今天又是这么高强度的工作，林初九此时已经困得睁不开眼，她决定先休息一下。双手环抱，直接倚墙而睡，然后就真的睡着了！因为担心孟公子的病情，她睡得并不踏实，不时醒来察看。看得暗处的重楼心疼不已，可惜他帮不上忙，或者说此时的他不宜露面。

林初九来来回回醒了四五次后，便不再睡，在自己的胳膊上捏了一把，好让自己精神一些。工作台的四个脚是活动的，只要将上面的栓子取下来，就能推着走，只是现在的林初九着实没有那个力气，只得寻人来帮忙。

“吱呀……”房门打开，在外等候的孟先生一个激灵，快步走到林初九面前，平日的沉稳荡然无存，急切地道：“萧三妃，我儿子他怎么样了？”

“孟先生不必担心，孟公子无碍，医治的过程非常顺利，只是孟公子失血过多，身体有些虚，现在还没有醒来。”林初九的声音清冷如旧，完全听不出一丝倦意，就好像刚刚困得睁不开眼的女人不是她一般。

孟先生连连点头，又道：“他的声音呢？能说话了吗？”

“能的，半个月后，伤口就能愈合，到时候孟公子可以发出声音，但说话还要再等等，等伤口彻底好了再说。”林初九侧身让孟先生进来，“孟先生进来看看，正好我也要找你帮忙。”

孟先生没有客气，大步走了进去，看到躺在台上，一身是血的孟修远，孟先生的眼中闪过一抹心疼，可当他看到一旁盘子里的肉瘤时，这分心疼又被激动取代了。肉瘤取了出来，他的儿子就能说话了。孟家最优秀的大少爷，也能回到属于他的舞台，他的儿子绝不会输给本家任何人。

孟先生只是想想，就激动不已，可就在此时，皇宫的侍卫化暗为明，以扇形的攻势，将小木屋围住……

林初九还没来得及交代孟先生注意事项，就见侍卫紧急来报：“王妃，皇宫侍卫说王妃您越狱，要捉拿王妃回宫。”

“越狱？”林初九听到这话，不置可否一笑，“皇宫的侍卫来得还真是时候。”正好在她忙完时便出现，要说这是巧合，林初九是怎么也不会信的。

“王妃，属下护你离开京城。”离开京城去找萧天耀，有萧王护着，便是皇上也奈何不了。

“离开京城？事情还没有严重到那个地步。”和侍卫的紧张不安相反，林初九脸色平静，似不将皇上的命令看在眼里。

孟先生不知林初九是不是有所准备，犹豫了一下还是主动说道：“萧王妃，我文昌孟家在四国还有一点儿面子，不如我进宫一趟，向皇上说明此事？”

孟先生一点儿也不想管这些乱七八糟的事，可谁叫他儿子的病还需要林初九医治，他不能坐视不理。

林初九摇摇头：“多谢孟先生的好意，不必了，这件事我自会解决。”好钢要用在刀刃上，孟家的面子可不能用在这个地方，她还指望借孟家当保护伞呢。

此话正合孟先生的意，孟先生不再坚持，只道：“萧王妃有什么需要我孟家做的，尽管开口。”他相信林初九是个聪明人，知道什么样的要求该提，什么样的要求不该提。

“好，如果真有麻烦，我必不会客气。”林初九没有再拒绝，应下孟先生的话后，又转头对侍卫道，“外面的人可有代表身份的东西？他们不会只有这一句话吧？”

“这……属下出去查看。”侍卫傻了眼。

皇上的人都表明了身份，还需要什么代表身份的东西？

“去吧，先不要动手，问清楚了再做打算。”林初九一派从容，连带着侍卫也跟着冷静了下来。

打发了侍卫，林初九像是什么事也没有发生一样，开始向孟先生交代如何照顾孟修远。

“今天到明天不要给他喂吃食。放心，孟公子虽然会饿，但无大碍。”她给孟修远用的药足够他支撑两天一夜不死。

“明天过后，只能给他吃流质食物，不宜太烫。这七天最好少动，尤其是伤口处一定要保护好，绝不能沾到水和脏东西，尤其是要保证不让伤口裂开。”林初九一一交代伤口的忌讳与有关重要事项，孟先生连连点头，怕自己忘掉，还特意让人拿笔记下。

林初九交代完，末了又补了一句：“如果没有太大的意外，我三天后会来给孟公子做检查，这几天就辛苦孟先生了，我留下来的药，你一定要按时喂给孟公子吃。”林初九开了一些消炎的药，就是怕孟修远的伤口发炎。

“多谢萧王妃，我记下了。”孟先生面上不显，心里却是翻江倒海一般。

三天就能从宫里出来，萧王妃这是太自信，还是太狂妄？

接着，林初九便示意孟先生找人帮忙，把孟修远推出去，可还没有动，侍卫就再次出现，这一次带来了林初九要的答案。

“没有。此次围攻我们的侍卫，身上没有任何可以证明身份的东西，同时也没有穿官服。”侍卫不知这有什么用，只知林初九要，他们查便是。

“是吗？”林初九勾唇一笑，迈步走出房间，孟先生看了一眼什么也没有说。

小木屋外，萧王府的人与皇宫侍卫泾渭分明，一人各据一边，谁也不让谁，直到林初九出现，这才打破双方的对峙。

“萧王妃，你终于肯出来了。越狱逃跑是大罪，你现在跟我们回去，还能少受一点儿罪。”皇宫的侍卫正对门而站，林初九一出来他们就发现了。

听到对方的叫嚷声，萧王府的人才知林初九出来了，纷纷收起手上的动作，扭头看向林初九，恭敬地道：“王妃。”

“免礼。”林初九上前，步伐不变，走到王府的侍卫中间，停下来道，“不知几位围住本王妃的木屋，有何用意？”

“萧王妃，别装傻了。”皇宫的侍卫听到林初九这话，着实是愣了一下。他们想了无数种可能，独独没有想到林初九会装傻，简直太无耻了。

“装傻？装什么傻，你们说你们是皇上派来的人，证据呢？什么都拿不出来，我凭什么相信你们是皇上的人？”林初九的声音不高，可气势十足，还蛮能唬人的，皇宫的侍卫愣了一下，这才反应过来：“萧王妃，这世间没有人敢冒充皇上的人。”除非他活得不耐烦了。

“你说我就信？万一你们是北历的奸细，要捉我威胁王爷呢？”林初九后退一步，将自己置于安全之地，不等皇宫侍卫反应过来，林初九右手一扬，“动手，杀了他们！”

下令时，没有一丝犹豫，果断得让人害怕。屋顶上的重楼一怔，呼吸不由得加重。

他一直以为，林初九悲天悯人，聪明有余而果断不足，今天才知他错了，林初九这个女人足够狠辣。数十人说杀就杀！

林初九一声令下，萧王府的侍卫便毫不犹豫地上前，倒是皇上派来的侍卫没想到这样，一时间不由得怔住了，等到他们回过神时，已被萧王府的侍卫抢得了先机。

双方交手，片刻间便是血肉横飞，林初九只看了一眼，便转身往屋内走，同时将门关上：“一个不留，记住，我要他们立刻断气。”

“啪……”门关上了，木质的门板将医圣之心可能的求救信号全部屏蔽在外。

没错，林初九退回来，并不是因为她害怕见血，而是她不想被医圣之心强制去救皇上派来的侍卫。

前一秒下令杀人，下一刻却跑去救人，不知情的人会以为她神经病了。

“这又是怎么回事？”林初九匆忙回屋的动作，旁人没有看到，重楼却是看得清清楚楚，他完全搞不懂林初九这是怎么了！

要说她胆小，重楼是不信的，可要不是胆小，林初九急着进屋又是怎么回事？

“啪……”重楼一个失手，屋顶传来瓦片破碎的声音，林初九脸色一变，靠着墙道：“什么人？出来！”

重楼从来没有想过，有一天，他会被一个完全没有武功的女人发现踪迹，这绝对是耻辱！

重楼的脸色很不好看，好在他脸上有一张狰狞的鬼面，是以他就是再生气，旁人也看不出来，至少林初九就看不出来。

看到重楼从楼顶上飞身落下，林初九皱了皱眉：“魔君重楼？”

“怎么？见到本尊很意外？”重楼上前，血红的衣袍随之翻滚，如同翻涌的血海，让人无法忽视。

林初九放松戒备，老实地点头：“是挺意外的，你怎么在这里？”

她不认为，萧天耀会请这么牛的人，一直在暗中保护她，真要是这样的话，昨天在宫里她就不会轻易被侍卫关进大牢。

“本座路过，你信吗？”除此之外，重楼实在找不到第二个说辞。

“信。”林初九点头，完全没有去怀疑，或者说怀疑也没有必要，她不认为重楼会刻意盯着她，只要不是刻意盯上她，重楼为什么出现在这里，对她来说一点儿也不重要。

“这也信？你是有多蠢？你长个脑子是图好看吗？”重楼很不客气地训斥道，更不客气的是，抬手就在林初九脑袋上敲了一记，“别人说什么你就信什么，你这是有多蠢？”

“嘶……”林初九痛呼一声，揉了揉被重楼敲过的地方，侧走一步拉开两人之间的距离，“不是路过，那魔君大人为什么会在这里？”

重楼拿出一块血色的帕子，将手擦拭干净，慢条斯理地道：“本座路过，你以为本座会骗你？”

神经病！林初九磨牙，克制住自己翻白眼的冲动，皮笑肉不笑地道：“魔君大人既是路过，要不要喝杯水再走？”看在重楼曾救过她一次的份上，她不计较他的神经病。

“算你还有良心。”重楼反客为主，朝室内走去。

林初九只得跟进去，吩咐下人端来一杯清水，并特意指明杯子要用新的，尽量不要用手碰。

魔君重楼有严重的洁癖，表现得很明显，林初九就是想要装作不知也不行。

听到林初九的吩咐，重楼明显心情很好，道：“有心了。”

林初九笑了一声没有回答，心中却暗道：你都表现得这么明显了，我能当作没有看到吗？

茶水来了，下人根本不敢用手碰，连同托盘一起放在桌上，重楼满意地点头，随手端起杯子，不紧不慢地喝着，动作优雅至极，比起皇家子弟更有气派。

一杯茶饮尽，重楼随手将杯子丢出去，只听见“啪”的一声，白玉的杯子瞬间碎成粉末。

这男人，好强的独占欲。

林初九心里一寒，升起一股不好的预感……

“喝了你的茶，本座便帮你一次。”重楼双腿交叠，这么不雅的动作，由他做出来却是那么的理所当然，“本座送你回大牢如何？”

重楼说的送，自然是不惊动任何人，把林初九带进大牢，让皇上明知林初九逃走过，也拿她没有办法。

“魔君的好意我心领了。”林初九淡淡地拒绝，重楼不满地道：“你杀了皇上派来的人，你要怎么进宫？”

“当然是走进去，我要进宫还会有人拦吗？”皇上这会儿巴不得她自投罗网呢。

“走进宫？你就不怕皇上治你的罪？”林初九哪来的自信，认为皇上不会动她？

孟家吗？孟家会帮林初九，前提是不损及孟家的利益，孟家绝不会为了林初九与皇上杠上。

林初九嘲讽一笑：“皇上要治我什么罪？下毒谋害七皇子？我有证据可以证明下毒的另有其人。”

林初九虽不知重楼是敌是友，可被萧天耀请来救她，总不会出卖萧天耀，又道：“至于他们口中的越狱……”

林初九笑了，语气轻快地道：“我有越狱吗？有眼睛的人都知道，昨晚大公主派女官去大牢羞辱我，今天早上又让女官把我带出宫，欲置我于死地，幸亏我命大跑了出来。”

林初九一本正经地胡说八道，那模样说不出来地可爱。当然，在重楼眼中是可爱，在皇上眼中就是可恶了。

林初九一番话，就把责任全推了，可明知她说的是假的，却也让人奈何不了她。林初九能拿出证据，证明下毒暗害七皇子的人不是她，皇上还能治她罪不成？再者，林初九一口咬定，她是被大公主的人带出来的，谁能证明不是呢？大公主此时正昏迷不醒，就是醒来了短时间内也无脸见人，至于林初九带出来的女官……人死了便没有对证！

林初九再怎么样也是萧王妃，此事捅到人前，皇上不仅不能治林初九的罪，还要安抚她。

“不错，脑子转得很快。”重楼唇角轻扬，眼含笑意地道。

“不过是以彼之道，还施彼身。”林初九并没有被夸奖的喜悦。

一想到自己在宫里被人冤枉的事，林初九就笑不出来。明眼人都知道她是被冤枉的，可就因为七皇子出事，即使她救了七皇子，也洗不清嫌疑。

重楼确定林初九有章法，便没有再强求，只留下一句“有事，去魔宫找本座”人便消失了。而他走后没有多久，萧王府的侍卫，就将皇上派来的人都解决了。

“王妃，接下来我们要怎么办？”侍卫一身是血地进来报告，林初九想也不想就道：“把人埋了，然后送我回京。”

“是。”侍卫立刻下去安排，半个时辰后一切准备就绪。

林初九与孟先生辞别，坐着马车按原路返回城中。刚一入城，就遇到了皇上派来的禁军。

在城内，皇上倒是客气，并没有强行缉拿，而是有礼地“请”林初九进宫。

“正好我也要进宫告御状，只是此刻衣衫不整，不宜面君，容我换件衣服再进宫如何！”林初九坐在马车里，连面都不曾露。

“萧王妃，皇上请你立刻进宫，不可耽搁。”侍卫不依不饶，再三要求林初九立即进宫，林初九冷哼一声，声音隔着车门传了出来：“好，我现在就下马车，让全城百姓看一看，长公主是如何欺辱一品亲王妃的！”

林初九这是威胁，要放在平时禁军肯定不会理会，可此刻禁军却不得不多想。禁军虽然憋屈，可也怕林初九真往大公主身上泼脏水，只得咬牙将道让了出来：“我等失礼，请萧王妃恕罪，萧王妃，请！”

林初九要先回一趟萧王府，并不是故意为难禁军，更不是为了让皇上看到她的强势，她是真的需要亲自回去拿证据，同时还要换上亲王妃的正服进宫。

苏茶手中有证据，可以证明下毒害七皇子的另有其人，可证据只有一份，林初九现在又被皇上的人盯上了，要是派人将证据送给林初九，难保不会被人中途截走，安全起见苏茶希望林初九能回一趟萧王府。林初九没有意见，她本身也要回萧王府，换上王妃正服，好进宫告状。

禁军怕林初九耍花招，一路护送林初九到萧王府。京中的百姓见到禁军开道，一个个纷纷避开，不敢与之争道。

马车走后，路人又好奇发生了什么事，不时地向身边的人打听，只是这件事知情的人不敢说，不知情的人也只能胡乱猜测。马车一路驶进萧王府，看到这一幕的百姓认为这是皇上看重萧王，连带着也重视萧王妃。

可在朝为官的人都知道，皇上这次气得不行，萧王妃怕是讨不到好，可是他们却不敢落井下石，更不敢围观此事，稍微有脑子的人都知道，萧王妃不好惹。看禁军的架势，再联想到早上四处散播的大公主艳画，还有什么不明白的？萧王妃绝对是一个狠人，她用的招数比萧王还要下三烂，真的不敢得罪她呀！

崔家收到消息后，回头就将此事隐晦地透露给福安公主知晓，暗暗警告她别去惹林初九。别看林初九年纪小，经事少，可看她下手的狠辣程度，就知她不是一个善茬，真要惹急了她，倒霉的肯定不是崔家而是福安公主。

“好狠的女人。”福安公主同情大公主的遭遇，同时亦庆幸林初九没有用这招对付她，不然她怕是活不了。

外面传得沸沸扬扬，但这些都与林初九无关，在下人的服侍下，林初九慢悠悠地泡了个澡，又在下人的服侍下，将王妃正服一层层穿好，再加上配饰……

林初九觉得自己这一身，至少有十斤重，穿着这一身正装，走路绝对快不起来，你想不雍容华贵都不行。

“王妃，请……”下人收拾好一切，这才迎着林初九往外走。

林初九出了门却没有急着去前院，而是拐到书房，苏茶正在那里等她。

禁军进入萧王府后，立刻被萧王府的侍卫拦下，一行人只能在前院等候，眼见着一个时辰过去，也不见林初九出来，禁军越发地担心，同时暗自后悔自己应下得太快了。

要是萧王妃借机遁走，逃到边境找萧王，他们要怎么办?

书房内，苏茶等得快不耐烦了，嘴里一直在嘀咕，女人装扮起来就是烦人，一个时辰也不见出来，不知情的人还以为林初九跑了呢，可看到一身正装、逆光走来的林初九，苏茶的那点儿不耐烦瞬间被惊艳取代。

苏茶不是第一次看正装的林初九，可每一次他都觉得惊艳，让人移不开眼。

逆光而行的林初九，全身都笼罩在一片金光中，头上的发饰闪闪发亮，衬得她的身影有些模糊，整个人朦胧而梦幻。随着她一步一步地往里走，身影也越来越清晰……这画面太美，苏茶觉得自己真的醉了。

林初九走到苏茶面前，叫了几句也不见苏茶回应，不由得皱眉，伸手拍了苏茶一下：“苏茶，你没事吧？”

“啊……”苏茶吓了一跳，险些跌坐在地，看到近在咫尺、一脸严肃的林初九，心中那点幻想也就渐渐收了起来，忙道，“我刚刚想事了，一时失神，还请王妃不要见怪。”

苏茶后退一步，拉开两人之间的距离。

林初九上下打量一眼，心里不信，却也没有问出来，只道：“东西给我，我要进宫。”

“是。”苏茶低头应是，从怀中取出几张纸，连同萧天耀那封信，一样样递给林初九，“这是证人的口供，还有玉美人最近要的药材摘录，我都一一写明了，这些东西在太医院就可以查到。这是玉美人宫中的花草名录，作用我也一一标明，都有据可查。她用的毒就是利用太医院的药材，再加上院中的花草自制而成。这张蜡纸是她包毒粉用的，和七皇子中的毒一模一样。”

对于一个医术高超的人来说，存了害人的心思，想要下毒害人总是有办法的。

“原来是墨玉儿下的黑手，我知道了。”林初九飞快地扫了一眼，眼中闪过一抹寒光。

她没有去找墨玉儿的麻烦，墨玉儿反倒盯上了她，真是活得不耐烦了！

最后，苏茶将萧天耀的信递到林初九的面前，一脸促狭地道：“这是王爷写给王妃的信，昨儿个就到了，王妃你看看。”

林初九一愣，随即一脸平静地接了过来：“麻烦苏公子了。”不等苏茶多言，便将东西全部收起来，完全没有打开看的意思。

苏茶心里十分好奇萧天耀给林初九写了什么，见林初九拿了信就走，不由得急了，追了一步，挡在林初九面前道：“王妃，不打开看看吗？”

他和天耀认识快十年了，天耀这还是第一次给女人写信，他真的好奇死了。要不是怕萧天耀和林初九不高兴，他早就拆开看了。

“放心，我会打开看的。”收到萧天耀的信，林初九还是挺高兴的，也就没那么在意苏茶的逾越。

林初九朝苏茶点头颔首，绕过他继续往外走，留下苏茶站在原地，心里就像被猫抓过一样，痒得不行……

外院，禁卫军盼林初九出现，盼得脖子都长了，在林初九出现的那一瞬间，禁卫军险些落泪。

太好了，萧王妃没有跑，虽然晚了一个时辰，可他们也算是完成了任务。

“萧王妃，请……”禁卫军再不敢拿大，屁颠屁颠地上前，殷勤至极地给林初九引路，就怕林初九不高兴，又出什么幺蛾子。

要知道，这里可是萧王府，真和萧王府的人打起来，他们不一定有胜算呀！

林初九淡漠地扫了禁卫军一眼，眼中闪过一抹嘲讽：禁卫军果然和皇上一样，犯贱！

从萧王府到皇宫的这段路不算短，一个人坐在马车里，刚开始还不觉得有什么，坐久了不免有些无聊，林初九不由得想起和萧天耀共坐马车的场景。虽说，萧天耀在马车里，也不会和她说话，可多一个人，路上就不会这么无趣。林初九备感无聊，在马车里翻了半天，发现车上除了围棋外，就只有一套茶具，完全找不到一样她会的东西。林初九只看一眼，便默默地将它们放回原地。

“还是看证据吧，说不定能找到有用的东西。”林初九将苏茶递给她的材料，一一拿了出来。不同于之前的草草阅读，林初九细细地查阅起来，这一看就发现一个很好玩的事，那就是皇后她引狼入室！

墨玉儿想害她不是一两天的事，毒药早就准备好了，只是苦于没有机会。前不久皇后隔三岔五地请墨玉儿去鸾凤殿，一来二往两人也算有了交情，墨玉儿对鸾凤殿也就熟悉起来了。

这次，墨玉儿会对七皇子下毒，便是听到鸾凤殿的宫女传出来的消息，知道皇后要召见林初九。墨玉儿见机不可失，便策划了这起下毒案，意图陷害林初九。

为了让林初九无法翻身，墨玉儿用的是剧毒，要不是林初九救治及时，七皇子当场就会横死。

“螳螂捕蝉，黄雀在后。也不知此时的皇后心里是什么滋味。”林初九讥讽地笑道。

此时的皇后必然是不高兴的，当她得知这一切尽是墨玉儿做的，皇后气得差点儿杀了墨玉儿。

墨玉儿进宫后就得罪了周贵妃，要不是她暗中护着，墨玉儿能活到现在？

“和林初九一样，全是养不熟的白眼狼。”皇后用力一拍桌子，啪的一声，将小拇指指甲折断了，可皇后却半点儿也不在意，冷着脸道，“敢动我的小七，本宫要她后悔活在世上。”

皇后身边的老嬷嬷见状，生怕皇后失了理智，忙道：“皇后娘娘息怒，奴才知道娘娘心疼殿下、气恼玉美人，可此事不宜现在揭露出来。”

“哼……早和晚有什么区别，就墨玉儿这手法，粗劣至极，你以为本宫能查到的东西，萧王府的人会查不到？林初九敢从大牢出去，必是有了万全之策。”孟修远的伤都医好了，扣住林初九，让孟家人上门求情的计划已经行不通了。

老嬷嬷一听，迟疑地道：“这……要是皇上插手，萧王府必然什么也查不到。”

“皇上？他现在正为大公主的事头痛，哪有心力管这些事。”皇上因大公主的事，气得直接晕了过去，醒来后的第一件事，就是下令让禁军把林初九带进宫，别的事皇上倒是想管，可惜他没有那个精力。

想到大公主的惨境，皇后不仅没有生气，反倒露出了一抹笑容。林初九虽然依旧蠢笨而不自知，可却比以前好多了，知道从长公主身上下手，出手也够狠辣，完全不似小女儿打闹。

林初九将有关墨玉儿下毒暗害七皇子的证据细细看完后，心中的底气更足。她有九成的把握，皇上不仅奈何不了她，还得给她赏赐、压惊。

不怕神一样的对手，就怕猪一样的队友。皇上不仅有大公主这么一个猪队友，还有墨玉儿这么一个自以为是的蠢货，想不输都很难。

墨玉儿自以为学了几手医术，会配两种毒药就了不起，却不知人外有人，她会的旁人也许不会，但她做出来后，旁人总能窥探到一二。墨玉儿败在自视甚高，自以为是，她把自己看得太高，又把旁人看得太轻了，不栽跟头都不合常理。

看完苏茶收集到的证据，就剩下萧天耀写给她的信了，林初九拿着信在手中把玩许久，才将信封拆开。薄薄的两张纸哗的一下展开后，飘逸、锋利的字体映入眼帘，笔画间的霸道与凌厉让人不由自主地屏住呼吸。哪怕不懂欣赏字画的林初九，这个时候也不得不说，萧天耀的字写得极好，而且自有风骨。对比一下自己那软趴趴的字，林初九默默地擦汗。薄薄两页纸，密密麻麻全是字，林初九看完后，不由得笑了出来。

萧天耀写了这么多，其实只有两个主题，一是他一切顺利，让她不用担心；另一则是告诉林初九，他喜欢林初九以前处处以他为先，为他考虑的样子，不喜欢林初九现在这般自私冷情的样子。

萧天耀在信中写道，希望林初九好好反省一下，待到他从战场上回来，林初九最好能回到原来的样子，以他的喜好为先，以他的利益为先，凡事听从他的安排，不要有事没事就和他怄气，他不喜欢使小性子的女人。

当然，萧天耀不会写得这么直白，他写得很隐晦，哪怕最后要求林初九经常给他写信，也只是隐晦地暗示。

通篇看完，除了前面两句的问候与报平安，后面全是围绕这件事展开，诸多笔墨只为告诉林初九一件事：我萧天耀喜欢的，是你林初九喜欢我，所以你林初九必须要喜欢我，还要做喜欢我的事，不然我会不高兴！这些话，依萧天耀的骄傲，是绝对说不出口的，她完全可以想象萧天耀写这封信的心情，想必是既别扭又不自在。

萧天耀，你个傲娇又闷骚的男人。林初九忍不住笑了出来，心里有那么一点点的小甜蜜。她无法想象，骄傲的萧天耀要跨过多少道坎，才能放下身段，写出这封类似求爱的信来！

可惜人不在眼前，不然就可以好好笑笑他了。人在眼前，林初九看到萧天耀，就想起这厮的狠与坏，现在人不在眼前，她却不时想起萧天耀的好。人，果然是只有失去，才明白拥有的可贵。轻轻摇头，林初九小心翼翼地将书信叠起来，贴身收好。这可是萧王爷的求爱信，她可得好好收着，说不定以后有机会，还能拿出来笑话萧天耀……

诚如林初九所想的那样，萧天耀写这封信的时候，脸臭得不能直视。写完信后，就直接坐进马车里，轻易不露面。

萧王身边寒气太重，一般人没事也不敢往萧天耀身边凑，见萧天耀终于不再与大家伙一起骑马，而是坐马车，众人都松了口气。萧天耀脸色虽臭，可他并不后悔将信寄出去，他一向知道自己要什么，他欣赏林初九现在的性格，可也喜欢林初九之前万事以他为中心的做法，是以他毫不犹豫地写了这封信，让林初九明白他的喜好。萧王爷不爽的是，林初九这女人简直太不识趣了，他出来这么久，不给他写封信问问状况就算了，居然还要让他主动写信求和！不过，想到自己把林初九一个人丢在京城，萧王爷决定大度得不与林初九这个小女人计较。虽然林初九犯了很多错，不过看在她是个女人的份上，他不介意让着她一点，左右林初九犯的错还在他能容忍的范围内。低头求和？要是林初九知道，萧天耀写这封信是有低头求和的意思，一定会郁闷得撞墙。低头？字体锋芒毕露，霸道凌厉，明明就是狂妄的表现，哪有半点低头的痕迹？求和？话里话外，一脸高傲地告诉她，他萧天耀喜欢林初九这样，喜欢林初九那样，你照做本王就会喜欢你，这真是求和？

好在林初九不知萧天耀想的是什么，不然两人指不定又要吵起来。看完信，林初九的脑海里不断地想着萧天耀写信时的憋屈与郁闷，忍不住就笑了出来。这么一来，枯燥乏味的路程也就没有那么难受了。

傍晚时分，马车抵达宫门口，经过简单的检查后，侍卫便放行了，不过萧王府的侍卫却被留在外面。这是规矩，萧王府的侍卫绝不可能进宫，这一点林初九早就知道，自然不可能蛮横地要求。无知蛮横要有一个度，林初九知道什么人不能惹，什么规矩不能挑战，她再傻也不会和南诺瑶学。

马车停在萧王府专用的位置，林初九下了马车，便有禁卫军上前："萧王妃，请……"

不同于之前在萧王府时的客气，在宫里禁卫军并不怎么给林初九面子。欺善怕恶，这就是皇上的禁卫军，诚如林初九所说的那样，禁卫军就是犯贱。

林初九没把禁卫军的凶狠当回事，仍旧不疾不徐地走着，途中禁卫军催了两句，甚至张狂地想要动手，林初九冷冷地道："你敢碰我一根寒毛，我就敢倒下去。我倒想看看谋害亲王妃是什么罪名？"

林初九说这话时，连眼皮都不带眨一下，那样子绝不似装模作样，只要禁卫军敢碰她，她就一定做得出来。

平日里，禁卫军也不是没有遇到过难缠的，可从来没有一个像林初九这般，面对皇上的召见都敢拿大，甚至明知自己有罪的情况下，仍旧不将禁卫军放在眼里，这让禁卫军完全不敢下手。

禁卫军忍了又忍，愤愤地等着林初九慢悠悠地走。

硬的怕横的，横的怕愣的，愣的怕不要命的。对付禁卫军这群欺善怕恶的主，就不能弱了气势。

议政殿内，皇上等了林初九老半天，明明宫人早早就来报林初九进宫了，可却迟迟不见人过来，皇上大怒，派人去催。

太监急急地跑出去找人，就看到闲庭信步一般慢腾腾走来的林初九，太监当即就变脸了，快步上前，冷脸凶道："我说萧王妃，你这动作就不能快一点儿吗？你不知皇上在等你吗？耽误了皇上的事，你有十颗脑袋也不够砍。"

太监的声音尖锐刺耳，明嘲暗讽的语调更是让人无法喜欢，林初九停下脚步，上下打量了对方一眼，说道："你是来告诉我，因为我来晚了，皇上要砍我的脑袋？"

太监也是人精，并不接林初九的话，而是说道："皇上召见，哪个不是急急赶来，也就是萧王妃，你足足让皇上等了两个时辰，你可知罪？"

"所以呢？你代皇上来治我的罪？"林初九笑着反问，完全不将太监的威胁放在眼里。

太监心中一凛，知道今天遇到了刺头，暗骂了一声晦气，并不与林初九多说，只道："萧王妃，时辰不早了，你动作快一点儿，要是宫里落钥了，你今晚就回不去了。"

"哦？是吗？"林初九不甚在意地应了一声。

什么宫里落不落钥，不过是皇上一句话的事。皇上放她出宫，半夜三更她也能出去；不让她出宫，宫门大开她也走不了。

"当然是了，王妃，你快点儿吧。"太监见林初九迟迟不动，伸手就要去拉她，却被林初九避开了："公公最好不要碰我，伤了我，你就见不到明天的太阳了。"

这是威胁，这绝对是威胁！

太监一愣，随即讥讽道："咱家在宫里这么多年，还没见过谁有萧王妃这么嚣张，就是萧王也不曾在宫里威胁人。"

萧天耀从不在宫里威胁人，因为宫里的人都不敢冒犯他。

"公公可以试试，我的手就在这里，你碰碰看。"林初九伸出手，似笑非笑地看着那太监。

"你，你……"太监倒是想碰，转念想到大公主的下场，不知怎么的背脊一寒，硬是不敢伸手。

"哼……"太监一甩衣袖，虎着脸道，"咱家不跟你一般计较。"

林初九收回手，轻笑一声没有说话，待到太监转身回宫复命，林初九才继续往前走，速度不曾加快半分。

禁卫军看到这一幕，不由得偷偷擦冷汗，萧王妃简直是狂得没边了，皇上可得好好治治她，不然以后还真没有人敢碰萧王妃分毫了。

太监在林初九这里受辱，便立刻回去，将事情添油加醋地说给皇上听，本想借此事给林初九小鞋穿，好让皇上治治林初九，不想皇上听到太监的话，不仅没有发怒，反倒陷入深思……

林初九敢这么张狂，是不是查到了什么？

第二十章　与帝王博弈

皇上拿不准林初九知道多少，为了不让自己难堪，即使等得心烦，皇上也没有再派人去催，只是冷着脸坐在殿内等她。

林初九见太监回去后，皇上就没有新的动作，心里更明白皇上这是心虚了，或者说不知她掌握了多少底牌，皇上不敢轻举妄动。没有意外，今天这一战她的胜算极大。

林初九虽然没有加快速度，却也没有刻意浪费时间，踩着优雅的步子，在众人的注视下，一步步踏入殿内。

无视殿内凝重紧张的气氛，林初九优雅地行礼："参见皇上，万岁万岁万万岁。"

屈膝跪拜，皇上不叫起林初九也不动，就这么静静地跪在那里，微低的头显得乖巧又柔顺，要是萧天耀在的话，一定会知道这都是假象。林初九要是柔顺乖巧，她就不是林初九了。

皇上居高临下地打量着林初九，半眯的眼中闪烁着危险的光芒，帝王的威严无形地释放出去，殿中的太监与宫女瑟瑟发抖，可跪在殿中的林初九，却是一点反应也没有。是太蠢察觉不到危险，还是胆子太大，不将他的威胁放在眼里？皇上皱眉深思，如果是林初九以前的模样，皇上必然不会多想，可现在……皇上有时候也不知道，林初九是真聪明，还是被萧天耀当成提线的玩偶，只是出面执行萧天耀的命令。

沉默了许久，皇上终于开口了："萧王妃！"

声音不大，可那气势却让人发颤，林初九眉头微蹙，将头埋得更低："臣妇在。"

"你可知罪？"皇上又道，气势比刚刚更甚，林初九头也不抬地道："臣妇不知。"

皇上不满地冷哼："不知？你涉嫌下毒谋害七皇子，又私逃出狱，你说你不知罪？"

"皇上，下毒谋害七皇子一事，臣妇暂且不说。至于私自离开大牢一事，臣妇却是不认的。"林初九微微抬头，一脸委屈，又道，"皇上，臣妇相信清者自清，浊者自浊。臣妇昨日被关在大牢后，就一直安分守己地待在牢里，等着皇上为我洗清冤屈，不想……"

林初九说到这里，略一停顿，似乎不想回忆，可又不得不说，继续道：“不想……大公主却在晚上派女官到牢中羞辱臣妇，并且挟持臣妇出宫，意图杀死臣妇。要不是臣妇命大，遇到王府侍卫，此刻怕是死尸一具了。皇上，臣妇恳请皇上为臣妇主持公道。”

说到后面，林初九一阵哽咽，似哭非哭。

听到林初九的哭诉，皇上不知该哭还是该笑，林初九这话说得五分真，五分假，可现在的确真假难辨，因为……

“你说大公主派人羞辱你，证人呢？证据呢？”皇上冷着脸问，林初九抹了把眼泪道：“臣妇失手将人杀了，请皇上恕罪，臣妇原不想杀人，可是，可是……她要杀我，我不得不反击。”

“无凭无证，朕要如何信你？凭你一句话就治大公主的罪？”皇上一脸嘲讽，心里却在冷笑。

不仅仅和林初九出去的那个宫女死了，就是大牢里的那个宫女也死了，不是林初九杀死的，是被放出来后，自己摔了一跤，脑袋磕在石头上，直接摔死的。

当然，皇上不会傻得相信这是意外，这必然是人为的，可还是那句话，对方做得不着痕迹，他根本找不到证据。

林初九苦着脸道：“皇上，臣妇没有撒谎，也没有必要为此事撒谎。我很清楚自己的清白，我根本没有下毒害人，我完全没有逃离大牢的动机，如果我真的要逃离大牢，我就不会再回来。”

“真亦假时假亦真，凭你片面之词，朕怎么也不可能定大公主的罪。”皇上很想知道，林初九到底有没有证据，又有多少证据？

“皇上，臣妇所言句句属实，恳请皇上明鉴。”林初九见皇上一直兜圈子，猜到他在试探自己，便再次重复一遍，“皇上，臣妇是真的被大公主迫害，我有足够的证据，可以证明我不是杀害七皇子的人，我根本没有必要逃出去。”

“证据？你手上有什么证据？”林初九理直气壮地进宫，皇上就知道她有所准备，和林初九说这么多废话，就是想知道林初九知道多少。

“是的，我有证据可以证明，暗害七皇子的，另有其人。”林初九挺直背脊，虽然没有直视皇上，却也在无声地告诉皇上，她是有备而来的。

“呈上来！”皇上已经查到墨玉儿下手的事，只是暂时没动她罢了。

林初九没有迟疑，将苏茶查到的证据一一取出来：“皇上，我有足够的证据，可以证明下毒谋害七皇子的是玉美人。玉美人与七皇子无冤无仇，她之所以会下毒手，就是为了嫁娲于我。”

苏茶的证据非常详细，就凭那几张纸，足以定墨玉儿的罪。皇上还未看完，脸就黑了，一天一夜的时间，萧王府查到的东西，比他这个皇帝还要多，有些宫里的消息他都不知，萧王府的人却知道。他这皇宫，是萧天耀的皇宫吗？

“啪……”皇上将证据拍在桌上：“林初九，你好大的胆子。窥探后宫，你可知罪！”

“臣妇不知，恳请皇上明鉴。”林初九眨着眼睛，一脸无辜。

“不知？哼……玉美人的宫中有什么花草，你是如何知晓的？玉美人在太医院用了什么药，你是如何知晓的？”连他这个皇上都没有查到的事，萧王府却查到了，简直是可恨。

林初九丝毫不受皇上的怒火影响，一脸平静地道：“皇上，臣妇到过玉美人的宫殿，当时看了一眼，便将玉美人宫中的花草记下来了。皇上要是不信的话，我还能说出皇后娘娘、贵妃娘娘、安王殿下宫中的花草。”

林初九没有过目不忘的本事，不可能看一遍就记下来，不过是提前做了准备罢了。宫中的花草就那么几样，林初九就是死记硬背，也不需要多少时间……

林初九说得笃定，皇上却不信，随手招来小太监，让他派人去查皇后、周贵妃和安王宫殿中的植物，同时让林初九一一默写出来。

林初九没有异议，正准备起身来写，不想皇上却让人抬了一张小桌到林初九面前，完全没有叫她起身的意思。这是要她跪着写？

当皇帝的男人，心眼果然和针眼一样大。

林初九握着笔，愤愤不平，可这是大殿，她直视皇上是要被定罪的，她就是再不满也得忍着。

在地上跪久了，膝盖便疼得厉害，林初九不得不左右换换，好让自己缓缓，她这个小动作并没有瞒着皇上，皇上看到了也只当没有看到，完全没有表示。

林初九认命了，飞快地将那些花草的名字写上，至于用处，林初九没有写，知道太多并不是什么好事。

“皇上，写好了。”林初九搁下笔，揉了揉酸痛的手腕。其实她还想揉腿，不过有些事不好做得太过……

“呈上来。”皇上没有斥责林初九失礼，也没有让她起身。看到林初九呈上来的证据，皇上就知道今天没法治林初九的罪，治不了罪，只能让林初九吃点苦头，让她明白什么叫皇权！

皇上看完，太监也将宫里的花草录取来，皇上一对比，发现果然是一样的，不由得问道：“你有过目不忘的本事？”不然，怎么会注意各宫的花草。

“回皇上的话，臣妇并没有过目不忘的本事，不过是因为学医，所以才会注意花草，旁的并不会在意。”林初九老老实实地回答，皇上点了点头，这一茬就此揭过了，只是皇上的心里依旧有疙瘩。

哪怕林初九把所有的事揽下，皇上仍旧忌惮萧王府的势力。

“太医院的用药记录呢？这个你是怎么拿到的？”这东西皇上当然能查到，然而林初九能查到就不应该了。

能查到太医院领药的记录，不就说明他这个皇帝有什么不舒服，萧天耀也能知道吗？

这些问题，林初九在马车上就想过了，此时皇上问起，她根本不需要多想，立刻就道：“回皇上的话，太医院领药记录，是玉美人身边的宫女说出来的。”

事实当然不是这样，这些资料都是苏茶从宫里名录上摘下来的，只是有些事可以做却不能说，哪怕皇上明白是怎么一回事，也不能说出来。

“是吗？”皇上将手中的纸轻轻放下，明显不信。

林初九的眼睛一眨也不眨，点头道：“皇上不信可以查一查。”她可以肯定，皇上什么也查不出来。

“哼……”皇上冷哼，没有理会林初九。

林初九敢呈上来，就表示这些内容经得起查，他是多笨才会再查一遍。

林初九从进来跪到现在，双腿都跪得发麻了，见皇上看到证据仍不松口，只得主动道：“皇上，臣妇以萧王府的荣耀发誓，绝没有下毒谋害七皇子。七皇子所中的毒奇毒无比，如果没有及时将毒物排出，七皇子当场就得毙命。臣妇当时就在现场，是臣妇帮七皇子将毒素催吐出来的。皇上要是不信，可以召太医询问。”

“是吗？你当时为何不说？”听到林初九的话，皇上有些下不了台。

这事他当然知晓，太医当时就提了，幸亏七皇子吐得及时，才没有让毒素蔓延，不然就是大罗神仙也救不了七皇子。

“皇上，当时情况特殊，救治七皇子要紧，臣妇本以为七皇子情况好转，我便能沉冤昭雪，不想大公主要置我于死地。”七皇子这事，只能洗清她的嫌疑，想要反击的话，林初九就得咬住大公主这件事不放。

“皇上，臣女要是知道，大公主会借此机会置我于死地，臣妇一定会在第一时间，向皇上证明清白。”

林初九又提到大公主一事，皇上心烦意乱。大公主有没有派人挟持林初九出宫，这个没有证据，可大公主派人去牢里羞辱林初九，却是不争的事实。

“好了，七皇子中毒一事，朕会再查证。至于大公主挟持你的事，没有证据朕也不知该相信谁。”皇上冷着一张脸道，“昨晚大公主惨遭奸人陷害，醒来后便说你是幕手黑手，萧王妃，你要朕怎么相信你？”

“什么？大公主遇害？”林初九一脸惊讶，就好像刚刚才知道这件事一般，“出了什么事？大公主在皇宫怎么可能遇害？什么人那么大的胆子，敢在宫里谋害大公主？”

出了什么事？一想到大公主流传在外的那些艳画，还有太医说的病情，皇上就怒火中烧，看林初九的眼神也越发地不善。大公主那件事，就算不是林初九做的，也必然是萧天耀做的，总之和萧王府脱不了干系。萧天耀和林初九最好祈祷他找不到证据，不然他一定毁了这二人！

皇上没有回答林初九的问题，而是看了林初九一眼，说道：“朕差点儿忘了你会医术，正好去看看大公主的伤。”

大公主伤在要命的地方，太医们根本不敢下手，医女倒是能下手，可医女的医术有限，治到现在仍旧未曾止住血。

“臣妇遵命。”能亲眼见到敌人悲惨的境况，林初九还是很高兴的，而且凭大公主对她的恶意，医圣之心绝不可能强制她医治。

林初九终于可以从地上爬起来，起身的刹那脚步一个踉跄，险些摔倒在地，皇上本想装作没有看到，林初九却摇摇晃晃地给皇上行礼：“臣妇从昨晚到现在，滴水未进，失礼之处还请皇上见谅。”

“来人，带萧王妃下去用膳。”皇上倒是不想给林初九面子，可林初九都说出来了，他再不理会，传出去可就是苛待弟媳了。

“谢谢皇上，皇上万岁万岁万万岁。”林初九一脸明快，哪里还看得出滴水未进。

福寿长公主身上的伤并不严重，太医诊断她迟迟没有醒来，不是因为伤势的原因，而是自己不肯醒来。简单点说，就是福寿长公主怕丢人，不想醒来面对这一切。

对于这一点，上至皇上、皇后，下至宫女、太监都能理解，要是他们遇到这种事，当时没有死掉，醒来一定会疯掉，福寿长公主只是不愿意醒来，这事再正常不过。

只是，让众人没有想到的是，一直不肯醒来的福寿长公主，只听到一句“皇上让萧王妃来给福寿长公主看病”立刻就醒了。

“林初九？那个贱人在哪？”福寿长公主醒来的第一句话，不是问自己的伤势，而是咬牙切齿地喊着林初九的名字。

“公，公主，你醒了？”宫女、医女见福寿长公主醒来，立刻涌上前，“公主你总算醒了？可有哪里不舒服？要喝水吗？”

“太医，太医……”宫女们围在福寿长公主身边，嘘寒问暖，可福寿长公主却像是没有听到一般，只一再重复：“林初九她在哪里？叫那个贱人来见本宫，听到没有？”

福寿长公主一脸狰狞，宫女和医女都吓坏了，颤抖地唤了一句：“公，公主……”

太医就在此时跑进来，可不等他们近身，福寿长公主就将玉枕迎面砸了过来：“滚，滚，滚，本宫不要见你们，滚……”

玉枕砸在地上，碎了一地。

“是，是，是。”太医忙不迭地跑了出去，福寿长公主却没有因此安静下来，反倒是更疯狂了。

太医的到来，提醒了福寿长公主，她撕裂般的痛到底是因为什么。

一想到自己在小阁楼上受到的凌虐，福寿长公主就恨不得将林初九撕成碎片。一定是林初九，除了林初九，福寿长公主实在想不出还有第二个人，会这样算计她。

“林初九，林初九在哪里？让她滚来见本宫。”福寿长公主歇斯底里地大喊，想要坐起来，可一动就痛得她直抽冷气。

“贱人，贱人，你害我至此，我一定不会放过你，一定不会放过你。”福寿长公主的双眼通红，恨恨地捶打床板，凶狠的模样好似吃人的猛兽，一干宫女吓得全部跪在地上，不断地磕头求饶。

福寿长公主发泄一通后，眼中仍是一片疯狂：“皇上呢？本宫要见皇上，本宫要处死林初九……”

“公主……”宫女瑟瑟发抖，却不敢告诉福寿长公主，皇上现在根本不想见她。

“怎么了？本宫的话你们也不听？”福寿长公主将脸一侧，瞪向跪在地上的宫女。

“奴婢不敢，只是，只是……”皇上根本不想见长公主呀。

这话宫女不敢说。

“只是什么？皇兄在生我的气吗？这件事我也是受害者，皇兄不会怪我的。”福寿长公主理直气壮地说道，完全没有想过，这些年来曾遭受她凌虐的无辜男子有多少。

受害者？宫女听到这话，更是想死，公主要是知道艳画的事，恐怕就不会这么想了。

林初九就在一片吵闹声中走了进来，远远地就听到了福寿长公主的咆哮声，不由得在心中道：听声音，福寿长公主似乎完全没有受到打击，精气十足呀！

一个女人，遇到这种事不是受惊过度、不肯见人，居然还在这里破口骂人，喊打喊杀，可见福寿长公主真不是一般的女人呀。

被福寿长公主赶出来的太医见到林初九过来，就像是见到救星一样，一个个提高音量大喊：“参见萧王妃……”

这么大的声音，明显是说给殿内的福寿长公主听，让她知道林初九来了。

果不其然，太医的请安声还没有说完，就传来福寿长公主凶狠的声音：“林初九，给本宫滚进来。”

“看样子，长公主很想我。”林初九脸上的笑容不变，扫了一眼跪在她面前的太医们，眼中闪过一抹嘲讽的笑。

踱步踏入内殿，就看到宫女、太监、医女跪了一地，而福寿长公主躺在床上，正用凶狠的眼睛瞪着他。

看样子，福寿长公主一点儿心理阴影也没有呀。

“林、初、九！”三个字，就像是从牙缝里挤出来的一样，“你居然还敢来见我。”

林初九在离床三米远处停下，笑着道：“看公主的样子，似乎挺好的，并不需要大夫。”

医圣之心果然如同林初九所预料的那样，没有强制要求她去救福寿长公主，这让她心情颇好。

福寿长公主双眼猩红似能滴血，死死地盯着林初九，厉声问道：“是你，是你……害我，对不对？你怎么这么恶毒，连自己的皇姐也害，你就不怕天耀知道你这么恶毒吗？”

“公主你在说什么？我听不懂。”想诈她的话，没门。

林初九随手拉过一把椅子，优雅地在福寿长公主对面坐下。

欣赏敌人狼狈的姿态很重要，但不能累着自己。

手腕往桌上一放，林初九自然而然地道：“来人呀，上茶。”

林初九从容自在，完全不拿自己当外人，福寿长公主气得快要跳起来了，怒气冲冲地道：“来人，来人，快将这个女人给本宫拿下，胆敢反抗，杀无赦。”

“公，公主……”宫女太监听到这话，一个个瞪大眼睛不敢乱动。

公主是不是疯了？她口中的“这个女人”可是萧王妃呀，从大牢里跑出来，皇上都奈何不了她的萧王妃呀。

“怎么，本宫的话你们也敢不听？”福寿长公主当然知道林初九的身份，可她现在真的太愤怒了。

一看到林初九，她就会想起自己受到的羞辱。这事一旦传出去，她就不用做人了，她的女儿也不用嫁人了。林初九，萧天耀，这两个人太狠了！

宫女、太监左右为难，跪在原地不敢妄动，林初九好心地道：“明知他们不敢动，公主何必为难他们？”

“侍卫，侍卫死哪里去了，林初九意图谋害本宫，还不快把人绑起来。”福寿长公主疯了似的，歇斯底里地大喊，殿外的侍卫仍旧不为所动。

“狗奴才，好，你们很好……”福寿长公主盛怒之下，居然不顾身体的疼痛，从床上爬了起来，看她那架势，似乎要朝林初九扑去，可惜她刚起身就被宫女和太监拦住了：“公主，小心身体。”

“滚开，走开……”福寿长公主用力将人挥开，宫女却不敢放开她，嘴上说着求饶的话，手上的动作却不轻，将福寿长公主按在床上。

皇上交代了，长公主要是有个三长两短，他们这些人都不用活了。

林初九看到福寿长公主被制住，起身上前，温柔地道：“公主，本王妃奉皇上的命令，来给你医伤，现在请长公主把裤子脱了，让我看看长公主伤得到底有多重？”

“滚，滚！你给我滚！林初九，你给我滚！”福寿长公主听到林初九的话，像是疯了一样拼命挣扎，随手抓到什么就往林初九身上砸。

林初九冷笑不语，在原地站了片刻，身上也被砸了两下，而后头也不回地往外走……

她正愁找不到理由哭诉，福寿长公主就给她送上门了，果真是好人。

林初九从福寿长公主的宫殿出来后，一路狂奔，跑到议政殿前，扑通一声跪了下来，高声喊：“求皇上为我做主。”

东文的皇帝非常勤政，据林初九所知，这个时辰皇上一般都在议政殿办公，而且议政殿内十有八九还有大臣在。她跪在这里必然会引人注目，皇上就是不想理会也不行。

当然，就算议政殿内没有大臣在也不要紧，现在离宫门下钥还有半个时辰，她顶多跪半个时辰就可以了。

今天，皇上让她在殿内跪了半天了，她的膝盖到现在还疼，可却一点儿好处也没有捞到，甚至长公主派人羞辱她的事也被皇上轻轻带过了，简直是拿她当小孩子。

皇上想要息事宁人，假装诬陷和迫害她的事不存在，绝无可能！

左右，她今天都跪了那么久，再多跪半个时辰又有什么关系，只要跪得有价值就好。

诚如林初九所预料的那样，皇上此时正在议政殿内与大臣议事，而且因为林初九今天耽误了皇上许多时间，皇上手中的公务只能往后压，此时议政殿内不仅有大臣在，人数还不少。

守在外面的太监，知道里面的情况，见林初九什么话也不说，扑通一声跪下，着实是吓了一跳，忙上前，跪在一旁道：“萧王妃，你这是有事求见皇上？”

“是，我求皇上为我主持公道。”林初九一脸怒容，好似受了天大的委屈。

“萧王妃，皇上正在殿内与大臣议事，有什么事你去找皇后娘娘可好？”太监好声劝说，并不敢得罪林初九。

宫里的下人都是看碟下菜，林初九从大牢逃走，回来后不仅没有受罚，皇上还赐了膳，可见林初九是有本事的人，这样的人哪个宫人敢惹?

“此事只有皇上才能为我主持公道。”去找皇后？然后被皇后忽悠出宫，假装一切不曾发生，她受的罪就是白受了！做梦吧!

“萧王妃，你别为难我们，这是议政殿，可不是你该来的地方。”太监见林初九不听劝，脸色微变。

他承认他是怕了林初九，但并不表示他就没有脾气。皇上身边的人都清楚，皇上有多么厌恶萧王妃一家，他们这些当奴才的，虽然不敢得罪萧王妃可也不会敬着。

“我没有闯议政殿，我只是跪在这里等皇上出来。”林初九理直气壮地说道，太监气得直发抖：“胡搅蛮缠，你，你就在这里跪着吧。”

丢下这话，太监爬了起来，理也不理林初九，可别看他在林初九面前硬气，一背过身，就开始皱眉了。林初九现在跪在这里自然没事，等会儿大臣们从议政殿出来，看到林初九跪在这里，不知要生出多少事来。

真是晦气，遇到萧王妃真是倒霉。太监心里烦躁，可也不敢真任林初九跪着。

太监悄悄地入殿，趁皇上不注意时，给殿内的执事太监使了个眼色，见人出来，立马上前将情况一一禀报。

“你说的是真的？”执事太监一听，眉头就皱成一团。

“不敢骗公公，公公若是不信，出去一看便知，萧王妃还跪在外面呢。”太监弯腰，殷勤地摆出一个请的姿势，执事太监快步走出去，果然看到林初九正跪在那里。

“萧王妃的胆子真大。”执事大太监眼神微冷，却没有说什么，而是转身回到殿内，揪了一个空当，上前将林初九跪在外面的事，一一说给皇上听。

“什么？要朕主持公道？她疯了！”皇上一听，当即就拉下脸了。

不是把人打发走了吗？怎么又来了？莫不是福寿说了什么？

“皇上息怒，奴才已劝她离开，可萧王妃死活不肯走，一口咬着要皇上为她主持公道。”执事太监添油加醋地将林初九的恶行说了一遍。

没错，这个太监就是之前出去迎接林初九却被林初九削了一顿的太监。现在林初九撞到他手上，他要不回报一二，就不是他的作风了。

“主持什么公道？你可有问清楚？”皇上想到林初九死咬着长公主不放的事，心里就一阵烦躁。

“说是和长公主有关。”执事太监低头，一副不敢多言的样子。

“宣她去偏殿，朕倒要看看，她还能说什么。”事关长公主，皇上不想在臣子面前丢脸，哪怕再不乐意，也得去见林初九一面。

“是。”执事太监立刻下去安排。

皇上让众大臣稍作休息，他去去便回……

众大臣忙低头应是。

执事太监与皇上的声音虽然不大，可议政殿略小，坐在前排的几个大臣，从太监的口形中，就知道此事与大公主有关，一个个眼观鼻，鼻观心，只当自己什么也没听到。

长公主的事他们可都是知道的，长公主那张艳画，他们几个老家伙虽然没有看到，却也知道，只不过皇家之事，他们不敢多说罢了。

皇上来到偏殿时，林初九已经跪在殿内，见到皇上进来，林初九一改之前的强势，扑到皇上脚下，放声大哭："皇上，求皇上救救臣妇，臣妇不想死！"

"放肆。"皇上抬脚一踢，可不知怎么回事，脚伸出去却是踢空了，皇上脸色微变，却不好再补一脚，只得放下脚，在首位上坐下，不满地道，"哭哭闹闹成何体统，好好说话……"

"皇上恕罪，臣妇是怕，是害怕呀！"林初九依旧是哭，声音却很清楚，完全不受哭声的影响。

"皇上，臣妇奉您的命令医治长公主，不想长公主不仅不让臣妇医治，还威胁说要杀死臣妇。还说昨晚安排的人没有杀死臣妇，是臣妇命大，她早晚有一天会杀了臣妇。皇上……求皇上救救臣妇，臣妇不想死。臣妇答应了王爷等他回来，皇上……"

林初九哭得婉转缠绵，整个人跌坐在地上，完全没有形象可言。

皇上顿时气炸，问道："你说，福寿威胁你，说要杀你，还说她昨晚就安排人杀你？"林初九敢在他面前说这些话，即使不用问皇上也知道，这些话必是福寿长公主说过的。

皇上快气炸了，恨不得把长公主拖出来，让她好好清醒清醒……

这种话，能当着林初九的面说吗？福寿她真以为自己是公主，就可以为所欲为了吗？说出去的话，泼出去的水。任皇上再愤怒也改变不了，福寿长公主都承认了，昨晚派的两个人是要取林初九的性命，皇上还能说什么？

看着不顾形象在地上哭闹的林初九，皇上只感觉太阳穴突突地痛。转念想到秦太医的话，皇上不得不暗自吸气，平复心中的怒火。秦太医说得委婉，可皇上却明白，他的头痛恐怕是什么顽疾，他得保持心情愉悦才行，不然一再发病，后果不堪设想。

呼气，吸气……皇上暗自调息许久才平复下来，可一听到林初九刺耳的哭声，又忍不住头痛起来。

"好了，不要再哭了。"皇上没好气地喝了一声，林初九的哭声立刻止住，可却像是受了惊吓一般，一连打了好几个嗝，听得皇上心里更烦躁。

为了不让林初九再哭闹，皇上这次没有再打太极拳，直接说道："此事朕会调查，如情况属实，朕定会为你主持公道。今日已晚，你先行回府，有事朕会宣你进宫。"

皇上依旧不肯提惩罚长公主的事，不过林初九知道她不能再逼皇上了，再逼下去皇上说不定会先弄死她。

林初九见好就收，伏跪在地："臣妇谢主隆恩，皇上万岁万岁万万岁！"不过，为了膈应皇上，林初九又补了一句，"有皇上为臣妇主持公道，王爷在前线也能安心打仗了。"

萧天耀还是一张很好用的牌，在北历与东文的战事没有结束之前，皇上还是会顾忌萧天耀的。

皇上一听，脸色立刻冷了："天耀在前线忙于军务，这些琐事就不要告诉他了。"折腾林初九是一回事，可要让萧天耀知道，出手置林初九于死地的人是福寿长公主，那性质又不一样了。即使弄死林初九也不能让萧天耀找到证据，借机发难。

"臣妇明白。"林初九没有应下皇上的话，不过也没有一口拒绝。聪明人都知道，林初九这是在告诉皇上，她要不要写信和萧天耀说这件事，看皇帝怎么做。

皇上为她主持公道了，她自然不会告诉萧天耀；可要是没有，她肯定会让萧天耀知晓此事。

不管萧天耀在不在乎她，福寿长公主欺辱她，就是打萧王府的脸，就是为了面子萧天耀也不会善罢甘休。林初九的意思皇上当然懂，可就是因为懂皇上才愤怒。林初九居然敢威胁他!

皇上死死地握住扶手，这才克制住砸死林初九的冲动，黑着一张脸道："来人，将南远贡上的东珠、绸缎，挑些出来给萧王妃压惊，朕记得西武还送了一块暖玉过来，一并送给萧王妃。"

"谢皇上，万岁万岁万万岁。"林初九坦然谢恩，可仍不忘问道，"皇上，长公主的事呢？"

"长公主昨夜遇袭，神志不清，待朕查明，定为你主持公道。"皇上同样拿长公主出事的事威胁林初九，可林初九半点不在乎，一脸感激地道："皇上英明。"

"好了，天色不早了，早些出宫。"皇上现在看到林初九就烦心。

"是。"林初九从地上爬起来，步履蹒跚地往前走，一副受了大刑的模样，看得皇上又一次咬牙切齿。

他明明看到林初九一直坐在地上，膝盖都没有着地，装什么装？不知情的人，还以为他这个皇帝苛待弟媳，罚林初九长跪不起呢!

林初九才不管皇上怎么想呢，她刚刚确实没有怎么跪，可她今天还真跪了不少时间，她既然跪了当然要让人知道。

会哭的孩子有糖吃，她和皇上相比，本身就处在弱势地位，她在外人面前要表现得强硬了，旁人还不得说她目中无人。

林初九被禁军"请"进宫，却带着一堆赏赐出宫的事，当天晚上就在各家传开了，有不少人都表示，完全没有看明白，这到底是怎么一回事？皇上到底是看重萧王妃，还是不看重萧王妃呢?

七皇子中毒乃是后宫之事，知晓的人并不多，外面那些消息灵通的人也只知道，林初九在宫里出了事，被皇上下令关进了大牢。可不知怎么的，林初九今天早上却从城外回来，然后被皇上召进宫，不仅平安出来了，还带了一堆赏赐。

虽然有聪明人猜到，林初九被请进宫，怕是与福寿长公主的事有关，可却搞不明白皇上为何高高举起，却又轻轻放下？不仅没有治林初九的罪，还给她赏赐，这实在是让人费解。而更让人费解的还在后头，皇上的赏赐前脚到，皇后娘娘的赏赐也跟着来了，说是感谢林初九。

有消息灵通的人打听了一耳朵，据说是林初九救了七皇子，具体什么事却查不到。“七皇子已经受宠至斯？皇上为了他，连福寿长公主都不管了？”有人以为，皇上是看在林初九救了七皇子的份上，才不追究林初九迫害福寿长公主的事。当然，皇上没有证据，奈何不了林初九肯定也是原因之一。

“不是说萧王妃昨晚被关进大牢了吗？她是怎么出去的？”有人更关心这个问题，可是这件事的知情者，全被皇上清理掉了，就是想打听也问不出一个所以然。

作为知情者的孟先生，知晓林初九平安回府，在心中暗赞林初九厉害外，也不由得为皇上惋惜。多好的机会，生生被一群女人给毁了！当然，事情发展到这一步，孟先生绝对是高兴的，因为他不用担心卷入东文皇权之争了。不管是皇上与萧王之间的争斗，还是几个皇子之间的争斗，孟先生都不想插手，他只想安静地守着文昌学院那一亩三分地……

见到林初九平安回来，萧王府上下都高兴坏了，至于皇上的赏赐……

萧王府的人还不至于将这点儿东西放在眼里，皇上赐的东西是不错，可他们王爷的私库里，什么好东西没有。不过，这份赏赐是皇上退让的证明，他们会好好地贡起来，以便膈应皇上。

“王妃，来来来，跨过火盆，去去晦气。”曹管家亲自出来迎接，至于身后的禁军，全部被萧王府的侍卫挡在外面，半步也不许往前。

禁卫气得不行，白天，他们还能进前院，现在却是连台阶都上不了，简直是欺人太甚，可他们又不敢保证，和萧王府的侍卫动起手来，他们能赢。

禁军气得脸色发寒，林初九淡淡地扫了一眼，轻笑，随后在众人的簇拥下，嚣张地从正门而入。

“翡翠她们四人回来了吗？可有吃苦头？”林初九踏入萧王府的大门后问道。

翡翠四人是受她这个做主子的牵连，只要她没事，她们四人就不会有事，只是会不会吃苦头，就不好说了。

“王妃放心，四个丫头早就回来了，一点儿伤也没有，一回来就用柚子叶洗了澡，去了晦气，这会儿正在休息呢。”曹管家乐呵呵地说着，心中暗道：皇宫那地方真是晦气，以后王妃每次进宫回来，都该用柚子叶去去晦气。

“回来就好，派几个小丫头去照顾她们几天，她们在宫里也受惊了。”林初九大方地说道，曹管家连连应是，引着林初九一路往前，同时说着今天林初九进宫后府上发生的事。

林初九进宫后，蒙家收到消息派人来问了一句，让他们有需要就尽管提，蒙家一定会尽全力帮忙。除此之外，安三也曾派人过来，让他们不用担心，他会照顾林初九。还有西武的皇子纪丰羽，也让身边的人来问候了一句。至于林府……连个屁也没有放，就好像林初九不是林家的女儿一样。

“安王居然会关注我？他这个时候上门，不怕皇上不高兴？”林初九脚步一顿，挑眉说道。

曹管家眼皮直跳，暗道不好，忙补救："安王只是说了这么一句，事后什么也没有做，想必是看在王爷和王妃救了他的份上，做做面子。"所以，王妃你千万别感动呀。

曹管家偷偷看了林初九一眼，见林初九没有生气，又说道："反倒是羽皇子，送了一张名帖过来，说有需要可以去找他。"

林初九点点头，表示自己知道了，没有再追问萧子安的事，而是皱眉说了一句："纪丰羽，他到底想做什么？站队吗？这个时候会不会太早了？"

林初九并不是在问曹管家，不等曹管家回答，便快步往内院走去。

萧天耀走后林初九就换了住处，离前院不过百余米，很快就到了。

屋内，翡翠和珍珠四人早已准备好了热水、柚子叶，见到林初九进来，四个丫头齐齐迎了出来，见到林初九安然无恙，四个丫头又哭又笑："王妃，你可回来了。"

四个丫鬟看着有些凄楚，她们被关在皇宫一天一夜，虽然没受什么苦，却担心得不行，生怕林初九出事，回来后见不到林初九便无法安心。

"哭什么，我不是没事吗？"看到四个丫头无事，林初九暗暗松了口气。

皇上和皇后看在萧天耀的份上，不至于对她用刑什么的，可对下人就不好说了。

"王妃，奴婢是高兴，看到王妃平安回来，奴婢就安心了。"虽然听曹管家说了一万遍，王妃没事，可不亲眼看到，她们始终无法安心。

林初九轻轻一笑，温和地道："你们几个也累了，下去休息，我这里没有事。"

"奴婢不累。"翡翠和珍珠四人齐齐摇头。

林初九身边的事并不多，院子里还有干粗活的下人，她们四个大丫头还真不需要做什么，在林初九身边也算是副小姐一般的待遇。

林初九见四人一脸坚定也不再多劝，翡翠和珍珠四人不累，她可是又累又饿。

昨晚基本上没睡，今天上午又忙孟修远的事，下午在宫里又哭又闹，精气神都快耗光了。

林初九沐浴一向不习惯有下人在，让翡翠和珍珠帮她卸掉层层外衣与发饰后，便着里衣步入浴间。

浴涌里早已装满热水，白色的水蒸气袅袅婷婷，将屋内笼罩在一片白雾中，踏入屋内，视线或多或少会受影响。

可隐在暗处的某人，却丝毫不受水气的影响，哪怕林初九俏立在一片白雾中，他依旧能清楚地看到林初九脸上的表情。

林初九根本不知，她的浴室里还有一个人，她和往常一样解开里衣、亵裤，露出白皙的肌肤，还有膝盖处的瘀青。

在宫里跪太久了，即使林初九一上马车就开始揉膝盖，双腿也不可避免地肿了，轻轻一碰便疼得直抽气。

某人完全没有非礼勿视的自觉，见林初九在脱衣服，仍旧淡定地看着，没有移开眼睛的打算。

开玩笑，他看自己的妻子有什么不对的？不过，在看到林初九腿上的瘀青后，某人眼中的旖旎被杀意取代。

林初九突然觉得一寒，双手环抱，扫向四周："怎么突然觉得冷了？"

屋内除了一扇屏风外，并没有别的遮挡物，一眼就能将一切尽收眼底，完全无法藏人。某人没想到林初九这般警觉，忙别过脸，收敛气息，以免误了美人沐浴。

林初九看了一圈没有发现什么异常，只道自己今天累了，解开身上的肚兜，借着矮凳踏入浴桶中……

温热的水萦绕在四周，林初九满足地吐了口气，膝盖处那一点点刺痛也被她忽视了。

隐在暗处的某人，扭头看了过来，就发现美人已经在浴桶中！

真是可惜呀！

某人惋惜地看了一眼，到底没有丧心病狂地继续留下来，颇为不舍地离开了。

此时，天已黑，一身血衣的重楼行走在夜色中，完全不会引人注意。

从头到尾，林初九都不知道她的浴室曾多了一个人，人走了就更不知晓了。

她比往常多泡了一炷香的时间，直到水微凉，才万般不舍地从浴桶里出来。随着她的走动，水哗啦溅了一地，可惜某人已提前离开，什么也看不到。

将头发包住、身上的水珠擦干，然后林初九将衣服一一穿好，上好的丝绸衣穿到身上如同无物，完全不会磨到腿上的伤。

不过，林初九想了想，还是先给自己上了一点药，再次用力将瘀血揉散开。

有点疼，但比之前在马车上好了许多。

换上衣服，一身清爽的林初九走进内室，珊瑚和玛瑙上前，殷勤地替她擦长发，翡翠将刚调好的花蜜水奉上，珍珠则去给林初九准备吃食。

"王妃，苏茶公子正在书房等您，说是等您得空，请您过去一趟。"翡翠声音轻柔地说道，林初九点了点头："如果不是什么急事，让苏茶公子等一等。"她都饿了一天了，怎么也要先吃点东西再说。

"是。"翡翠欠身退下。

一盏茶的时间，珍珠将厨房准备的膳食端上："王妃，都是一些好消化的食物，味道虽然清淡了一点，胜在养人。"

"有心了。"林初九的头发此时虽未干，却也没有再滴水，林初九示意珊瑚和玛瑙站在一旁："我饿了，先吃东西再说。"

林初九在饭桌上，没有接受食不言的教育，不过入乡随俗，她平时极少在吃饭的时间说话，今天倒是边吃边问道："你们在宫里可有受什么委屈？"

虽然四个丫头都说没有受苦，可没有吃苦并不表示不会受气，她这个萧王妃都要受气，更不用提她的丫头了。

四个丫头互看了一眼，最后是珍珠开口道："皇后娘娘命人把我们的衣服剥了，关在密室里。"话一说出来，四个丫头就红了眼眶。

这事，她们谁也没有说，说出来也只是叫人难堪。

林初九夹菜的手一顿，冷讽道："皇后，还真是狠。"将四个未出嫁的女孩剥光，也只有宫里那群变态能想得到。

林初九深吸了口气，压下心中的愤怒道："你们放心，这笔账我替你们记下了，早晚有一天会收回来。"

"王妃，我们没事。"四个丫头抹了抹眼泪，强撑出一抹笑颜，"当天晚上清和殿的宫女就来看我们了，还给我们带了吃食和毛毯，总算是安然渡过一关。"要不是清和殿的人出手相助，她们都不知道，那一晚她们要怎么过。

现在虽是初夏，外面的温度很高，可皇宫的密室建在地下，到了晚上还是很冷的，密室里只有一盏微弱的灯，根本无法取暖，而且她们那个样子，根本不敢走动，哪怕外面没人也一样。

"清和殿，安王吗？"林初九没有出言安慰翡翠四人，有些伤害不是靠言语就能放下的。

"是安王。"翡翠四人默默地在心中对萧天耀道：王爷对不起，我们不是故意在王妃面前说安王的好话，实在是没有办法。

"安王这份情，我记下了。"林初九轻轻点头，又继续吃了下去，只是食欲却没有之前好了。

萧子安在得知林初九出事后，最想做的是把林初九救出来，只可惜在那个当口，没有人敢触皇上的霉头，萧子安救不了林初九，只能尽可能地照顾她的丫鬟。

萧子安在做这些时，就想过后果，所以见太监召他去见皇上，萧子安一点儿也不惊讶。

"儿臣参见父皇。"萧子安进来，立刻行了个大礼。

皇上看着跪在殿中的萧子安，没有像往常一般叫起，而是冷冷地打量他，眼神中透着失望。

萧子安宠辱不惊，静静地跪在那里，皇上不叫起他就不动。

片刻后，皇上开口说道："子安，太子说你昨天急匆匆地去找他，要他帮你救萧王妃？"

"是的。"萧子安毫不犹豫地说道。

皇上听到他肯定的回答，要说不失望那是骗人的："子安，你可知萧王妃为何会被关？"

萧子安听出了皇上口中的不满，可他仍按自己的意思说道："儿臣知道，但儿臣不相信萧王妃会害七弟。"

"不信？你说不信就能断定不是她做的吗？"皇上轻蔑地冷哼。

要不是福寿出事，下毒害小七的不是林初九也是林初九，任凭林初九有通天的本事，也改变不了。

"父皇，皇婶真要下毒害七弟，绝不可能在皇后的宫里动手，而且事后也不会救七弟。"如果林初九真要害他们几个皇子，当初就不会救他。

这话萧子安没有说出来，只是记在心里。

他相信，无论是萧天耀还是林初九，都没有想过要他们几兄弟的命。

皇上没好气地道："你不知道有个词叫故布迷阵吗？她这么做也有可能是故意的，好洗清自己的嫌疑。你看，连你在没有查清的情况下，也相信她是清白的。”

皇上的话固然有理，可萧子安仍坚持道：“父皇，萧王妃不是那样的人。”

萧子安对林初九的维护，让皇帝十分不喜：“子安，你处处为萧王妃说话，朕是不是可以理解为你受天耀所托，帮他照顾萧王妃？”

“父皇，萧皇叔没有托儿臣照顾皇婶，一切都是儿臣自愿的。”萧子安一脸坦荡，并不避讳提及林初九的救命之恩，又道，“父皇，儿臣的命是皇婶救的，要是没有皇婶的话，儿臣就算还能活着，也只能一辈子坐在轮椅上。皇婶出了事，儿臣做不到坐视不理。”

“你为萧王妃忙进忙出，就是为了报答她的救命之恩？”皇上眼睛微眯，审视地打量萧子安。

萧子安毫不畏惧地与皇上对视，点头道：“救命之恩不可不报。”

如果只是报恩，那还好……

皇上收回眼神，语气变得温和：“知恩图报是好事，可也不能任人予取予求。萧王妃对你的救命之恩，你母妃已经替你还了，你不欠她什么，以后这样的事不要再做了。”

皇上不希望，他看重的儿子因为恩情倒向萧天耀与林初九。

“父皇，母妃是母妃，儿臣是儿臣。母妃感谢皇婶救了儿臣，儿臣同样也感谢皇婶的救命之恩。”萧子安拒不退让，任皇上怎么说，都坚持自己的原则不动摇。

“这么说，你为了报萧王妃的救命之恩，连朕的话也不听了？”皇上压低声音，一脸不满。

“父皇，儿臣不敢。只是君子有所为，有所不为，儿臣有自己的坚持。”萧子安没有直接回答，个中意思却差不多。

皇上气得直接仰倒：“好，好好……好一个有所为，好一个坚持。你给朕好好想清楚，没有想清楚不许起来。”

皇上拂袖离去，留下萧子安跪在殿中……